Tolman

VII | 76 WT

Geburtshilfliche Operationen

Geburtshilfliche Operationen

Ihre Ausführung und Anwendung

Ein Lehrbuch für Studenten und Ärzte

Begründet von

Heinrich Martius

Fortgeführt von

Gerhard Martius

11., neubearbeitete Auflage

177 Abbildungen

1971

Georg Thieme Verlag · Stuttgart

1. Auflage 1933
2. Auflage 1939
3. Auflage 1941
4. Auflage 1943
5. Auflage 1946
6. Auflage 1948
7. Auflage 1953
8. Auflage 1958
9. Auflage 1962
10. Auflage 1967

1. spanische Auflage 1940
1. spanische Auflage, Nachdruck 1943
1. italienische Auflage 1954
2. spanische Auflage 1956
1. polnische Auflage 1960
3. spanische Auflage 1963

Satz und Umbruch: Adam Götz, Stuttgart-Bad Cannstatt – Druck: Druckhaus Dörr, Ludwigsburg

ISBN 3 13 375511 0

Heinrich Martius
widmete dieses Buch
dem Andenken seines Lehrers
Otto von Franqué

Vorwort zur 11. Auflage

Die entbindenden Operationen haben in den letzten Jahren für die Geburtsleitung erneut an Bedeutung gewonnen. Die Frequenzzunahme in den einzelnen Kliniken ist zum Teil beträchtlich und zwar sowohl bei den vaginalen Eingriffen als auch bei der Schnittentbindung. Diese Entwicklung wurde im wesentlichen durch drei Erkenntnisse bestimmt, die im einzelnen bei der Indikationslehre besprochen werden: Zum ersten sind die Fortschritte der Anästhesiologie sowie der prä- und postoperativen Behandlung und die damit erreichte Verminderung des operativen Risikos für die Kreißende zu nennen; auf diese Weise wurde es möglich – wie H. MARTIUS es formuliert hat – daß die Sorge um das Kind in stärkerem Maße unser geburtshilfliches Handeln bestimmen konnte. Zum zweiten wurde die Indikationsstellung zum entbindenden Operieren von der Schaffung neuer diagnostischer Methoden beeinflußt, mit denen die Früherkennung fetaler Gefährdungen weit sicherer gelingt als noch vor wenigen Jahren. Das dritte Faktum, dem wir die Beeinflussung der Geburtsleitung in jüngerer Vergangenheit verdanken, ist der Nachweis der erfolgreichen Überwindbarkeit einer fetalen Gefahr durch die rechtzeitig indizierte und technisch richtige Operation. Die hier immer wieder geäußerten Zweifel haben lange Zeit die Formulierung der fetalen Indikationslehre erschwert.

Um zu erkennen, in welcher Weise die dargelegte Veränderung der Indikationsstellung die geburtshilfliche Praxis beeinflußt hat, wurde der Neubearbeitung dieses Buches eine Bestandsaufnahme vorausgeschickt. Dabei erhofften wir uns aus dem Kollektiv der letzten 4 Jahre einen Hinweis auf die erforderlichen Korrekturen. Als wichtigste Erkenntnis ergab sich die folgende: Es ließ sich zeigen, daß die von verschiedenen Seiten empfohlene Ausweitung der Sectio-Indikation auf Grund einer *prospektiven* Beurteilung komplizierter Geburtsverläufe tatsächlich in der Lage ist, schwierige vaginale Eingriffe, die das Leben und die Gesundheit von Mutter und Kind gefährden, so gut wie ganz zu umgehen. Dies gilt nicht nur für die hohen Zangen- und Vakuumextraktionen, für komplizierte Wendungen und die vaginale Schnittentbindung bei lebendem und lebensfähigem Kind. Auch bei der Beckenendlage ist es möglich, die prognostisch ungünstigen Geburtsverläufe soweit auszusondern und der Schnittentbindung zuzuführen, daß die verbleibenden vaginalen Geburten im wesentlichen komplikationslos verlaufen; bei ihnen war in unserem Kollektiv in keinem Fall eine schwierige Extraktion, eine komplizierte Armlösung (klassische Armlösung bzw. Lösung eines in den Nacken geschlagenen Armes) oder auch die Lösung eines hochstehenden nachfolgenden Kopfes erforderlich. Wir dürfen damit sagen, *daß es die „prospektive Beurteilung" der geburtshilflichen Situation im Verlauf der Schwangerenvorsorge oder zu Wehenbeginn mit einem hohen Maß an Sicherheit zuläßt, schwierige entbindende Operationen zu umgehen, so daß auch in der Lehre auf sie verzichtet werden kann.* Die im Text für einzelne Regelwidrigkeiten und Operationen angegebenen Mortalitätszahlen betreffen die eigene Tätigkeit am Martin-Luther-Krankenhaus Berlin in den Jahren 1967 bis 1970.

Dieses Ergebnis hat mich ermutigt, eine Reihe komplizierter und damit gefahrbringender Handgriffe bzw. Operationen, die wir früher zur Beherrschung kritischer Situationen benötigten, nicht mehr in die neue Auflage zu übernehmen. Andere Operationen erfuhren in ihrer Anwendung eine erhebliche Einschränkung, wurden aber noch erwähnt, bis sich auch für sie die Gewißheit ergibt, daß sie überflüssig sind.

Die Vorstellung, die Neuauflage der „Geburtshilflichen Operationen", die bereits nach 3 Jahren notwendig wurde, könnte im wesentlichen unverändert zum Druck gegeben werden, hat sich damit nicht bestätigt. Einige Kapitel wie die Indikationslehre, die Leitung der Beckenendlagengeburt und die zerstückelnden Operationen mußten sogar neu formuliert werden. Mit dem Fortfall einiger Operationsmethoden konnte die Zahl der Abbildungen eingeschränkt werden. Ich hoffe, daß die 11. Auflage noch besser als bisher dem Studenten die Einarbeitung in die geburtshilfliche Operationslehre ermöglicht und zugleich dem praktizierenden Gynäkologen ein Ratgeber zu sein vermag. Mit diesem Wunsch und zugleich mit meinem Dank an den Georg Thieme Verlag, dessen Mitarbeiter mich wieder in großzügigster Weise unterstützt haben, übergebe ich das Buch erneut der Öffentlichkeit.

Berlin, im Januar 1971 Gerhard Martius

Vorwort für die erste Auflage

Mit dem vorliegenden Buch über die geburtshilflichen Operationen wende ich mich an die Studenten und an die Geburtshilfe treibenden Ärzte. Für die ersteren soll es ein Lehrbuch und für die letzteren ein Gebrauchsbuch sein. Diesem Zweck, dem Unterricht und der geburtshilflichen Praxis zu dienen, entsprechend habe ich mich im Text der größten Kürze befleißigt und die geburtshilflichen Regeln so einfach wie möglich formuliert, damit sie sich leicht einprägen und auch dem in Geburtshilfe weniger beschäftigten Arzt im Gedächtnis bleiben können. Dabei konnte manches als Ballast abgeworfen werden, was noch aus einer überholten Zeit der Geburtshilfe die Lehrbücher beschwert und besonders durch die Fortschritte der Schnittentbindung als veraltet angesehen werden muß. Das Bestreben nach Kürze in der Darstellung durfte aber auch nicht zu weit geführt werden, da jeder Geburtshelfer außergewöhnlichen Situationen gegenüberstehen kann, bei denen er mit allzusehr vereinfachten Vorschriften und Regeln nicht auskommt. — Ätiologische Fragen sind nirgends berührt und können meinem Lehrbuch der Geburtshilfe (5. Aufl. 1962) entnommen werden. Dort kann sich der Geburtshelfer auch über die statistischen Zahlen, was die Erfolge und Gefahren der geburtshilflichen Operationen anbetrifft, unterrichten, während sich dieses Buch nur mit der Ausführung und Anwendung der Methoden beschäftigt, wobei ich auf eine übersichtliche Einteilung des Stoffes besonders großen Wert gelegt habe. Von Quellenangaben habe ich ganz abgesehen und Autorennamen im allgemeinen nur dort angeführt, wo sie gewohnheitsmäßig bei der Benennung von Methoden benutzt werden. Nicht gespart habe ich an Abbildungen, die von Fräulein KÄTHE DROYSEN, der Enkelin eines meiner Vorgänger, des Göttinger Gynäkologen SCHWARTZ, gezeichnet wurden, wobei andere geburtshilfliche Bücher oft zum Vorbild dienten. Einige Bilder habe ich meiner Bearbeitung der regelwidrigen Geburt in dem Handbuch von HALBAN und SEITZ entnommen. Die Abbildungen von Instrumenten stammen zum Teil aus dem Leitfaden für den geburtshilflichen Operationskurs von A. DÖDERLEIN.

So möge dieses auf das Praktische gerichtete Buch seinen Weg gehen und Frauen und Kindern Nutzen bringen.

Göttingen, im November 1933 H. MARTIUS

Aus dem Vorwort zur 2. Auflage (1939)

In der zweiten Auflage wurden einige klinisch-geburtshilfliche Zusätze gemacht, so die Abgrenzung zwischen Haus- und Anstaltsgeburtshilfe, ferner die medikamentöse Behandlung der Wehenschwäche, die Einleitung der Geburt bei Übertragung, die Leitung der Zwillingsgeburt, die Blutstillung und der Blutersatz in der Außenpraxis, die Uterustamponade und die Aortenkompression, die Spaltung des Scheidenseptums und die Beseitigung der Ankylose des Steißbeins. Bei der Entwicklung des Beckenendlagenkindes wurde die von BRACHT empfohlene Technik eingefügt.

Aus dem Vorwort zur 7. Auflage (1952)

Die Entwicklung der modernen Geburtshilfe führt dazu, daß die praktische Tätigkeit des Geburtshelfers immer mehr an die Flügel rückt, mit der Spontangeburt auf dem einen und der Schnittentbindung auf dem anderen Flügel unseres Handelns. Alles, was an geburtshilflichen Eingriffen zwischen der Spontangeburt und dem Kaiserschnitt liegt, wird immer mehr eingeschränkt. Bei dieser Entwicklung war es schwierig, zu entscheiden, welche von den alten und früher bewährten vaginalen entbindenden Operationen man ganz streichen könne. Kein Zweifel besteht darüber, daß ein großer Teil der zerstückelnden Operationen und damit auch der dafür ersonnenen Instrumente aus der modernen Geburtshilfe verschwunden ist und fortfallen kann. Die Darstellung und Empfehlung des vaginalen Kaiserschnittes wurde beibehalten. Es handelt sich um ein zwar seltenes, aber in manchen Fällen äußerst nützliches operatives Vorgehen, das ich in anderen geburtshilflichen Schulen, besonders des Auslandes, vermisse. Hinzugefügt habe ich die Entwicklung der Schultern bei Beckenendlage nach LÖVSET. Gestrichen habe ich die Entwicklung des Steißes mit der Schlinge. Die „hohe Zange" wurde in die ihr nur noch zukommenden engsten Grenzen verwiesen. Am besten wäre es, sie verschwände durch die wirksame Prophylaxe gänzlich aus der modernen Geburtshilfe, ebenso wie die HOFMEIERsche Impression des Kopfes beim engen Becken.

Aus dem Vorwort zur 9. Auflage (1962)

Die Neubearbeitung der geburtshilflichen Operationen für die neunte Auflage fällt in eine Zeit, in der viel von einer Umwandlung der geburtshilflichen Lehre gesprochen wird. In der Tat hat auch die operative Geburtshilfe, die in diesem Buch gelehrt wird, aus den allgemeinen Fortschritten der Medizin, der Chemotherapie, den modernen Narkosemethoden, den Blutstillungs- und Blutersatzmethoden, der Emboliebekämpfung usw. viel Gewinn ziehen können. Der Verfasser eines Lehrbuches hat die Aufgabe, bei jeder Neuauflage den wirklichen Errungenschaften der Zeit, in der wir leben, Rechnung zu tragen, andererseits aber auch vor Leichtfertigkeiten zu warnen und das Neue mit kritischer Zurückhaltung in das Altbewährte einzuordnen. Bezüglich der Einfügung der Kaiserschnittoperation in die moderne Geburtshilfe habe ich mit dem Ausdruck „prophylaktischer Kaiserschnitt" von jeher der vorbeugenden Anwendung der Schnittentbindung im Interesse der Mutter und des Kindes das Wort geredet und sie in dieser Auflage wieder neuen Formulierungen unterzogen, um zu erreichen, daß der Kaiserschnitt in immer höherem Grade nicht nur bei Notsituationen angewendet wird, sondern ihnen durch rechtzeitiges Operieren zuvorkommt. Für die vaginalen entbindenden Operationen konnte ebenfalls in manchen Lehrsätzen und Empfehlungen das Interesse des Kindes stärker in den Vordergrund geschoben werden, ohne dabei der Mutter eine größere Gefährdung aufzubürden. Wir haben mit Bezug auf die erhöhte Sorge für das Kind durch die Bezeichnung der „geburtshilflichen Pädiatrie" in unseren Lehrbüchern zum Ausdruck gebracht, daß wir eine enge wissenschaftliche und praktische Zusammenarbeit mit den Pädiatern für notwendig halten. Das Ziel einer möglichst großen geburtshilflichen Schonung des Kindes und besonders auch des noch nicht ausgetragenen Kindes führte zur Befreiung von einer allzu dogmatisch, pedantisch und unklinisch gehandhabten Indikationsstellung für die entbindenden Operationen und damit zu einer Erweiterung in der Anwendung der leichten, die Mutter nicht gefährdenden, vaginalentbindenden Operationen (BICKENBACH, G. MARTIUS). Dieser Tendenz kommt eine neue Entbindungsmethode zugute, die Vakuumextraktion. Es ist ein glücklicher Zufall für die neunte Auflage dieses Buches, daß sie gerade in einem Zeitpunkt notwendig wird, in dem unser Urteil über die Vakuumextraktion die Reife erlangt hat, die für eine lehrbuchmäßige Darstellung erforderlich ist. Die Vakuumextraktion kann auch am Phantom gelehrt werden (KEPP). Sie darf aber die Übungen mit der Zange aus dem Unterricht nicht vertreiben, da die Zangenextraktion zwar viel seltener geworden ist, aber gerade für die schwierigen Fälle, die mit dem Vakuumextraktor nicht gemeistert werden können, jedem Geburtshelfer auch weiterhin zur Verfügung stehen muß. Die Zangenextraktion rückt damit mehr in die Kategorie der selteneren und schwierigeren geburtshilflichen Operationen ein. — Außer der Vakuumextraktion wurde die Spekulumgeburt nach BAUEREISEN in den Text eingefügt, da sie durch die Bestrebungen der Schonung des Kindes in der Austreibungsperiode und besonders des noch nicht ausgetragenen Kindes (G. MARTIUS) neue Anhänger gefunden hat.

Aus dem Vorwort zur 10. Auflage

Die „Geburtshilflichen Operationen" sind zum ersten Mal im Jahre 1933 erschienen. Mein Vater stellte die Monographie als ein auf die tägliche praktische Geburtshilfe ausgerichtetes Buch an den Anfang einer Reihe von Lehrbüchern, die am Ende seines Lebens unser gesamtes Fachgebiet umfaßte. Mit dem Verkauf der 9. Auflage ergab sich für die „Geburtshilflichen Operationen" jetzt zum ersten Mal die Notwendigkeit einer Neuauflage. Dem Wunsch meines Vaters entsprechend und mit verständnisvoller Zustimmung meines verehrten Chefs, Prof. Dr. med. WERNER BICKENBACH, habe ich diese Arbeit übernommen. Ihr gingen mannigfaltige Überlegungen und Besprechungen mit Fachkollegen voraus. In ihnen mußte zunächst eine Antwort auf die Frage gefunden werden, in welchem Umfang das *geburtshilfliche Operieren als Teil des klinischen Unterrichtes* beibehalten werden soll, nachdem die operative Geburtsbeendigung in den letzten Jahren mehr und mehr in die Hände von Fachärzten übergegangen ist. Denken wir bei der Entscheidung aber daran, daß die Operationslehre niemals der alleinige Inhalt des sog. Phantomkurses gewesen ist. Seine wesentliche Aufgabe wurde von uns immer in der Schulung des räumlichen Vorstellungsvermögens für die Beziehungen zwischen Geburtsobjekt und Geburtskanal gesehen, das der Student in ausreichendem Maße nur durch Übungen am Phantom erlangen kann (H. MARTIUS). Dies war auch der Grund dafür, daß BICKENBACH schon vor Jahren vorgeschlagen hat, den Kurs unter der Bezeichnung „Geburtshilfliche Übungen am Phantom" im Vorlesungsverzeichnis anzukündigen. Die immer wieder geübte Beobachtung der regelrechten und regelwidrigen Geburt und deren spätere Nachahmung mit dem entbindenden Instrument führen den Studenten zum Verständnis der Vorgänge, die einerseits strengen physikalischen Gesetzen unterworfen sind, andererseits sich in der Vielfalt biologischer Ereignisse darbieten. Theoretische Kollegstunden können hier niemals Ersatz leisten. Aber noch ein Zweites: Die Studienreform als dringendes Anliegen des Wissenschaftsrates wie aller Universitäten und Fakultäten sucht nach Möglichkeiten einer Intensivierung des *praktischen* Unterrichtes (THIEME; LANDES; ROEMER; RIMBACH; G. MARTIUS, u. a.). Auch aus diesem Grunde muß es gerade heute als widersinnig erscheinen, den Kurs „Geburtshilfliche Übungen am Phantom" als Basis des geburtshilflichen Unterrichtes aus dem Studienprogramm zu streichen.

Aus allen diesen Gründen wurde auch in der 10. Auflage die Darstellung des regelrechten und regelwidrigen Geburtsmechanismus der eigentlichen Operationslehre vorangestellt. Im zweiten Teil des Buches ergab sich auf Grund der Entwicklung unseres Faches in den letzten Jahren die Notwendigkeit einiger Änderungen. Entsprechend ihrer klinischen Bedeutung mußten einige Operationsverfahren stärker betont werden. So wurde die Vakuumextraktion ausführlicher dargestellt und der Zangenextraktion vorangestellt. Andere Methoden, auf die die heutige Geburtshilfe verzichten kann oder die ihre Berechtigung verloren haben wie die Armlösung nach MUELLER und die beckenspaltenden Operationen, wurden mit dem Ziel der Vereinfachung herausgelassen. In der Empfehlung des „Haltens des Steißes mit dem Vakuumextraktor" bei der einfachen Steißlage zur Überwindung der Abbiegungsschwierigkeiten sehen wir eine Möglichkeit zur Verringerung der Gefahren durch die verzögerte Austreibungsperiode. Schließlich bedurfte die Indikationslehre einer Neuformulierung, da sie in der modernen Geburtshilfe noch mehr dem Schutz des kindlichen Lebens Rechnung zu tragen hat.

Berlin, im Mai 1967 GERHARD MARTIUS

Inhaltsverzeichnis

„Νόμος μὲν πάντα κρατύνει."
Corpus Hippocraticum Kap. 1.

„Und das Gesetz nur kann uns Freiheit geben."
J. W. v. Goethe

Einleitung

Zur Einleitung der „Geburtshilflichen Operationen" schrieb HEINRICH MARTIUS:

Mit dem Hippokratischen Satz: „Das Gesetz beherrscht alles" als Vorspruch dieses Buches möchte ich zum Ausdruck bringen, daß die Anwendung und Ausführung der geburtshilflichen Operationen in besonders hohem Maße von der Befolgung *exakter Schulregeln* abhängig ist. Diese Schulregeln müssen aus den Ergebnissen der wissenschaftlichen Forschung und aus den wissenschaftlich verarbeiteten Erfahrungen abgeleitet und in ihrer jeweils gültigen Form überliefert und gelehrt werden. Wenn es auch in der Geburtshilfe ebenso wie in jedem anderen Fach der praktischen Medizin oft nicht möglich ist, therapeutische Regeln aufzustellen, die für *alle* Fälle gültig sind, und außergewöhnliche Vorkommnisse manchmal auch besondere, von der Regel abweichende Maßnahmen erfordern, so wird doch immer nur derjenige Geburtshelfer das Richtige treffen, *der die Grundregeln beherrscht.* Andererseits darf ihre Beachtung nicht zur Voreingenommenheit und zum Schematismus führen. Mit Rücksicht auf die Mannigfaltigkeit in der lebenden Natur ist bei der praktisch-ärztlichen Tätigkeit niemals zu vergessen, daß der Arzt in freier Verantwortung jeden einzelnen seiner Patienten nach dessen persönlichen Besonderheiten zu behandeln hat. Dies gilt ebenso wie in der gesamten Medizin auch für die Geburtshilfe. Die Notwendigkeit des Individualisierens fand in der von uns gelehrten Geburtshilfe immer eine besondere Betonung. In diesem Sinne habe ich dem Hippokratischen Grundsatz ein Zitat von GOETHE: „Und das Gesetz nur kann uns Freiheit geben", hinzugefügt, in dem zum Ausdruck kommt, daß die Lehre streng, das Handeln aber liberal sein muß. Diese Worte schrieb GOETHE am 28. August 1831 Frau FRANZISKA VON MARTIUS, der Frau des Münchener Botanikers, in ihr Stammbuch.

Soweit die einleitende Bemerkung von HEINRICH MARTIUS zur geburtshilflichen Operationslehre. Sie weist uns darauf hin, daß ein für Mutter und Kind schonendes Operieren an zwei Voraussetzungen geknüpft ist, und zwar die Kenntnis der mechanischen Vorgänge bei der regelrechten und regelwidrigen Geburt, die mit dem entbindenden Instrument nachgeahmt oder auch im Sinne des „Gesetzes des geringsten Zwanges" korrigiert werden müssen, und die Beherrschung der operativen Technik. Dem Unterricht steht zu diesem Zweck ein wichtiges Hilfsmittel, das *geburtshilfliche Phantom* zur Verfügung. Seine Entwicklung geht, wie G. RITTER kürzlich in einer interessanten Studie zeigen konnte, bis in das 18. Jahrhundert zurück. Die erste Beschreibung eines Übungsphantoms zum Gebrauch im Hebammenunterricht erfolgte danach durch den königlichen Leibarzt und Stadtphysikus zu Stockholm JOHAN VAN HOORN (1715). Von den zahlreichen Geburtshelfern, die sich später durch Verbesserungsvorschläge Verdienste um den geburtshilflichen Unterricht erworben haben, seien hier nur WILLIAM SMELLIE (1740), FRIEDRICH BENJAMIN OSIANDER (1801) sowie ADAM ELIAS VON SIEBOLD (1810) und EDUARD CASPAR JACOB VON SIEBOLD (1829) genannt. Das mit Leder überzogene Torsophantom von OSIANDER wies bereits große Ähnlichkeit mit dem heute noch in Gebrauch befindlichen Lederphantom des Jenaer Geburtshelfers BERNHARD SIEGMUND SCHULTZE (1864) auf. Das Operieren am Phantom vermag dem Studierenden sowohl die Kenntnisse des Geburtsmechanismus als auch die notwendige manuelle Geschicklichkeit zu vermitteln. Lediglich die Gewebswiderstände, die sich einerseits dem Einführen oder Anlegen eines Instrumentes, andererseits den auszuführenden Traktionen entgegenstellen, ahmt das Phantom nur unvollkommen nach. Diese Tatsache verleitet den Anfänger nur zu leicht, die operationstechnischen Regeln nicht ausreichend ernstzunehmen, da er am Phantom ohne sie auszukommen vermag. Hierauf hat der Dozent sorgfältig zu achten, um entsprechende Korrekturen vorzunehmen und ihre Notwendigkeit mit den andersartigen Raum- und Widerstandsverhältnissen bei der natürlichen Geburt zu begründen.

Ein zweites unentbehrliches Lehrmittel für den angehenden geburtshilflichen Operateur sind die *Beobachtungen am Kreißbett.* Nur wer den Ablauf der Geburtsvorgänge immer wieder studiert und als Ergebnis der Beziehungen vom Geburtsobjekt zum Geburtskanal unter dem Einfluß der Wehen erfaßt, kann erfolgreich geburtshilflich operieren.

Und schließlich ein Wort zu den *abdominal-entbindenden Operationen.* Auch sie müssen in den geburtshilflichen Unterricht einbezogen werden, da die Schnittentbindung heute mehr denn je einen wichtigen Platz in der Behandlung der regelwidrigen Geburt einnimmt. Jeder, der Geburtshilfe betreibt, muß sie beherrschen und über entsprechende operative Möglichkeiten verfügen. In gleicher Weise müssen wir aber an der Forderung festhalten, daß der abdominale Operateur gute geburtsmechanische Kenntnisse besitzen muß, da in vielen Fällen nur sie zu einer richtigen Indikationsstellung führen. Die Schwierigkeiten, die sich aus einer etwaigen Trennung unseres Faches ergeben, werden uns auch hiermit deutlich vor Augen geführt.

Geburtskanal

Der Geburtskanal gewährt dem Geburtsobjekt den Austritt aus dem Fruchthalter. Seine Bestandteile sind das *knöcherne Becken* und das aus dem Beckenboden, dem Halskanal, der Scheide und der Vulva formierte *Weichteilrohr.*

Knöchernes Becken

Das knöcherne Becken wird aus vier knorpelig oder durch Bänder untereinander verbundenen Knochen gebildet (Abb. 1 und 2):

2 Hüftbeine (Ossa coxae)
Kreuzbein (Os sacrum)
Steißbein (Os coccygis)

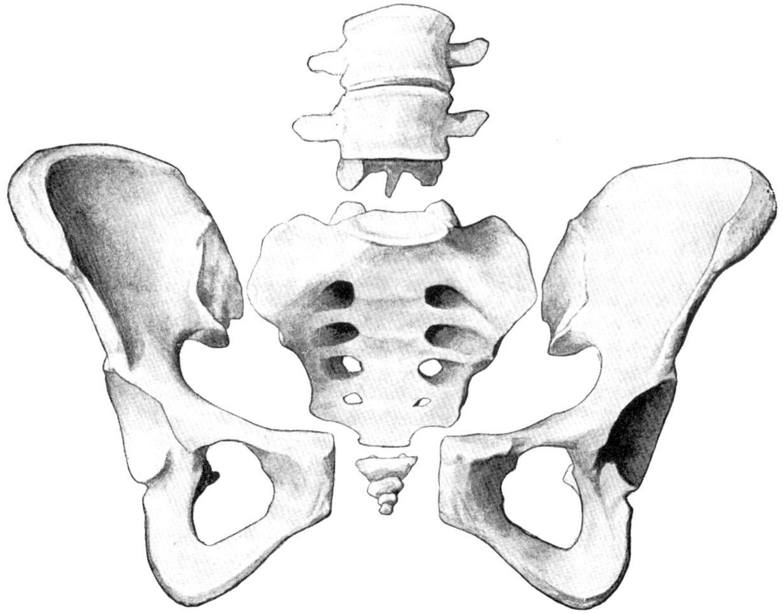

Abb. 1 **Das knöcherne Becken.** Die vier Bestandteile, die beiden Hüftbeine, das Kreuzbein und das Steißbein sowie zwei Lendenwirbel sind zu erkennen.

Die beiden **Hüftbeine** bestehen aus drei in der Hüftgelenkpfanne knöchern zusammengefügten Anteilen:

Darmbein (Os ilium)
Sitzbein (Os ischium)
Schambein (Os pubis)

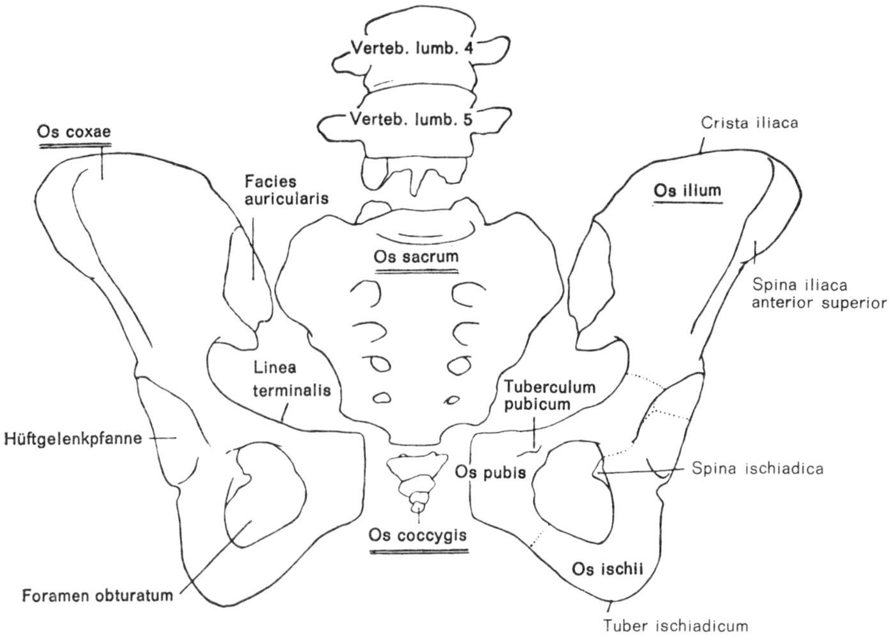

Abb. 2 **Das knöcherne Becken.**

Die Schambeine nähern sich vorn in der Mittellinie einander, um dort die *Schamfuge* (Symphysis pubica) zu bilden. Der Raum zwischen den Knochenflächen wird durch den Discus interpubicus ausgefüllt, der z. T. aus hyalinem Knorpel, z. T. aus Faserknorpel besteht und konstant einen spaltförmigen Hohlraum enthält. Durch die beiderseitige *Articulatio sacroiliaca* sind die Hüftbeine mit dem Kreuzbein breitflächig verbunden, wodurch der Beckenring nach rückwärts geschlossen wird.

Das **Kreuzbein** ist aus fünf fest aneinandergefügten Wirbeln zusammengesetzt. Es hat eine keilförmige Gestalt. Die zur Beckenhöhle hinsehende Fläche ist von kranial nach kaudal stark, in horizontaler Richtung leicht konkav gewölbt (Abb. 1 und 5).

Das **Steißbein** besteht aus vier bis fünf rudimentären, nach unten an Größe abnehmenden Wirbeln. Mit dem unteren Ende des Kreuzbeines ist es gelenkig verbunden (Abb. 1 und 2).

Großes und kleines Becken

Als **großes Becken** wird der Raum bezeichnet, der seitlich von den Darmbeinschaufeln, hinten von der Lendenwirbelsäule umschlossen wird. Die Abgrenzung zum kleinen Becken bildet eine Ebene in Höhe der Verbindungslinie von Promontorium und Oberkante der Symphyse (S. 6). Geburtsmechanisch kommt dem großen Becken keine Bedeutung zu. Lediglich seine *äußeren Maße* erlauben gewisse Rückschlüsse auf Größe und Form des kleinen Beckens. Von ihnen sind für die geburtshilfliche Praxis von Wichtigkeit (Abb. 3 und 4):

1. Distantia spinarum: Abstand der beiden Spinae iliacae anteriores superiores = 25 cm bis 26 cm.

2. Distantia cristarum: Abstand der beiden am weitesten nach außen liegenden Punkte der Cristae iliacae = 28 cm bis 29 cm.

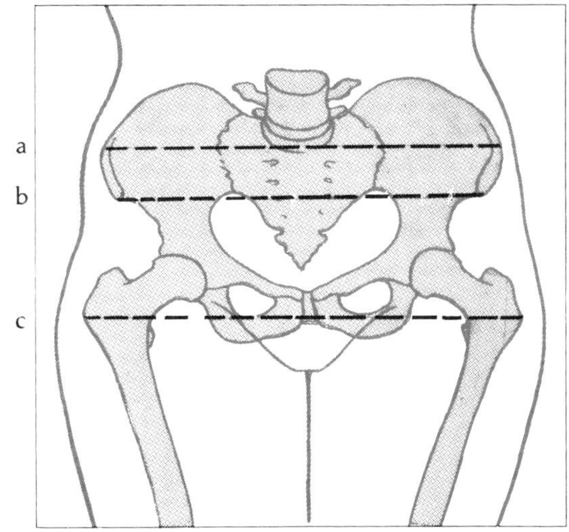

Abb. 3 **Die äußeren queren Durchmesser des Beckens.**
a) Distantia cristarum
b) Distantia spinarum
c) Distantia trochanterica

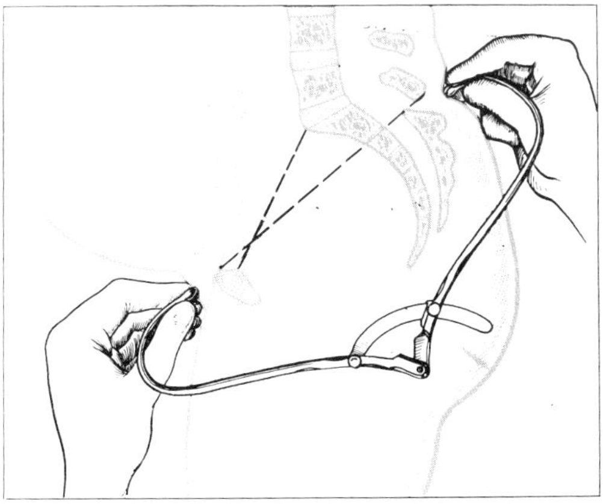

Abb. 4 **Conjugata externa Baudelocque** [1])
Die Messung erfolgt mit dem geburtshilflichen Tasterzirkel nach MARTIN.
Die Verbindungsstelle von Symphyse und Promontorium entspricht der Conjugata vera obstetrica.

[1]) JEAN LOUIS BAUDELOCQUE, Geburtshelfer in Paris (1745—1810)

3. Distantia trochanterica: Abstand der beiden Trochanteres majores = 32 cm bis 33 cm.
4. Conjugata externa (Diameter BAUDELOCQUE): Abstand des Dornfortsatzes des 5. Lendenwirbels vom oberen Rand der Symphyse = 18 cm bis 20 cm.

Das **kleine Becken** hat die Gestalt eines knöchernen Rahmens. Er ist mit Weichteilen ausgekleidet und nach kaudal durch ein System von Muskelschichten, den Bekkenboden (S. 16), abgeschlossen. Dem leichteren Verständnis des umschlossenen Raumes dient dessen Unterteilung in drei Etagen, die sog. Beckenräume (SELLHEIM). Wie die Abb. 5 zeigt, unterscheiden wir:

Beckeneingangsraum
Beckenhöhle
Beckenausgangsraum

Beckeneingangsraum

Der Beckeneingangsraum (Abb. 5) als Übergang vom großen zum kleinen Becken wird durch zwei Ebenen begrenzt. Die obere ist in der Höhe der Verbindungslinie von Promontorium und oberem Symphysenrand, die untere in der Höhe der seitlichen Anteile der Linea terminalis zu denken, wobei die zuletzt genannte der Terminalebene entspricht (S. 12).

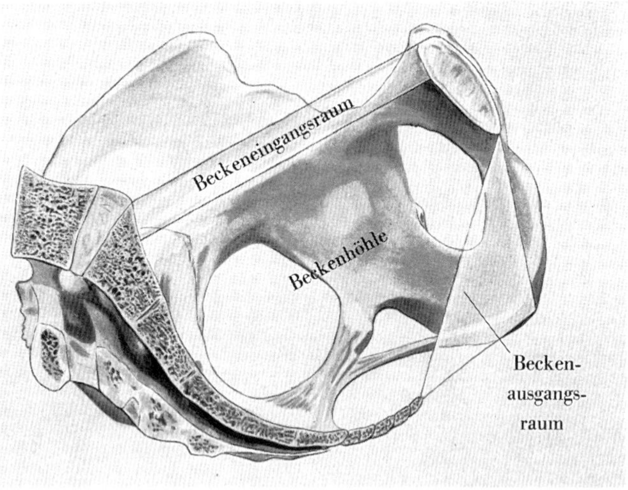

Abb. 5 **Die Beckenräume.** Sagittalschnitt durch das knöcherne Becken. Schematische Darstellung des Beckenausgangsraumes nach VON MASSENBACH.

Die *Maße* kennzeichnen den dem Geburtsobjekt im Beckeneingangsraum zur Verfügung stehenden Raum. Für den Geburtshelfer sind die folgenden von Interesse:

Conjugata vera obstetrica	= 11	cm
Querer Durchmesser	= 13	cm
Schräger Durchmesser	= 12	cm

Die **Conjugata vera obstetrica** (Abb. 7 und 8) verbindet das Promontorium mit der am stärksten nach innen vorspringenden Stelle der Symphysenhinterwand. Sie ent-

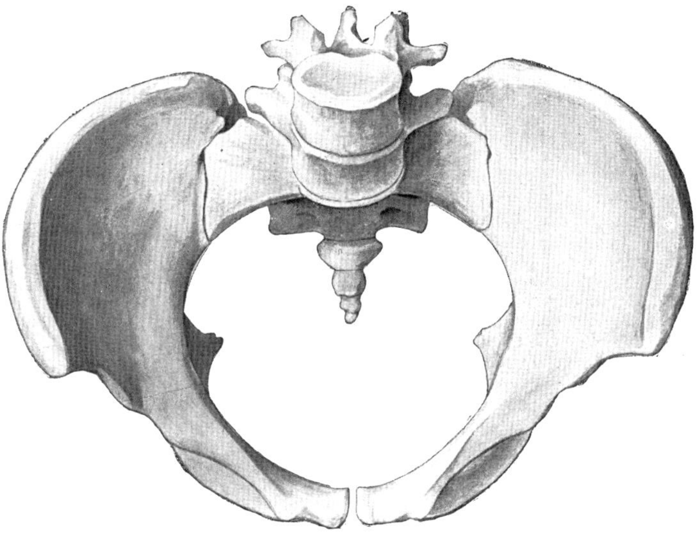

Abb. 6 **Das knöcherne Becken.** Blick von kranial durch das große Becken und den querovalen Beckeneingang in die Beckenhöhle.

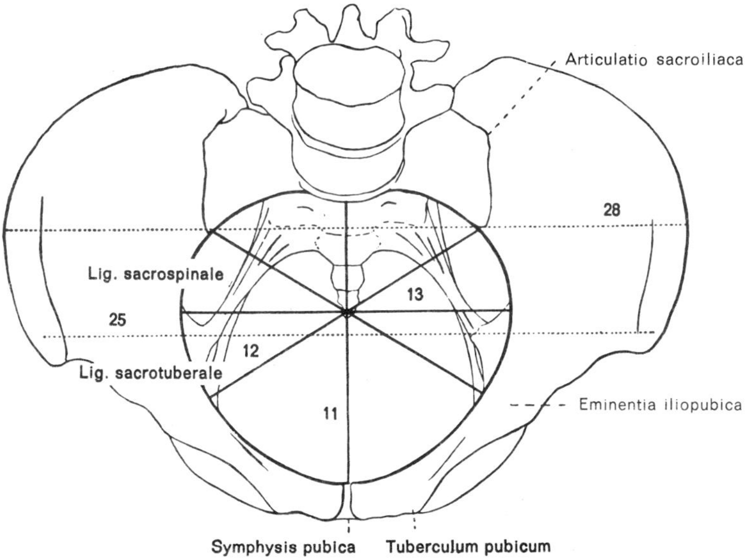

Abb. 7 **Das knöcherne Becken.** Schematische Darstellung der Abb. 6 mit Angabe der Maße des Beckeneinganges sowie der Distantia spinarum und der Distantia cristarum.

spricht damit der im Bereich des geraden Durchmessers engsten und deshalb geburtsmechanisch wirksamen Stelle des Beckeneinganges.

Der **quere Durchmesser** des Beckeneinganges verbindet in der Höhe der Terminalebene die am weitesten zur Seite hin ausweichenden Anteile der Bogenlinie (Abb. 7).

Die **schrägen Durchmesser** finden sich ebenfalls in Höhe der Terminalebene und verlaufen von der linken bzw. rechten Eminentia iliopubica zur entgegengesetzten Articulatio sacroiliaca (Abb. 7). Dabei wird als *erster* schräger Durchmesser der von links vorn nach rechts hinten, als *zweiter* schräger Durchmesser der von rechts vorn nach links hinten ziehende Diameter bezeichnet. Diese Bezeichnungen haben sich in den meisten Geburtshelferschulen trotz der z. T. andersartigen Nomenklatur der Anatomen eingebürgert, da sich beim regelrechten Geburtsmechanismus dann bei der ersten oder linken vorderen Hinterhauptslage die Pfeilnaht übereinstimmend durch den ersten bzw. linken, von links nach rechts hinten ziehenden schrägen Durchmesser dreht und umgekehrt (S. 38).

Die durch die Maße bestimmte *Form* des Beckeneingangsraumes ist in den Abb. 5 und 6 wiedergegeben. In der Aufsicht imponiert er als ein querovales Gebilde, bei seitlicher Betrachtung als ein schmaler Spalt.

Beckenhöhle

Die Beckenhöhle (Abb. 5) schließt sich kaudal unmittelbar an den Beckeneingangsraum an. Die obere Begrenzung ist damit als Terminalebene die gleiche, wie die untere Begrenzung des Beckeneingangsraumes (S. 6). Die untere Begrenzung der

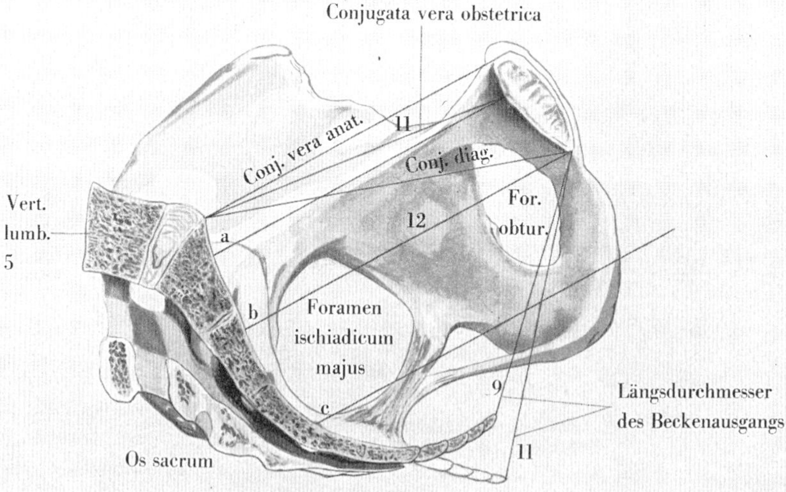

Abb. 8 **Die Längsdurchmesser des kleinen Beckens.** a = Längsdurchmesser der Terminalebene; b = Längsdurchmesser der unteren Schoßfugenrandebene; c = Längsdurchmesser der Interspinalebene (vorn nicht knöchern begrenzt).

Beckenhöhle findet sich in der Höhe der Verbindungslinie des unteren Symphysenrandes mit der Steißbeinspitze. Die *Maße* der lichten Weite sind in allen Richtungen etwa gleich groß und betragen 12,0 cm bis 12,5 cm. Dieser Tatsache entspricht die rundliche *Form* dieses Beckenabschnittes, die dem Geburtsobjekt keinerlei Formanpassung aufzwingt, sondern ihm die Möglichkeit zur Drehung gibt (S. 37). Die im Vergleich zur Symphysenhinterfläche größere Höhe des Kreuzbeines bringt es zugleich mit sich, daß bei seitlicher Betrachtung eine keilförmige Gestalt der Beckenhöhle zu erkennen ist. Die runde, sich nach kaudal verjüngende Gestalt dieses Beckenabschnittes war für H. Martius Veranlassung, sie mit einem Tassenkopf zu vergleichen.

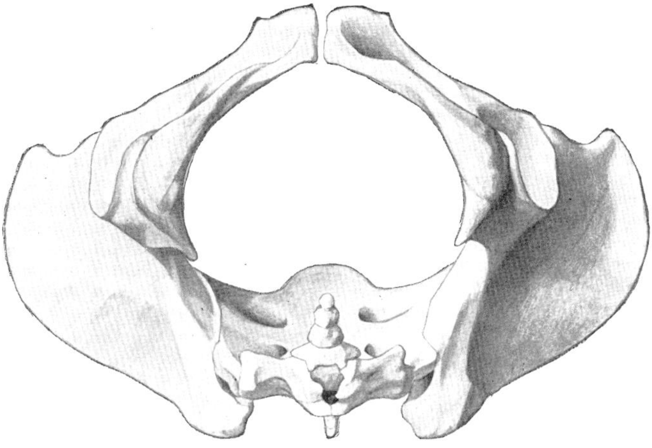

Abb. 9 **Der knöcherne Beckenausgang**

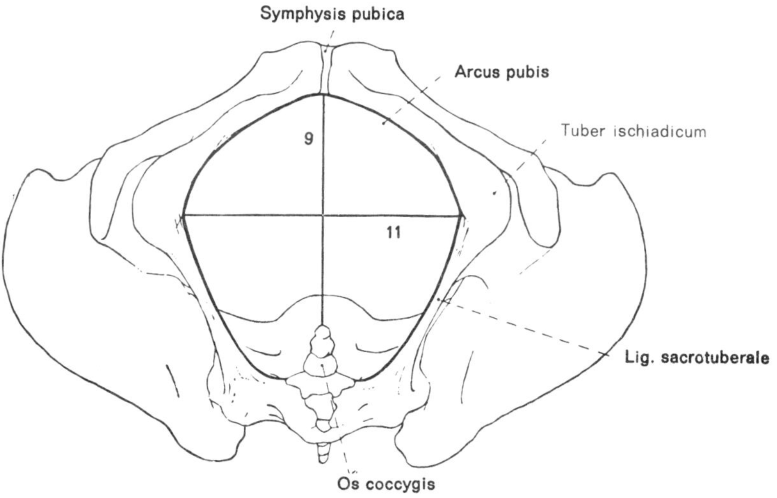

Abb. 10 **Der knöcherne Beckenausgang.** Schematische Darstellung mit Angabe der Durchmesser des Beckenausganges.

Beckenausgangsraum

Der Beckenausgangsraum (Abb. 5, 9 und 10) wird ebenso wie der Beckeneingang nur teilweise von Knochen umschlossen. Sieht man von unten in ein Skelettbecken hinein (Abb. 9 und 10), so erkennt man eine rautenförmige Figur, in die von hinten das Steißbein hineinragt. Diese Öffnung des Beckens nach unten wird vorn von dem wie ein gotischer Torbogen gestalteten Arcus pubis, seitlich von den Tubera ischiadica und den Ligamenta sacrotuberalia, hinten vom Steißbein umschlossen. Die *Begrenzung* (Abb. 5) ist nach kranial durch die untere Begrenzung der Beckenhöhle gegeben. Nach unten zu wird sie von zwei Ebenen gebildet, die vom unteren Symphysenrand bzw. der Steißbeinspitze dachfirstartig in der Verbindungslinie der beiden Tubera ischiadica zusammenlaufen (VON MASSENBACH). Von der Seite gesehen entspricht die *Form* des Beckenausgangsraumes damit einem dreieckigen Körper. Die den Geburtsmechanismus in der Tiefe des Beckens bestimmende längsovale Form (Abbildung 11) wird indessen erst dann deutlich, wenn neben der seitlichen Einengung

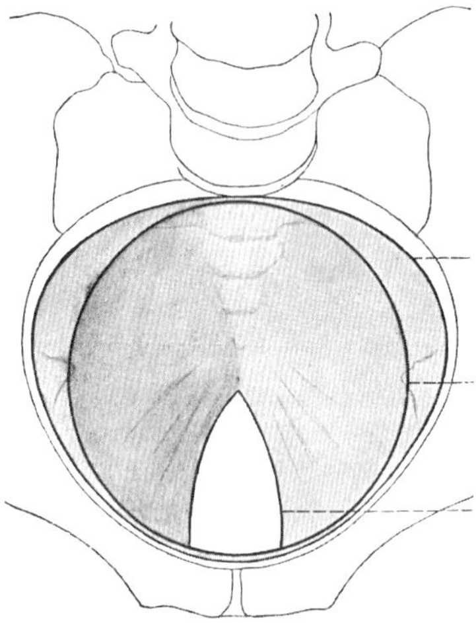

Abb. 11 **Der Geburtskanal von oben betrachtet.** Man erkennt den querovalen Beckeneingang, die runde Beckenhöhle und den längsovalen Beckenausgang.

des Beckenausganges durch die Levatorschenkel (S. 18) die Tatsache Berücksichtigung findet, daß das Steißbein unter der Geburt nach hinten abgebogen wird.

Die *Maße* des Beckenausganges (Abb. 8 und 10) lassen die längsovale Form, die dieser unter der Geburt einnimmt, gleichfalls erkennen. Der gerade Durchmesser vom unteren Symphysenrand zur Steißbeinspitze beträgt 9 cm. Durch die Abknickung des Steißbeines wird er auf 11 cm erweitert. Der Querdurchmesser, die Verbindungslinie der beiden Tubera ischiadica mit einer Länge von 11 cm, erfährt durch die beiden Levatorschenkel eine gewisse Einengung.

Die parallelen Beckenebenen

Diagnostischen Zwecken, und zwar der Festlegung des Höhenstandes des vorangehenden Teiles, dient die Unterteilung des kleinen Beckens durch die sog. parallelen

Beckenebenen (Abb. 12). Auf diese Weise werden vier Stationen festgelegt, die das Geburtsobjekt während des Durchtrittes durch den knöchernen Geburtskanal passiert:

Obere Schoßfugenrandebene
Terminalebene
Untere Schoßfugenrandebene
(= parallele Beckenweite)
Interspinalebene
(= parallele Beckenenge)

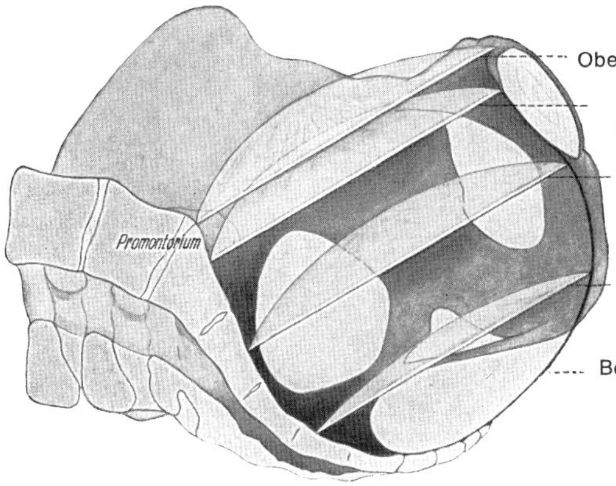

Abb. 12 **Die parallelen Beckenebenen.**

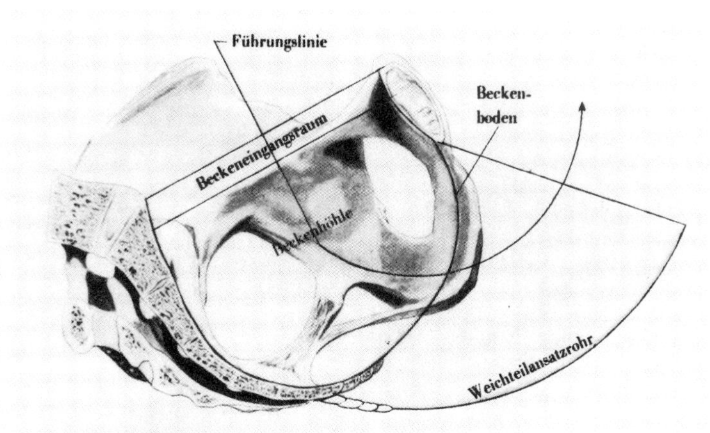

Abb. 13 **Führungslinie.** Sagittalschnitt durch das Becken. Die Führungslinie folgt der Mitte der geraden Durchmesser des kleinen Beckens und des Weichteilansatzrohres.

Die **obere Schoßfugenrandebene** in der Höhe der Verbindungslinie von Promontorium und oberem Symphysenrand entspricht der oberen Begrenzung des Beckeneinganges (S. 6).

Die **Terminalebene** in Höhe der seitlichen Abschnitte der Linea terminalis (S. 6) verläuft parallel zur oberen Schoßfugenrandebene. Sie stimmt mit der unteren Begrenzung des Beckeneingangsraumes überein.

Die **untere Schoßfugenrandebene** stellt eine parallel zur oberen Schoßfugenrandebene und zur Terminalebene verlaufende Ebene durch den unteren Rand der Symphyse dar. Sie erreicht die Rückwand des kleinen Beckens etwa in Höhe des zweiten Sakralwirbels. Mit Rücksicht auf den dem Geburtsobjekt in dieser Höhe zur Verfügung stehenden relativ großen Raum wird sie auch als „parallele Beckenweite" bezeichnet.

Die **Interspinalebene** schließlich als unterste parallele Beckenebene muß durch beide Spinae ischiadicae gelegt gedacht werden. Mit Rücksicht auf die Raumeinschränkung im Querdurchmesser als Folge der in das Beckenlumen vorspringenden Spinae ischiadicae wird bei ihr auch von der „parallelen Beckenenge" gesprochen.

Führungslinie

Verbinden wir die Mittelpunkte aller geraden Durchmesser der Beckenräume und des sich nach unten und vorn anschließenden Weichteilansatzrohres, so erhalten wir eine Linie, die durch die Mitte des Geburtskanales läuft, und der das Geburtsobjekt während der Geburt folgt (Abb. 13). Sie wird als „Führungslinie" oder auch „Seelenachse" des Geburtskanales bezeichnet. Da sich der Beckenausgang und das ihm aufgesetzte Weichteilansatzrohr nicht nach unten, sondern nach vorne unten öffnen, hat auch die Führungslinie einen entsprechend gebogenen Verlauf. Der Übergang aus dem gestreckten in den nach vorn abgebogenen Teil, das sog. *„Knie des Geburtskanales"*, findet sich etwas unter der unteren Schoßfugenrandebene.

Konfiguration des Beckens

Während der Schwangerschaft erfahren die Verbindungen der Beckenknochen auf hormonalem Wege eine Auflockerung. VON MASSENBACH gelang es beim Meerschweinchen, dies durch die Zufuhr von Follikelhormon nachzuahmen, während nach STONE u. Mitarb. hieran ein in der Plazenta gebildetes Proteohormon, das Relaxin, beteiligt sein soll. Wenn die im Iliosakralgelenk und in der Symphyse erreichte *Beweglichkeit der Hüftbeine* beim Menschen auch nicht so ausgeprägt ist wie z. B. beim Meerschweinchen und beim Seehund, so erlaubt sie doch eine gewisse Konfigurierbarkeit des mütterlichen Beckens, mit dem dieses in die Lage versetzt wird, sich dem Geburtsobjekt anzupassen. Eine weitere Adaptation des knöchernen Geburtskanales wird durch die bereits erwähnte *Abbiegung des Steißbeines* nach hinten erreicht (S. 10).

Weichteilrohr

Die weichen Geburtswege, das sog. Weichteilrohr, werden aus der Cervix uteri, der Vagina, dem Beckenboden und der Vulva gebildet, die unter der Geburt zu einem nach vorn abgebogenen, fast ansatzlosen Weichteilschlauch ausgeweitet und ausgezogen werden (Abb. 14). Sie werden vom Geburtsobjekt z. T. bereits während des Durch-

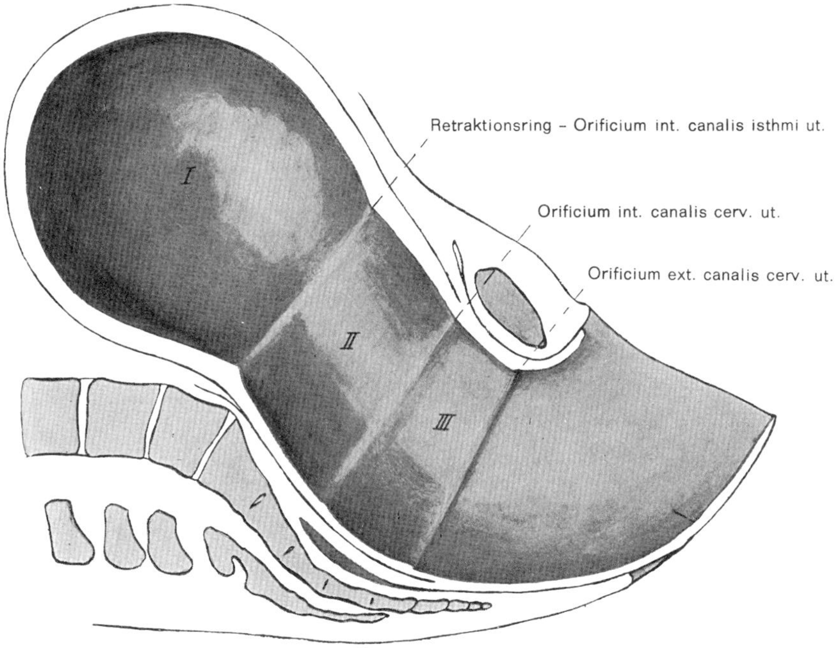

Abb. 14 **Weichteilrohr.** Der Geburtskanal ist vollständig ausgeweitet, der Verschlußapparat des Uterus dadurch wandständig. I = Corpus uteri (kontraktiler Teil), II = Isthmus uteri, III = Cervix uteri.

trittes durch das kleine Becken passiert. Die tieferen Anteile der weichen Geburtswege sind indessen dem Beckenausgang aufgesetzt und haben deshalb die Bezeichnung *„Weichteilansatzrohr"* erhalten. Dieses stellt somit die Fortsetzung des knöchernen Geburtskanales dar. Der Geburtshelfer sollte sich dabei vor Augen halten, daß der vom Geburtsobjekt durch das Weichteilansatzrohr zurückzulegende Weg etwa der gleiche ist wie die Strecke durch das knöcherne Becken, da dieser Tatsache für die später zu besprechende Indikationsstellung zur Episiotomie (S. 144) Bedeutung zukommt.

Zwischenstück und Bandl-Furche

Der oberste Anteil des Halskanales und damit des Weichteilrohres stellt das **Zwischenstück** (Isthmus uteri) dar. Im Verlauf der Schwangerschaft erlebt es einen interessanten Funktionswechsel. Während das Zwischenstück am nichtschwangeren Uterus und in den ersten Wochen der Schwangerschaft durch das Orificium internum canalis isthmi uteri vom Gebärmutterkörper abgegrenzt und somit zum Verschlußapparat zu rechnen ist, wird es im Laufe des 3. Schwangerschaftsmonates entfaltet und zum Brutraum hinzugenommen (Abb. 15). Die obere Grenze des Verschlußapparates wird

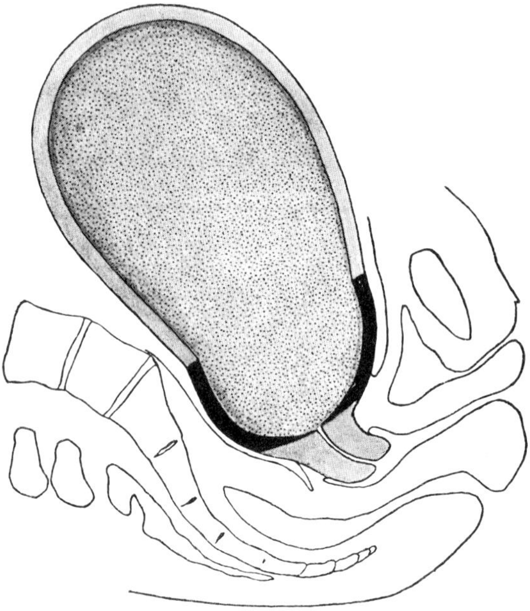

Abb. 15 **Schwangerer Uterus nach dem 3. Monat mit Unterteilung in Korpus, Isthmus und Zervix.** Der Fruchthalter ist punktiert dargestellt. Der Isthmus (schwarz) ist bereits entfaltet.

jetzt vom Orificium internum canalis cervicis uteri (Abb. 14) gebildet. Während der Geburt ist das Zwischenstück indessen wieder zum Weichteilrohr zu rechnen (Abbildung 16), da es an der kontraktilen Arbeit nicht beteiligt ist, sondern passiv gedehnt und distrahiert wird.

Die Grenze zwischen dem kontraktilen Teil des Uterus und dem sich passiv verhaltenden Dehnungsschlauch ist während der Geburt bei nicht zu starken Bauchdecken von außen oberhalb der Symphyse als querverlaufende **Retraktionsfurche** (= Bandl-Furche [1]) zu tasten. Ihren Namen verdankt sie der Tatsache, daß sie mit zunehmender Retraktion des Corpus uteri höhersteigt. Sie kann daher zur Kontrolle der Muttermundserweiterung und zwar durch äußere Untersuchung der Kreißenden herangezogen werden (S. 59).

[1]) Ludwig Bandl, Geburtshelfer in Wien, 1842—1892

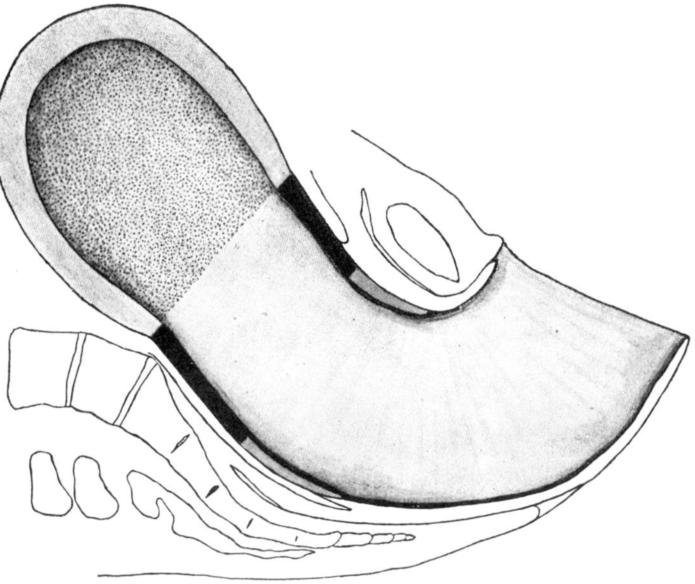

Abb. 16 **Uterus und Weichteilrohr während der Geburt.** Das Corpus uteri hat sich retrahiert, das Weichteilrohr ist aufgedehnt. Der Isthmus (schwarz) ist jetzt zum passiven Weichteilrohr zu rechnen.

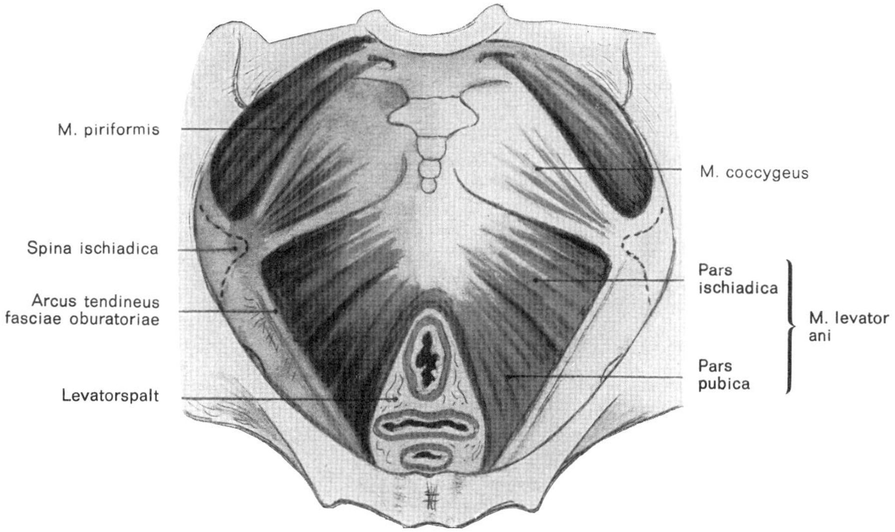

Abb. 17 **Beckenboden von innen gesehen.** Die Befestigung des Beckenbodens am Arcus tendineus und am Steißbein sowie die Levatorplatte sind zu erkennen. Steißbein, Kreuzbein und die Spinae ischiadicae sind durchscheinend gezeichnet.

Beckenboden

Der Beckenboden wird aus einem System dachziegelartig über- und aneinanderliegender Muskeln und Faszien gebildet, das in den unteren Teil des kleinen Beckens eingefügt ist. Die *Befestigung* erfolgt hinten unter Zuhilfenahme der Ligamenta sacrotuberalia, seitlich mittels des Arcus tendineus der Fascia obturatoria (Abb. 17). Weiterhin findet sich eine Faszienplatte zwischen der Steißbeinspitze und dem Musculus sphincter ani externus, die als Ligamentum anococcygeum (= Levatorplatte) bezeichnet wird (Abb. 17).

Abb. 18 **Die äußere Schließmuskelschicht des Beckenbodens.**

Die eigentliche Muskulatur des Beckenbodens besteht aus drei Schichten:

1. Äußere Schließmuskelschicht
2. Diaphragma urogenitale
3. Musculus levator ani (Diaphragma pelvis)

Die **äußere Schließmuskelschicht** (Abb. 18) wird aus dem Musculus ischiocavernosus, dem Musculus transversus perinei superficialis, dem Musculus bulbospongiosus (Scheidenschließmuskel) und dem Musculus sphincter ani externus gebildet. Der Musculus bulbospongiosus und der Musculus sphincter ani externus sind in Form einer Achtertour angeordnet und vereinigen sich zwischen Anus und hinterer Kommissur der Scheide im sog. Centrum tendineum.

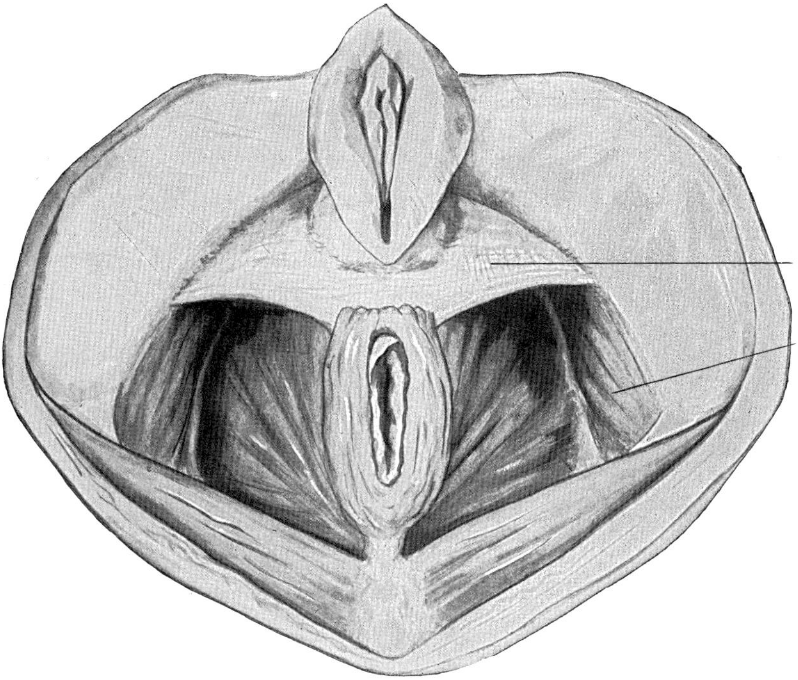

Abb. 19 **Diaphragma urogenitale als mittlere Schicht des Beckenbodens.**

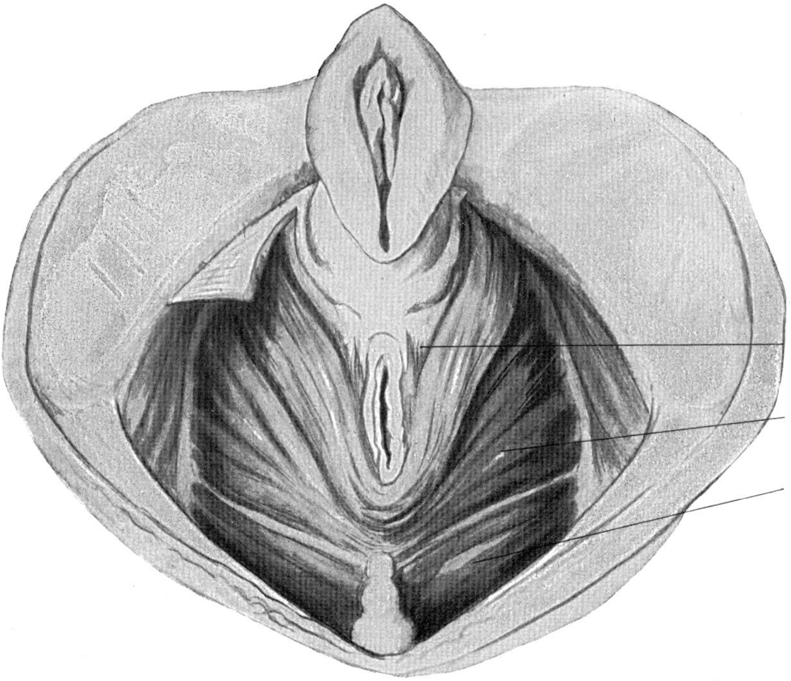

Abb. 20 **Musculus levator ani (Diaphragma pelvis) als innere Schicht des Beckenbodens.**

Das **Diaphragma urogenitale** (Abb. 19) als mittlere Schicht des Beckenbodens ist im Schambogen in Form einer dreieckigen Muskelplatte ausgespannt. Sie enthält den Musculus transversus perinei profundus und die quergestreiften Anteile des muskulären Harnröhrenverschlusses.

Der **Musculus levator ani,** der auch als Diaphragma pelvis bezeichnet wird (Abb. 20), bildet die dritte, innere, kräftigste Schicht des Beckenbodens. Die von der Steißbeinspitze bzw. dem Ligamentum anococcygeum nach vorn und unten ausstrahlenden Fasern setzen mit ihren zwei Anteilen, der Pars pubica und der Pars ischiadica an der seitlichen Beckenwand an. Die durch die Anordnung gegebene „schiefe Ebene", die sich von hinten und seitlich oben nach vorn und median unten neigt, hat die Aufgabe, das Geburtsobjekt in Richtung auf den Beckenausgang zu leiten. Zugleich unterstützt sie die Drehung des vorangehenden Teiles im kleinen Becken (S. 28). Zwischen den medianen Rändern der Levatorschenkel bleibt der längsovale *Levatorspalt* für den Durchtritt von Rektum, Vagina und Harnröhre als sog. Hiatus genitalis ausgespart (Abb. 11 und 17).

Literatur

Rauber-Kopsch: Lehrbuch und Atlas der Anatomie des Menschen, 19. Aufl., Bd. I. Thieme Stuttgart 1955

Martius, H.: Die regelwidrige Geburt. In: Biologie und Pathologie des Weibes, Bd. VIII, hsg. von A. J. Amreich, L. Seitz. Urban & Schwarzenberg, München 1955

Martius, H., H. Hartl, G. Martius: Lehrbuch der Geburtshilfe, 6. Aufl. Thieme, Stuttgart 1964

von Massenbach, W.: Zur Frage der Wirkung des Nebennierenrindenhormons auf die Schamfuge des Meerschweinchens. Zbl. Gynäk. 67 (1943) 905

von Massenbach, W.: Die Wirkung der Sexualhormone auf den Zitz des Meerschweinchens. Zbl. Gynäk. 67 (1943) 1610

von Massenbach, W., K. H. Schäfer, W. Zimmermann: Hebammenlehrbuch. Springer, Berlin 1948

Stone, M. L., A. Sedlis, M. Zuckerman: Relaxin – a critical evaluation. Amer. J. Obstet. Gynec. 76 (1958), 544

Geburtsobjekt

Eine genaue Kenntnis der Gestalt des Geburtsobjektes ist für das Verständnis des Geburtsmechanismus in gleicher Weise von Wichtigkeit wie die im vorstehenden Kapitel vermittelte räumliche Vorstellung vom Geburtskanal.
Der geburtsmechanisch wichtigste Teil des Kindskörpers ist der in etwa 96 % aller Geburten vorangehende Kopf.

Kindlicher Kopf

Am kindlichen Kopf sind Gehirnschädel, Gesichtsschädel und Schädelbasis voneinander zu unterscheiden. Gesichtsschädel und Schädelbasis sind infolge der festen Fügung ihrer Knochen während der Geburt nicht konfigurierbar.

Der **Gehirnschädel** als Umhüllung der Schädelhöhle wird aus den folgenden platten Knochen gebildet (Abb. 21 bis 24):

2 Stirnbeine (Ossa frontalia)

2 Scheitelbeine (Ossa parietalia)

2 Schläfenbeine (Ossa temporalia)

1 Hinterhauptbein (Os occipitale)

Die Knochen sind zu einem Gehäuse von ovoider Gestalt zusammengefügt.

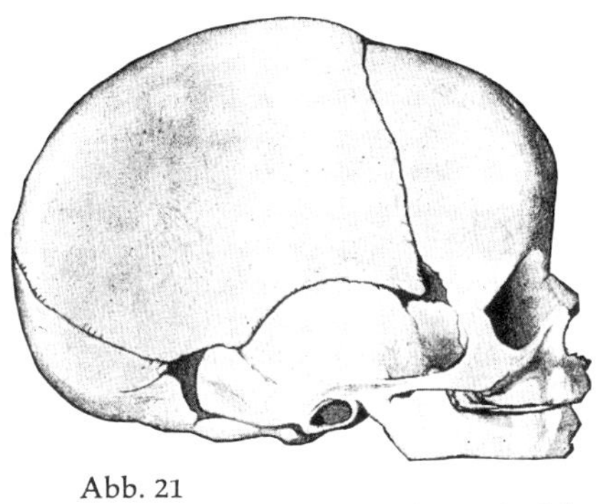

Abb. 21
Seitenansicht des kindlichen Schädels.

Die **Nähte** (Suturae) stellen die bindegewebige Verbindung der Schädelknochen untereinander dar. Sie lassen während der Geburt eine gewisse Konfigurierbarkeit des Gehirnschädels zu (S. 23). Zusätzlich dienen sie zusammen mit den Fontanellen (s. u.) dem tastenden Finger bei der geburtshilflichen Untersuchung als Orientierungspunkte am vorangehenden Kopf, wobei die Nähte die Kontrolle der Einstellung im Geburtskanal zulassen (S. 27). Folgende vier Nähte sind für den Geburtshelfer von Bedeutung (Abb. 21–24):

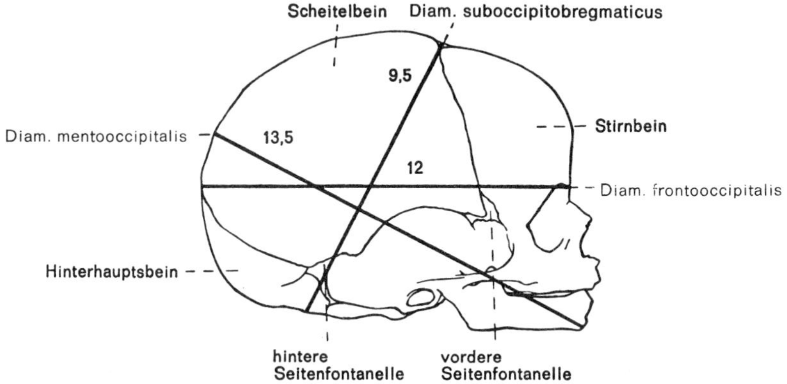

Abb. 22 **Seitenansicht des kindlichen Schädels.** Schematische Darstellung mit Angabe der Längsdurchmesser.

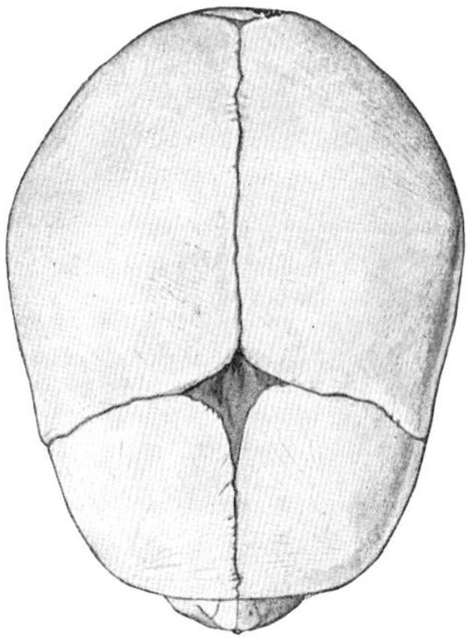

Abb. 23
Aufsicht des kindlichen Schädels.

Die *Stirnnaht* (Sutura frontalis) verbindet die beiden Stirnbeine miteinander.

Die *Pfeilnaht* (Sutura sagittalis) findet sich zwischen den beiden Scheitelbeinen.

Die *Kranznaht* (Sutura coronalis) verläuft beiderseits zwischen den Stirn- und Scheitelbeinen.

Die *Lambdanaht* (Sutura lambdoidea) stellt die Verbindung der Hinterhauptsschuppe mit den beiden Scheitelbeinen dar.

Als **Fontanellen** (Fonticula cranii) (Abb. 21–24) werden Knochenlücken bezeichnet, die durch das Zusammentreffen mehrerer Nähte entstehen. Ihre Differenzierung bei der inneren geburtshilflichen Untersuchung dient der Haltungsdiagnose am Geburtsobjekt (S. 25). Wir unterscheiden:

Die *große Fontanelle* (Stirnfontanelle, Fonticulus anterior [major]) im Bereich des Vorderhauptes an der Kreuzungsstelle von Stirnnaht, Pfeilnaht und Kranznaht. Sie hat eine vierzipfelige oder auch Rautenform.

Die *kleine Fontanelle* (Hinterhauptfontanelle, Fonticulus posterior [minor]) im Bereich des Hinterhauptes an der Vereinigungsstelle von Pfeilnaht und Lambdanaht. Sie hat eine dreizipfelige Form.

Die beiden *Seitenfontanellen* (Keilbeinfontanelle = Fonticulus anterolateralis [sphenoideus] bzw. Warzenfontanelle = Fonticulus posterolateralis [mastoideus]) beiderseits vor bzw. hinter der Schuppe des Schläfenbeines. Während der Geburt können sie sich bei starker Seitwärtsneigung des Kopfes im Sinne der Scheitelbeineinstellung

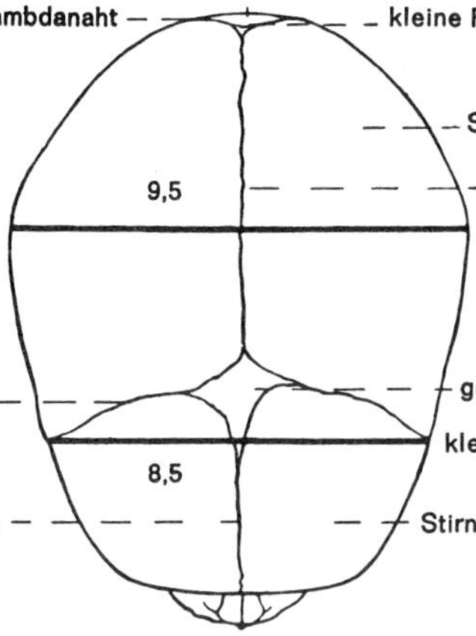

Abb. 24 **Aufsicht des kindlichen Schädels.** Schematische Darstellung mit Angabe der Querdurchmesser.

(S. 49) evtl. dem tastenden Finger darbieten und damit durch Verwechslung mit den beiden zuerst genannten Hauptfontanellen zur Fehldiagnose führen.

Die **Maße** des kindlichen Kopfes, die von geburtshilflichem Interesse sind, sind in den Abb. 22, 24 und 25 wiedergegeben. [1])

a) **Längsdurchmesser:**

Der *gerade Durchmesser* (Diameter frontooccipitalis) von der Glabella zum Hinterhaupt = 12,0 cm.

Der *große schräge Durchmesser* (Diameter mentooccipitalis) von der Kinnspitze zum entferntesten Punkt des Hinterhauptes = 13,5 cm.

Der *kleine schräge Durchmesser* (Diameter suboccipitobregmaticus [2])) vom Nakken zur Mitte der großen Fontanelle = 9,5 cm.

b) **Querdurchmesser:**

Der *große quere Durchmesser* (Diameter biparietalis), die größte Entfernung der Scheitelbeinhöcker = 9,5 cm.

[1]) Die Kontrolle bisheriger Maßangaben in den Lehrbüchern haben gezeigt, daß das Geburtsobjekt im Sinne einer „intrauterinen Akzeleration“ an Größe zugenommen hat. Differenzen zu früheren Beschreibungen des Geburtsobjektes ergeben sich aber auch daraus, daß diese zumeist auf unmittelbar nach der Geburt, also am konfigurierten Kopf gewonnene Maße zurückgriffen, während doch primär die zur Geburt mitgebrachten Durchmesser und Umfänge geburtsmechanisch wirksam werden (G. MARTIUS, M. KÄTER und D. P. H. KLUGE).

[2]) Bregma = Oberschädel von βρέχω = befeuchten, da er die „Unreinlichkeiten des Gehirns durch seine Nähte schwitzen läßt“ (HYRTL).

Der *kleine quere Durchmesser* (Diameter bitemporalis), die größte Entfernung der Schenkel der Kranznaht = 8,5 cm.

c) **Umfänge:**

Circumferentia frontooccipitalis, der Umfang, der dem geraden Durchmesser entspricht = 35,0 cm.

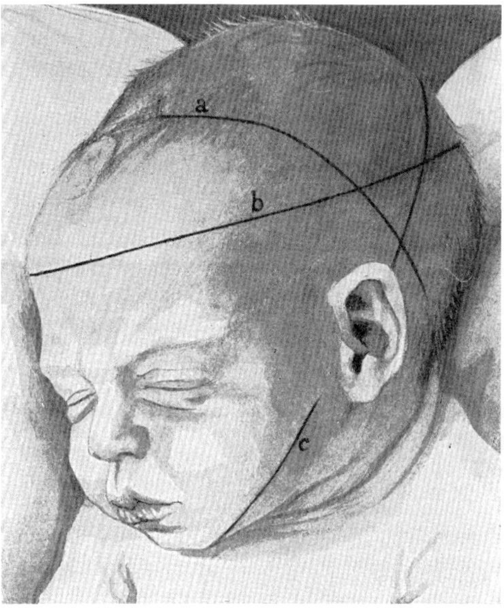

Abb. 25 **Die Umfänge des kindlichen Schädels.** a = Circumferentia suboccipitobregmatica; b = Circumferentia frontooccipitalis; c = Circumferentia mentooccipitalis.

Circumferentia mentooccipitalis, der Umfang, der dem großen schrägen Durchmesser entspricht = 39,0 cm.

Circumferentia suboccipitobregmatica, der Umfang, der dem kleinen schrägen Durchmesser entspricht = 33,0 cm.

Die wiedergegebenen Maße stellen Durchschnittswerte des unkonfigurierten Kopfes reifer Kinder dar.

Rumpf des Kindes als Geburtsobjekt

Nach dem Kopf sind am kindlichen Rumpf der Schultergürtel und die Hüftbreite die geburtsmechanisch wichtigsten Abschnitte. Im Gegensatz zum Kopf überwiegt bei ihnen der Querdurchmesser gegenüber dem Längsdurchmesser.

Der **Schultergürtel** hat einen Umfang von 34—35 cm. Die starke Konfigurierbarkeit, die es zuläßt, daß die primär elliptische Form annähernd in einen runden Querschnitt übergeht, bringt eine wesentliche Verkleinerung mit sich, da bekanntlich der Kreis bei kleinstem Umfang den größten Inhalt hat.

Die **Hüftbreite** ist mit einem Umfang von 24 cm bei der Schädellagengeburt ohne mechanische Bedeutung. Bei der Beckenendlage wird der Geburtsverlauf durch ihn indessen maßgeblich bestimmt (S. 54) und zwar, wie die nachstehenden Maße erkennen lassen, in Abhängigkeit von der Art der Poleinstellungsanomalie. Die geburtsmechanisch wirksamen Umfänge bei den verschiedenen Beckenendlagen sind die folgenden:

Vollkommene Fußlage:	24 cm
Einfache Steißlage:	27 cm
Vollkommene Steißfußlage:	32 cm

Gestalts- und Haltungsänderungen

Das Geburtsobjekt erlebt während der Geburt zur Anpassung an den ihm zur Verfügung stehenden Raum verschiedene Gestalts- und Haltungsänderungen. Sie bestehen einmal in der durch Schnürung im Geburtskanal auftretenden, im Vorstehenden wiederholt genannten *Konfiguration*. Ihr Ausmaß geht aus der Tab. 1 hervor, die die Verformung des Kopfes beispielhaft bei 100 in vorderer Hinterhauptslage geborenen Kindern wiedergibt. Sie beträgt bei den Umfängen knapp 1 cm, bei den queren Durchmessern $^1/_4$—$^1/_2$ cm. Prozentual ist sie bei dieser geburtsmechanischen Situation mit fast 6 % beim Diameter bitemporalis am größten.

Weiterhin erlaubt die Beweglichkeit des kindlichen Kopfes vor allem im Atlantookzipitalgelenk *Haltungsänderungen* des Geburtsobjektes, die ebenfalls der Anpassung an die Form des Geburtskanales und damit der besseren Raumausnutzung dienen. So führt die Beugung des Kopfes dazu, daß anstelle der Circumferentia frontooccipitalis mit 35 cm die kleinere Circumferentia suboccipitobregmatica mit nur 33 cm geburtsmechanisch wirksam wird, daß also eine Verminderung des Kopfumfanges um 2 cm eintritt.

Tabelle 1 Die Differenzen der Kopfmaße unmittelbar nach der Geburt und am 6.—8. Lebenstag als Ausdruck der Konfiguration (n = 100 Neugeborene aus vorderer Hinterhauptslage) (G. Martius, M. Käter und D. P. H. Kluge).

	Kopfmaße des Kindes		Konfiguration
	nach der Geburt	am 6.—8. Lebenstag	
C. frontooccipitalis	34,50 cm	35,23 cm	— 0,73 cm
C. suboccipitobregmatica	32,36 cm	33,16 cm	— 0,80 cm
C. mentooccipitalis	39,05 cm	39,03 cm	+0,02 cm
D. bitemporalis	7,90 cm	8,37 cm	— 0,47 cm
D. biparietalis	9,25 cm	9,53 cm	— 0,28 cm

Schließlich wird der Geburtsmechanismus vom Geburtsobjekt durch Richtung und Schwere der *Abbiegbarkeit* in den verschiedenen Abschnitten der Wirbelsäule bestimmt. Die Beweglichkeit ist in den verschiedenen Höhen unterschiedlich. Nach dem Vorschlag von Sellheim bezeichnen wir die Richtung der leichteren Abbiegbarkeit als „Biegungsfazillimum", die der schwereren Abbiegbarkeit als „Biegungsdiffizillimum". Dabei ist zu beachten, daß hier nicht nur eine Biegungsabhängigkeit von den anatomischen Verhältnissen der Wirbelsäule und ihrer Umgebung, sondern zugleich von der Haltung des Kindes gegeben ist. So wird mit zunehmender Beugung des Kopfes das Biegungsfazillimum der Halswirbelsäule in Richtung der Streckung größer, das Biegungsdiffizillimum indessen kleiner und umgekehrt. Im einzelnen sollte der Geburtshelfer bei gleichzeitiger Berücksichtigung der Haltung der Frucht für die verschiedenen Abschnitte der Wirbelsäule die folgenden *Richtungen der leichteren Abbiegbarkeit* kennen:

a) In der Halswirbelsäule bei gebeugtem Kopf = Streckung (S. 32).
b) In der Halswirbelsäule bei gestrecktem Kopf = Beugung (S. 32).
c) In der Lendenwirbelsäule bei hochgeschlagenen Beinen (einfache Steißlage) = Abbiegung zur Seite (S. 56).
d) In der Lendenwirbelsäule bei einseitig hochgeschlagenem Bein (unvollkommene Fußlage) = Abbiegung zur „ungeschienten", d. h. zur Seite des ausgestreckten Beines (S. 110).

Literatur

RAUBER-KOPSCH: Lehrbuch und Atlas der Anatomie des Menschen, 19. Aufl., Bd. I., Thieme, Stuttgart 1955

MARTIUS, H., H. HARTL, G. MARTIUS: Lehrbuch der Geburtshilfe, 6. Aufl., Thieme, Stuttgart 1964

MARTIUS, G., M. KÄTER, D. P. H. KLUGE: Kopfmaße und Kopfform des Neugeborenen in ihren Beziehungen zum Geburtsmechanismus. Beobachtungen bei der vorderen Hinterhauptslage. Arch. Gynäk. *199* (1964) 360

WEHEFRITZ, E., E. GIERHAKE: Diametrische Untersuchungen an reifen Neugeborenen. Arch. Gynäk. *163* (1937) 11

Geburtsmechanismus

Unter dem Begriff des „Geburtsmechanismus“ werden diejenigen mechanischen Beziehungen zusammengefaßt, die zwischen dem Geburtsobjekt und dem Geburtskanal unter dem Einfluß der Wehentätigkeit eintreten. Für ihr Verständnis ist die Kenntnis der folgenden geburtshilflichen Begriffe Voraussetzung:

Haltung (Habitus)
Einstellung (Präsentatio)
Stellung (Positio)
Poleinstellung
Lage (Situs)

Ihre *Definition* weicht in den verschiedenen Lehrbuchdarstellungen z. T. erheblich voneinander ab. Zugleich führt die in der Praxis übliche gleichförmige Belegung verschiedener geburtshilflicher Situationen mit dem Begriff der „Lage“ beim Lernenden zunächst oft zu erheblicher Verwirrung. Dies kommt z. B. in den Bezeichnungen „Vorderhauptslage“ und „Beckenendlage“ zum Ausdruck, obwohl es sich doch im ersten Fall um eine Besonderheit der „Haltung“, im zweiten um eine „Poleinstellungsanomalie“ handelt. Um so wichtiger ist es, sich zunächst streng an die im folgenden gegebenen Definitionen zu halten.

Haltung (Habitus)

Die Haltung (Habitus) der Frucht bezeichnet die *Beziehungen der kindlichen Teile zueinander,* wobei den Beziehungen zwischen Kopf und Rumpf die größte Bedeutung zukommt.

Die *Diagnose* der Haltung des Kopfes erfolgt durch die innere Untersuchung und zwar in den meisten Fällen an Hand des Standes der Fontanellen. Da die Haltung aber auch beim regelrechten Geburtsverlauf Änderungen unterworfen ist, ist zu ihrer Beurteilung jeweils der Höhenstand des vorangehenden Teiles heranzuziehen. Die folgende Übersicht zeigt die wichtigsten Besonderheiten der Haltung im Verlauf der regelrechten und regelwidrigen Schädellagengeburt:

Regelrechte Haltung des Kopfes:

Im Beckeneingang:	Indifferente Haltung (Fontanellen auf gleicher Höhe)
Im Beckenausgang:	Beugung (kleine Fontanelle führt)

Regelwidrige Haltung des Kopfes:

Im Beckeneingang:	Beugehaltung (ROEDERER-Kopfhaltung) (kleine Fontanelle führt) Streckhaltung (große Fontanelle oder Stirn führt)
Im Beckenausgang:	Streckhaltungen (Scheitellage, Vorderhauptslage, Stirnlage, Gesichtslage) Indifferente Haltung bei tiefem Querstand (Fontanellen auf gleicher Höhe).

Auf die *geburtsmechanische Wirkung* der physiologischen Haltungsänderung wurde bereits bei der Beschreibung des Geburtsobjektes eingegangen (S. 23). Durch die im Verlauf der Geburt eintretende Beugung wird der Kopf, der im Sinne einer Dolichozephalie [1]) seine größte Ausdehnung im Längsdurchmesser aufweist, längsgerichtet, wodurch eine Verminderung des Umfanges erreicht wird — etwa in gleicher Weise, wie auch ein Stück Holz günstiger über die Spitze in den Ofen eingeführt wird.

Abb. 26 **Der Ulmer Spatz.**

Die mit der Beugung des Langkopfes erreichte Raumersparnis zeigt uns auch die Sage vom „Ulmer Spatz" (Abb. 26). Er bewahrte das Stadttor dadurch vor dem Abreißen, daß er durch einen *längs* in einen Mauerschlitz eingeführten Strohhalm demonstrierte, wie einem mit Langholz zunächst quer beladenem Wagen die Einfahrt in die Stadt ermöglicht werden konnte. In einem schwäbischen Gedicht heißt es dazu:

„Goht des de breite Weg net nei,
No kan's d'r Länge noch doch sei."

Die teleologische Deutung der Haltungsänderung sagt indessen noch nichts über deren *Ursache* aus. Lange Zeit wurde hierzu die „Lehre vom zweiarmigen Hebelarm" von A. MUELLER [2]) herangezogen. Sie geht davon aus, daß die Halswirbelsäule bei der Dolichozephalie exzentrisch und zwar nach hinten versetzt an der Schädelbasis angreift und deshalb der längere vordere Hebelarm wie bei einer asymmetrischen Schaukel in stärkerem Maße zurückgehalten wird. Diese kausale Deutung kann jedoch einer Kritik nicht standhalten, da sie den bereits von SELLHEIM abgelehnten Fruchtachsendruck für die Propulsion des Geburtsobjektes zur Voraussetzung hat. Sie gelingt vielmehr durch Berücksichtigung der *unterschiedlichen Wölbung des Schä-*

[1]) ϑολιχόγ = lang
[2]) ARTHUR MUELLER, Geburtshelfer in München, 1863—1926

deldaches (G. Martius, Käter u. Kluge). Der zur Geburt mitgebrachte, noch unkonfigurierte Kopf weist wie dies die Abb. 21 erkennen läßt, im Bereich des Vorderhauptes eine flachere Wölbung auf als das steil abfallende Hinterhaupt. Weicht nun der zunächst sich in indifferenter Haltung befindende Kopf unter dem Einfluß der Wehen der intrauterinen Druckerhöhung aus, so trifft er im Geburtskanal auf Widerstand. Dieser findet an den flachen Partien des Vorderhauptes einen besseren Angriffspunkt als am Hinterhaupt, so daß das erstere in vermehrtem Maße gebremst, d. h. zurückgehalten wird. Das in der Abb. 27 dargestellte Parallelogramm der Kräfte demonstriert

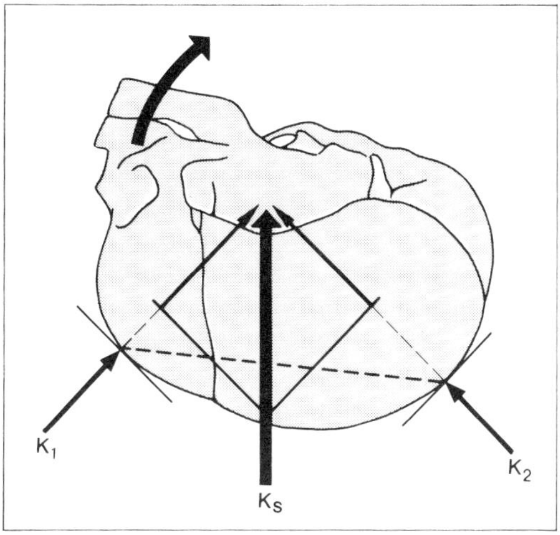

Abb. 27 **Die Ursache der Haltungsänderung.** Einwirkung der intraovulären Druckerhöhung und des Widerstandes im Geburtskanal auf den dolichozephalen Kopf. (Nach G. Martius, M. Käter und D. P. H. Kluge)
K_1 u. K_2 = Kraftrichtung des Widerstandes im Geburtskanal
K_S = Resultierende Kraftrichtung aus K_1 u. K_2.

den zum Vorderhaupt hin verschobenen Angriffspunkt der Widerstandskräfte. Damit ist für die Haltungsänderung während der Geburt in erster Linie die genetisch determinierte, zur Geburt mitgebrachte Kopfform verantwortlich zu machen, auf deren Bedeutung für den Geburtsmechanismus vor allem H. Martius und Bickenbach aufmerksam gemacht haben. Schmidt-Matthiesen hat als Ursache der Haltungsänderung weitere „Drehmomente" konstruieren können, die ebenfalls auf die Messung von Neugeborenenschädeln zurückgehen.

Einstellung (Präsentatio)

Als Einstellung (Präsentatio) der Frucht werden zusammenfassend die *Beziehungen des vorangehenden Teiles zum Geburtskanal* bezeichnet.

Die *Diagnose* wird durch die innere Untersuchung und zwar in erster Linie an Hand des Verlaufes der Pfeilnaht gestellt. Dabei hat auch hier der Höhenstand des Geburtsobjektes Berücksichtigung zu finden (S. 37). Die wichtigsten Besonderheiten der Einstellung im Verlauf der regelrechten und regelwidrigen Geburt sind in der folgenden Übersicht zusammengestellt:

Regelrechte Einstellung des Kopfes:

Im Beckeneingang: Hoher Querstand
(Pfeilnahtverlauf quer)

Im Beckenausgang: Tiefer Geradstand
(Pfeilnahtverlauf gerade)

Regelwidrige Einstellung des Kopfes:

Im Beckeneingang: Hoher Geradstand
(Pfeilnahtverlauf gerade)

Im Beckenausgang: Tiefer Querstand
(Pfeilnahtverlauf quer)
Hintere Hinterhauptslage
(Pfeilnahtverlauf gerade, Nacken des Kindes aber hinten)
Innere Überdrehung
(Pfeilnaht bei 1. Stellung im 2. schrägen Durchmesser und umgekehrt)
Äußere Überdrehung
(Schulteraustritt bei 1. Stellung mit dem Rücken rechts und umgekehrt)

Die Einstellung der *Schultern* erfolgt im Beckeneingang normalerweise im Querstand, im Beckenausgang gerade. Die *Hüftbreite* folgt bei der Beckenendlage (S. 55) den gleichen geburtsmechanischen Gesetzen, indem auch sie in den querovalen Bekkeneingang quer eintritt, um nach einer Drehung von 90 ° im geraden Durchmesser durch den Beckenausgang auszutreten.

Die *geburtsmechanische Wirkung* der physiologischen Einstellungsänderung im Verlauf der Geburt ergibt sich aus der unterschiedlichen Gestalt des Geburtskanales in den verschiedenen Höhen (S. 6). Durch die Einstellungsänderung wird erreicht, daß sich das Geburtsobjekt mit seinem größten Durchmesser jeweils in den größten Durchmesser der betreffenden Beckenetage hineindreht und so die günstigste Raumausnutzung erreicht (S. 31).

Die *Ursache* der in Form der Drehung während der Geburt erfolgenden Einstellungsänderung ist einmal in der schrägen Anordnung der Levatorschenkel zu suchen, deren „schiefe Ebene" (S. 18) den vorangehenden Teil in den längsovalen Hiatus genitalis hineinleitet. Zum zweiten steht dem Kopf in der Beckenhöhle infolge der Konkavität der Kreuzbeinvorderfläche nach dorsal vermehrt Raum zur Verfügung. Das auf diese Weise gegebene Spannungsgefälle von der Seite nach hinten dreht den Kopf in die Kreuzbeinaushöhlung hinein und zwar normalerweise mit seiner breitesten Stelle. Auf diese Weise wird zugleich die *Richtung der Drehung* bestimmt, die für die noch zu besprechende Abbiegungsübereinstimmung von Bedeutung ist (RUCKELSHAUSEN) (S. 31).

Stellung (Positio)

Unter der Stellung (Positio) des Geburtsobjektes verstehen wir die *Beziehungen zwischen der Oberfläche des Kindes und der Innenfläche des Fruchthalters.*

Die *Diagnose* wird durch die äußere Untersuchung mit Hilfe des 2. LEOPOLD-Handgriffes [1]) gestellt. Die Nomenklatur richtet sich bei der Längslage nach dem Rücken, bei der Querlage nach dem Kopf und dem Rücken des Kindes. Die sonst in der Geburtshilfe gebräuchlichen Bezeichnungen 1 = links und 2 = rechts werden auch hier beibehalten und durch die Buchstaben a = vorn und b = hinten ergänzt. Wir unterscheiden demnach:

Bei der Längslage:

1. Stellung: Rücken links	1a-Stellung: Rücken links vorn 1b-Stellung: Rücken links hinten
2. Stellung: Rücken rechts	2a-Stellung: Rücken rechts vorn 2b-Stellung: Rücken rechts hinten

Bei der Querlage:

1. Stellung: Kopf links	
2. Stellung: Kopf rechts	
Dorsoanteriore Querlage:	Rücken vorn
Dorsoposteriore Querlage:	Rücken hinten
Dorsosuperiore Querlage:	Rücken oben
Dorsoinferiore Querlage:	Rücken unten

Selbstverständlich kommen bei diesen Stellungen alle Zwischenstufen vor. Indessen ist es nicht möglich, Regelwidrigkeiten der Stellung anzugeben.

Poleinstellung

Der Begriff der Poleinstellung wurde in die Geburtshilfe zur Bezeichnung der *Art des vorangehenden Teiles* eingeführt, nach dem hierzu die Einstellung im strengen Definitionssinn (S. 27) nicht herangezogen werden kann.

Zur *Diagnose* bedienen wir uns dabei des 3. und 4. LEOPOLD-Handgriffes und der inneren Untersuchung. Die folgenden beiden Möglichkeiten sind gegeben:

Regelrechte Poleinstellung:

Schädellage

Regelwidrige Poleinstellung:

Beckenendlagen: Einfache Steißlage

Unvollkommene Vollkommene	Fußlage
Unvollkommene Vollkommene	Steißfußlage
Unvollkommene Vollkommene	Knielage

[1]) GERHARD CHRISTIAN LEOPOLD, Geburtshelfer in Leipzig und Dresden, 1846—1911

Bei einer durchschnittlichen Frequenz von 3 % Beckenendlagen und 1 % Querlagen (S. 34) verlaufen 96 % aller Geburten in normaler Poleinstellung.

Lage (Situs)

Unter Lage versteht der Geburtshelfer nach strenger Definition allein die *Beziehungen zwischen der Längsachse des Kindes und der Längsachse des Geburtskanales.* Fallen beide Achsen zusammen, so besteht eine normale Längslage; bilden sie indessen miteinander einen Winkel, so liegt eine Schräg- oder Querlage vor. Wir unterscheiden demnach lediglich:

Regelrechte Lage:

Längslage

Regelwidrige Lage:

Schräg- und Querlage

99 % aller Geburten verlaufen in der normalen Längslage. Schräg- und Querlagen werden nur in 1 % der Fälle beobachtet (S. 34).

Die *Diagnose* der Lage kann oftmals schon durch die Inspektion gestellt werden, wobei die Uterusform einen Hinweis gibt. Weiterhin stehen zu diesem Zweck der 2. und 3. Leopold-Handgriff und die innere Untersuchung zur Verfügung. Bei der zuletzt genannten muß bereits die Tatsache, daß ein großer Kindsteil nicht erreichbar ist, zum Verdacht auf eine Regelwidrigkeit der Lage führen.

Gesetz des geringsten Zwanges

Es ist das Verdienst von Sellheim, für die unter dem Einfluß der Wehen eintretenden Beziehungen zwischen Geburtsobjekt und Geburtskanal erkannt zu haben, daß sie dem von dem Mathematiker K. F. Gauss [1]) für die Mechanik gestellten „Gesetz des geringsten Zwanges" unterworfen sind. Auf die Geburtsvorgänge bezogen bedeutet dies, daß das Geburtsobjekt bestrebt ist, sich in den verschiedenen Etagen des Geburtskanales so den gegebenen Raumverhältnissen anzupassen, wie es der geringsten Schnürung oder Haltungsspannung ausgesetzt ist. Dieses Ziel vermag die Frucht auf zweierlei Weise zu erreichen und zwar:

1. Durch das Bestreben nach Formübereinstimmung
2. Durch das Bestreben nach Abbiegungsübereinstimmung.

Das **Bestreben nach Formübereinstimmung** besagt, daß der vorangehende Teil bemüht ist, sich in jeder Höhe des Geburtskanales dessen Form anzupassen. Typische Beispiele für die Formanpassung sind der Eintritt des Kopfes in den querovalen

1) Karl Friedrich Gauss, Mathematiker in Göttingen, 1777—1855

Beckeneingang mit querverlaufender Pfeilnaht und der Austritt durch den längsovalen Beckenausgang in Form des tiefen Geradstandes (S. 38). Aber auch die Beugung des Langkopfes führt, wie dies u. a. am Beispiel des „Ulmer Spatz" demonstriert werden konnte (S. 26), über eine Umfangverminderung zu einer günstigeren Raumausnutzung. Schließlich erlaubt die Verschieblichkeit der Schädelknochen in gewissem Maße eine Anpassung an die räumlichen Verhältnisse. Zusammengefaßt hat die Frucht während der Geburt die folgenden Möglichkeiten, zur Formübereinstimmung mit den jeweiligen räumlichen Verhältnissen im Geburtskanal zu kommen:

1. Durch eine Einstellungsänderung in Form der Drehung
2. Durch Haltungsänderungen in Form der Beugung und Streckung
3. Durch Konfiguration.

Einige Beispiele für die erreichte bzw. ausgebliebene Formübereinstimmung mögen das Gesagte noch einmal veranschaulichen:

Erreichte Formübereinstimmung:

1. Längslage
2. Hoher Querstand
3. Tiefer Geradstand
4. Beugehaltung bei Dolichozephalie
5. ROEDERER-Kopfhaltung
6. Scheitelbeineinstellung

Ausgebliebene Formübereinstimmung:

1. Querlage
2. Hoher Geradstand
3. Tiefer Querstand
4. Fehlende Beugung bei Dolichozephalie (z. B. beim tiefen Querstand)
5. Partielle Streckung bei Dolichozephalie (z. B. in Form der Stirnlage)

Die *Ursache* für diejenigen Vorgänge, die im Verlauf der Geburt zur Formanpassung führen, besteht in Unterschieden des Widerstandes, der sich der Propulsion des Geburtsobjektes entgegenstellt. Diese wiederum bewirken Spannungsgefälle, die nach Auflösung streben und dabei der Frucht in der auf S. 27 beschriebenen Weise eine Haltungsänderung oder auch eine Rotationsbewegung aufzwingen.

Das **Bestreben nach Abbiegungsübereinstimmung** ist der zweite Weg, auf dem die Frucht versucht, dem „Gesetz des geringsten Zwanges" zu genügen. Das Knie des Geburtskanales, das in der Abb. 13 mit Hilfe der Führungslinie dargestellt wurde (S. 12), macht es notwendig, daß sich das Geburtsobjekt um die Symphyse herum nach vorn abbiegt. Zugleich ließ die Beschreibung des Geburtsobjektes erkennen, daß dieses eine in erster Linie durch die Haltung bestimmte, unterschiedliche *Abbiegbarkeit* besitzt (S. 24). Die Überwindung des Geburtsknies gelingt somit verständlicherweise am leichtesten, wenn der gebeugte Kopf an dieser Stelle in eine Streckung, der gestreckte Kopf aber in eine Beugung überzugehen vermag, d. h., *wenn die Richtung der leichteren Abbiegbarkeit der Frucht mit der Richtung der Biegung des Geburtskanales zusammenfällt.* Diese Abbiegungsübereinstimmung wird dann erreicht, wenn sich das Kind mit dem vorangehenden Teil symphysenwärts dreht, bei der

Beugehaltung also mit dem Nacken nach vorn, bei den Streckhaltungen mit dem Nacken nach hinten. In gleicher Weise ist das Prinzip unter Berücksichtigung des Biegungsfazillimum bzw. -diffizillimum auf die verschiedenen Formen der Beckenendlage (S. 54) anwendbar. Somit kommen wir zu folgenden geburtsmechanischen Möglichkeiten:

Erreichte Abbiegungsübereinstimmung:

Bei Beugehaltung:	Drehung des Nackens nach vorn (Abbiegung durch Streckung)
Bei Streckhaltung:	Drehung des Nackens nach hinten (Abbiegung durch Beugung)
Bei unvollkommener Fußlage:	Drehung des vorangehenden Fußes nach vorn (Abbiegung zur ungeschienten Seite)

Fehlende Abbiegungsübereinstimmung:

Bei Beugehaltung:	Drehung des Nackens nach hinten (= Hintere Hinterhauptslage, Abbiegung durch weitere Beugung)
Bei Streckhaltung:	Drehung des Nackens nach vorn (= z. B. dorsoanteriore Gesichtslage, Abbiegung durch weitere Streckung unmöglich)
Bei unvollkommener Fußlage:	Drehung des vorangehenden Fußes nach hinten (Abbiegung zur geschienten Seite)

Die Frage nach der *kausalen Deutung* der Abbiegungsübereinstimmung, d. h. nach den Kräften, die die Frucht zur regelrechten Drehung mit dem vorangehenden Teil zur Symphyse hin veranlassen, konnte lange Zeit nicht beantwortet werden. Kaltenbach, Sellheim und vor allem Beruti haben zunächst auf die bei der Abbiegung in der Frucht entstehenden „Deviationsspannungen" aufmerksam gemacht, die nach Entspannung streben und dabei den vorangehenden Teil zur Rotation veranlassen, bis die Richtung der leichteren Abbiegbarkeit mit der Biegungsrichtung im Geburtskanal zusammenfällt. Der Beweis wurde mit Hilfe des Modellversuches von Beruti erbracht (Abb. 28). Es erscheint aber zweifelhaft, ob die Spannungskräfte bereits in der Höhe des Geburtskanales wirksam werden, in dem der Drehungsbeginn zu beobachten ist, nämlich im oberen Teil der Beckenhöhle, und ob sie für die Veranlassung der Rotation ausreichen. Nach Ruckelshausen wird die regelrechte Drehung des vorangehenden Teiles zumindest zusätzlich durch die Ausnutzung des im Bereich der Kreuzbeinvorderfläche vermehrt zur Verfügung stehenden Raumes ausgelöst, der jeweils durch die größte Schädelbreite ausgefüllt wird. Die Schädelbreite wiederum weist eine deutliche Haltungsabhängigkeit auf (Abb. 29). Während sie bei zwangloser Haltung mit dem Führungspunkt des Kopfes zusammenfällt (Abb. 29 a), so daß

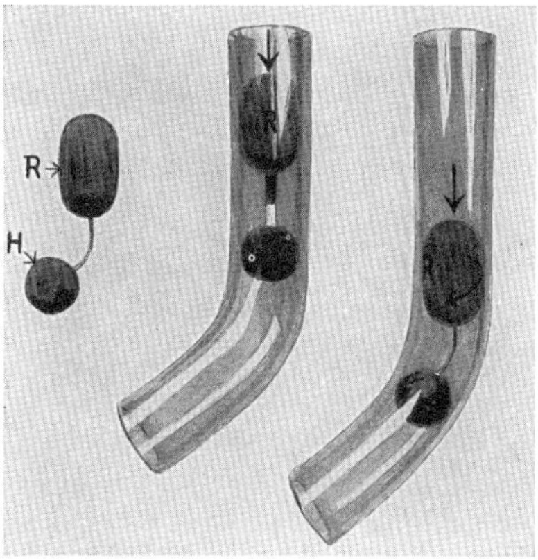

Abb. 28 **Modellversuch nach Beruti zur Erklärung der richtungsgebundenen Rotation des Geburtsobjektes am Knie des Geburtskanales.** Die beim Tiefertreten des Modells auftretende Spannung innerhalb der Feder bewirkt, daß sich das Modell in dem gebogenen Glasrohr dreht, bis die leichtere Krümmungsfähigkeit der Feder (über die Fläche) mit der Biegungsrichtung des Rohres zusammenfällt.

ein richtungsgebundener Rotationszwang fehlt, ist sie bei der Beugehaltung zum Vorderhaupt hin verschoben (Abb. 29 b). Der Kopf dreht sich deshalb mit der hier zu findenden größeren Schädelmasse nach hinten in die Kreuzbeinaushöhlung hinein, während er das schmalere Hinterhaupt dem weniger Raum bietenden vorderen Beckenabschnitt überläßt. Bei den Streckhaltungen findet sich die größere Schädelbreite

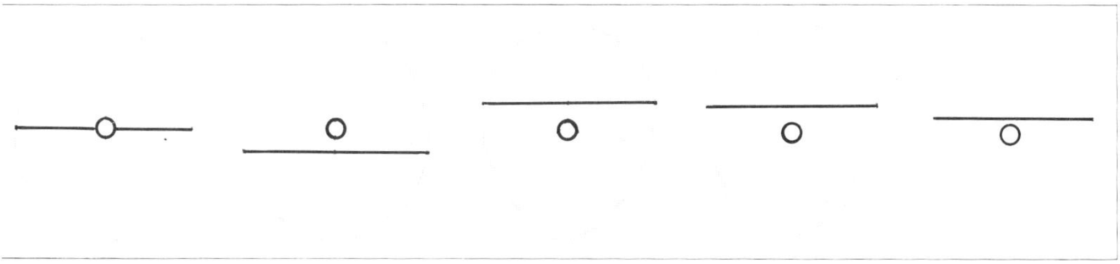

Abb. 29 **Die haltungsabhängige Kopfbreitenverlagerung** (nach Ruckelshausen). a) Bei indifferenter Haltung fallen Führungspunkt und größte Kopfbreite zusammen; b) bei Beugehaltung ist die größte Kopfbreite zum Vorderhaupt hin verschoben; c—e) bei den Streckhaltungen findet sich die größte Kopfbreite zum Hinterhaupt verschoben.

hinterhauptswärts verschoben (Abb. 29 c—e), so daß die dorsoposterioren Einstellungen bevorzugt werden. Nach Ruckelshausen ist damit die richtungsgebundene Drehung des vorangehenden Teiles, die zur Abbiegungsübereinstimmung führt, durch die *„haltungsabhängige Kopfbreitenverlagerung"* zu erklären.

Häufigkeit des regelrechten und regelwidrigen Geburtsmechanismus

Über das Vorkommen der regelrechten vorderen Hinterhauptslage und der wichtigsten geburtsmechanischen Regelwidrigkeiten gibt unter Berücksichtigung von Kindern mit Geburtsgewichten von 2800 g und mehr die Tab. 2 Auskunft.

Tabelle 2 **Häufigkeit der verschiedenen Geburtsmechanismen**

Vordere Hinterhauptslage	94 %
Hintere Hinterhauptslage	1 %
Streckhaltungen	1 %
Schädellagen	96 %
Beckenendlagen	3 %
Längslagen	99 %
Querlagen	1 %
	100 %

Literatur

BICKENBACH, W.: Studie über den Geburtsmechanismus bei Spontangeburt des Kopfes mit querverlaufender Pfeilnaht. Zbl. Gynäk. *51* (1927) 2778

BICKENBACH, W.: Ein Beitrag zur Ursachenlehre des hohen Geradstandes (Formabwegigkeit des kindlichen Kopfes). Zbl. Gynäk. *54* (1930) 2118

EYMER, K. Ch.: Überlegungen zum physiologischen Geburtsmechanismus. Geburtsh. u. Frauenheilk. *12* (1952) 769

MARTIUS, G., M. KÄTER, D. P. H. KLUGE: Kopfmaße und Kopfform des Neugeborenen in ihren Beziehungen zum Geburtsmechanismus. Beobachtungen bei der vorderen Hinterhauptslage. Arch. Gynäk. *199* (1964) 360

MARTIUS, H.: Die regelwidrige Geburt. In: Biologie und Pathologie des Weibes, Bd. VIII, Hsg. von A. J. AMREICH, L. SEITZ. Urban & Schwarzenberg, Berlin 1955

MUELLER, A.: Über die wechselseitigen Beziehungen zwischen Kopfform und Geburtsmechanismus. Arch. Gynäk. *82* (1907) 410

RUCKELSHAUSEN, M. C.: Ein Beitrag zur Geburtsmechanik. Geburtsh. u. Frauenheilk. *24* (1964) 793

RYDBERG, E.: The significance of the shape of the foetal head in the mechanism of labour, J. Obstet. Gynec. II (1935) 600

SCHMIDT-MATTHIESEN, H.: Neue Untersuchungen zur Geburtsmechanik. Geburtsh. u. Frauenheilk. *26* (1966) 489

WEHEFRITZ, E.: Über die Wechselbeziehungen zwischen Kopfform und Geburtsverlauf. Arch. Gynäk. *134* (1928) 353

Mechanismus der verschiedenen Geburtsarten

Vordere Hinterhauptslage

Im Verlauf der regelrechten Geburt in vorderer Hinterhauptslage lassen sich vier Phasen voneinander unterscheiden. Die Aufnahme der Beziehungen zwischen Kopf und Becken und damit der Beginn der geburtsmechanischen Vorgänge erfolgt vor allem bei der Erstgebärenden, oftmals aber auch bei der Mehrgebärenden schon unter dem Einfluß der Vor- und Senkwehen, also vor dem eigentlichen Geburtsbeginn. Zeitlich besteht hier demnach keine unbedingte Koinzidenz.

Erste Phase

In der ersten Phase des regelrechten Geburtsmechanismus (Abb. 30) tritt der Kopf in noch indifferenter Haltung, d. h. mit der Circumferentia frontooccipitalis von 35 cm in den Beckeneingang ein. Die Formanpassung wird in diesem Stadium zunächst allein durch die Übereinstimmung des größten Längsdurchmessers des Kopfes mit dem Queroval des Beckeneinganges, also dem *hohen Querstand* erreicht.

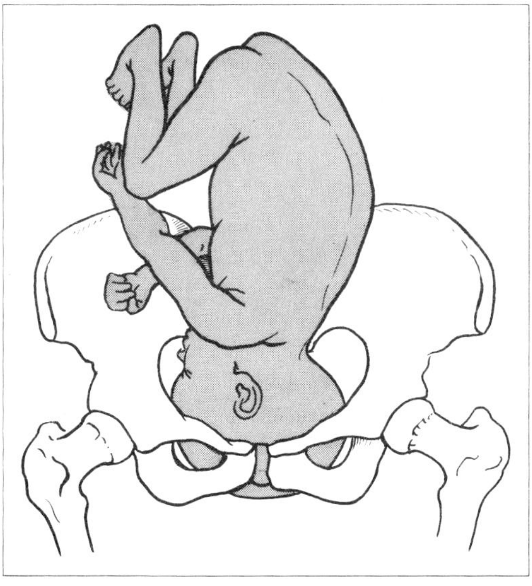

Abb. 30 Eintritt des Kopfes mit ungezwungener Haltung und querverlaufender Pfeilnaht (Hoher Querstand).

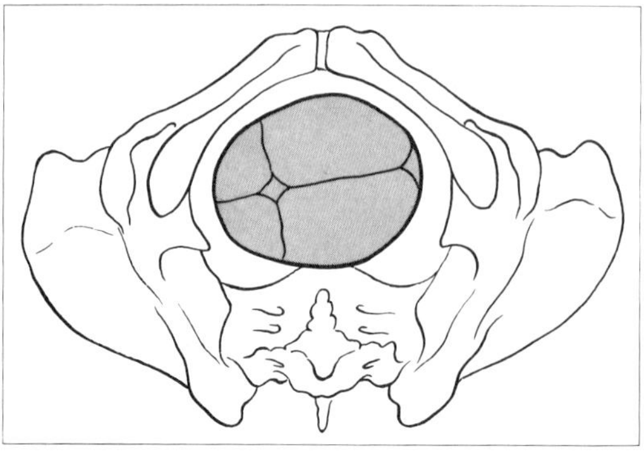

Abb. 31 Tastbefund zu Abb. 30. Fontanellen auf gleicher Höhe, Pfeilnahtverlauf quer.

Abb. 30 und 31 **Geburtsmechanismus bei 1. vorderer Hinterhauptslage.** Erste Phase der Geburt.

Diagnostisch finden sich bei der inneren Untersuchung dementsprechend die Fontanellen auf gleicher Höhe und der Pfeilnahtverlauf im queren Durchmesser (Abb. 31). Dabei ist die Entfernung der Pfeilnaht vom Promontorium und von der Symphyse zumeist gleich. Wir sprechen von einer *„synklitischen Einstellung"* [1] (Abb. 32). In einigen Fällen ist die Pfeilnaht dem Promontorium genähert, so daß nun das vordere Scheitelbein in die Führungslinie gerückt ist. Diese physiologische Variation wird als „regelrechter vorderer Asynklitismus" oder auch NAEGELE-Obliquität" [2] bezeichnet (Abb. 33).

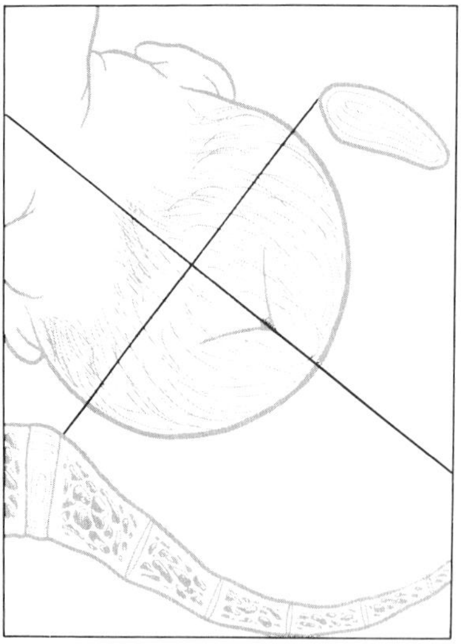

Abb. 32 **Synklitische Einstellung des Kopfes im Beckeneingang.**

Abb. 33 **Regelrechter vorderer Asynklitismus** (NAEGELE)

[1] κλίνω = neigen; synklitisch = achsengerecht

[2] FRANZ KARL NAEGELE, Geburtshelfer in Heidelberg, 1777—1851

Zweite Phase

Während der zweiten Phase (Abb. 34) führt der vorangehende Kopf gleichzeitig drei Bewegungen aus und zwar das Tiefertreten, die Beugung und die Drehung. Die Haltungsänderung in Form der Beugung dient der besseren Raumausnutzung durch den Ersatz der Circumferentia frontooccipitalis von 35 cm durch die jetzt geburtsmechanisch wirksam werdende Circumferentia suboccipitobregmatica von nur 33 cm. Zugleich beginnt unter dem Einfluß der längsrichtenden Kräfte die Drehung des Kopfes (S. 28) und zwar mit dem Nacken symphysenwärts als Folge der durch die Flexion erfolgten Kopfbreitenverlagerung in Richtung zum Vorderhaupt (S. 33). Bereits hieraus ist zu erkennen, daß die Haltungsänderung als primärer geburtsmechanischer Vorgang anzusehen ist, da sie die Drehung auslöst und in ihrer Richtung bestimmt.

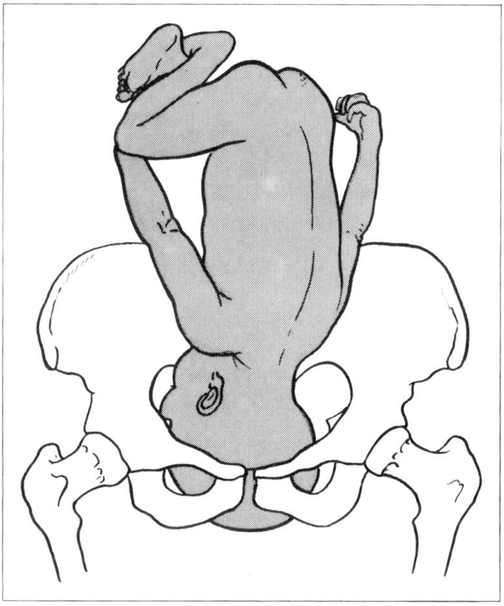

Abb. 34 Tiefertreten, Beugung und Drehung des Kopfes mit dem Nacken nach vorn.

Abb. 34 und 35 **Geburtsmechanismus bei 1. vorderer Hinterhauptslage.** Zweite Phase der Geburt.

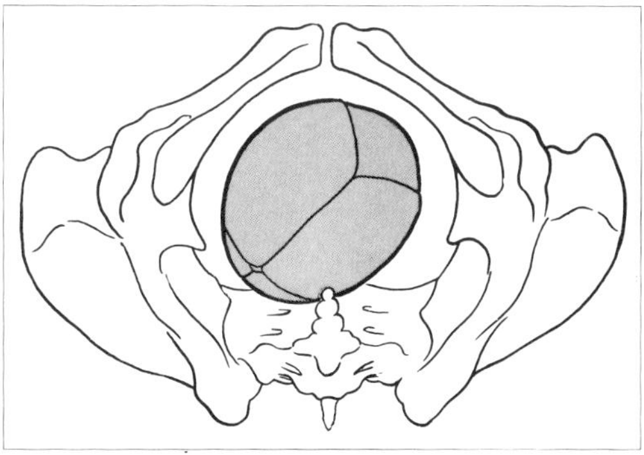

Abb. 35 Tastbefund zu Abb. 34. Kleine Fontanelle tiefergetreten, Pfeilnahtverlauf im 1. schrägen Durchmesser.

Die *diagnostischen Kriterien* dieser regelrechten Bewegungen des Kopfes sind die nach und nach erfolgende Übernahme der Führung durch die kleine Fontanelle und die Drehung der Pfeilnaht über den schrägen in den geraden Durchmesser (Abb. 35). Zur Erreichung der regelrechten dorsoanterioren Einstellung (s. o.) wird dabei bei erster Stellung (Rücken links) der erste schräge Durchmesser, bei zweiter Stellung (Rücken rechts) der zweite schräge Durchmesser, jeweils also der „dazugehörige" schräge Durchmesser passiert.

Am Ende der zweiten Phase (Abb. 36 und 37) steht der Kopf auf dem Beckenboden, die Pfeilnaht im geraden Durchmesser. Die kleine Fontanelle hat die Führung übernommen, während die große Fontanelle kreuzbeinwärts zu tasten ist.

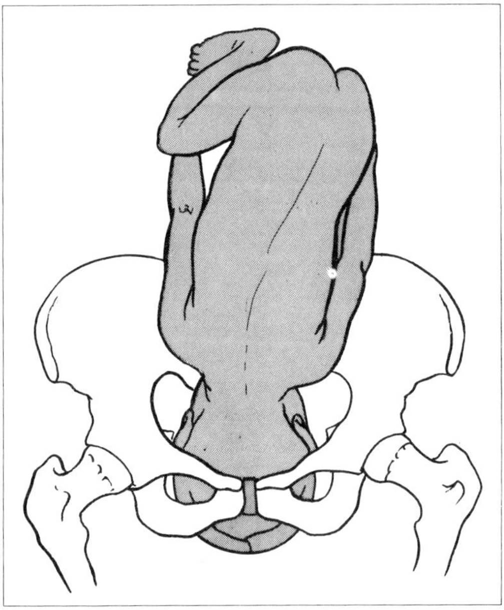

Abb. 36 Der Kopf steht stark gebeugt auf dem Beckenboden, die Pfeilnaht verläuft im geraden Durchmesser.

Abb. 36 und 37 **Geburtsmechanismus bei 1. vorderer Hinterhauptslage.** Ende der zweiten Phase.

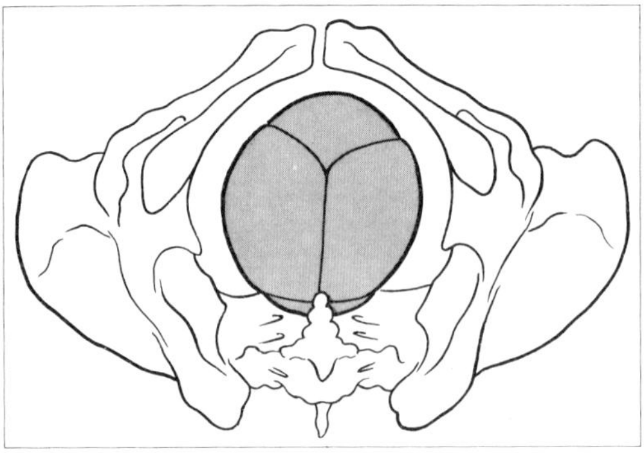

Abb. 37 Tastbefund zu Abb. 36. Kleine Fontanelle führt, Pfeilnahtverlauf im geraden Durchmesser.

Dritte Phase

Die dritte Phase (Abb. 38 und 39) entspricht dem Austrittsmechanismus des Kopfes. Aus der für das Ende der zweiten Phase typischen Ausgangssituation geht der Kopf in eine Streckbewegung über, die entsprechend dem Verlauf der Führungslinie (S. 12) bogenförmig um die Symphyse ausgeführt wird und zwar, da der Nacken symphysenwärts gerichtet ist, in Richtung des Biegungsfazillimum (S. 31). Das geburtsmechanisch wirksame Durchtrittsplanum entspricht dem kleinsten Kopfumfang, der Circumferentia suboccipitobregmatica von 33 cm. Als Stemmpunkt oder *Hypomochlion* [1]), mit dem sich das Geburtsobjekt während der Streckbewegung als Punctum fixum in den Schambogen des mütterlichen Beckens hineinlegt, dient bei der vorderen Hinterhauptslage der Nacken des Kindes (Abb. 38 und 39).

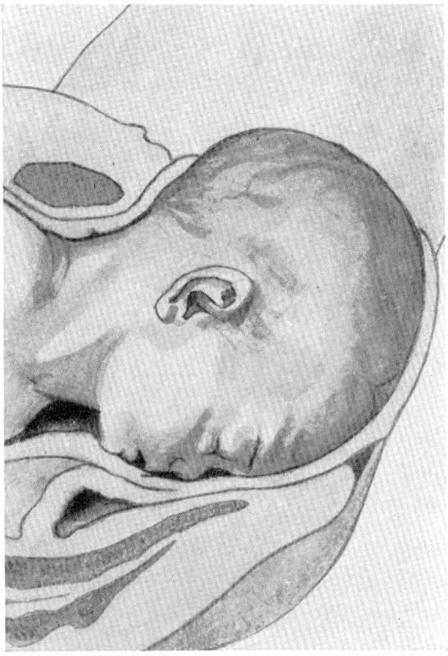

Abb. 38 Übergang des gebeugten Kopfes in Streckung, Nacken symphysenwärts gerichtet. Hypomochlion: Nacken.

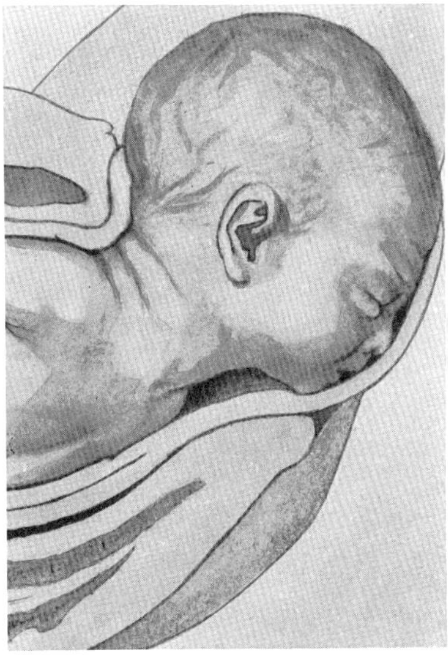

Abb. 39 Weitere Streckung des Kopfes. Das Weichteilansatzrohr ist ausgewalzt.

Abb. 38 und 39 **Geburtsmechanismus bei 1. vorderer Hinterhauptslage.** Dritte Phase der Geburt.

[1]) μόχλος = Hebel; Hypomochlion = Unterstützungspunkt eines Hebels

Vierte Phase

Die vierte Phase des Geburtsmechanismus (Abb. 40 und 41) dient dem Durchtritt und der Geburt der Schultern. Die *Schulterbreite* erreicht den Beckeneingang im queren Durchmesser in dem Moment, in welchem der Kopf austritt (Abb. 39). Dies ist möglich, da der größte Durchmesser des Kopfes senkrecht zum größten Durchmesser des Schultergürtels steht, und der Beckeneingang ungefähr gleichweit und zwar etwa 8 cm vom Beckenausgang entfernt ist wie die maßgebende Ebene des Kopfes vom Schultergürtel (SELLHEIM). Nach dem Eintritt drehen sich die Schultern in der Beckenhöhle (Abb. 40), um den Beckenausgang im Längsdurchmesser passieren zu können (Abb. 41). Die Abbiegung erfolgt in der Brust- und Lendenwirbelsäule zur Seite hin. Entsprechend der kürzeren Wegstrecke in den ventralen Anteilen des Beckens erreicht zuerst die vordere und dann die hintere Schulter das Ende des Geburtskanales.

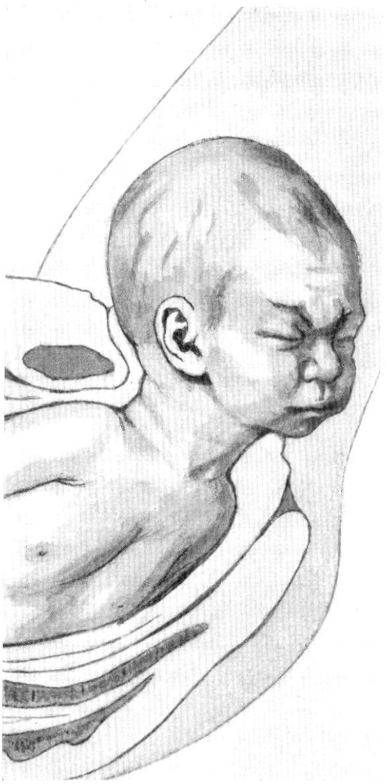

Abb. 40 Drehung der Schulterbreite in der Beckenhöhle mit beginnender äußerer Drehung des Kopfes.

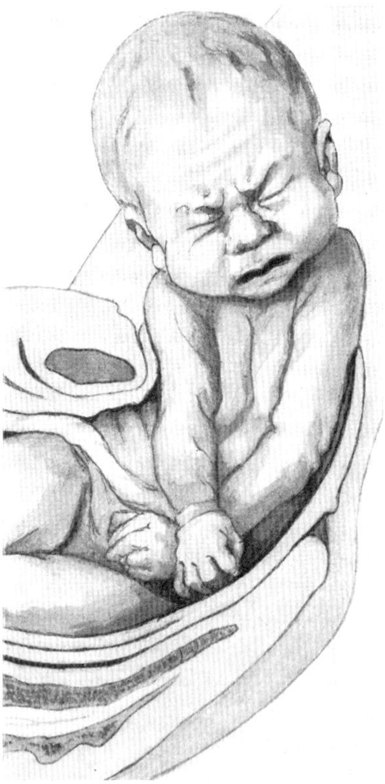

Abb. 41 Austritt der Schulterbreite im geraden Durchmesser bei vollendeter äußerer Drehung des Kopfes. Der Rücken des Kindes steht wieder links.

Abb. 40 und 41 **Geburtsmechanismus bei 1. vorderer Hinterhauptslage.** Vierte Phase der Geburt.

Die innere Drehung der Schultern wird über die Halswirbelsäule auf den bereits geborenen vorangehenden Teil übertragen und führt so zur *äußeren Drehung des Kopfes.* Normalerweise wird dabei das Hinterhaupt in die Ausgangsstellung, d. h. bei linker Stellung nach links, bei rechter Stellung nach rechts zurückgedreht.

Nach der Geburt von Kopf und Schultern folgt der übrige Kindskörper spannungslos nach, da der geringe Hüftumfang von 24 cm eine Formanpassung überflüssig macht.

Die nachfolgende Übersicht faßt die geburtsmechanischen Besonderheiten der vorderen Hinterhauptslage noch einmal zusammen:

Führender Teil:	kleine Fontanelle
Kopfumfang:	C. suboccipitobregmatica = 33 cm
Hypomochlion:	Nacken
Abbiegung:	durch Streckung des Kopfes
Kopfform:	dolichozephal
Kopfgeschwulst:	bei 1. Stellung: rechts über dem Hinterhaupt bei 2. Stellung: links über dem Hinterhaupt

Regelwidrigkeiten des Geburtsmechanismus

Bei der Besprechung der Regelwidrigkeiten des Geburtsmechanismus folgen wir den auf S. 25 ff besprochenen und definierten Begriffen

Haltung
Einstellung
Poleinstellung
Lage

wobei für die Haltung und Einstellung jeweils der Höhenstand des Geburtsobjektes Berücksichtigung finden muß, da sie während des Tiefertretens Änderungen unterworfen sind (S. 37).

Regelwidrigkeiten der Haltung

Roederer-Kopfhaltung

Die Roederer-Kopfhaltung [1]) (Abb. 42) stellt eine Haltungsanomalie im Beckeneingang dar, mit der das Geburtsobjekt versucht, einen verengten Beckeneingang bzw. ein spastisch-verengtes unteres Uterinsegment zu überwinden (G. Martius). Der vermindert zur Verfügung stehende Raum wird im Sinne der Formanpassung dadurch ausgenutzt, daß der Kopf bereits in dieser Etage des Geburtskanales in Beugehaltung übergeht und so anstelle der Circumferentia frontooccipitalis von 35 cm die Circumferentia suboccipitobregmatica von nur 33 cm wirksam werden läßt.

Diagnostisch ist bei der inneren Untersuchung typisch, daß die kleine Fontanelle bereits im Beckeneingang die Führung übernommen hat. Oftmals steht die Pfeilnaht zugleich im schrägen Durchmesser.

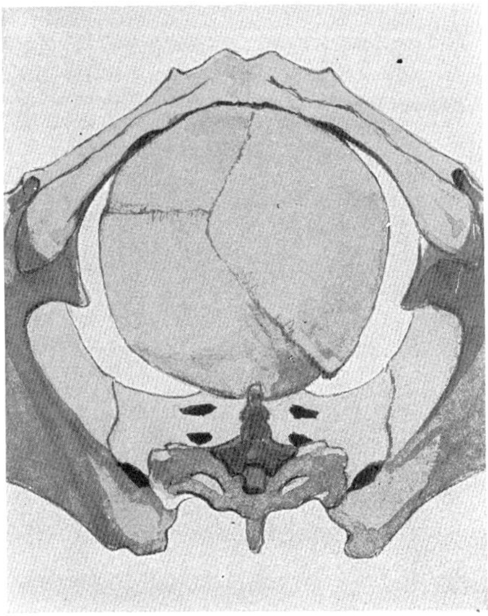

Abb. 42 **Roederer-Kopfhaltung.** Die kleine Fontanelle hat bereits im Beckeneingang die Führung übernommen, die Pfeilnaht steht im 2. schrägen Durchmesser, der Kopf ist deutlich konfiguriert.

[1]) Da das Typische dieser von dem Göttinger Geburtshelfer Johann Georg Roederer (1751 bis 1763 Direktor des Acchouchierhospitals) beschriebenen Regelwidrigkeit in der vorzeitigen Beugung besteht, ist es richtiger, sie zu den Haltungsanomalien zu rechnen und nicht von einer „Roederer-Kopfeinstellung" zu sprechen.

Scheitellage

Der geringste Grad der Haltungsanomalie beim Austritt des Kopfes ist die Scheitellage (Abb. 43). Bei ihr wird die indifferente Haltung des Kopfes während des Tiefertretens beibehalten, da der zur Geburt mitgebrachte Rund- oder Turmschädel zur Formanpassung keinerlei Haltungsänderungen bedarf und bei gleichmäßiger Schädelwölbung auch jeglichen Zwang hierzu vermissen läßt (S. 27). Weitere *Ursachen* sind die kleinen Köpfe Frühgeborener, ein nachgiebiger Geburtsweg der Vielgebärenden oder auch die Geburt des zweiten Zwillings.

Während des *Geburtsverlaufes* dreht sich nach dem Eintritt die Pfeilnaht bei erster Stellung durch den zweiten schrägen Durchmesser und umgekehrt, um den Nacken zur Erreichung der Abbiegungsübereinstimmung kreuzbeinwärts zu richten. Der Austritt des Kopfes kann dann durch eine Beugung erfolgen, bis das Hinterhaupt über den Damm geboren ist. Ihr folgt die Streckung, bei der das Gesicht unter der Symphyse erscheint.

Diagnostisch ist oftmals schon die Drehung der Pfeilnaht durch den „entgegengesetzten schrägen Durchmesser" (s. o.) auffallend. Am Beckenboden stehen beide Fontanellen auf gleicher Höhe, wobei die kleine Fontanelle im Vergleich zur großen kreuzbeinwärts gerichtet ist. Die geburtsmechanischen Besonderheiten sind im folgenden nochmals zusammengefaßt:

Führender Teil:	Scheitel
Kopfumfang:	C. frontooccipitalis = 35 cm
Hypomochlion:	Stirnhaargrenze
Abbiegung:	Beugung, dann Streckung
Kopfform:	Rundkopf, Turmschädel
Kopfgeschwulst:	bei 1. Stellung: über dem rechten Scheitelbein bei 2. Stellung: über dem linken Scheitelbein

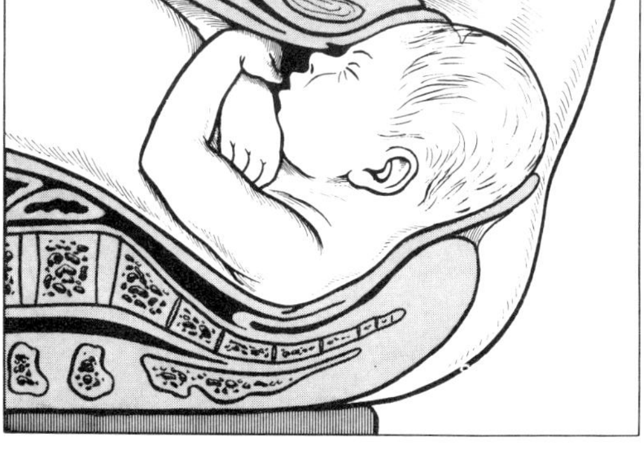

Abb. 43 **Geburt in Scheitellage bei Turmschädel.**

Vorderhauptslage

Die Vorderhauptslage (Abb. 44) stellt den nächststärkeren Grad der Streckhaltung dar. Die *Ursache* ist meist in einem Kurzkopf (Brachyzephalie) mit steiler Stirn und flachem Hinterhaupt zu erkennen. Da der Weichteilwiderstand am Hinterhaupt eine bessere Angriffsfläche findet, wird dieses im Verlauf des Tiefertretens zurückgehalten und überläßt der großen Fontanelle die Führung. Im weiteren *Geburtsverlauf* dreht sich der Nacken des Kindes nach hinten, um beim Austritt zunächst in Richtung des Biegungsfazillimum eine Beugung auszuführen. Anschließend wird durch eine Streckung das Gesicht geboren. Der Stemmpunkt ist dabei die Stirn. In seltenen Fällen werden bei der Vorderhauptslage aber auch dorsoanteriore Geburten beobachtet (AHLFELD, VON JASCHKE, DRESCHER). Zu einer Verzögerung des Geburtsverlaufes kommt es vor allem bei großen Kindern, bei denen, abgesehen von dem ungünstigeren Durchtrittsplanum, der breite und deshalb ungünstige Stemmpunkt schlecht in den Schambogen paßt, so daß der Kopf nach hinten gedrängt und der Damm dadurch in stärkerem Maße belastet wird.

Diagnostische Hinweise sind die führende große Fontanelle und wie bei der Scheitellage die Drehung der Pfeilnaht bei 1. Stellung durch den 2. schrägen Durchmesser und umgekehrt.

Zusammengefaßt ergibt sich folgende Übersicht über die Vorderhauptslage:

Führender Teil:	Große Fontanelle
Kopfumfang:	C. frontooccipitalis = 35 cm
Hypomochlion:	Stirn
Abbiegung:	Beugung, dann Streckung
Kopfform:	Brachyzephalie
Kopfgeschwulst:	bei 1. Stellung: rechts im Bereich der großen Fontanelle bei 2. Stellung: links im Bereich der großen Fontanelle

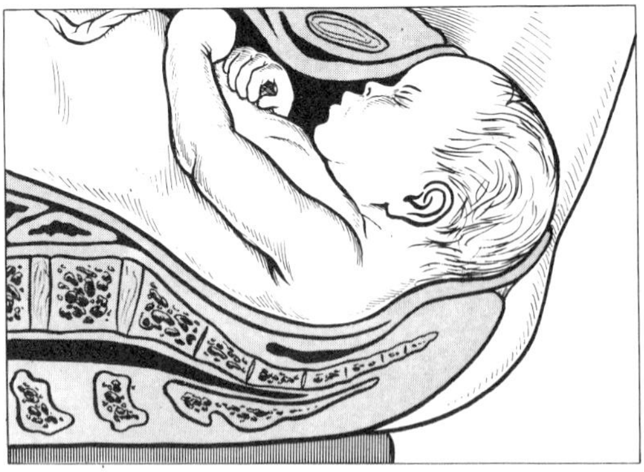

Abb. 44 **Geburt in Vorderhauptslage bei Kurzkopf.**

Stirnlage

Die Stirnlage (Abb. 45) als weiterer Streckungsgrad ist die für Mutter und Kind gefährlichste Haltungsanomalie, da der Kopf bei führender Stirn mit dem größten Umfang, der Circumferentia maxilloparietalis von etwa 36 cm den Beckenausgang passiert. Der *Geburtsverlauf* gestaltet sich im einzelnen so, daß der Kopf meist bereits in Streckhaltung in den Beckeneingang eintritt. Der quere Verlauf der Pfeil- bzw. Stirnnaht wird lange Zeit beibehalten, da die notwendige Drehung erst dann erfolgen kann, wenn das vom Promontorium arretierte Hinterhaupt freigegeben wird. Als Stemmpunkt fungiert der Oberkiefer oder zur besseren Raumausnutzung etwas seitlich davon das Jochbein, wobei der Kopf dann mit etwas schräg verlaufender Stirnnaht austritt (H. Martius, Johansson) (Abb. 45). Hierbei erfolgt erst eine ausgiebige Beugung, bis das Hinterhaupt über den Damm gehoben worden ist, um dann durch eine kleine Streckung das Kinn unter der Symphyse folgen zu lassen. Sehr selten werden Geburten in dorsoanteriorer Stirnlage oder auch ein Austritt mit querverlaufender Stirnnaht durch Lateralflexion des Kopfes beobachtet (von Franqué).

Die *Ursachen* der Stirnlage entsprechen im wesentlichen denen der Gesichtslage (S. 47). Meist besteht bereits im Beckeneingang eine Streckhaltung. Auffallend ist lediglich, daß im Verlauf der Geburt die weitere Streckung ausbleibt, obwohl sie geburtsmechanisch weit günstiger wäre. Diese Tatsache der nicht vollzogenen ganzen Streckung hat der Stirnlage auch die Bezeichnung „unvollkommene Gesichtslage" eingebracht (Osiander, Busch). Andererseits wird auf diese Weise die mit 1 : 2000 große Seltenheit der Stirnlagengeburt erklärt. Die Ursache für die vereitelte weitere Streckung ist entweder in einem in den Nacken geschlagenen Arm, einer festen Nabelschnurumschlingung (Segschneider u. Thomas) oder einer bereits erfolgten Konfiguration mit Ausbildung einer großen Geburtsgeschwulst auf der Stirn zu finden. Die dem Kopf aufgezwungene, auch in der Abb. 45 erkennbare Pyramidenform entsteht nach A. Mueller dadurch, daß die festen Gesichts- und Schädelbasisknochen der Umformung zum idealen Zylindroid Widerstand entgegensetzen.

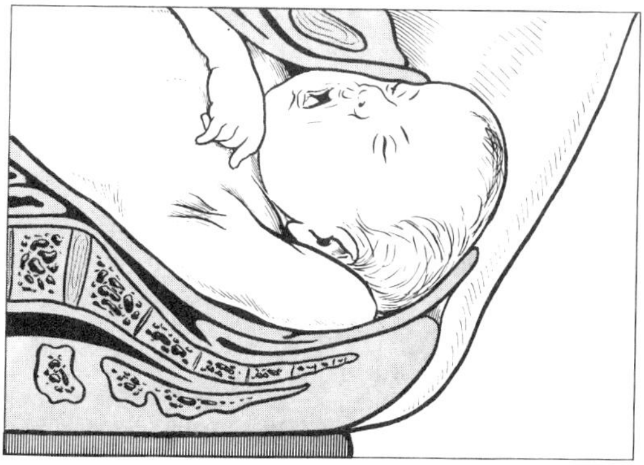

Abb. 45 **Geburt in Stirnlage.** Der Austritt des Kopfes erfolgt mit schräg verlaufender Stirnnaht, da sich das Jochbein im Schambogen angestemmt hat.

Eine zusammenfassende Übersicht über die Stirnlagengeburt ist im folgenden gegeben:

Führender Teil:	Stirn
Kopfumfang:	Circumferentia maxilloparietalis = 36 cm
Hypomochlion:	Oberkiefer oder Jochbein
Abbiegung:	Starke Beugung, dann geringe Streckung
Kopfform:	Primär dolichozephal, durch die Konfiguration pyramidenförmig
Kopfgeschwulst:	bei 1. Stellung: rechts über der Stirn bei 2. Stellung: links über der Stirn

Gesichtslage

Bei diesem stärksten Grad der Streckhaltung wird das Kind mit dem Gesicht als führendem Teil geboren (Abb. 46). Während des *Geburtsverlaufes* entspricht das Durchtrittsplanum dem Gesichtsumfang, der Circumferentia tracheloparietalis von etwa 34 cm. Die Drehung der Gesichtslinie in den geraden Durchmesser des Beckenausganges mit kreuzbeinwärts gerichtetem Nacken wird wie bei der Stirnlage lange Zeit durch das Promontorium verhindert, da das nachfolgende Hinterhaupt von diesem erst bei tiefstehendem Kopf freigegeben wird. Nachdem sich der Hals mit der Kehlkopfgegend im Schambogen angestemmt hat, erfolgt der Austritt durch eine große Beugung, also in Richtung des Biegungsfazillimum. Die Drehung des Geburtsobjektes mit dem Nacken symphysenwärts führt indessen zur geburtsunmöglichen „dorsoanterioren Gesichtslage" (Ulisse; Prevedourakis). Bei ihr handelt es sich jedoch meist nur um eine passagere Erscheinung, die dadurch eintritt, daß der Kopf anfänglich als Folge der Drehungsbehinderung durch das Promontorium die Form-

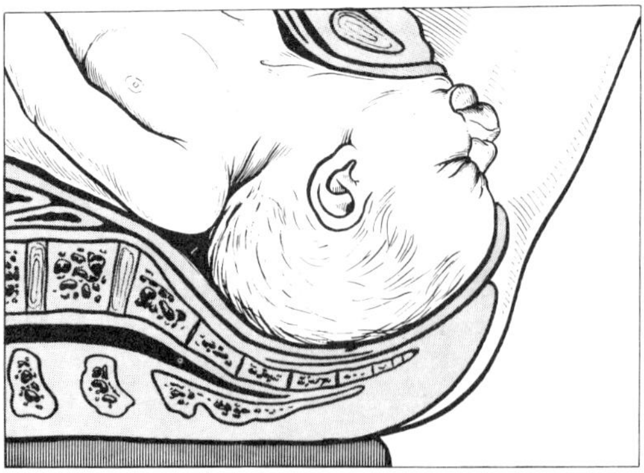

Abb. 46 **Geburt in Gesichtslage.** Die dorsoposteriore Einstellung ermöglicht die Abbiegung in Richtung des Biegungsfazillimum.

anpassung durch die dorsoanteriore Einstellung sucht. Später wird die Drehung des Rückens nach hinten so gut wie immer nachgeholt (LINDEMANN; TAPFER; KALKSCHMIDT), ein geburtsmechanisches Ereignis, das der Geburtshelfer evtl. während einer Wehe mit dem tastenden Finger verfolgen kann. Die bei der Gesichtslage immer zu beobachtende Geburtsverzögerung ist in erster Linie auf die starke Haltungsspannung im Kindskörper zurückzuführen. Daneben ist der unkonfigurierbare, flache Gesichtsschädel für die Dehnung der weichen Geburtswege weniger geeignet als das Hinterhaupt.

Ein Teil der *Ursachen* der Gesichtslage ist in Besonderheiten des Geburtsobjektes zu finden wie eine übermäßige Dolichozephalie, ein Kropf, eine Halszyste, ein vorliegender Arm oder auch Nabelschnurumschlingungen (SEGSCHNEIDER u. THOMAS). Da einige von ihnen dem Kind bereits vor Geburtsbeginn eine Streckhaltung aufzwingen, wird in diesen Fällen die Haltungsanomalie in Form einer „primären Gesichtslage" zur Geburt mitgebracht. Von seiten der Mutter sind das querverengte und platte Becken und tiefsitzende Myome zu nennen, die eine Streckung im Verlauf der Geburt veranlassen und so zur „sekundären Gesichtslage" führen.

Die *Diagnose* der Gesichtslage ergibt sich oftmals schon daraus, daß die Herztöne des Kindes über der der Uteruswand anliegenden Brustseite besonders deutlich zu hören sind. Auf der Seite des Rückens ist ein tiefer Einschnitt zwischen diesem und dem Hinterhaupt zu tasten. Die innere Untersuchung schließlich läßt einen unregelmäßigen vorangehenden Teil erkennen, an dem die Orbitalränder und evtl. die Zahnleisten zu tasten sind.

Eine zusammenfassende Übersicht der geburtsmechanischen Besonderheiten der Gesichtslage ist im folgenden gegeben:

Führender Teil:	Gesicht
Kopfumfang:	C. tracheloparietalis = 34 cm
Hypomochlion:	Hals im Bereich des Kehlkopfes
Abbiegung:	Beugung
Kopfform:	Verstärkte Dolichozephalie
Kopfgeschwulst:	bei 1. Stellung: vorwiegend auf der rechten Wange bei 2. Stellung: vorwiegend auf der linken Wange

Regelwidrigkeiten der Einstellung

Hoher Geradstand

In knapp 1 % der Fälle trifft der Kopf mit einer im geraden Durchmesser verlaufenden Pfeilnaht auf dem Beckeneingang auf (Abb. 47). Dabei kann das Hinterhaupt symphysenwärts (Positio occipitalis pubica seu anterior) oder kreuzbeinwärts (Positio occipitalis sacralis seu posterior), gerichtet sein. Oftmals findet sich zugleich eine Beugehaltung, die jedoch bereits im Sinne einer ROEDERER-Kopfhaltung (S. 42) als Anpassungsversuch an den vermindert zur Verfügung stehenden Raum anzusehen ist.

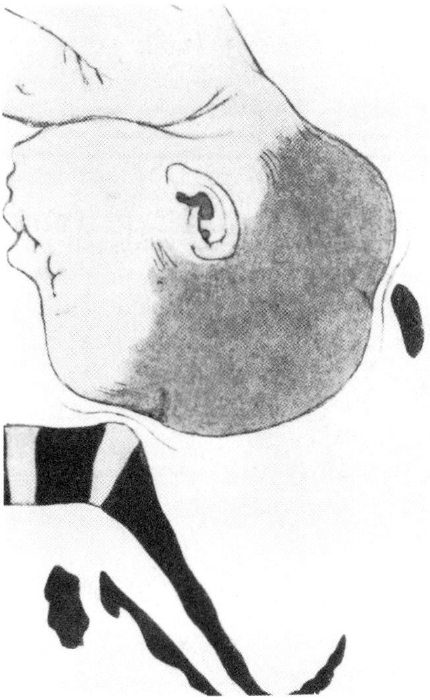

Abb. 47 **Hoher Geradstand.** (Positio occipitalis pubica.) Das abgeflachte Kreuzbein deutet die Ursache des hohen Geradstandes in Form eines platten Beckens an.

Ursächlich kommt einmal den pathologischen Beckenformen mit einer Störung des Auffangmechanismus des Kopfes eine gewisse Bedeutung zu (KIRCHHOFF, MÖBIUS u. HIMERTH, u. a.). Pathogenetisch wichtiger aber sind wahrscheinlich Weichteildystokien im Bereich des unteren Uterinsegmentes, das normalerweise den Kopf dem Beckeneingang im hohen Querstand zuleitet.

Der *weitere Geburtsverlauf* führt in einem unterschiedlich angegebenen Prozentsatz (PANKOW [1] 70 %, MÖBIUS 26,3 %) zur Spontangeburt. Diese kann auf dreierlei Weise zustandekommen und zwar durch die spontane Drehung des Kopfes im Beckeneingang, eine Zickzackbewegung oder eine starke Beugung, die zur Formanpassung ausreicht.

Diagnostisch gibt der beim 3. Leopold-Handgriff auffallend schmal getastete vorangehende Teil einen Hinweis. Die innere Untersuchung zeigt den Pfeilnahtverlauf im geraden Durchmesser bei evtl. führender kleiner Fontanelle.

[1]) OTTO PANKOW, Ordinarius in Düsseldorf und Freiburg, 1876—1934

Scheitelbeineinstellung

(Verstärkte Obliquität, verstärkter Asynklitismus)

Eine weitere Einstellungsanomalie im Beckeneingang ist die Scheitelbeineinstellung, bei der die querverlaufende Pfeilnaht nach hinten oder vorn aus der Führungslinie ab-

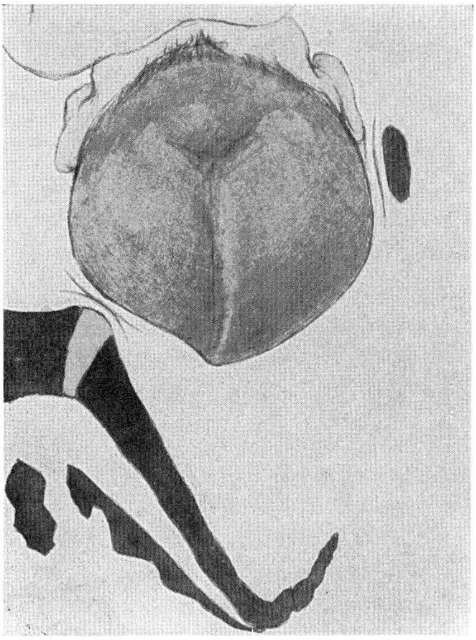

Abb. 48 **Vordere Scheitelbeineinstellung.** (Verstärkte NAEGELE-Obliquität.) Das vordere Scheitelbein hat die Führung übernommen, die Pfeilnaht ist dem Promontorium genähert. Das flache Kreuzbein läßt das Bestehen eines platten Beckens erkennen.

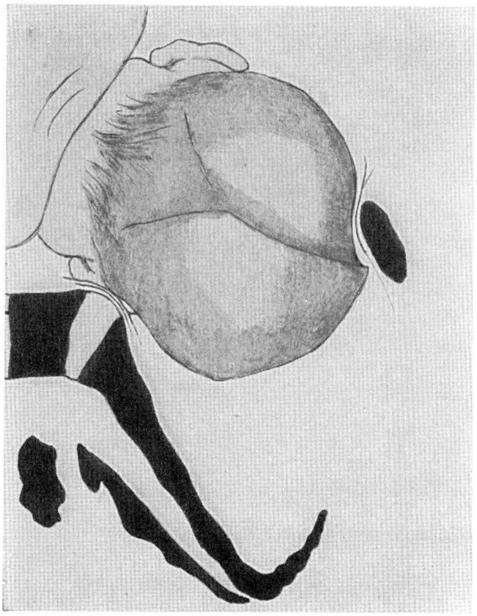

Abb. 49 **Hintere Scheitelbeineinstellung.** (Verstärkte LITZMANN-Obliquität.) Das hintere Scheitelbein hat die Führung übernommen, die Pfeilnaht ist der Symphyse genähert.

gewichen ist. Bei der **vorderen Scheitelbeineinstellung** (= verstärkte NAEGELE-Obliquität = verstärkter vorderer Asynklitismus) (S. 36, Abb. 48) hat das vordere Scheitelbein die Führung übernommen, die Pfeilnaht ist dem Promontorium genähert. Bei der **hinteren Scheitelbeineinstellung** (= verstärkte LITZMANN-Obliquität [1] = verstärkter hinterer Asynklitismus) (Abb. 49), steht das hintere Scheitelbein in Führung, die Pfeilnaht nahe der Symphyse. Eine stärkere Lateralflexion des Kopfes läßt das Ohr fühlbar werden (Ohrlage). Als Ausdruck der starken Konfiguration findet sich zusätzlich im Bereich der Pfeilnaht eine Stufe.

Ursächlich ist die Scheitelbeineinstellung als Anpassungsmechanismus des Kopfes an ein plattes Becken bekanntgeworden. Den im geraden Durchmesser verengten Beckeneingang versucht der Kopf dadurch zu überwinden, daß er wie ein Schuh in eine Straßenbahnschiene über die Kante in diesen hineinkippt. Daß der Kopf oftmals gleichzeitig eine mäßige Streckhaltung mit führender großer Fontanelle einnimmt, stellt einen zusätzlichen Anpassungsmechanismus dar, da auf diese Weise anstelle des großen queren Kopfdurchmessers der kleine bitemporale in den Engpaß der Conjugata vera gelangt. Die bei der heutigen Seltenheit des platten Beckens zu beobachtenden Scheitelbeineinstellungen sind indessen meist weichteilbedingt, indem sie als Folge einer zervikalen Dystokie oder auch einer Baustörung des unteren Uterinsegmentes auftreten (STEELE u. JAVERT, G. MARTIUS).

Prognostisch besteht zwischen der vorderen und hinteren Scheitelbeineinstellung insofern ein wesentlicher Unterschied, als bei der zuerst genannten die Möglichkeit zum Ausweichen in die Kreuzbeinaushöhlung gegeben ist (Abb. 48), während bei der hinteren Scheitelbeineinstellung die Hinterfläche der Symphyse dieser Bewegung des Kopfes und damit dem weiteren Tiefertreten Grenzen setzt (Abb. 49). Bei der Indikationsstellung zu einer abwartenden Geburtsleitung bzw. zur abdominalen Schnittentbindung hat diese Tatsache Berücksichtigung zu finden.

Tiefer Querstand

Beim tiefen Querstand (Abb. 50) ist die zur Formanpassung des Kopfes an den längsovalen Beckenausgang notwendige Drehung ausgeblieben. Zugleich fehlt die

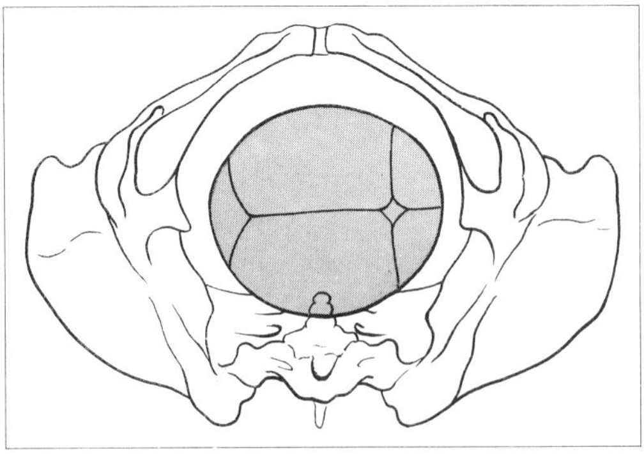

Abb. 50 **Zweiter tiefer Querstand.** Tastbefund: Kopf auf dem Beckenboden, Pfeilnahtverlauf quer, Fontanellen auf gleicher Höhe, kleine Fontanelle rechts.

[1]) CARL CONRAD THEODOR LITZMANN, Gynäkologe in Kiel, 1815—1890

Haltungsänderung in Form der Beugung des Kopfes. Bei der *inneren Untersuchung* findet sich demnach die Pfeilnaht bei tiefstehendem Kopf im queren Durchmesser, die Fontanellen stehen auf gleicher Höhe. Die Stellungsdiagnose berücksichtigt wie üblich den Rücken des Kindes und kann somit an Hand der kleinen Fontanelle gestellt werden. Steht sie links, so handelt es sich um einen linken oder ersten tiefen Querstand, steht sie rechts, um einen rechten oder zweiten tiefen Querstand.

Ursächlich haben kleine runde Köpfe Bedeutung, bei denen kein Zwang zur Haltungs- und Einstellungsänderung gegeben ist (BICKENBACH). Oftmals handelt es sich aber auch um große Köpfe bzw. um ein Mißverhältnis mäßigen Grades, bei denen eine vermehrte Reibung zu einer Drehungsbehinderung im Geburtskanal führt.

Für die *Behandlung* des tiefen Querstandes, sei es durch Lagerung der Kreißenden, sei es durch eine entbindende Operation (S. 82), ist es wichtig zu wissen, daß pathogenetisch die ausgebliebene Haltungsänderung das primäre ist und ihr damit die größere Bedeutung zukommt als der fehlenden Drehung; sie wird dann prompt nachgeholt, wenn erst die Beugung des Kopfes erreicht ist. Dies deckt sich auch mit der Anschauung von RUCKELSHAUSEN, daß ein Drehungszwang so lange nicht gegeben ist, wie führender Punkt und größte Kopfbreite zusammenfallen (S. 33, Abb. 29).

Äußerst selten wird der tiefe Querstand durch eine Lateralflexion, also durch Austritt mit querverlaufender Pfeilnaht beendet (BICKENBACH, u. a.). — Eine Indikation zur operativen Geburtsbeendigung stellt der tiefe Querstand von sich aus nicht dar. Lediglich in den Fällen, in denen er zum Geburtsstillstand führt, ist eine Intervention angezeigt. So ist es auch mit Rücksicht auf andere Regelwidrigkeiten mit ähnlicher Problematik unnötig, neben den geburtsmechanischen Begriff des „tiefen Querstandes" den klinischen Begriff des „verharrenden tiefen Querstandes" zu stellen.

Hintere Hinterhauptslage

Dreht sich der Kopf des Kindes nach seinem Eintritt in den Beckeneingang unter gleichzeitiger regelrechter Beugung mit dem Nacken kreuzbeinwärts, so entsteht die hintere Hinterhauptslage (Abb. 51). Während des Austritts stemmt sich die große

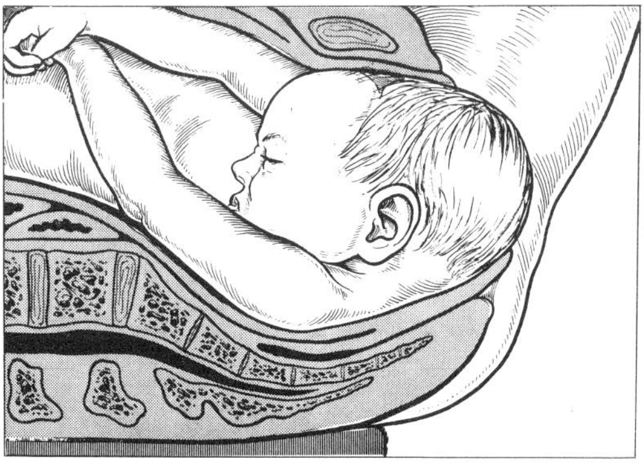

Abb. 51 **Hintere Hinterhauptslage.**

Fontanelle im Schambogen an. Es erfolgt dann zunächst eine weitere Beugung in Richtung des Biegungsdiffizillimum (S. 31), bis das Hinterhaupt über den Damm geboren ist, um anschließend im Laufe einer großen Streckung Vorderhaupt, Stirn und Gesicht unter der Symphyse erscheinen zu lassen. Die bei der hinteren Hinterhauptslage immer wieder zu beobachtende *Geburtsverzögerung* ist mit dem erschwerten Abbiegungsmechanismus und dem breiten Stemmpunkt, der den Kopf stark dammwärts drängt, erklärt. Nach der Geburt läßt sich die hintere Hinterhauptslage dadurch verifizieren, daß bei dorsoposterioren Geburten das Caput succedaneum über dem Hinterhaupt gefunden wird. Auf diese Weise kann sie auch sofort von einer dorsoposterioren Scheitellagengeburt unterschieden werden. So muß es überraschen, wenn in Diskussionen das Vorkommen einer hinteren Hinterhauptslage bestritten oder diese Einstellungsanomalie als „Mittelscheitelbeineinstellung" oder „flektierte Vorderhauptslage" bezeichnet wird (P. Burger; Kremer; Dyroff, u. a.).

Die *Entstehung* der hinteren Hinterhauptslage nimmt mit dem Eintritt des Kopfes mit mehr oder weniger kreuzbeinwärts gerichtetem Hinterhaupt ihren Anfang (Kirchhoff). Gelingt es dann einem z. B. übergroßen Kopf im weiteren Verlauf der Geburt nicht, die Drehung um 135 ° nach vorn nachzuholen, so gewinnt er die Formanpassung an den längsovalen Beckenausgang durch die kürzere Drehung um 45 ° nach hinten (Kepp u. Ruckelshausen).

Eine Übersicht über die geburtsmechanischen Besonderheiten der hinteren Hinterhauptslage ist im folgenden gegeben:

Führender Teil:	Kleine Fontanelle
Kopfumfang:	C. suboccipitobregmatica = 33 cm
Hypomochlion:	Große Fontanelle
Abbiegung:	Geringe Beugung in Richtung des Biegungsdiffizillimum, dann große Streckung
Kopfform:	Hoher Langkopf (Hypsidolichozephalie)
Kopfgeschwulst:	bei 1. Stellung: rechts über dem Hinterhaupt bei 2. Stellung: links über dem Hinterhaupt

Innere Überdrehung

Während des Versuches des Kopfes, sich durch die Drehung in der Beckenhöhle dem längsovalen Beckenausgang anzupassen, kann es dazu kommen, daß dieser über das Ziel hinausschießt. Die Pfeilnaht dreht sich dann in den „entgegengesetzten schrägen Durchmesser" (S. 38). *Diagnostisch* ist für die innere Überdrehung demnach typisch, daß die Pfeilnaht bei 1. Stellung im 2. schrägen Durchmesser und umgekehrt gefunden wird. Im Gegensatz zu den Streckhaltungen und zur hinteren Hinterhauptslage, bei denen die Drehung ebenfalls durch den entgegengesetzten schrägen Durchmesser erfolgt, findet sich hier die kleine Fontanelle in Führung und die große Fontanelle kreuzbeinwärts gerichtet. Eine praktische Bedeutung kommt dieser Einstellungsanomalie nicht zu. Die Regelwidrigkeit tritt nur als Übergangsstadium auf dem Wege zum tiefen Geradstand auf.

Äußere Überdrehung

Die äußere Überdrehung des Kopfes ist die Folge einer inneren Überdrehung der Schultern. Sie entsteht dadurch, daß die Schultern nach ihrem Eintritt in den Beckeneingang nicht in ihre Ausgangsstellung zurückkehren (S. 40), sondern sich und damit auch das Hinterhaupt des bereits geborenen Kopfes bei 1. Stellung nach rechts, bei 2. Stellung nach links drehen. Der Geburtsverlauf bleibt sonst unbeeinflußt. Bei der Entwicklung der Schultern ist lediglich darauf zu achten, daß dem Wunsch nach äußerer Überdrehung nachgegeben und nicht versucht wird, die normale Drehung zu erzwingen.

Beckenendlagen

(Regelwidrigkeiten der Poleinstellung)

In etwa 3 % aller Geburten übernimmt anstelle des Kopfes das Beckenende die Führung (Abb. 52). Die **Einteilung** der Poleinstellungsanomalien erfolgt, abgesehen von der Stellung des Rückens, nach der wir eine 1. und 2. Beckenendlage unterscheiden, aufgrund der Art des vorangehenden Teiles:

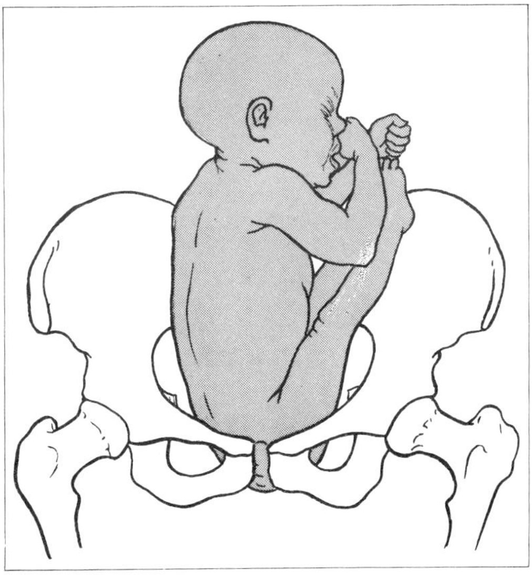

Abb. 52 **Rechte einfache Steißlage.**

1. Einfache Steißlage:	Gesäß führt Beide Beine an der Bauchseite hochgeschlagen Umfang: 27 cm
2. Steißfußlagen:	
a) Vollkommene Steißfußlage:	Beide Füße liegen neben dem Steiß Beine angehockt Umfang: 32 cm
b) Unvollkommene Steißfußlage:	Ein Fuß liegt neben dem Steiß Das andere Bein ist an der Bauchseite hochgeschlagen Umfang: 30 cm
3. Fußlagen:	
a) Vollkommene Fußlage:	Beide Füße führen bei ausgestreckten Beinen Umfang: 24 cm
b) Unvollkommene Fußlage:	Ein Fuß führt Das andere Bein ist an der Bauchseite hochgeschlagen Umfang: 25 cm
4. Knielagen:	
a) Vollkommene Knielage:	Beide Knie führen Beine in den Knien abgewinkelt Umfang: 24 cm
b) Unvollkommene Knielage:	Ein Knie führt Das andere Bein ist an der Bauchseite hochgeschlagen Umfang: 25 cm.

Wie aus der Übersicht zu ersehen ist, unterscheiden sich die 7 Formen der Beckenendlage auch hinsichtlich ihres geburtsmechanisch wirksamen *Umfangs.* Dabei ist zu berücksichtigen, daß im Gegensatz zu den Schädellagen der größte Umfang, d. h. die vollkommene Steißfußlage am günstigsten ist, da durch ihn die Weichteile für den umfangreichen nachfolgenden Kopf am besten gedehnt werden. Zum zweiten ist die *Abbiegbarkeit* in der Lendenwirbelsäule in Abhängigkeit von der Schienung des Rumpfes unterschiedlich. Am stärksten wird sie bei der einfachen Steißlage durch die hochgeschlagenen Beine, die sog. „extended legs" behindert (Thiessen; Knaus; Narik).

Die **Ursachen** der Beckenendlagen sind sehr vielfältig. Die wichtigsten sind in Tab. 3 zusammengefaßt.

Tabelle 3 **Die wichtigsten Ursachen der Beckenendlagen**

1. *Behinderung der Fruchtdrehung*
   Oligohydramnie
   Straffer Fruchthalter
   Mißbildungen des Uterus
   Myome

2. *Noch nicht erfolgte Fruchtdrehung*
   Frühgeburt
   Intrauteriner Fruchttod
3. *Übermäßige Beweglichkeit der Frucht*
   Hydramnion
   Schlaffer Fruchthalter
   Frühgeburt
4. *Störungen des Auffangmechanismus des Kopfes*
   Mißverhältnis zwischen Kopf und Becken
   Placenta praevia
   Tiefsitzende Myome
   Anenzephalie

Im **Verlauf** der Beckenendlagengeburt ist zunächst der meist spät erfolgende Eintritt des Steißes in den Geburtskanal auffallend. Dies ist damit erklärt, daß die notwendige Abbiegung in der Lendenwirbelsäule schon frühzeitig zu einer Haltungsspannung im Geburtsobjekt führt (THIESSEN 1964). Während des Eintrittes stellt sich die *Hüftbreite* im Beckeneingang schräg, seltener eindeutig im queren Durchmesser ein. Ist der Beckenboden erreicht, so dient nach Drehung der Hüftbreite in den geraden Durchmesser die vordere Hüfte als Stemmpunkt. Durch Lateralflexion des Rumpfes (Abb. 53) wird zunächst die vordere Gesäßhälfte, nachfolgend die hintere Gesäßhälfte über den Damm geboren. Fällt die Schienung des Rumpfes durch das Herausfallen der Beine fort, so kann sich jetzt der Rücken nach hinten abbiegen. Hierdurch wird wiederum

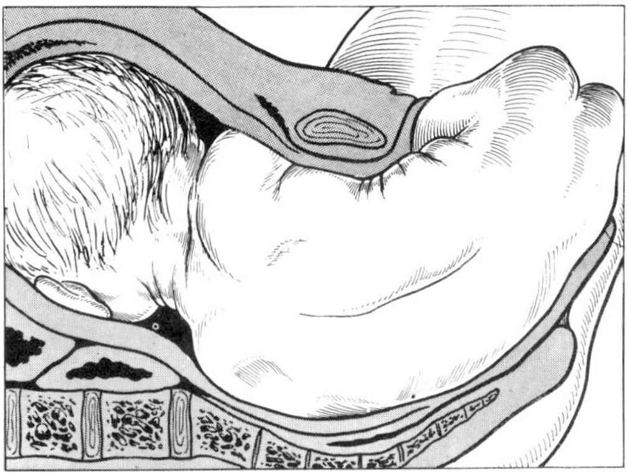

Abb. 53 **Geburt in Beckenendlage.** Austritt des Steißes bei 2. einfacher Steißlage durch Lateralflexion der Wirbelsäule.

die Drehung des Rückens nach vorn und damit der Eintritt der *Schulterbreite* in den queren Durchmesser des Beckeneingangs ermöglicht. Der Austritt der Schultern erfolgt im geraden Durchmesser. Die Arme werden dabei auf der Brust liegend geboren. Im gleichen Moment beginnt die dritte Phase der Beckenendlagengeburt mit dem Eintritt des *Kopfes* in den Beckeneingang. Der Nacken dreht sich während des Tiefertretens symphysenwärts. Der inzwischen in Beugung übergegangene Kopf stemmt sich mit dem Nacken im Schambogen an. Beim Austritt erscheint zuerst das Kinn, um Gesicht,

Stirn und schließlich das Hinterhaupt folgen zu lassen. Der dabei geburtsmechanisch wirksame Kopfumfang ist die Circumferentia suboccipitobregmatica (Abb. 54).

Die für die Beckenendlage charakteristische *Verzögerung des Geburtsverlaufes* ist auf dreierlei Weise zu erklären. Von großer Bedeutung ist die besonders bei hochgeschlagenen Beinen auftretende erschwerte Abbiegung des Rumpfes. Besonders in der Austreibungsperiode führt dies nach der Wehe durch Auflösung der Haltungsspannung immer wieder zu einem Zurückfedern des vorangehenden Teiles (S. 106). Zum zweiten werden die Weichteile durch den unregelmäßigen und weichen vorangehenden Teil schlechter gedehnt, als dies der harte kugelige Kopf zu tun vermag. Schließlich erfolgt aus dem gleichen Grunde die Auslösung des wehenregulierenden FERGUSON-Reflexes weniger gut als bei der Schädellage, so daß Wehenschwächen gehäuft zur Beobachtung kommen.

Über *weitere Besonderheiten* der verschiedenen Beckenendlagengeburten wie das Erreichen der Abbiegungsübereinstimmung bei der unvollkommenen Fußlage (S. 109), die hochgeschlagenen (S. 114) bzw. in den Nacken geschlagenen Arme (S. 115) und die mentoanteriore Geburt des nachfolgenden Kopfes (S. 117) wird bei der jeweiligen Entwicklungsmethode berichtet werden.

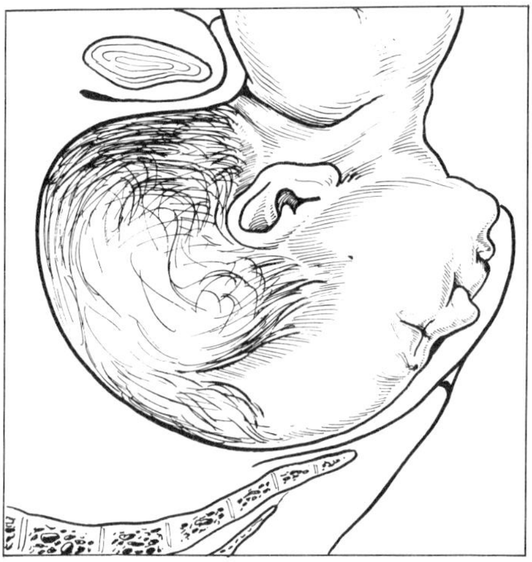

Abb. 54 **Austritt des nachfolgenden Kopfes bei Beckenendlage.** Stemmpunkt: Nacken. Geburtsmechanisch wirksamer Umfang: C. suboccipitobregmatica = 33 cm.

Für die **Erkennung** der Beckenendlage gibt am häufigsten beim 3. LEOPOLD-Handgriff das fehlende Ballottement den ersten Hinweis. Er ist Veranlassung, den Kopf im Fundus uteri zu suchen. Die Herztöne sind relativ hoch, am Ende der Gravidität oberhalb des Nabels zu hören. Bei der inneren Untersuchung ist der weiche unregelmäßige Teil auffallend, an dem die Crista sacralis media als sog. „rauhe Linie“ zu tasten ist.

Die folgende Übersicht faßt die Besonderheiten der Beckenendlagengeburt nochmals zusammen:

Führender Teil:	Beckenende bzw. Füße (je nach Art der Beckenendlage unterschiedlich)

Wichtigste Hüftumfänge:	Einfache Steißlage:	27 cm
	Vollkommene Steißfußlage:	32 cm
	Vollkommene Fußlage:	24 cm
Hypomochlion:	Vordere Hüfte	
Abbiegung:	Lateralflexion der Wirbelsäule	
Geburtsgeschwulst:	bei 1. Stellung: linke Gesäßhälfte	
	bei 2. Stellung: rechte Gesäßhälfte	

Über die *perinatale Sterblichkeit* bei der Beckenendlagengeburt wird auf S. 119 berichtet.

Quer- und Schräglagen

(Regelwidrigkeiten der Lage)

Bildet die Längsachse des Kindes mit der Längsachse des Fruchthalters einen Winkel, so handelt es sich um eine Quer- oder Schräglage (Abb. 55). Sie kommt in etwa 1 % aller Geburten zur Beobachtung (S. 34).

Die *Stellungsdiagnose* unterscheidet je nachdem, ob der Kopf auf der linken oder rechten Seite gefunden wird, zwischen 1. und 2. Querlage und nach dem Stand des Rückens zwischen dorsoanteriorer, dorsosuperiorer, dorsoposteriorer und dorsoinferiorer Querlage (S. 29).

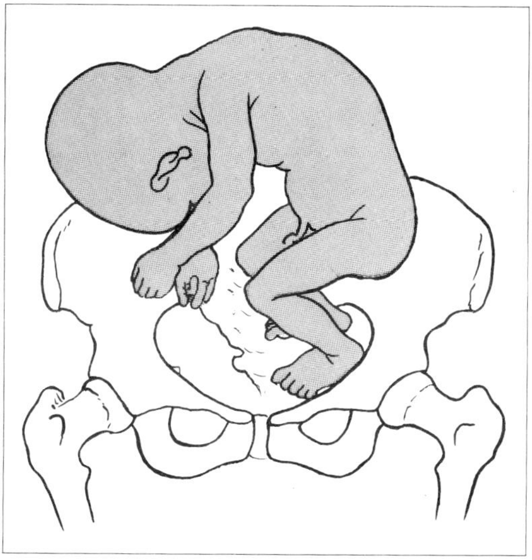

Abb. 55 **Zweite dorsosuperiore Querlage.**

Über die **Ursachen** der Querlage gibt die Tab. 4 eine Übersicht. Sie gleichen in vielem den bei der Beckenendlage beschriebenen Faktoren (S. 54), durch die die normale Poleinstellung verhindert bzw. überflüssig gemacht wird. Voraussetzung für die Entstehung einer Querlage ist, daß gleichzeitig abnorme Raumverhältnisse im Fruchthalter eine ausreichende Beweglichkeit gewährleisten bzw. der Frucht die Anpassung an ein querovales Cavum uteri wie z. B. beim Uterus arcuatus oder Korpusmyomen sogar nahelegen.

Tabelle 4 **Die wichtigsten Ursachen der Querlage**

1. *Übermäßige Beweglichkeit der Frucht:*
   Hydramnion
   Schlaffer Fruchthalter (Vielgebärende, Bindegewebsschwäche)
   Frühgeburt
2. *Störungen des Auffangmechanismus des Kopfes:*
   Mißverhältnis zwischen Kopf und Becken
   Placenta praevia
   Tiefsitzende Myome
3. *Abnorme Raumverhältnisse im Fruchthalter:*
   Mißbildungen des Uterus (z. B. Uterus arcuatus)
   Uterus myomatosus (Deformierung des Cavum uteri)
   Zwillingsgeburten

Die **Diagnose** der Querlage kann oftmals bereits aufgrund der sichtbaren querovalen Form des Uterus bzw. des auffallend breiten Fundus uteri gestellt werden. Mit dem 2. Leopold-Handgriff wird die querliegende Fruchtwalze getastet. Ein wichtiger Hinweis ist bei der inneren Untersuchung der fehlende vorangehende Teil bzw. das leere Becken. Bei adipösen Schwangeren und Kreißenden mit stark tonisiertem Uterus, bei denen von außen ein eindeutiger Befund nicht zu erheben ist, muß diese Tatsache bereits zu dem Verdacht auf eine Querlage führen.

Der **Geburtsverlauf** verlangt in besonderem Maße unsere Aufmerksamkeit, da eine spontane Beendigung bei lebendem und ausgetragenem Kind nicht möglich ist. Das heißt aber, daß nur das rechtzeitige Eingreifen Mutter und Kind vor lebensbedrohlichen Gefahren zu schützen vermag. Die Beurteilung dieser Gefahren und damit auch die Entscheidung über das zeitlich und technisch richtige Vorgehen gelingt dem Geburtshelfer am besten, wenn er sich den Ablauf einer therapeutisch nicht beeinflußten Querlagengeburt vor Augen hält. Bereits als Folge des Fehlens eines abdichtenden vorangehenden Teiles kommt es in 20 % bis 40 % zu einem vor- und frühzeitigen *Blasensprung.* Aus dem gleichen Grunde ist dieser in etwa der Hälfte der Fälle mit einem *Armvorfall,* in 20 % bis 25 % mit einem *Nabelschnurvorfall* vergesellschaftet. Unter dem Einfluß der Wehen werden im weiteren Verlauf folgende Stadien durchlaufen:

1. **Schulterlage mit Armvorfall:**

Während der Eröffnungsperiode wird der querliegende Kindskörper unter Abknickung der Wirbelsäule mehr und mehr in den Beckeneingang getrieben. Dabei übernimmt die dem Beckeneingang nahestehende Schulter die Führung, wobei häufig der dazugehörige Arm vorfällt.

2. **Schlaffes Anschmiegen des Uterus:**

Mit vollständiger Erweiterung des Muttermundes und bei gesprungener Blase setzen die Wehen vorübergehend aus. Die Uteruswand liegt spannungslos wie ein „nasses Handtuch" der Frucht an. Die ausreichende Beweglichkeit der Frucht erlaubt in diesem Stadium noch die innere Wendung (S. 121).

3. **Verschleppte Querlage:**

Mit dem erneuten Einsetzen der Wehen schreitet die Retraktion des Corpus uteri über der Frucht, die nicht mehr nach unten auszuweichen vermag, weiter fort. Das untere Uterinsegment wird zunehmend gedehnt, ein Ereignis, das von außen an dem Hochsteigen der BANDL-Furche (S. 14) zu erkennen ist. Der Uterus nimmt bei gleichzeitigem Ansteigen des Grundtonus die für dieses Stadium typische Achterform an. Eine innere Wendung ist ohne die Gefahr der Uterusruptur nicht mehr möglich.

4. **Drohende Uterusruptur** (Abb. 56):

Bleibt die Querlagengeburt auch jetzt sich selbst überlassen, so entsteht als Folge der weiter fortschreitenden Retraktion eine schmerzhafte Spannung im unteren Uterinsegment, das bis an die Grenze seiner Dehnungsfähigkeit ausgezogen wird. Die Ligamenta teres uteri (Ligg. rotunda) sind beiderseits, besonders aber auf der Seite des kindlichen Kopfes straff gespannt. Die Wehen nehmen tetanischen Charakter an. Die BANDL-Furche erreicht fast Nabelhöhe. Die Kreißende wird zunehmend tachykard, unruhig und ängstlich.

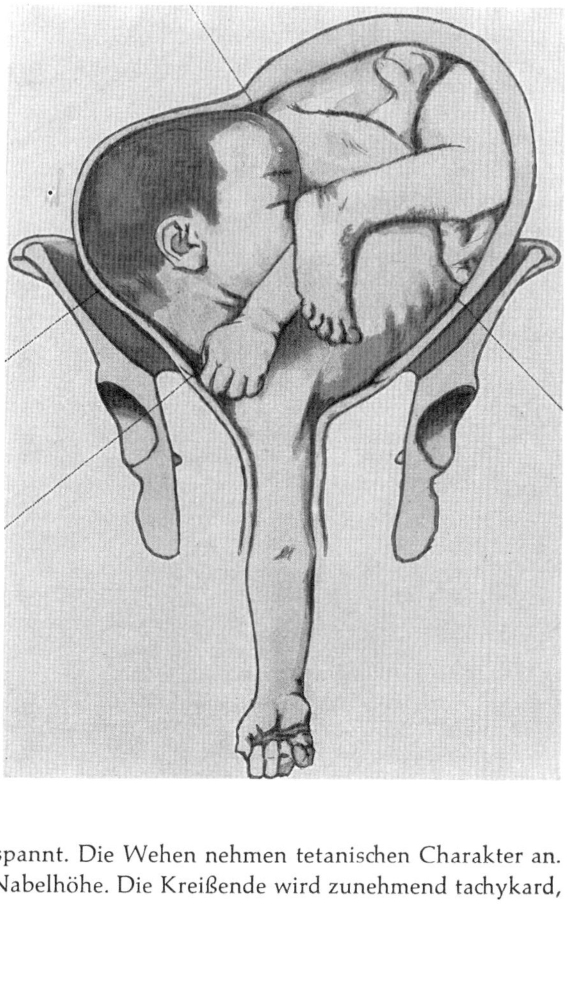

Abb. 56 **Drohende Uterusruptur bei Querlage.** Zweite dorsoposteriore Querlage mit Armvorfall. Das untere Uterinsegment ist über dem kindlichen Kopf stark ausgezogen, die BANDL-Furche steht als Folge der Retraktion des Corpus uteri hoch.

5. **Uterusruptur:**

Die Zerreißung der Uteruswand tritt plötzlich mit einem schneidenden Schmerz, dem kurzfristig das Gefühl der Erleichterung folgt, ein und zwar meist im Bereich des überdehnten unteren Uterinsegmentes bzw. im Scheidengewölbe als sog. Kolpaporrhexis. Bereits das Einführen der Geburtshelferhand in die Vagina und die dadurch bedingte zusätzliche Zirkulärspannung vermag das Ereignis auszulösen (ZANGEMEISTER [1]). Ist das Kind nicht bereits aufgrund der Verkleinerung der Plazentahaftfläche und der erhöhten uterinen Grundspannung an einer Hypoxie gestorben, so kommt es jetzt infolge der sich ablösenden Plazenta zum Fruchttod. Zugleich ist das mütterliche Leben durch den peritonealen Schock, eine innere Blutung oder eine nachfolgende Peritonitis auf das stärkste gefährdet.

Eine **Spontangeburt aus Querlage**, d. h. die Austreibung der Frucht allein durch die natürlichen Geburtskräfte, wird nur in Ausnahmefällen beobachtet. Wegen der mit ihr für Mutter und Kind verbundenen Gefahren darf sie vom Geburtshelfer niemals erwartet werden. Die folgenden drei Möglichkeiten sind gegeben:

1. Selbstwendung (Versio spontanea)
2. Selbstentwicklung (Evolutio spontanea):
   a) Typ DOUGLAS
   b) Typ DENMAN
3. Geburt mit gedoppeltem Körper (Conduplicato corpore)

Bei der *Selbstwendung* (Versio spontanea) kommt der tonisierenden Wirkung der Wehen, die einem schlaffen Uterus die ursprüngliche längsovale Form wiedergeben, Bedeutung zu. Auf diese Weise wird die Längsrichtung der Frucht, die bis dahin ausgeblieben war, nachgeholt.

Die *Selbstentwicklung* (Evolutio spontanea) aus Querlage besteht darin, daß sich der Rumpf an den Kindsteilen, die bereits in das Becken eingetreten sind, vorbeischiebt, ein Vorgang, der unter starker Abknickung der Wirbelsäule erreicht wird. Dies kann sich im einzelnen auf zweierlei Weise abspielen. Bei der *Selbstentwicklung* nach DOUGLAS [2]) bleibt der Kopf an der Linea terminalis hängen. Unter starker Ausziehung des Halses wird zunächst die vordere Schulter in das Becken getrieben, während sich der Rumpf mehr und mehr in der Kreuzbeinaushöhlung vor- und an dem Schultergürtel vorbeischiebt. Ist der Steiß geboren, so folgen die hintere Schulter und der Kopf nach. — Bei der *Selbstentwicklung nach* DENMAN [3]) bleiben Kopf und Schultern über dem Beckeneingang zurück. Bei starker Abknickung zunächst der Brust-, später der Lendenwirbelsäule tritt der Rumpf in den vorderen Beckenabschnitten tiefer, bis der Steiß geboren wird. Die Ausstoßung von Schultern und Kopf vollenden diesen Mechanismus.

Die **Geburt mit gedoppeltem Körper** (Conduplicato corpore) spielt sich so ab, daß sich wie bei der Selbstentwicklung nach DOUGLAS zunächst die vordere Schulter zur Geburt stellt. Die dadurch erreichte Doppelung des Kindskörpers wird aber jetzt beibehalten, so daß das Kind „wie ein Taschenmesser zusammengeklappt" geboren wird. Die Selbstentwicklung nach DOUGLAS und die Geburt mit gedoppeltem Körper unterscheiden sich also vor allem dadurch, daß bei der zuerst genannten der vorangehende Teil am Rumpf des Kindes herabwandert, also ständig wechselt, während er bei der Geburt mit gedoppeltem Körper in Form der vorderen Schulter unverändert beibehalten wird.

Die **perinatale Sterblichkeit** bei 31 Querlagen der Jahre 1967—1970 betrug 2:31; wir verloren 1 zweites Zwillingskind mit 1720 g und 1 Kind mit 820 g Geburtsgewicht.

[1]) WILHELM ZANGEMEISTER, Ordinarius in Marburg und Königsberg, 1871—1930

[2]) DOUGLAS, Geburtshelfer in Dublin um 1800

[3]) THOMAS DENMAN, Geburtshelfer in London, 1733—1815

Literatur

BICKENBACH, W.: Studie über den Geburtsmechanismus bei Spontangeburt des Kopfes mit querverlaufender Pfeilnaht. Zbl. Gynäk. *51* (1927) 2778

BICKENBACH, W.: Ein Beitrag zur Ursachenlehre des hohen Geradstandes (Formabwegigkeit des kindlichen Kopfes). Zbl. Gynäk. *54* (1930) 2118

BORELL, U., I. FERNSTRÖM: The mechanism of labour in face and brow presentation. Acta obstet. gynec. scand. *39* (1960) 4

BURGER, P.: La répresentation de sommet en occipitosacrée, Gynéc. et Obstét. *58* (1959) 263

CRETIUS, K.: Die Geburt. In: Klinik der Frauenheilkunde und Geburtshilfe, Bd. II, hsg. von H. SCHWALM, G. DÖDERLEIN, S. 336, Urban & Schwarzenberg, München 1964

HECKLINGER, P.: Wie kommt es zur Geburt aus Bekkenendlage? Arch. Gynäk. *187* (1956) 747

HOFMANN, D.: Untersuchungen über den Mechanismus okzipitoposteriorer Geburten, speziell den sogenannten Ausklinkmechanismus. Zbl. Gynäk. *87* (1965) 252

HUSSLEIN, H.: Die regelwidrige Geburt. In: Klinik der Frauenheilkunde und Geburtshilfe, Bd. II, hsg. von H. SCHWALM, G. DÖDERLEIN, S. 1, Urban & Schwarzenberg, München 1964

KEPP, R.: Bedarf es einer Diskussion über die hintere Hinterhauptslage. Geburtsh. u. Frauenheilk. *21* (1961) 1155

KEPP, R., H. RUCKELSHAUSEN: Ein Beitrag zur Ätiologie der hinteren Hinterhauptslage. Geburtsh. u. Frauenheilk. *15* (1955) 69

KIRCHHOFF, H.: Zur Ätiologie und Diagnostik des „Hohen Geradstandes". Dtsch. med. Wschr. *83* (1958) 1651

KNAUS, H.: Zur Behandlung der Beckenendlage. Geburtsh. u. Frauenheilk. *11* (1951) 497

MARTIUS, G.: Zur Geburtshilfe bei Beckenendlagen. Einige operationstechnische und didaktische Bemerkungen. Zbl. Gynäk. *86* (1964) 91

MARTIUS, G., M. KÄTER, D. P. H. KLUGE: Kopfmaße und Kopfform des Neugeborenen in ihren Beziehungen zum Geburtsmechanismus. Beobachtungen bei der vorderen Hinterhauptslage. Arch. Gynäk. *199* (1964) 360

MARTIUS, G., M. KÄTER, D. P. H. KLUGE: Kopfmaße und Kopfform des Neugeborenen in ihren Beziehungen zum Geburtsmechanismus, Beobachtungen bei den Streckhaltungen und der hinteren Hinterhauptslage. Arch. Gynäk. *200* (1965) 393

MARTIUS, G.: Roedarersche Kopfhaltung als Folge einer Weichteilanomalie. Geburtsh. u. Frauenheilk. *30* (1970) 356

MARTIUS, H.: Vorderhauptslage, Scheitellage und Hintere Hinterhauptslage. Zbl. Gynäk. *49* (1925) 21

MARTIUS, H.: Die Geburt in Stirnlage mit besonderer Berücksichtigung des Austrittsmechanismus. Arch. Gynäk. *76* (1925) 671

MARTIUS, H.: Die regelwidrige Geburt. In: Biologie und Pathologie des Weibes, Bd. VIII, hsg. von L. SEITZ, A. J. AMREICH, Urban & Schwarzenberg, Berlin 1955

MARTIUS, H.: Über die hintere Hinterhauptslage. Geburtsh. u. Frauenheilk. *20* (1960) 1001

MÖBIUS, W., H. HILMERTH: Der hohe Geradstand. Leipzig 1957

MORGAN, H. S.: The management of breech presentation, „La prophylaxie en gynécologie et obstétrique", Congrès international de gynécologie et d'obstétrique Genève 1954

MORGAN, H. S.: Etiology of breech presentation and prenatal care, J. Amer. med. Ass. *163* (1957) 329

NARIK, G.: Gestreckte Beine bei Steißlage (extended legs) als geburtshilfliche Komplikation. Zbl. Gynäk. *77* (1955) 1677

PREVEDOURAKIS, C.: Face presentation. Amer. J. Obstet. Gynec. *94* (1966) 1092

ROTH, F.: Statistische Auswertung von über 1000 Beckenendlagen-Geburten. Schweiz. med. Wschr. *91* (1961) 1337

RUCKELSHAUSEN, M. C.: Ein Beitrag zur Geburtsmechanik. Geburtsh. u. Frauenheilk. *24* (1964) 793

SEGSCHNEIDER, P. P., J. THOMAS: Lage-, Haltungs-, Stellungs- und Einstellungsanomalien. Z. Geburtsh. Gynäk. *156* (1961) 303

STEELE, K. B., C. T. JAVERT: The mechanism of labour for transverse positions of the vertex. Surg. Gynec. Obstet. *75* (1942) 477

THIESSEN, P.: Die eigene Geburtsleitung bei Beckenendlage und ihr Gegensatz zur Schul- und Lehrauffassung. Geburtsh. u. Frauenheilk. *24* (1964) 661

ULISSE, P. C.: Face presentation, Amer. J. Obstet. Gynec. *94* (1966) 1085

Indikationen für die operative Entbindung

Das geburtshilfliche Operieren hat das Ziel der Vermeidung oder Beseitigung von Gefahren für Mutter und Kind, die in der Schwangerschaft und während der Geburt auftreten. Kann der Geburtshelfer annehmen, daß es ihm mit einer der zur Verfügung stehenden Operationen gelingt, die Gefahr zu überwinden, so ist die Indikation zur operativen Intervention gegeben.

Diese allgemeine Formulierung umschreibt für den Erfahrenen wohl am besten die mannigfaltigen, einzeln oder kombiniert auftretenden Regelwidrigkeiten, die eine entbindende Operation erforderlich machen. Der Lernende indessen bedarf einer Übersicht, die ihm zeigt, wann mit einer Gefährdung von Mutter oder Kind zu rechnen ist, worauf er also während der Schwangerenvorsorge und der Geburtsleitung zu achten hat. Zugleich wird er auf diese Weise am ehesten davor bewahrt, unbegründet wie z. B. aus einer übermäßigen Sorge um Mutter und Kind, aus Mitleid mit der Kreißenden oder auch auf Drängen der Angehörigen die Anzeige zur Operation zu stellen.

Jeder Versuch einer schematischen Darstellung der Indikationslehre bringt die Notwendigkeit von Kompromissen mit sich, die die vielfältigen Variationsmöglichkeiten der biologischen Vorgänge während der Gestation nur bedingt zu berücksichtigen vermögen. Dies läßt sich bereits an der Unterteilung in zwei Indikationsgruppen

1. Indikationen von seiten des Kindes
2. Indikationen von seiten der Mutter

erkennen. In vielen Fällen wie z. B. beim engen Becken oder der Placenta praevia wird durch die Regelwidrigkeit die Gesundheit von Mutter *und* Kind bedroht, so daß eine „kombinierte" oder „gemischte Indikation" gegeben ist. Die vom Geburtshelfer zu bewältigenden Schwierigkeiten werden weiterhin dadurch unterstrichen, daß er bei einer geplanten operativen Entbindung nicht allein die Regelwidrigkeit und deren Gefahren, sondern auch die mit dem Eingriff verbundene Belastung zu berücksichtigen hat.

Aus diesen Vorbemerkungen möge vor allem eines deutlich werden: Die Kunst des geburtshilflichen Operierens darf nicht in der Beherrschung der Technik gesehen werden. Sie ist bei ausreichender Übung am Phantom eine für jeden manuell geschickten Arzt zu erlernende Voraussetzung. Die wirkliche Kunst liegt in der Beurteilung des Schwangerschaftsverlaufes und der geburtshilflichen Situation und damit in der rechtzeitigen Erkennung einer Gefahr, für deren Überwindung der günstigste Weg gefunden werden muß. *Die richtige und rechtzeitige Indikationsstellung und die Auswahl der Methode beherrschen somit die Lehre von den entbindenden Operationen.*

Indikationen von seiten des Kindes

Die Indikationsstellung zum entbindenden Operieren, das die Überwindung fetaler Gefährdungen zum Ziel hat, war in der Vergangenheit mancherlei Wandlungen unterworfen. Diese Entwicklung ist im wesentlichen durch 3 Fakten bestimmt worden:

1. Die Fortschritte der Anästhesiologie sowie der prä- und postoperativen Behandlung haben das operative Risiko für die Mutter so weit herabgesetzt, daß die *Sorge um das Kind* in zunehmendem Maße das geburtshilfliche Handeln bestimmen konnte (H. Martius).

2. Durch die Entwicklung neuer Überwachungsmethoden wurde eine *verbesserte Diagnostik fetaler Gefährdungen* erreicht (Saling, Hammacher).

3. Es konnte der Nachweis erbracht werden, daß die technisch richtige und rechtzeitig, d. h. am noch ungeschädigten Kind vorgenommene *entbindende Operation* in der Lage ist, das Kind mit Erfolg aus einer Notsituation zu befreien, ohne daß es dadurch zu einer bedeutsamen zusätzlichen Belastung oder gar Gefährdung des Kindes kommt (G. Martius).

Dies erklärt, daß inzwischen die Indikationen von seiten des Kindes in den meisten geburtshilflichen Kliniken an die erste Stelle gerückt sind. Beispielhaft, wenn auch noch in den Anfängen, wird diese Entwicklung aus einer Statistik von Hüter u. Mitarb. deutlich, die für die Jahre 1964 bis 1966 eine Zunahme der operativen Entbindungsfrequenz bei gleichzeitig signifikanter Verschiebung zugunsten der präventiv-fetalen Indikationen nachweist. In Abhängigkeit hiervon kam es zugleich zu einer Verminderung der perinatalen Sterblichkeit um fast die Hälfte.

Im einzelnen sind die Indikationen von seiten des Kindes aus der Tab. 5 zu ersehen. In ihr wurde bei der „Hypoxie" und dem „verzögerten Geburtsverlauf" zwischen Geburten mit leerer Anamnese, d. h. ohne Hinweis auf eine besondere Gefährdung des Kindes, und den *Risikogeburten* unterschieden (Bickenbach). Zu den zuletzt genannten sind in erster Linie jeder Verdacht auf eine Plazentainsuffizienz durch eine Gestose oder Übertragung, ein fortgeschrittenes Gebäralter und Kreißende nach vorausgegangenen vergeblichen Schwangerschaften bzw. nach Sterilitätsbehandlung zu rechnen. Es ist interessant, daß sich bei Graviditäten nach medikamentöser Ovulationsauslösung vermehrt Plazentainsuffizienzen nachweisen lassen (H. Schmidt-Elmendorff). In allen Risikofällen sollten die Zeichen der intrauterinen Hypoxie deshalb besonders sorgfältig beachtet werden und bei dem geringsten Verdacht auf eine fetale Gefährdung als Indikation zur Entbindung Anerkennung finden. Dieses Vorgehen entspricht in mancherlei Hinsicht der von De Lee 1920 inaugurierten „prophylactic forceps operation" bzw. dem „prophylaktischen Kaiserschnitt" von H. Martius.

Die bedeutendste Gefahr für das Kind im perinatalen Leben stellen die *Hypoxie* und *Azidose* dar, die deshalb in der Tab. 5 auch an erster Stelle erscheinen (Philipp, Dörfler, Nesbitt jr., Keuth, G. Martius, u. a.). Der Erfolg der operativen Therapie ist hier in besonderem Maße davon abhängig, daß die Entwicklung des Kindes rechtzeitig erfolgt, d. h. vor Eintritt einer bleibenden Schädigung. Dies hat aber die Rechtzeitigkeit der Hypoxiediagnose zur Voraussetzung. Sie wird, abgesehen von der bereits erwähnten Beachtung der Anamnese, die wichtige Hinweise auf eine Plazentainsuffizienz zu geben vermag, durch die stethoskopische Herzkontrolle, die fortlaufende Herztonregistrierung (Hammacher, Kubli u. Rüttgers), die Beachtung der Fruchtwasserfarbe und die fetale Blutgasanalyse (Saling) angestrebt.

Bei einem *verzögerten Geburtsverlauf* ist ebenfalls eine vermehrte Gefährdung des Kindes gegeben und zwar in erster Linie wiederum durch eine Hypoxie. Die in der Tab. 5 genannten Grenzwerte basieren auf statistischen Untersuchungen über die Letalität und das Auftreten von Asphyxien in Abhängigkeit von der Geburtsdauer (Hellman u. Prystowsky, Döring).

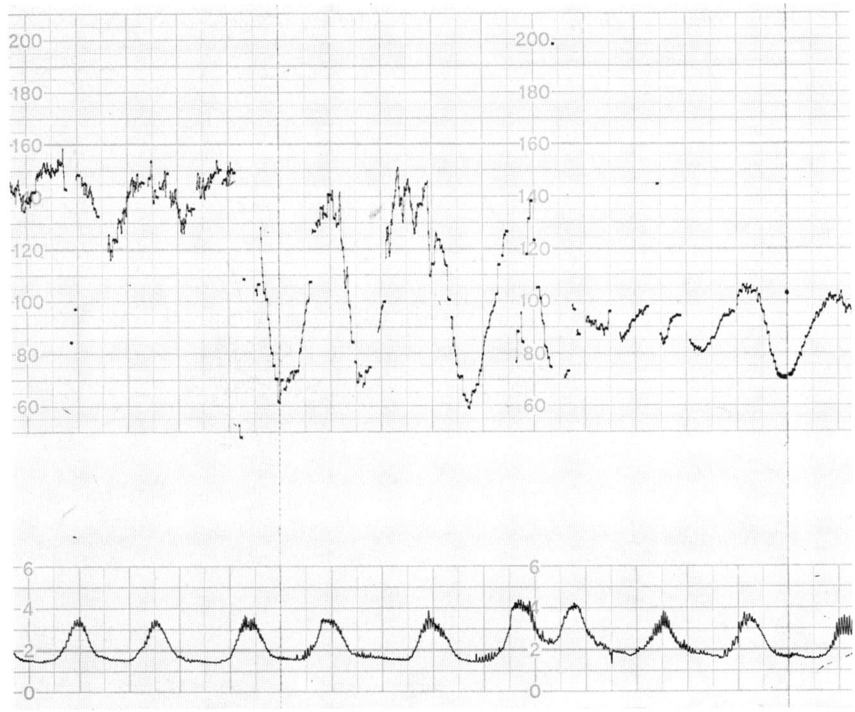

Abb. 57 **Späte (verzögerte) Dezeleration (Dip II) im Kardiotokogramm.**

Schließlich stellt die *fetale Blutung* mit nachfolgendem posthämorrhagischem Schock eine wichtige Indikation von seiten des Kindes dar (Tab. 5). Die Diagnose gelingt über den Nachweis fetalen Hämoglobins im Vaginalblut der Mutter (Kleihauer, Braun u. Betke, Hickl). Auch bei geringer, für die Mutter bedeutungsloser Blutung muß sie Veranlassung zur sofortigen operativen Intervention mit nachfolgender transumbilikaler Transfusion sein, da anderenfalls das Kind z. B. aus Zotteneinrissen bei einer Placenta praevia oder aus einer Gefäßruptur bei Insertio velamentosa verbluten kann (Wiener, Wickster, Koch, Hickl).

Tabelle 5 **Indikationen von seiten des Kindes zur operativen Geburtsbeendigung**

LEERE ANAMNESE	RISIKOGEBURT
Hypoxie und Azidose	
Stethoskopische Herztonkontrolle: Tachykardie (>160/Min) Bradykardie (<100/Min)	Stethoskopische Herztonkontrolle: Tachykardie (>150/Min) Bradykardie (<120/Min)
Fortlaufende Herztonkontrolle: Tachykardie (>160/Min) Bradykardie (<100/Min) verzögerte Dezeleration (Dip II, Abb. 57)	Fortlaufende Herztonkontrolle: Tachykardie (>150/Min) Bradykardie (<120/Min) verzögerte Dezeleration (Dip II) anhaltende frühe bzw. variable Dezeleration (Dip I) silente Kurve (?)
Azidose: pH-Wert<7,2	Azidose: pH-Wert<7,2
Nabelschnurvorfall	Nabelschnurvorfall
Verzögerter Geburtsverlauf	
Eröffnungsperiode > 12 Std. Austreibungsperiode > 30 Min.	Eröffnungsperiode > 12 Std. Verzögerungen in der frühen Eröffnungsperiode Austreibungsperiode > 15 Min.
Fetale Blutung	
Nachweis von fetalem Hämoglobin im Vaginalblut	

Indikationen von seiten der Mutter

Eine Indikation zur operativen Entbindung von seiten der Mutter ist am eindeutigsten bei einer *Erkrankung* gegeben, die die Leistungsfähigkeit der Kreißenden beeinträchtigt (Tab. 6). So müssen Herz- oder Lungenkrankheiten, eine hypertensive Spätgestose mit ansteigenden Blutdruckwerten, eine Epilepsie oder andere akute und chronische Erkrankung Veranlassung sein, nach einer intensiven psychoprophylaktischen und medikamentösen Geburtserleichterung in der Eröffnungsperiode der Kreißenden die Austreibungswehen durch die Vakuum- oder Zangenextraktion am tiefstehenden Kopf zu ersparen. Das gleiche Vorgehen ist bei *Fieber unter der Geburt* mit Werten von 38 °C und mehr rektal gemessen zu empfehlen. Schwerer wiegende Eingriffe wie vor allem die Schnittentbindung bedürfen indessen einer sehr sorgfältig abgewogenen, zusätzlichen, meist geburtshilflichen Anzeigestellung.

Ein *verzögerter Geburtsverlauf* wird in der Eröffnungsperiode von seiten der Mutter nur selten die Notwendigkeit zur operativen Entbindung ergeben. In der Austreibungsperiode sind wir indessen in den letzten Jahren bei starker Schmerzhaftigkeit der Wehen und Unruhe der Kreißenden mit der operativen Geburtsbeendigung durch die Vakuumextraktion vom Beckenboden großzügiger geworden. Bei dieser leichten entbindenden Operation handelt es sich allein um eine geburtserleichternde Maßnahme. Daß bei einer Verzögerung der Austreibungsperiode über 30 Minuten hinaus bzw. bei Risikogeburten über 15 Minuten die Beendigung der Austreibungsperiode mit Rücksicht auf das Kind erforderlich ist, wurde bereits erwähnt (S. 65).

Vaginale Blutungen in der Schwangerschaft und unter der Geburt sind ein weiterer wichtiger Grund für die operative Intervention. Als Blutungsquellen sind die Placenta praevia, die vorzeitige Lösung der normalsitzenden Plazenta, Blutungen aus einem Varixknoten und auch einem Portiokarzinom bekannt.

Von den *Weichteilstörungen* sind vor allem die Retraktionsstörungen an der Zervix zu nennen. Sind sie medikamentös nicht zu überwinden, so ergibt sich in der frühen Eröffnungsperiode die Notwendigkeit der Schnittentbindung; in der späten Eröffnungsperiode gelingt ihre Überwindung indessen oft mit Hilfe der Perfusion Toulousaine (S. 137). — Vom Portiokarzinom wissen wir, daß es nach einer vaginalen Entbindung prognostisch einen besonders ungünstigen Verlauf nimmt. Aus diesem Grunde muß auch in den Fällen, in denen das Neoplasma kein mechanisches Hindernis darstellt, für die Entbindung der abdominale Weg gewählt werden, wobei die Entscheidung darüber, ob die erweiterte Totalexstirpation nach WERTHEIM [1] oder lediglich die supravaginale Uterusamputation nach PORRO [2] mit anschließender Radium-Röntgen-Bestrahlung vorgenommen wird, von der Ausdehnung des Tumors abhängig zu machen ist. — Bei jedem Verdacht auf eine Uterusruptur schließlich ist unabhängig von der Pathogenese die Laparotomie mit Entfernung der Frucht, Revision des Uterus und Versorgung evtl. vorhandener Wunden bzw. der Exstirpation des Uterus angezeigt. Lediglich in den Fällen, in denen die vaginale Beendigung der Geburt unverzüglich und leicht möglich ist, wird diese ausgeführt, um im Anschluß daran ohne Zeitverlust das Cavum uteri durch Austastung zu revidieren.

Als letzte Indikation von seiten der Mutter ist das *unüberwindliche Mißverhältnis* zwischen Geburtsobjekt und Geburtskanal zu nennen. Als Ursache kommen sehr verschiedenartige Regelwidrigkeiten in Frage. Neben dem engen Becken sind es eine Übergröße des Kopfes, Haltungsanomalien in Form einer Stirnlage, eine Schräg- oder Querlage und auch die seltene dorsoanteriore Gesichtslage, die die Geburt auf normalem Wege unmöglich machen. Da stets Mutter und Kind in ernste Gefahr kommen, sollte diese Anzeigestellung zur entbindenden Operation besser zu den vielfältig gegebenen „gemischten Indikationen" gerechnet werden.

[1] E. WERTHEIM, Ordinarius in Wien, 1864—1920
[2] E. PORRO, Geburtshelfer in Mailand, 1842—1902

Zusammenfassend kommen wir damit zu den in der Tab. 6 aufgeführten Empfehlungen für die Indikationsstellung von seiten der Mutter.

Tabelle 6 **Indikationen von seiten der Mutter zur operativen Geburtsbeendigung**

1. Erkrankung der Mutter
   (Extragenitale Erkrankungen, hypertensive Spätgestose, Erschöpfung der Kreißenden, Fieber ab 38 °C rektal, u. a. m.)
2. Geburtsstillstand
   (Verzögerung der Austreibungsperiode von 1 Stunde und mehr.)
3. Vaginale Blutung während Schwangerschaft und Geburt
   (Placenta praevia, vorzeitige Lösung der normalsitzenden Plazenta, Blutung aus einem Varixknoten, Portiokarzinom.)
4. Weichteildystokien
   (Retraktionsstörungen, enges Weichteilansatzrohr, Portiokarzinom, Uterusruptur.)
5. Unüberwindliches Geburtshindernis
   (Enges Becken, Übergröße des Kopfes, geburtsunmögliche Regelwidrigkeiten.)

Literatur

BICKENBACH, W.: Wandlungen in der Geburtshilfe. Referat Niederrheinische Ges. f. Gynäkologie und Geburtshilfe, Düsseldorf, 25. 5. 1962

BICKENBACH, W., H. J. SOOST: Das Kollumkarzinom in der Schwangerschaft – neue Gesichtspunkte zur Therapie. Geburtsh. u. Frauenheilk. *20* (1960) 313

DÖDERLEIN, G.: Nicht „erweiterte" sondern „veränderte" Indikationsstellung zur Schnittentbindung. Zbl. Gynäk. *77* (1955) 1611

DÖRING, G. K., V. KRAUSS: Über die Bedeutung der Geburtsdauer für das Kind. Geburtsh. u. Frauenheilk. *27* (1967) 1185

DÖRFLER, P.: Die perinatale Mortalität unter besonderer Berücksichtigung der Anoxie, Zbl. Gynäk. *79* (1957) 543

FAUVET, E.: Zur Frage der Therapie des Kollumkarzinoms in der Schwangerschaft. Z. Geburtsh. u. Frauenheilk. *26* (1966) 123

HAMMACHER, K.: Elektronische Geburtsüberwachung. Med. Klin. *64* (1969) 1846

HELLMAN, L. M., M. PRYSTOWSKY: The duration of the second stage of labour. Amer. J. Obstet. Gynec. *63* (1952) 1223

HICKL, E. J.: Untersuchungen über den fetalen Anteil bei Blutungen in der Spätschwangerschaft. Gynaecologia (Basel) *157* (1964) 351

HICKL, E. J.: Fetale Erythrozyten, Gynaecol. (Basel) *156* (1963) 253

HÜTER, K. A., J. BOCKELMANN, P. H. WERNERS: Die präventive Indikationsstellung in der operativen Geburtshilfe und die perinatale Sterblichkeit. Geburtsh. u. Frauenheilk. *28* (1968) 167

KLEIHAUER, E., H. BRAUN, K. BETKE: Demonstration von fetalem Hämoglobin in den Erythrozyten des Ausstriches. Klin. Wschr. *35* (1957) 637

KOCH, F.: Über eine nicht-hämolytische Anämie bei Neugeborenen, zugleich ein Beitrag zum posthämorrhagischen Schock des Neugeborenen, Münch. med. Wschr. *100* (1958) 1482

KUBLI, F., H. RÜTTGERS: Kontinuierliche Registrierung der fetalen Herzfrequenz bei gleichzeitiger Wehenschreibung. Gynäkologe *2* (1969) 73

DE LEE, J. B.: The prophylactic forceps operation. Amer. J. Obstet. Gynec. (1920) 34

MARTIUS, G.: Geburtsleitung und perinatale Sterblichkeit. Zbl. Gynäk. *85* (1963) 120

MARTIUS, G.: Schwangerenvorsorge und Geburtsleitung zum Schutz kindlichen Lebens. Therap'woche *14* (1964) 7

MARTIUS, G.: Klinische Folgerungen (Podiumgespräch über „Perinatale Hypoxie und Azidose"). Arch. Gynäk. *202* (1965) 391

MARTIUS, G.: Geburtsleitung bei gefährdeten Kindern. Münch. med. Wschr. *107* (1965) 657

MARTIUS, G., E. J. HICKL: Geburtsschäden und postpartale Komplikationen. Regensburg. ärztl. Fortb. *13* (1965) 82

MARTIUS, H.: Geburtshilfliche Operationen, 1. Aufl. Thieme, Leipzig 1933

NESBITT jr., R. E. L.: Perinatal mortality. Bais Philadelphia

PHILIPP, E.: Anoxie des Neugeborenen. Dtsch. med. Wschr. *81* (1956) 1530

SALING, E.: Das Kind im Bereich der Geburtshilfe. Thieme, Stuttgart 1966

WIENER, A. S.: Diagnosis and treatment of anaemia of the newborn caused by occult placental hemorrhage. Amer. J. Obstet. Gynec. *56* (1948) 717

WICKSTER, G. Z.: Posthemorrhagic shock in the newborn. Amer. J. Obstet. Gynec. *63* (1952) 524

VEITH, G.: Über die Pathogenese des perinatalen Hirnschadens. Geburtsh. u. Frauenheilk. *20* (1960) 905

Handgriffe zur Unterstützung der Spontangeburt

Dem Geburtshelfer stehen eine Reihe von Handgriffen zur Verfügung, die der Unterstützung der Spontangeburt dienen. Sie haben in erster Linie das Ziel, den Durchtritt des Geburtsobjektes durch das Weichteilansatzrohr während der Austreibungsperiode zu begünstigen und damit den Geburtsabschnitt zu erleichtern, von dem wir aus klinischer Erfahrung, aber auch aufgrund perinataler Blutgasanalysen wissen, daß er die größte mechanische Belastung und die stärkste Hypoxiegefährdung des Kindes mit sich bringt (HICKL, G. MARTIUS). Da diese Handgriffe oftmals auch in Verbindung mit geburtshilflichen Operationen ausgeführt werden müssen, sei ihre Technik im folgenden kurz dargestellt.

Dammschutz

Der Dammschutz (Abb. 58) hat in erster Linie die Aufgabe der *Temporegulierung* beim Durchtritt des vorangehenden Kindsteiles, um unkontrollierte Weichteilverletzungen zu vermeiden. Zu diesem Zweck wird die Kreißende in Rückenlage mit Hilfe eines Steißkissens mit erhöhtem Becken gelagert. Der Geburtshelfer steht auf der

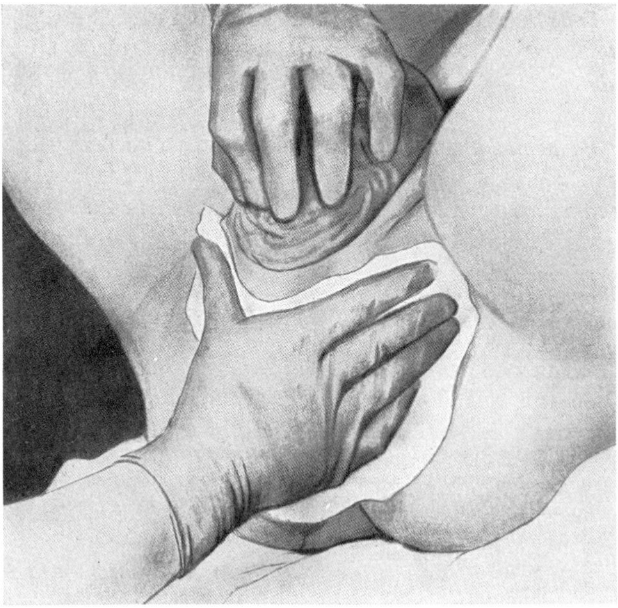

Abb. 58 **Technik des Dammschutzes.**

rechten Seite des Kreißbettes. Nachdem er die Vulva mit einem in Desinfektionslösung (z. B. $1/2$ %ige Sagrotan-Lösung) getauchten Wattebausch von vorn nach hinten abgewischt hat, erfaßt bei der Spontangeburt in Schädellage die rechte Hand durch das Dammgewebe hindurch die Stirnhöcker, um diese symphysenwärts zu drängen und somit die Streckung des Kopfes zu unterstützen. Der Anus wird dabei mit einem Dammschutzlappen abgedeckt. Gleichzeitig verhindert die linke Hand, die das austretende Hinterhaupt erfaßt, ein zu plötzliches Durchschneiden. Die Führung des Kopfes gelingt also dadurch, daß dieser zwischen die beiden Hände genommen wird. Nach dem Durchtritt ist darauf zu achten, daß das Dammgewebe vollständig hinter den Unterkiefer zurückweicht, dieser also vor Beginn der äußeren Drehung freigegeben wird.

Bei der Vakuum- oder Zangenextraktion kann die Temporegulierung entweder allein über die Intensität der Traktionen unter genauer Beobachtung des Dammes, gewissermaßen also mit den Augen erfolgen (S. 81). Günstiger ist es, wenn der Geburtshelfer im Moment des Durchschneidens zur Seite tritt, um mit der unteren d. h. den Füßen der Kreißenden zugewandten Hand die Stirnhöcker des Kindes zu fassen und auf diese Weise den Kopf der Vakuumglocke oder der Zange entgegenzudrücken (Abb. 71 und 90).

Hinterdammgriff nach Ritgen[1]

Ergibt sich bei einer Erschwerung des Durchtrittes oder einer Asphyxie die Notwendigkeit, die Austreibungsperiode abzukürzen, so kann dies schon während des

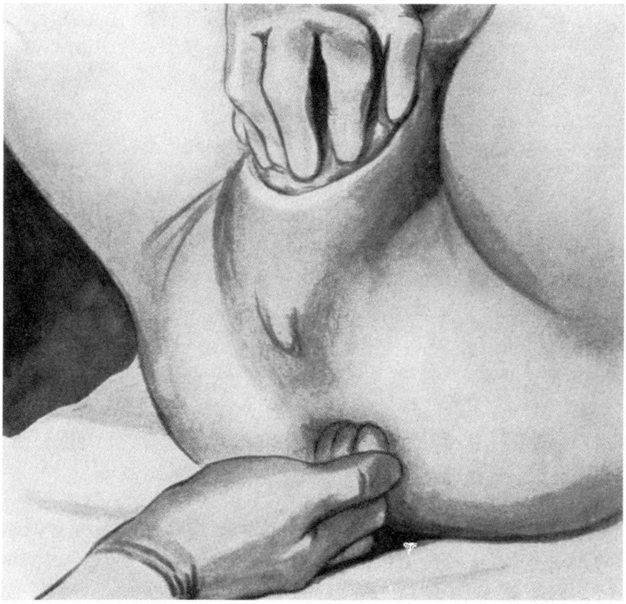

Abb. 59 **Ritgen-Hinterdammgriff.**

[1]) F. A. M. F. von Ritgen, Gynäkologe in Gießen, 1787—1867

Einschneidens des Kopfes mit Hilfe des RITGEN-Hinterdammgriffes erfolgen (Abbildung 59). Zu diesem Zweck werden die Stirnhöcker mit den Fingerspitzen des 2. bis 5. Fingers oder auch wie beim Dammschutz mit Daumen und Zeigefinger bereits durch das Hinterdammgewebe zwischen Steißbeinspitze und Anus aufgesucht, so daß der Kopf eher als mit dem beim Dammschutz beschriebenen Vorgehen symphysenwärts gedrängt werden kann.

Schulterentwicklung bei Schädellage

Die Schulterentwicklung beginnt mit der äußeren Drehung des geborenen Kopfes. Zu diesem Zweck wird der Kopf so mit den flachen Händen gefaßt, daß die kleinen Finger dem Schultergürtel zugewandt sind. Ist die Drehung vollendet, so wird jetzt ohne Zug der Kopf steißbeinwärts gesenkt (Abb. 60), bis die vordere Schulter unter

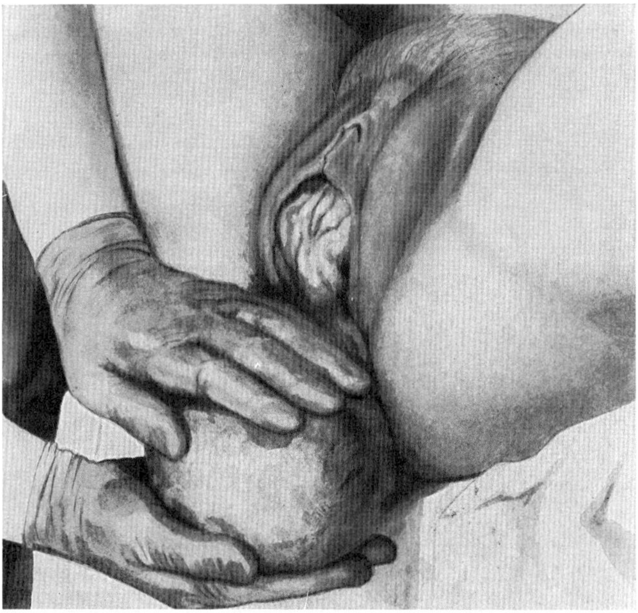

Abb. 60 **Entwicklung der vorderen Schulter bei Schädellage.**

der Symphyse erscheint und bis etwa zur Mitte des Oberarmes geboren ist. Dann wird der Kopf in gleicher Weise symphysenwärts angehoben (Abb. 61), um die hintere Schulter über den Damm treten zu lassen. Besonders bei der Entwicklung der hinteren Schulter ist jeglicher Zug zu vermeiden und das Dammgewebe mit den Augen zu kontrollieren. Ein nicht geringer Anteil der schweren Dammverletzungen erfolgt nach einer erfolgreichen operativen Entwicklung des Kopfes oder auch nach der Spontangeburt des Kopfes dadurch, daß der Rumpf des Kindes bei der Geburt der hinteren Schulter nicht ausreichend angehoben, sondern an ihm gezogen wird.

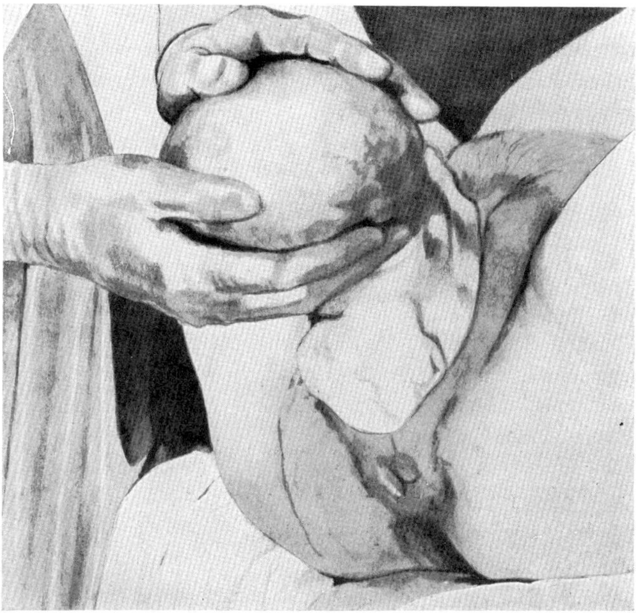

Abb. 61 **Entwicklung der hinteren Schulter bei Schädellage.**

Handgriff nach Kristeller

Der Handgriff nach KRISTELLER[1] unterstützt den Durchtritt des Geburtsobjektes durch Druck auf den Fundus uteri. Er findet deshalb bei operativen Entbindungen wie der Vakuum- und Zangenextraktion und der Extraktion am Beckenende, aber auch zur Beschleunigung der Spontangeburt Verwendung. Bei der Manualhilfe zur Entwicklung einer Beckenendlage ist er sogar ein unentbehrliches Hilfsmittel (S. 104). Der Handgriff wird von einer Hilfsperson ausgeführt (Abb. 107) und zwar so, daß der Gebärmuttergrund mit einer oder beiden Händen flach gefaßt und das Geburtsobjekt in Richtung auf den Beckenausgang exprimiert wird. Bei der nicht narkotisierten Frau sollte dies nur während der Wehe erfolgen. In der Wehenpause ist besondere Vorsicht angezeigt, um Verletzungen der Uteruswand zu vermeiden.

Äußere Wendung

Der Versuch einer äußeren Wendung ist gerechtfertigt, wenn vor Wehenbeginn eine Beckenendlage, Querlage oder Schräglage diagnostiziert wird, das Kind ausreichend beweglich erscheint und nicht durch vorausgegangene Blutungen in der Schwangerschaft der Verdacht auf eine Placenta praevia gegeben ist. Der günstigste Zeitpunkt für den Eingriff ist die 32. bis 34. Schwangerschaftswoche (THORNHILL). Technisch wird so vorgegangen, daß die Schwangere zunächst etwa 15 Minuten ruhig

[1]) S. KRISTELLER, Gynäkologe in Berlin, 1820—1900

auf einem Untersuchungssofa gelagert wird. Auf die Anwendung von Narkotika und Muskelrelaxantien (FINKBEINER) haben wir in letzter Zeit ganz verzichtet. Die eine Hand des Geburtshelfers drängt nun den Kopf des Kindes im Sinne eines Purzelbaumes in Richtung auf den Beckeneingang, während die andere Hand das Beckenende in den Fundus uteri schiebt. Bei einer Querlage ist das Erreichen einer Beckenendlage bei nicht zu erreichender Schädellage bereits als Erfolg anzusehen. Die Herztöne sind vor und nach dem Eingriff zu kontrollieren.

Nach HUSSLEIN gelingt es mit der äußeren Wendung nicht, die Frequenz der Beckenendlagen statistisch signifikant zu mindern. Demgegenüber gibt BOCK eine Häufigkeitssenkung von 3,15 % auf 2,05 % und eine perinatale Sterblichkeit der nach äußerer Wendung aus Schädellage geborenen Kinder von 1,43 % gegenüber derjenigen der Beckenendlagenkinder im gleichen Zeitraum von 4,04 % an. Aufgrund der eigenen Erfahrungen möchten wir entsprechend der Empfehlung von SAUTER bei gut beweglichem Kind auf die äußere Wendung zur Vermeidung einzelner Beckenendlagen nicht verzichten.

Literatur

BOCK, J. E.: The influence of prophylactic external cephalic version on the incidence of breech delivery. A retrospective study. Act. obstet. gynec. scand. *48* (1969) 215

HICKL, E. J., G. MARTIUS: Die azidotische Gefährdung des Kindes im Verlauf der Geburt (Blutgasanalytische Untersuchungen in der Eröffnungs- und Austreibungsperiode). Geburtsh. u. Frauenheilk. *26* (1966) 1152

HUSSLEIN, H.: Zur Frage der äußeren Wendung bei Beckenendlage. Zbl. Gynäk. *87* (1965) 682

IKLE, A.: Die prophylaktische Wendung der Steißlagen während der Gravidität. Schweiz. med. Wschr. *89* (1959) 1148

SAUTER, H.: Die prophylaktische Wendung der Beckenendlage während der Gravidität. Schweiz. med. Wschr. *91* (1961) 369

THORNELL, P. E.: Changes in fetal polarity near term – spontaneous and external version. Amer. J. Obstet. *93* (1965) 306

Entbindende Operationen in der Austreibungsperiode bei Schädellage

Ergibt sich bei einer Schädellage im Verlauf der Austreibungsperiode die Notwendigkeit, die Geburt operativ zu beenden, so stehen hierfür im wesentlichen drei Verfahren zur Verfügung:

Spekulumgeburt
Vakuumextraktion
Zangenextraktion

Spekulumgeburt

Die Spekulum- oder Spiegelgeburt wurde 1947 von Bauereisen in die Geburtshilfe eingeführt. Als *Instrument* findet heute das von Gauss empfohlene Entbindungsspekulum (Abb. 62) Verwendung. Die schräge Stellung des Griffes ermöglicht dessen

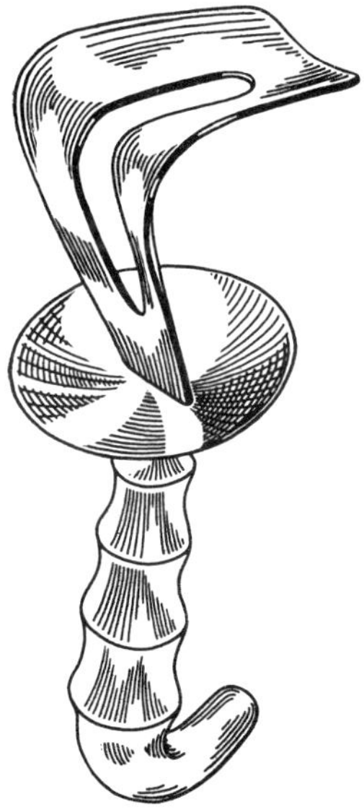

Abb. 62 **Entbindungsspekulum nach Gauss.**

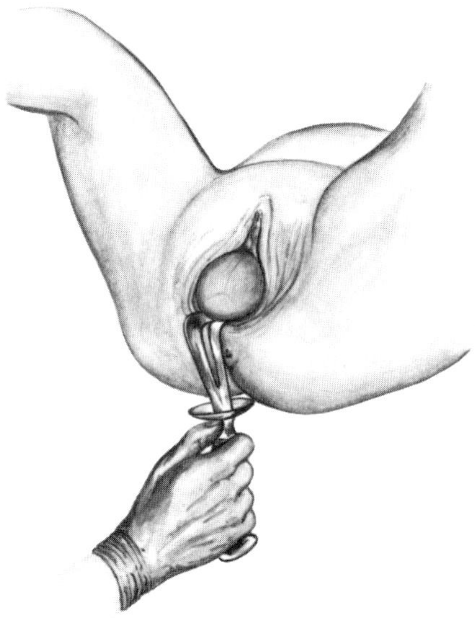

Abb. 63 **Spekulumgeburt nach Bauereisen.** Nach Anlegen einer Episiotomie wird der Damm mit dem Gauss-Entbindungsspekulum kreuzbeinwärts weggedrückt und der Austritt des Kopfes zusätzlich durch den Kristeller-Handgriff unterstützt.

Anwendung auch im Längsbett. Zudem kann durch den fensterartigen Durchbruch der Damm beobachtet werden.

Die *Technik* ist außerordentlich einfach (Abb. 63). Das Blatt wird bei vollständig erweitertem Muttermund, offener Fruchtblase und tiefstehendem Kopf entlang der hinteren Scheidenwand in die Vagina eingeführt. Durch Zug an dem Griff in dorsaler Richtung kann nun der Damm weggedrückt und auf diese Weise die Biegung im weichen Geburtskanal vermindert werden, so daß die Abbiegung des Geburtsobjektes und damit der Austritt des Kopfes erleichtert wird. Unterstützung erfährt das Verfahren durch das Anlegen einer Episiotomie, die den Weichteilschlauch zugleich verkürzt, und den KRISTELLER-Handgriff (S. 71). Zur *Schmerzlinderung* ist die Pudendusanästhesie mit gleichzeitiger Damminfiltration nützlich (S. 78).

Die *Indikationen* ergeben sich im wesentlichen aus der Empfehlung der Spekulumgeburt durch BAUEREISEN als Ersatz für die Beckenausgangszange. Die Einfachheit der Technik und die Gefahrlosigkeit für Mutter und Kind erlaubten es dabei, diese weiter zu fassen, was in stärkerem Maße einer Prophylaxe fetaler Hypoxien entsprach. Heute hat sich das Verfahren entsprechend den vermehrten Bemühungen um eine Geburtserleichterung für Mutter und Kind neue Freunde geschaffen (WOLFFRAM; WILLE). Dabei finden im wesentlichen zwei Indikationen Anerkennung und zwar die Rigidität der Weichteile und die Frühgeburt (G. MARTIUS). Die Anwendung bei vorzeitiger Schwangerschaftsbeendigung gehört bei uns routinemäßig zu den Maßnahmen, die zur Schonung des unreifen Kindes ergriffen werden.

Vakuumextraktion

Geschichtliches

Im Jahre 1705 wurde von DE YONGE erstmals der Versuch beschrieben, eine verzögert verlaufende Geburt mit Hilfe eines Schröpfkopfes zu beenden. Seit dieser Zeit erkannte die Geburtshilfe in der Schaffung eines Unterdruckes, mit dessen Hilfe ein Extraktionsinstrument am vorangehenden Teil befestigt wird, eine neue Möglichkeit zur operativen Geburtsbeendigung. Die zahlreichen Publikationen lassen die immer wieder aufgetretenen technischen Schwierigkeiten erkennen. So hat — um nur einige zu nennen — 1794 SAEMANN in einer Traumdarstellung eine Luftpumpe aus Messing mit einem Ansatz aus elastischem Gummi beschrieben. 1849 gab SIMPSON einen „Airtractor", 1829 ARNOTT und 1849 JAMES einen „Pneumatic tractor" an. 1912 wurde von KUNTZSCH ein „Saughelm", 1947 von COUZIGOU eine „Ventouse eutocique", 1952 von FINDERLE ein „Vakuumhorn" und 1953 von RUIZ eine „Rotationsglocke" empfohlen. Erst mit der Konstruktion des „Vakuumextraktors" durch MALMSTRÖM und UDDENBERG 1954 konnte jedoch — vor allem wohl aufgrund der verminderten Glockenhöhe — eine ausreichende Haftfähigkeit des Instrumentes bei gleichzeitig geringem traumatisierendem Effekt erreicht werden, so daß dessen klinische Verwendung möglich wurde. Die Einführung des Vakuumextraktors in die deutschsprachige Geburtshilfe wird für immer mit dem Namen des Braunschweiger Hebammenlehrers EVELBAUER verbunden bleiben.

Instrumentarium

Der Vakuumextraktor besteht aus den Saugglocken, der Vakuumflasche und einer Pumpe zur Erzeugung des Unterdruckes (Abb. 64).

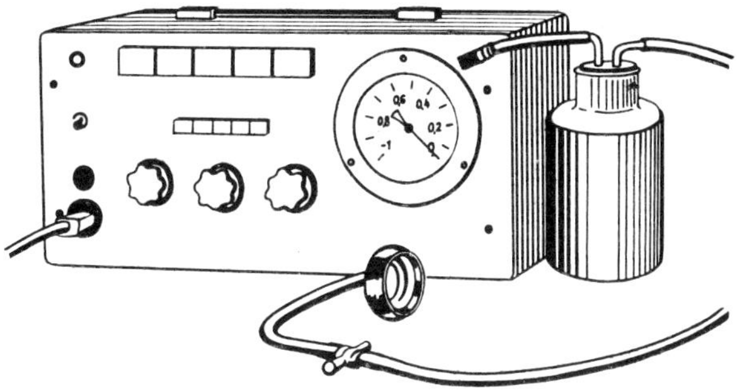

Abb. 64 **Vakuumextraktor.** Elektrische Pumpe mit Vakuumflasche und angeschlossener Saugglocke.

Die **Saugglocken** stehen in drei verschiedenen Größen mit einem Öffnungsdurchmesser von 30, 40 und 50 mm zur Verfügung. Ihre ausreichende Haftfähigkeit am vorangehenden Kindsteil wird dadurch erreicht, daß nach dem Anlegen und der Herstellung des Vakuums die Glocke mit der artifiziellen Geburtsgeschwulst eine mechanische Einheit bildet, da das Lumen von den Weichteilen des kindlichen Schädels völlig ausgefüllt wird. Weiterhin ist die größte Weite der Glocke nicht wie bei einem Trichter in der Öffnungsebene, sondern innerhalb der Schale zu finden, eine Tatsache, die für

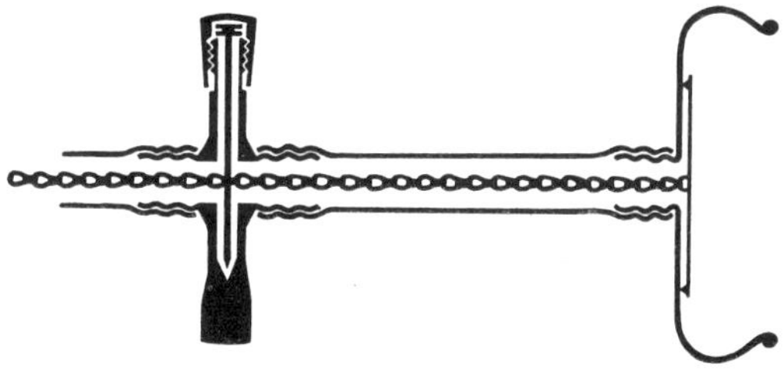

Abb. 65 **Querschnitt durch eine Vakuumglocke und das kreuzförmige Griffstück.**

die Dichtigkeit des Systems besonders unter Zugbedingungen und damit wieder für die Haftfähigkeit von Bedeutung ist (Abb. 65). Malmström hat die Glocke aus diesem Grunde auch mit einer Greifschale verglichen, die die Geburtsgeschwulst umfaßt. Unmittelbar nach dem Abnehmen der Glocke imponiert das Caput succedaneum deshalb auch wie ein Ausguß der Glocke (Abb. 66), Veränderungen, die sich innerhalb weniger Stunden wieder zurückbilden.

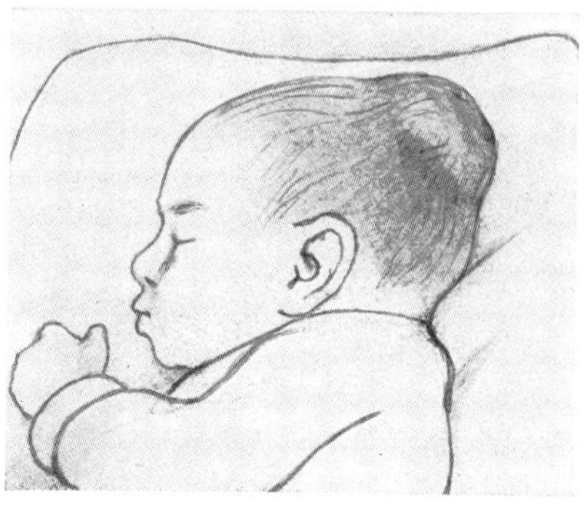

Abb. 66 **Artifizielles Caput succedaneum nach Vakuumextraktion.** Unmittelbar nach dem Abnehmen der Glocke imponiert die Geburtsgeschwulst wie ein Ausguß des Glockenlumens.

Der auf der Oberfläche der Glocke angebrachte Knopf dient dazu, die Drehbewegungen während der Traktionen zu beobachten. Beim Anlegen der Glocke sollte er sich deshalb möglichst auf 12 Uhr befinden. Allerdings kann der aufmerksame Operateur oftmals beobachten, daß der Kopf mit der artifiziellen Geburtsgeschwulst einem Gelenkkopf in einer Gelenkpfanne vergleichbar auch ohne Mitnahme der Glocke in dieser zu rotieren vermag, so daß eine Kontrollmöglichkeit für die Einstellung des vorangehenden Teiles an Hand dieses Knopfes nur mit Einschränkung gegeben ist.

Innerhalb des *Schlauchsystemes*, das die Glocke mit der Vakuumflasche verbindet, läuft bis zu dem eingesetzten kreuzförmigen Zuggriff eine Kette, die die Zugkraft unmittelbar auf die Glocke überträgt (Abb. 65). Auf diese Weise wird vermieden, daß der Schlauch während der Traktionen abgezogen und das Vakuum aufgehoben wird.

Als **Vakuumpumpe** wurde von MALMSTRÖM zunächst eine Handpumpe empfohlen. Die heute von mehreren Firmen (PARI-Werke, Starnberg/Obb.; E. RICHTER, Bremen; „Atmos" FRITZSCHING & Co., Lenzkirch; u. a.) angebotenen elektrischen Pumpen (Abb. 64) haben den Vorteil, daß das Vakuum konstant erhalten bzw. bei kurzfristigem Einströmen von Luft unter den angehobenen Glockenrand unverzüglich wieder hergestellt wird. Auf diese Weise wird die Kopfhaut geschont und zugleich ein Abrutschen eher vermieden.

Vorbedingungen zur Vakuumextraktion

Die Anwendung der Vakuumextraktion bei gegebener Indikation zur vaginalen operativen Geburtsbeendigung ist an verschiedene Vorbedingungen gebunden. Der Geburtshelfer sollte zunächst an den fünf folgenden Forderungen festhalten:

1. Vollständige Erweiterung des Muttermundes
2. Tiefstand des vorangehenden Teiles mindestens in der Interspinalebene, besser am Beckenboden
3. Ausschluß eines Mißverhältnisses zwischen Kopf und Becken
4. Faßbarkeit des Geburtsobjektes mit der Glocke
5. Offene Fruchtblase

Die Vakuumextraktion stellt in erster Linie eine Methode zur operativen Entwicklung des Kindes in der Austreibungsperiode dar. Dies ist ihr eigentliches und wichtigstes Anwendungsgebiet. Aus diesem Grunde ist die *vollständige Retraktion des Muttermundes* eine wichtige Voraussetzung. Das Abgehen von dieser Regel macht indessen weitere medikamentöse Hilfsmittel erforderlich (S. 137).

Ähnliche Überlegungen gelten für den *Höhenstand des knöchernen Schädels.* Ein Extraktionsversuch bei noch hochstehendem Kopf kann in Ausnahmefällen einem geübten Operateur zugestanden werden, sollte aber auch dann nur in Sectio-Bereitschaft ausgeführt werden (SPIELMANN). Das Erreichen der Interspinalebene ist sonst als Vorbedingung anzuerkennen. Andererseits muß es als ein wirklicher Vorteil der Vakuumextraktion angesehen werden, daß mit ihr die Entwicklung des Kopfes aus der Beckenhöhle leichter als mit der Zange gelingt.

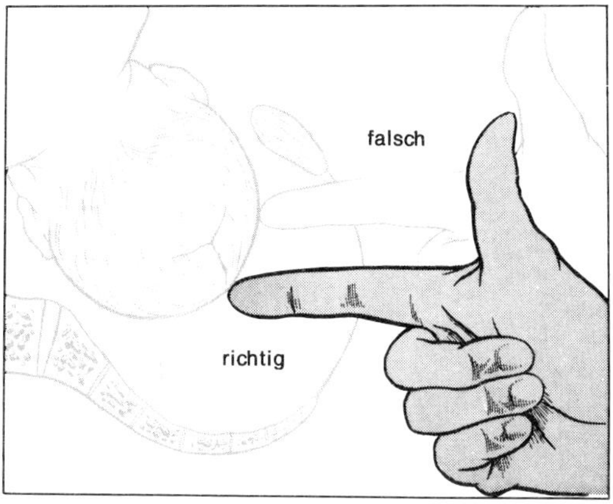

Abb. 67 **Kontrolle des Höhenstandes des vorangehenden Kopfes.** Die fehlerhafte Untersuchungstechnik außerhalb der Führungslinie täuscht einen geburtsmechanisch noch nicht vorhandenen Tiefstand des Kopfes vor.

An dieser Stelle erscheint es notwendig, darauf hinzuweisen, welchen Täuschungsmöglichkeiten der Geburtshelfer bei fehlerhafter Untersuchungstechnik hinsichtlich der *Höheneinstellung* des vorangehenden Teiles ausgesetzt ist (Abb. 67). So nimmt der Unerfahrene oftmals an, daß der Kopf bereits tief im Becken steht, wenn er zu dicht hinter der Symphyse anstatt in der Führungslinie touchiert. Zur Selbstkontrolle vermag hier die Erreichbarkeit der Symphysenhinterfläche zu dienen. Ist sie noch abzutasten, so hat der vorangehende Teil nicht einmal den unteren Schoßfugenrand erreicht. Eine weitere Täuschungsmöglichkeit liegt darin, daß die dem Schädel aufsitzende Kopfgeschwulst einen Tiefstand annehmen läßt, der geburtsmechanisch noch nicht vorhanden ist.

Der Ausschluß eines *Mißverhältnisses* zwischen Kopf und Becken kann bei Berücksichtigung der 2. Vorbedingung nur die seltenen Regelwidrigkeiten des Beckenausganges betreffen. Durch Abtastung der Spinae ischiadicae, des Schambeinwinkels mit den Tubera ischiadica und des Steißbeines vor Operationsbeginn gelingt dies ohne große Mühe.

Die *Faßbarkeit des Geburtsobjektes* als weitere Vorbedingung ist nicht gegeben bei der Gesichtslage und einem Anenzephalus. Sie sind deshalb auch als Gegenindikation für die Vakuumextraktion anzusehen.

Die *offene Fruchtblase* schließlich kann als Voraussetzung für die Vakuumextraktion durch Sprengung der Blase und Zurückschieben der Eihäute, die nicht mitgefaßt werden dürfen, jederzeit erfüllt werden.

Vorbereitung und Anästhesie

Die *Lagerung der Kreißenden* erfolgt im Querbett. Die Beine werden in den Oberschenkeln gespreizt, in den Knien gebeugt und durch Beinstützen oder zwei Hilfspersonen gehalten.

Zur *Desinfektion* wird die Vulva nach dem Kürzen der Schamhaare von vorn nach hinten mit $^1/_2$ $^0/_0$iger Sagrotan-Lösung abgewaschen. Die Verwendung der alkoholischen Merfen-Tinktur kann nur auf bereits narkotisierte Patienten beschränkt bleiben, da sie im Bereich der Schleimhäute brennende Schmerzen verursacht.

Über die Notwendigkeit einer grundsätzlichen *Entleerung der Blase* mit dem Katheter gehen mit Rücksicht auf die Entstehung einer Katheterzystitis die Meinungen auseinander. Wir führen sie nur noch bei offensichtlicher Überfüllung der Harnblase aus.

Die sorgfältige *vaginale Untersuchung* zur nochmaligen Kontrolle der Muttermundsweite, der Art und des Höhenstandes des vorangehenden Teiles und dessen Einstellung an Hand des Pfeilnahtverlaufes sowie dessen Haltung an Hand des Fontanellenstandes schließt die Vorbereitungen zur Operation ab. Es ist wichtig, daß der Geburtshelfer an dieser präoperativen Diagnostik festhält, da die anfangs ausgesprochene Empfehlung, die Glocke immer in der Führungslinie anzulegen, dazu verführt hatte, von der Erhebung eines genauen Untersuchungsbefundes abzusehen. Wir werden indessen später sehen, daß bei noch nicht erfolgter Haltungs- und Einstellungsänderung die Technik und damit der Erfolg der Vakuumextraktion wesentlich von der präoperativen Befunderhebung bestimmt werden.

Zur *Schmerzlinderung* ist bei der Vakuumextraktion die Pudendus-Leitungsanästhesie in Verbindung mit der Damminfiltration unter Verwendung eines 1 %igen Lokalanästhetikums in besonderem Maße geeignet, da sie während der Traktionen ein aktives Mitpressen der Kreißenden zuläßt. Dabei hat sich die transvaginale Pudendusanästhesie unter Verwendung der „Iowa-Trompete" (EGBERT, KEETEL u. LEE; ZIMMER u. PARKS) bewährt. Im Moment des Durchschneidens des vorangehenden Teiles kann sie zur Allgemeinanästhesie unter Verwendung eines intravenösen Narkotikums (z. B. Trapanal-Promonta oder Evipan-Bayer, 300 bis 500 mg) mit 1½ bis 3 I.E. Oxytocin ergänzt werden.

Anlegen der Glocke

Das Anlegen und Ansaugen der Vakuumglocke am vorangehenden Teil geschieht in folgenden Etappen:

1. Spreizen der Labien mit den Fingern der linken Hand und Darstellung des Introitus vaginae.

2. Einführen der Glocke in die Scheide „über die Kante" ähnlich einem Pessar (Abbildung 68). Klitoris und Urethralmündung werden vor Verletzungen dadurch geschützt, daß der Damm mit der Glocke steißbeinwärts heruntergedrückt wird.

3. Aufsetzen der Glocke auf dem vorangehenden Teil durch Wendung des Instrumentes in der Scheide um 90°. Die Wahl des Ansatzpunktes am Geburtsobjekt wird durch die jeweilige Haltung und Einstellung bestimmt (s. u.).

4. Ansaugen der Glocke durch Herstellung eines Vakuums von zunächst 0,2 kg/cm^2.

5. Nachtastung zur Kontrolle des Sitzes der Glocke am vorangehenden Kindsteil und zur Überprüfung, daß nicht Weichteile der Scheide oder des Muttermundes mitgefaßt wurden.

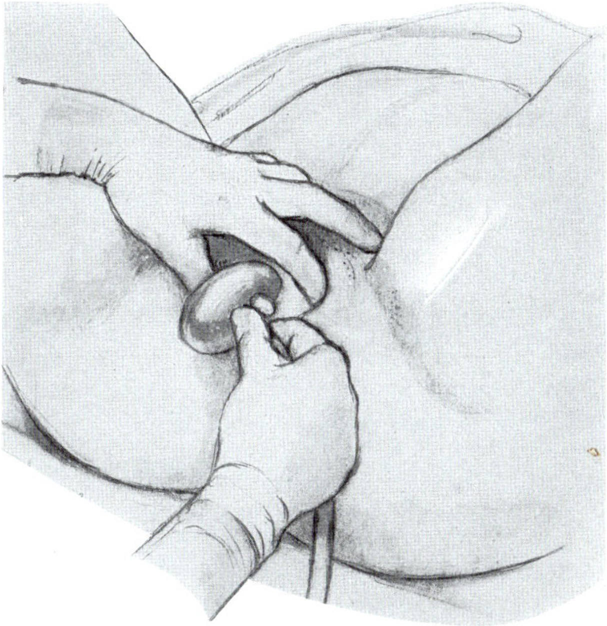

Abb. 68 **Einführen der Vakuumglocke „über die Kante".** Die Labien werden mit den Fingern der linken Hand gespreizt und so der Introitus vaginae sichtbar gemacht.

6. Stufenweise Erhöhung des Unterdruckes auf zunächst 0,4–0,6 kg/cm^2 und schließlich auf die für die Traktionen notwendige Höhe von 0,7–0,8 kg/cm^2. Die Pausen zwischen den drei Stufen sollen, wenn es die Indikation erlaubt, 1 bis 2 Minuten lang gewählt werden, da auf diese Weise die Kopfhaut geschont und ein Abrutschen der Glocke eher vermieden wird. Bei der Notwendigkeit einer Sofortextraktion, wie sie z. B. bei einer intrauterinen Asphyxie gegeben ist, kann das Vakuum aber auch ohne wesentlich größere Gefährdung des Kindes innerhalb einer Minute hergestellt werden.
7. Probezug zur Kontrolle, daß der vorangehende Teil bei der Traktion folgt.

Extraktion des Kopfes bei tiefem Geradstand

Ist der Kopf nach Erreichen des Beckenbodens in die normale Beugehaltung übergegangen und steht die Pfeilnaht als Ausdruck der vollendeten Einstellungsänderung im geraden Durchmesser, so wird die Vakuumglocke in der Führungslinie über der kleinen Fontanelle angelegt. Nach der Herstellung des Vakuums und der Nachtastung wird das in das Schlauchsystem eingelassene Griffstück mit der rechten Hand gefaßt und mit seiner Hilfe über die zwischengeschaltete Kette an der Glocke gezogen. Gleichzeitig prüft die linke sog. Kontakthand das Tiefertreten und die Haltungs- und Einstellungsänderungen des Geburtsobjektes mit Hilfe des „3-Finger-Griffes" (Ho-

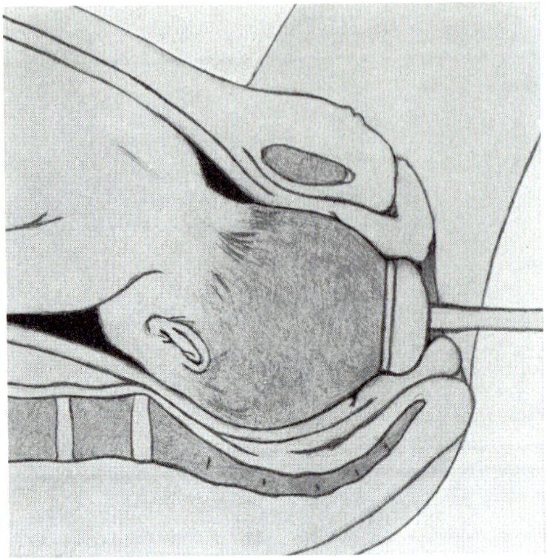

Abb. 69 **Vakuumextraktion in „Position a".** Die Glocke ist über der kleinen Fontanelle angelegt, die Traktionen erfolgen zunächst in horizontaler Richtung.

CHULI u. STÖCKLI). Bei sichtbarem vorangehendem Teil kann dies von den Augen des Geburtshelfers übernommen werden.

Die *Traktionsrichtung* hat der Führungslinie des Geburtskanales zu folgen (Abb. 69 und 70). Aus diesem Grunde wird bis zum Erreichen des Stemmpunktes an der Unterkante der Symphyse zunächst in der Horizontalen gezogen (Abb. 69), was auch als „Richtung" oder „Position a" bezeichnet wird. Ist damit der Kopf zur Abbiegung bereit, so wird der Schlauch mehr und mehr aufwärts geführt, um über die „Position b" in die fast senkrechte Zugrichtung der „Position c" zu gelangen (Abb. 70).

Die *Traktionen* erfolgen im allgemeinen wehensynchron. Gleichzeitig wird die Kreißende zum kräftigen Mitpressen aufgefordert. Weiterhin kann die Zugkraft durch die Anwendung des KRISTELLER-Handgriffes unterstützt werden (S. 71). Die vom Anfän-

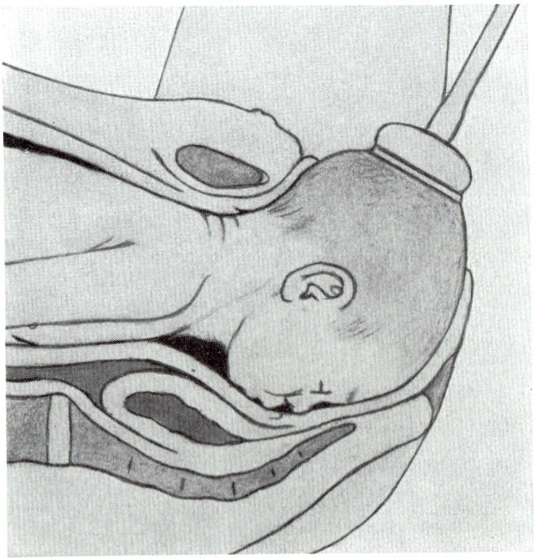

Abb. 70 **Vakuumextraktion in „Position c".** Während des Durchschneidens des Kopfes erfolgen die Traktionen in fast vertikaler Richtung.

ger bei dieser Operationsmethode zunächst zu meisternde Schwierigkeit ist, daß er lernt, mit welcher Zugkraft er die Glocke belasten darf, ohne daß diese sich vom Kopf löst. Ein *Abreißen der Glocke* sollte – so leicht dies auch zu korrigieren ist – nach Möglichkeit vermieden werden, da es abgesehen von den an der Kopfhaut entstehenden Epitheldefekten durch den Rückstoßeffekt die Gefahr von Knochenfrakturen und intrazerebralen Verletzungen mit sich bringt. Nach DÖRFFLER darf die Zugkraft bei Anwendung der großen Glocke von 5 cm Durchmesser und einem Vakuum von 0,9 kg/cm² 17 kg betragen. BREHM u. Mitarb. geben bei einem Vakuum von 0,8 kg/cm² für die große Glocke 14,9 kg, für die mittlere Glocke 10,2 kg zulässige Zugkraft an. Allerdings besteht eine Abhängigkeit von der Ausbildung der artifiziellen Geburtsgeschwulst und damit von der Zeit, in der das Vakuum hergestellt wurde (BREY u. FANGHÄNEL).

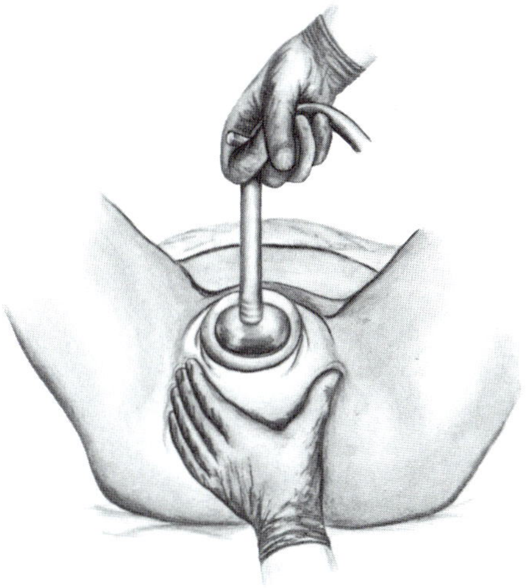

Abb. 71 **Dammschutz bei der Vakuumextraktion.** Die rechte Hand führt den Schlauch in beinahe senkrechter Richtung. Die linke Hand schiebt den vorangehenden Teil der extrahierenden Hand entgegen.

Während der Traktionen bemerkt der Operateur oftmals, wie der Kopf durch Hin- und Herbewegungen die günstigste Einstellung sucht, ein Phänomen das RYDBERG auch als das *„Oszillieren des Kopfes"* bezeichnet hat. Es ist gut, dies mit der Kontakthand immer wieder zu kontrollieren, um durch entsprechende Änderungen der Zugrichtung den Wünschen des Geburtsobjektes nachkommen oder aber überschießende Bewegungen korrigieren zu können (s. u.).

Der im Moment des Durchschneidens notwendige *Dammschutz* (Abb. 71) wird bei der Vakuumextraktion so ausgeführt, daß der Geburtshelfer von der Kreißenden aus gesehen nach links herübertritt. Während die rechte Hand weiterhin den vorangehenden Teil in der Traktionsrichtung c führt, suchen die Finger der linken Hand durch das Dammgewebe die Stirnhöcker auf und schieben mit ihrer Hilfe den Kopf der extrahierenden Hand entgegen. Von der Episiotomie ist zum Schutz von Mutter und Kind großzügig Gebrauch zu machen.

Vakuumextraktionen bei einigen geburtsmechanischen Besonderheiten

Im Gegensatz zu älteren Vorstellungen vermag der Operateur mittels des Vakuumextraktors auf ausgebliebene Haltungs- und Einstellungsänderungen aktiv Einfluß zu gewinnen und zwar

1. durch ein exzentrisches Ansetzen der Glocke

2. durch Änderungen der Zugrichtung.

Beim **tiefen Querstand** wird dies am deutlichsten. Entsprechend der im Vergleich zur Einstellungsanomalie größeren Bedeutung der Haltungsanomalie (S. 51) müssen wir zunächst darauf bedacht sein, die fehlende Beugung auszugleichen bzw. nachzuholen, da sie die Voraussetzung für die sich dann unverzüglich anschließende Drehung des Kopfes ist. Im einzelnen gestaltet sich die Vakuumextraktion so, daß die Glocke nach dem Einführen in die Vagina so weit als möglich in Richtung zur kleinen Fontanelle, d. h. beim 1. tiefen Querstand nach links, beim 2. tiefen Querstand nach rechts verschoben wird und erst dann durch Herstellung des Unterdruckes fixiert wird. Während der Traktionen wird zusätzlich versucht, das Hinterhaupt dadurch in Führung zu bringen, daß mit der Zugrichtung aus der Führungslinie herausgegangen wird und zwar zur Seite des Vorderhauptes hin (Abb. 72). Sind Beugung und Drehung nachgeholt, so wird die Extraktion in typischer Weise beendet. Bei dem beschriebenen Vorgehen ist darauf zu achten, daß die Haftfähigkeit der Glocke durch die seitlichen Traktionen vermindert wird und zwar, wie Brey u. Fanghänel errechnen konnten, bei einer Zugrichtung von 45° zur Glocke auf 7 kg, bei der mittleren

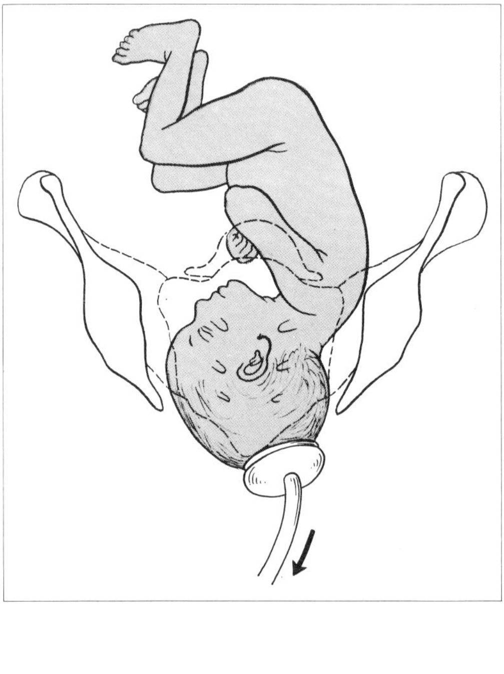

Abb. 72 **Vakuumextraktion bei 1. tiefem Querstand.** Die Glocke ist in Richtung auf die kleine Fontanelle verschoben und dort angesaugt. Die Traktionen erfolgen nach rechts-seitlich und vorn, um die Beugung und damit die Drehung des Kopfes zu unterstützen.

Glocke nach Brehm u. Mitarb. sogar auf 3 kg. Die angewandte Kraft muß also eingeschränkt werden.

Die gleichen operationstechnischen Regeln gelten für alle ausgebliebenen *Haltungs- und Einstellungsänderungen* wie bei dem ersten und zweiten tiefen Schrägstand und dem Quer- bzw. Schrägstand in Beckenmitte, wobei jeweils die für den betreffenden Geburtsmechanismus typische Drehungsrichtung Beachtung finden muß. Werden die beschriebenen korrigierenden Hilfen indessen mißachtet, und wird die Glocke lediglich über dem führenden Teil angelegt, so erfahren die ausstehenden Haltungs- und Einstellungsänderungen sogar eine Behinderung mit erheblicher Erschwerung des Austrittsmechanismus. Über die erfolgreiche Behandlung der *hinteren Hinterhauptslage* mit dem Vakuumextraktor haben H. Martius sowie Chalmers u. Fothergill berichtet.

Über die Anwendung der Vakuumextraktion bei der *einfachen Steißlage* wird bei den Beckenendlagen (S. 107), über die Extraktion bei *noch nicht vollständig erweitertem Muttermund* in dem Kapitel über die „Operative Entbindung in der Eröffnungsperiode" (S. 137) und über die Verwendung der Methode beim *Kaiserschnitt* bei den abdominalen Entbindungsverfahren (S. 150) berichtet.

Anwendung der Vakuumextraktion

Das wichtigste Anwendungsgebiet der Vakuumextraktion ist die *operative Entwicklung des auf dem Beckenboden stehenden Kopfes.* Hier hat die Methode in den letzten Jahren die Zangenextraktion stark in den Hintergrund gedrängt oder sogar ersetzt (Wespi, Barben). Als *Vorteil gegenüber der Zangenextraktion* ist dabei vor allem anzuerkennen, daß die mittels des Vakuumextraktors ausgeführten Traktionen dem natürlichen Geburtsmechanismus weit mehr Spielraum einräumen. Sie ermöglichen dem Geburtsobjekt eher die selbständige Suche nach der günstigsten Formanpassung. Als weiterer Vorteil ist die Raumersparnis zu nennen, die dadurch gegeben ist, daß die Vakuumglocke dem kindlichen Kopf voraneilt und so nicht wie die Zangenlöffel zusätzlich Platz beansprucht. Zugleich bringt der Zug am Hinterhaupt eine verstärkte Konfiguration mit sich, die zu einer weiteren Verminderung des geburtsmechanisch wirksamen Umfanges führt (Evelbauer; G. Martius u. Mitarb.). Eine vermehrte Schonung des Kindes wird schließlich durch den Fortfall des mit den Zangenlöffeln ausgeübten biparietalen Druckes erreicht (Brehm u. Mitarb.). Als nicht zu unterschätzender Vorteil der Vakuumextraktion gegenüber der Zangenextraktion sollte aber auch die größere Einfachheit der Methode Anerkennung finden. Sie wird in der Zukunft für den weniger Geübten Veranlassung sein, die Indikation zur operativen Geburtsbeendigung leichter zu stellen und so dazu beitragen, hypoxische Schädigungen als wichtigste perinatale Gefahr für das Kind weiter zu verringern.

Über die Verwendung der Vakuumextraktion bei einigen *geburtsmechanischen Regelwidrigkeiten* wurde mit der Angabe der Technik in einem gesonderten Kapitel berichtet (S. 82). Dort fanden auch die *Beckenendlagengeburten* Erwähnung, bei der besonders Evelbauer, Finkbeiner und G. Martius die Methode empfohlen haben

(S. 106). Weiterhin bedeutet es eine Verringerung der Gefahren für die Mutter, wenn bei der *Sectio caesarea* für die Entwicklung des Kindes die Vakuumextraktion zu Hilfe genommen wird (EVELBAUER) (S. 150).

Als *Gegenindikation* ist lediglich die Gesichtslage zu nennen, bei der eine Fixierung der Glocke am vorangehenden Teil nicht möglich ist. Bei den akuten Asphyxien in der Austreibungsperiode, die von einigen Geburtshelfern aus Gründen der Zeitersparnis weiterhin als Reservat für die Zangenextraktion angesehen werden, sind wir bis auf vereinzelte, meist apparativ bedingte Versager immer mit der Vakuumextraktion zum Ziel gekommen. So halten wir es auch nicht für gerechtfertigt, diesen beiden ohne Zweifel konkurrierenden Operationsmethoden, der Vakuum- und Zangenextraktion, gesonderte Indikationsgebiete zuzuerkennen (HOLTORFF).

Die **perinatale Sterblichkeit** bei 1071 Vakuumextraktionen der Jahre 1967 bis 1970 betrug 1,0 %. In 6 Fällen wurde die Operation zur Geburtserleichterung bei bereits abgestorbenem Kind ausgeführt. 1 Kind starb an einem angeborenen Herzfehler, so daß die gereinigte Mortalität 0,4 % beträgt.

Zangenextraktion

Geschichtliches

Die Versuche, ein Instrument zur Extraktion des vorangehenden kindlichen Kopfes zu konstruieren, gehen bis auf die Römerzeit zurück. Die erste Entwicklung eines lebenden Kindes mit der Zange wird AVICENNA im 11. Jahrhundert zugeschrieben (SHUTE). Die Erfindung der jetzt gebräuchlichen Zange stammt von der englischen Arztfamilie CHAMBERLEN. Von A. DÖDERLEIN wird darüber berichtet, „daß sich das Instrument im 17. und 18. Jahrhundert in dieser Familie durch mehrere Generationen vererbte, ohne der Allgemeinheit zugänglich zu werden, so daß die Vorteile der Zangenoperation einzig und allein den Familienmitgliedern zuteil wurden. Wahrscheinlich ist PETER CHAMBERLEN DER ÄLTERE der Erfinder, und die Zeit der Erfindung um das Jahr 1600 gelegen. Im Jahre 1670 versuchte HUGO CHAMBERLEN, ein Großneffe des vorigen, das Instrument um 10 000 Taler nach Paris zu verkaufen. Er vermochte jedoch die ihm gestellte Aufgabe, eine Kreißende mit seinem Instrument zu entbinden, die bereits 8 Tage in Wehen war und von MAURICEAU nicht entbunden werden konnte, nicht zu lösen. Vielmehr starb die Frau, nachdem er 3 Stunden vergeblich die Operation versucht hatte. Später, um das Jahr 1688, verkaufte dann derselbe CHAMBERLEN sein Geheimnis nach Holland an ROGER ROONHUYSEN. Unabhängig von dieser CHAMBERLEN-Zange erfand PALFYN in Gent um das Jahr 1723 ein eigenes Instrument, genannt Tire-tête oder Mains de Palfyn. Von da ab wurde die Zange Gemeingut." Ein Denkmal von PALFYN (1649—1730) steht auf dem Markt von Kortryck in Flandern.

Um die Verbesserung der PALFYN-Zange haben sich seither viele Geburtshelfer bemüht. Ein großer Teil der auf diese Weise entstandenen, etwa 200 Zangenmodelle befindet sich in einer Sammlung in der Univ.-Frauenklinik Göttingen. Der an dieser Klinik in den Jahren 1792 bis 1822 lehrende Geburtshelfer F. B. OSIANDER [1]) hatte seinerzeit die Anwendung der Zange

[1]) FRIEDRICH BENJAMIN OSIANDER, Ordinarius an der Univ.-Frauenklinik Göttingen, 1792 bis 1822

stark propagiert, so daß bis zu 40 % aller Geburten mit ihr operativ beendet wurden. Wenn OSIANDER damit auch über das Ziel hinausschoß und schließlich in dem jahrzehntelangen Kampf um die Anwendung der Zange gegenüber der streng abwartenden Wiener Schule unter BOER [1]) unterlag (LESKY), so hat er doch das Verdienst, die Zangenoperation zu hoher Vollkommenheit entwickelt zu haben.

Unter den vielen vorhandenen Instrumenten bilden die französischen Zangenmodelle, die auf LEVRET [2]) zurückgehen, und die englischen Modelle, die durch SMELLIE [3]) ihre charakteristische Form erhalten haben, zwei Extreme (Abb. 73). Entsprechend der damals aktiven temperamentvollen Geburtshilfe der Franzosen ist das LEVRET-Instrument lang und kräftig gebaut, während die englischen Zangen der mehr abwartenden Geburtshilfe entsprechend kürzer und schwächer gestaltet sind. Das in Deutschland vorwiegend verwendete NAEGELE-Zangenmodell steht in der Ausführung etwa zwischen ihnen. Von neueren Konstruktionen, die in die Praxis Eingang gefunden haben, sind vor allem die Zange von KJELLAND [4]) und

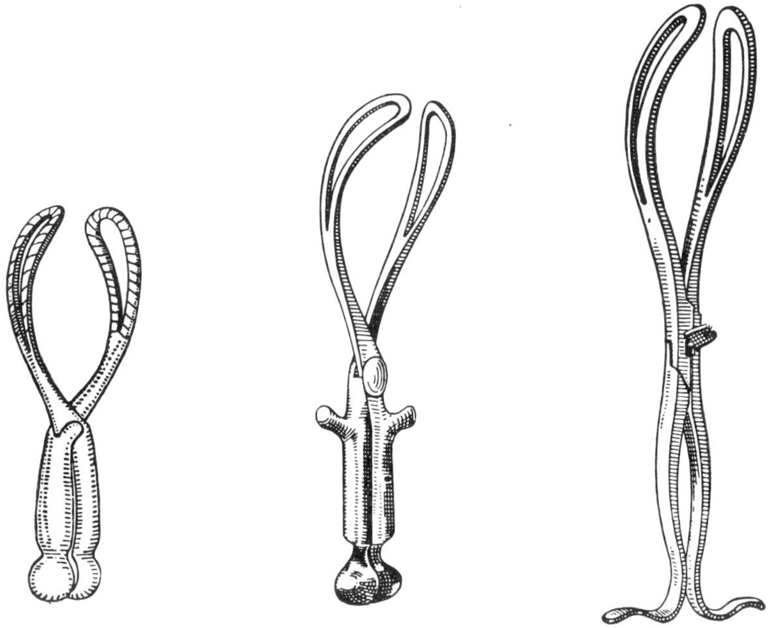

Die englische Zange von SMELLIE — Das Zangenmodell von NAEGELE — Die französische Zange von LEVRET

Abb. 73 **Drei der geschichtlich bedeutsamen Zangenmodelle.**

SHUTE [5]) zu nennen. BICKENBACH hat die Verwendung einer „kleinen NAEGELE-Zange" empfohlen. Da sie sich in den letzten Jahrzehnten wegen der möglichen schonenden Handhabung für Mutter und Kind besonders bewährt hat, wird sie der folgenden Besprechung des Instrumentariums zugrunde gelegt.

[1]) JOHANN LUKAS BOER, Geburtshelfer in Wien, 1751—1835
[2]) ANDRÉ LEVRET, Geburtshelfer in Paris, 1703—1780
[3]) WILLIAM SMELLIE, Geburtshelfer in London, 1697—1763
[4]) CHRISTIAN KJELLAND, Geburtshelfer in Oslo, * 1871
[5]) WALLACE B. SHUTE, Geburtshelfer in Ottawa (Kanada)

Das Instrument

Die **kleine Naegele-Zange** (Abb. 74) besteht aus zwei *Blättern*, die sich im Schloß gekreuzt zusammenfügen lassen. Das linke Blatt wird mit der linken Hand des Geburtshelfers auf der linken Seite der Kreißenden zuerst eingeführt und wird deshalb auch als erstes Blatt bezeichnet. Das rechte oder zweite Blatt kommt auf die rechte Seite der Kreißenden.

Jedes Blatt besteht aus dem Löffel, dem Halsteil und dem Griff. Die *Löffel* sind in zweifacher Richtung gekrümmt. Die Kopfkrümmung umfaßt den kindlichen Schädel. Die Beckenkrümmung hat die Aufgabe, das Instrument der Biegung des Geburtskanales anzupassen. Durch die Fensterung, deren Begrenzung die Rippen (costae) darstellen, ist die Faßfähigkeit des Instrumentes erhöht. Das *Schloß* im Halsteil der Zange ist bei dem NAEGELE-Modell von BRÜNNINGHAUSEN [1]) in Form einer „Junctura per axin et contabulationem" ausgebildet (Abb. 74). Es stellt eine Kombination aus dem französischen Schloß (Junctura per axin) und dem englischen Schloß (Junctura per contabulationem) dar. Die *Griffe* tragen seitlich angesetzte Zughaken, die bei den Traktionen einen festen Halt bieten.

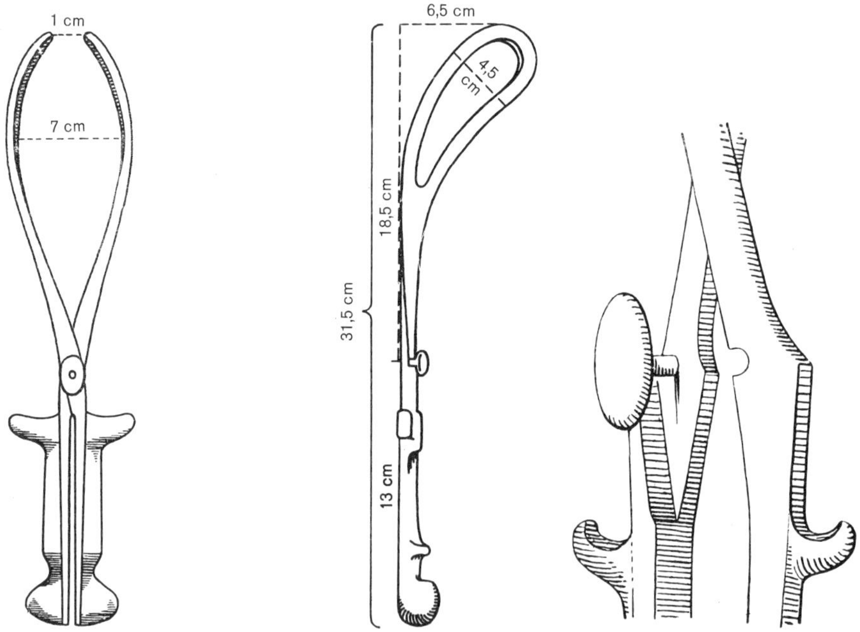

Aufsicht mit Darstellung der Kopfkrümmung — Seitenansicht mit Darstellung der Beckenkrümmung — Das Schloß (Junctura per axin et contabulationem)

Abb. 74 **Die kleine Naegele-Zange (nach Bickenbach).**

[1]) HERMANN JOSEPH BRÜNNINGHAUSEN, Professor für Chirurgie in Würzburg, 1761—1834

Die **Kjelland-Zange** (Abb. 75) unterscheidet sich von dem NAEGELE-Modell vor allem durch das Fehlen der Beckenkrümmung. Zugleich besitzt sie ein Schloß in Form einer Junctura per contabulationem, das eine Verschiebung der Zangenblätter gegeneinan-

Abb. 75 **Zange nach Kjelland.** Seitenansicht.

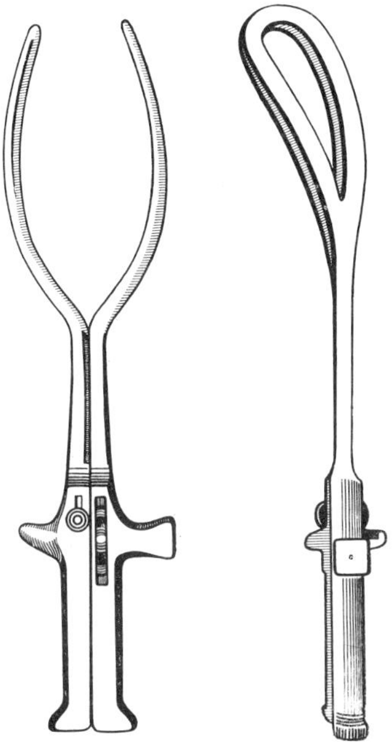

Abb. 76 **Zange nach Shute.** Aufsicht und Seitenansicht.

der und damit eine günstigere Anpassung an den Kopf gewährleistet. Die fehlende Beckenkrümmung erlaubt es, das Instrument auch am schräg- und querstehenden Kopf im biparietalen Durchmesser anzulegen. Aus diesem Grunde wird die KJELLAND-Zange von einigen Geburtshelfern besonders für Drehzangen und Extraktionen am hochstehenden Kopf bevorzugt (S. 99).

Mit der **Shute-Zange** wurde zum ersten Mal eine Parallel-Zange konstruiert (Abb. 76). Die Blätter werden im Schloß durch eine Gewindestange vereinigt, die von einer in den linken Halsteil eingelassenen Mutter gefaßt wird. Dieses Instrument hat neben der einfachen Handhabung beim Anlegen den Vorteil, daß es sich leicht an jede Kopfform und -größe anpaßt. Die bei fixiertem Schloß gegebene Starre des Instrumentes läßt zugleich während der Traktionen keinerlei biparietalen Druck auf den kindlichen Kopf zu. Im Gegenteil wirkt die geschlossene SHUTE-Zange jetzt wie ein schützender Käfig. Aus diesem Grunde empfiehlt EVELBAUER in den Fällen, in denen die Vakuumextraktion nicht zum Erfolg führt, die SHUTE-Zange zu verwenden.

Vorbedingungen für die Zangenextraktion

Die bei der Ausführung der Zangenextraktion zu beachtenden Vorbedingungen

1. Vollständige Erweiterung des Muttermundes
2. Tiefstand des knöchernen Schädels
3. Ausschluß eines Mißverhältnisses zwischen Kopf und Becken
4. Faßbarkeit des Geburtsobjektes mit der Zange
5. Offene Fruchtblase

entsprechen im wesentlichen denen der Vakuumextraktion (S. 76). Ihre Erfüllung ist jedoch bei der Zangenextraktion noch strenger zu fordern, da andernfalls die Gefahren für Mutter und Kind erheblich anwachsen. Wie bereits erwähnt, ist dies ein wesentlicher Unterschied beider Operationsmethoden (S. 83). Bei dem Versuch, den Kopf mittels der Zange durch den noch nicht vollständig retrahierten Muttermund hindurchzuziehen, können Weichteilverletzungen mit lebensbedrohlichen Blutungen entstehen. Das Anlegen des Instrumentes an dem noch nicht am Beckenboden stehenden Kopf muß besonders durch den Anfänger mit größeren technischen Schwierigkeiten erkauft werden, zumal fast immer die Einstellungsänderung zum tiefen Geradstand noch nicht erfolgt ist. Insbesondere gilt dies für *hohe Zangen*, die die moderne Geburtshilfe wegen der mit ihnen verbundenen Gefahren so gut wie ganz verlassen hat. — Jede Kontrolle des Höhenstandes ist selbstverständlich durch die Pfeilnaht- und Fontanellendiagnose zu ergänzen, um die schon für das Anlegen des Instrumentes wichtige Einstellung und Haltung des Kopfes zu ermitteln. — Die *Faßbarkeit* des Geburtsobjektes mittels der Zange ist bei der Gesichtslage im Gegensatz zur Vakuumextraktion gegeben. Diese Haltungsanomalie stellt bei vorhandener Indikation auch heute ein wichtiges Anwendungsgebiet der Zange dar, das ihr auch wohl erhalten bleiben wird. Als Gegenindikation ist indessen der Hydrozephalus zu nennen, der infolge der veränderten Kopfkrümmung oftmals nicht bewältigt werden kann. Hinsichtlich der weiteren Vorbedingungen, dem Ausschluß eines Mißverhältnisses und der offenen Fruchtblase, kann auf die Besprechung der Vakuumextraktion verwiesen werden (S. 76).

Vorbereitung und Anästhesie

Die Operation wird im Querbett ausgeführt und zwar, wenn es Zeit und Umstände erlauben, in *Allgemeinanästhesie* unter Verwendung eines intravenösen Narkotikums (z. B. Trapanal-Promonta oder Evipan-Bayer, 300 bis 500 mg) mit $1^{1}/_{2}$–3 V.E. Oxytocin i.v. Die auf diese Weise erreichte Entspannung des Beckenbodens erleichtert die Extraktion für Mutter und Kind. Bei vorhandener Gegenindikation wird mit der Pudendusanästhesie mit gleichzeitiger Damminfiltration eine ausreichende Schmerzlinderung erreicht.

Die weiteren *Vorbereitungen*, die im einzelnen bei der Vakuumextraktion besprochen wurden (S. 77), sind in der Reihenfolge ihrer Anwendung die folgenden:

1. Desinfektion der Vulva mit $^{1}/_{2}$%iger Sagrotan-Lösung und anschließendem Anstrich mit gefärbter alkoholischer Merfen-Tinktur.

2. Katheterismus zur Entleerung einer stark gefüllten Blase.

3. Sorgfältige vaginale Untersuchung zur Kontrolle der Muttermundsweite, des Höhenstandes und der Einstellung und Haltung des vorangehenden Teils. Während des Touchierens werden zugleich Überlegungen darüber angestellt, welche Einstellungs- und Haltungsänderungen das Geburtsobjekt im weiteren Verlauf der Geburt noch zu erledigen hat, da diese Bewegungen später mit der Zange nachgeahmt werden müssen.

Anlegen der Zange

Das Anlegen der Zange, in dessen Verlauf das Instrument am Geburtsobjekt und im Geburtskanal in die richtige Position gebracht wird, erfolgt in mehreren Etappen.

1. **Hinhalten der Zange** (Abb. 77): Das Anlegen der Zange beginnt mit dem Hinhalten des zusammengesetzten und geschlossenen Instrumentes und zwar in der Position, in der dieses zur Bewältigung der besonderen geburtsmechanischen Situation gebracht werden muß. Dabei muß die Konkavität der Beckenkrümmung immer schoßfugenwärts oder zumindest schräg nach vorn links oder rechts gerichtet sein. Das Hinhalten der Zange als einleitende Maßnahme sollte nicht nur dem Ungeübten, sondern auch dem Erfahrenen empfohlen werden, da es Fehler beim Anlegen vermeiden hilft.

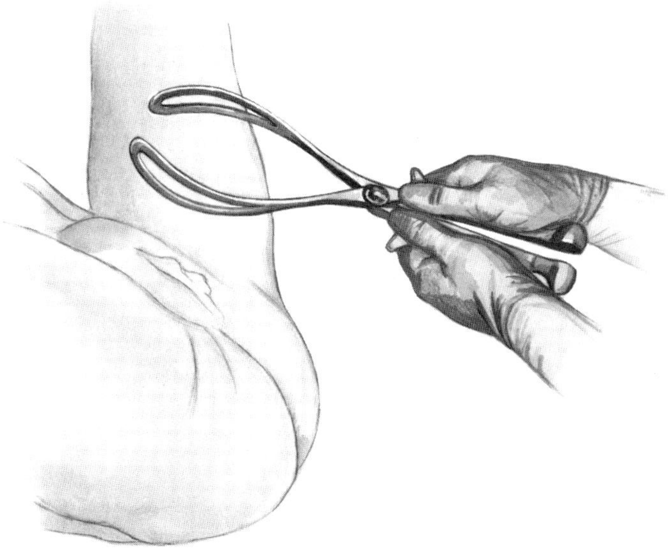

Abb. 77 **Hinhalten der Zange.** Das zusammengesetzte und geschlossene Instrument wird in der Position „hingehalten", in der es später im Geburtskanal angelegt werden soll. Hier handelt es sich um einen zweiten tiefen Schrägstand, bei dem die Zange im ersten schrägen Durchmesser des Beckens angelegt werden muß.

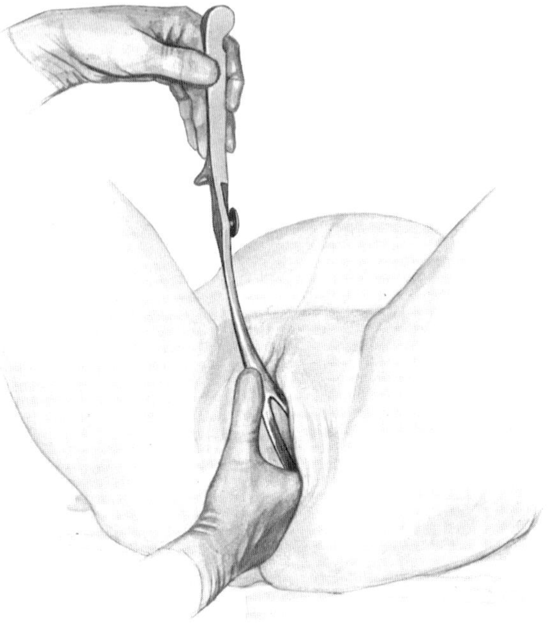

Abb. 78 **Einführen des linken Löffels.** Zeige- und Mittelfinger der rechten Hand sind in die Vagina eingeführt, der Daumen ist aufgestellt. Das linke Blatt gleitet entlang dieser Finger durch Senken des Griffes in den Geburtskanal.

2. **Einführen des linken Löffels** (Abb. 78): Im Anschluß an das Hinhalten der Zange wird der rechte Löffel vorübergehend auf einer sterilen Unterlage abgelegt. Die auf diese Weise freiwerdende rechte Hand kann damit die wichtige Aufgabe übernehmen, dem linken Löffel als Gleitschiene zu dienen und ihm den Weg zu bahnen. Zu diesem Zweck werden bei leichter Supinationsstellung der Hand der Zeige- und Mittelfinger in die Vagina eingeführt und zwischen Kopf und Wand des Geburtskanales emporgeschoben. Die linke Hand erfaßt mit zwei Fingern locker den Griff des linken Blattes und setzt dessen Spitze von der rechten Leistenbeuge herkommend senkrecht auf die Rille zwischen den beiden eingeführten Fingern der rechten Hand. Diese Finger dienen zusammen mit dem aufgestellten und an die Unterkante des Löffels angelegten Daumen als Gleitschiene, auf der das Blatt in vorgebahnter Richtung in den Geburtskanal hineingleitet. Zu diesem Zweck muß der Zangengriff lediglich langsam aus der Senkrechten bis zur Horizontalen gesenkt werden. Das Blatt folgt beim Einführen also gleichsam der eigenen Beckenkrümmung.

3. **Einführen des rechten Löffels** (Abb. 79): Um nun zunächst die linke Hand freizubekommen, wird der Griff des eingeführten linken Blattes der rechten Hand übergeben. Das Einführen von zwei Fingern der linken Hand geschieht in korrespondierender Weise, wie es für die rechte Hand beschrieben wurde. Ist der Weg für das rechte Blatt gebahnt, wird das eingeführte linke Blatt jetzt auf den abgespreizten kleinen Finger der linken Hand gelegt und so gehalten. Das rechte Blatt kann nun am Griff gefaßt und von der linken Leistenbeuge herkommend auf die Finger der linken

Hand aufgesetzt werden. Durch Senken des Griffes gleitet es leicht zwischen Kopf und Geburtskanal nach oben.

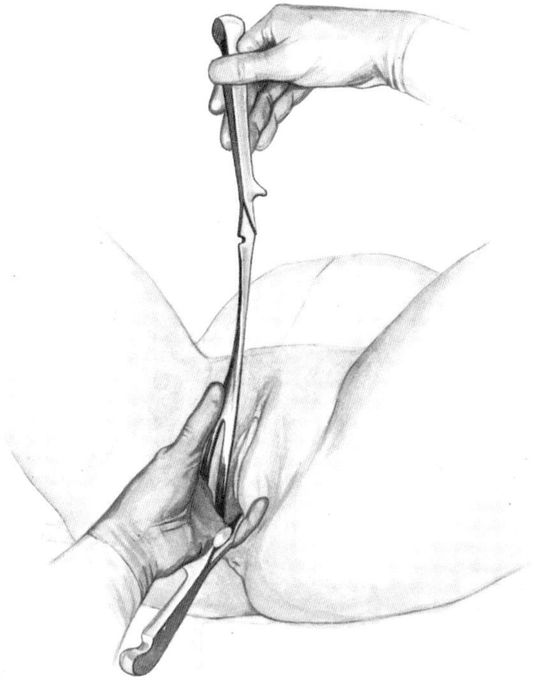

Abb. 79 **Einführen des rechten Löffels.** Das eingeführte linke Blatt wird mit dem abgespreizten linken kleinen Finger gehalten. Zeigefinger, Mittelfinger und Daumen der gleichen Hand dienen als Gleitschiene. Der Löffel gleitet durch Senken des Griffes auf dem vorgebahnten Weg nach oben.

Oftmals begegnet man dem Fehler, daß das linke Blatt während des Einführens des rechten Blattes mit dem Daumen und nicht mit dem abgespreizten kleinen Finger gehalten wird (Abb. 80). Dieser Fehler erschwert vor allem dann die Operation, wenn der zweite Löffel

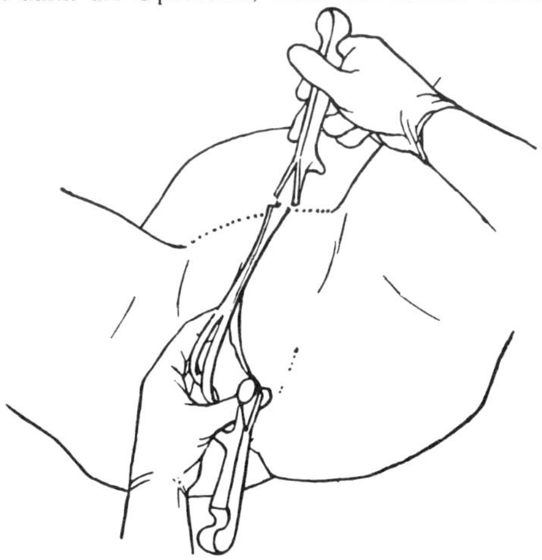

Abb. 80 **Falsches Halten des linken Blattes.** Während des Einführens des rechten Löffels wird das linke Blatt mit dem Daumen anstatt mit dem kleinen Finger gehalten.

wandern muß, wozu er der Unterstützung durch den Daumen bedarf (S. 96). Der Anfänger sollte aber auch erst gar nicht daran gewöhnt werden, daß ihm das linke Blatt durch eine Hilfsperson gehalten wird, da diese in der Praxis nicht immer zur Verfügung steht.

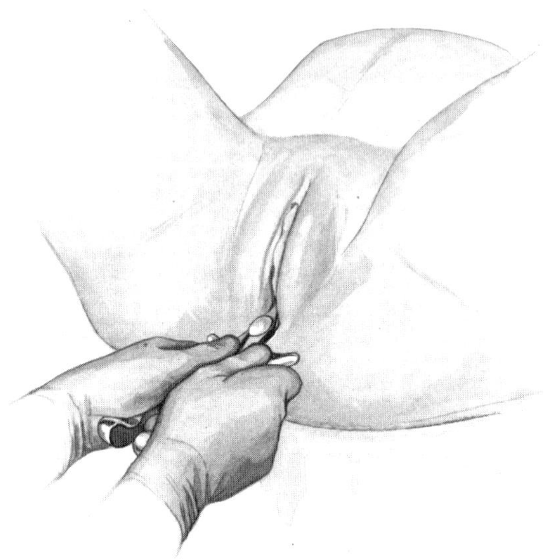

Abb. 81 **Schließen der Zange.** Die Hände haben die korrespondierenden Griffe gefaßt, die Daumen liegen nebeneinander auf den Zughaken. Das Schloß wird ohne Kraft zusammengefügt.

4. **Schließen der Zange** (Abb. 81): Sind beide Löffel eingeführt, so werden die Griffe mit der ihnen zugehörigen Hand voll gefaßt. Die Daumen liegen dabei parallel nebeneinander auf den Zughaken. Auf diese Weise kann ein „Sich-Werfen der Zange" sofort erkannt und durch Drehbewegungen korrigiert werden. Ohne Kraft läßt sich dann das Schloß ineinanderfügen.

Unter dem *„Sich-Werfen der Zange"* verstehen wir, daß sich das eine Blatt gegen das andere um seine Längsachse verdreht (Abb. 82) oder in der Längsrichtung verschoben

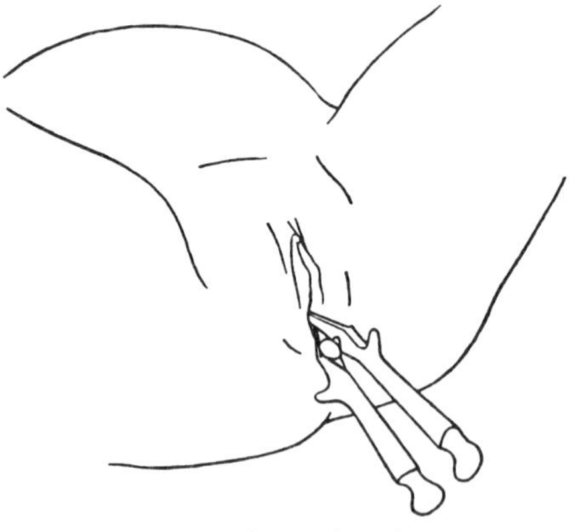

Abb. 82 **Das Sich-Werfen der Zange (a).** Das zweite Blatt hat sich gegenüber dem ersten Blatt um seine Längsachse verdreht.

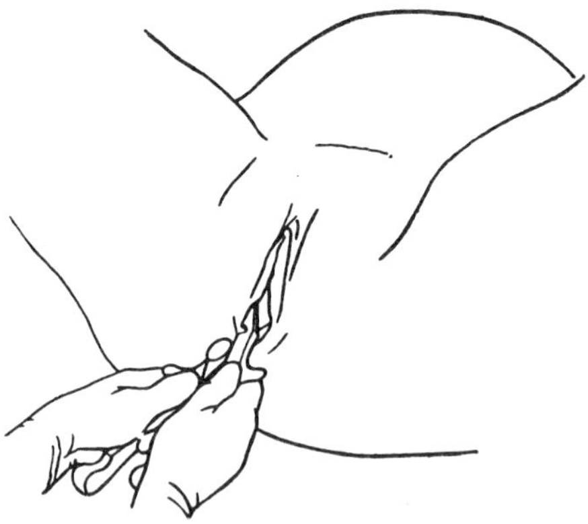

Abb. 83 **Das Sich-Werfen der Zange (b).** Das zweite Blatt hat sich gegenüber dem ersten Blatt in der Längsrichtung verschoben.

hat (Abb. 83). In jedem Fall muß dies vor dem Schließen des Instrumentes ausgeglichen werden.

5. **Nachtouchieren und Probezug** (Abb. 84): Vor Beginn der Traktionen hat sich der Operateur durch das Nachtouchieren davon zu überzeugen, daß keine Weichteile mitgefaßt wurden. Beim anschließenden Probezug wird die geschlossene Zange mit einer

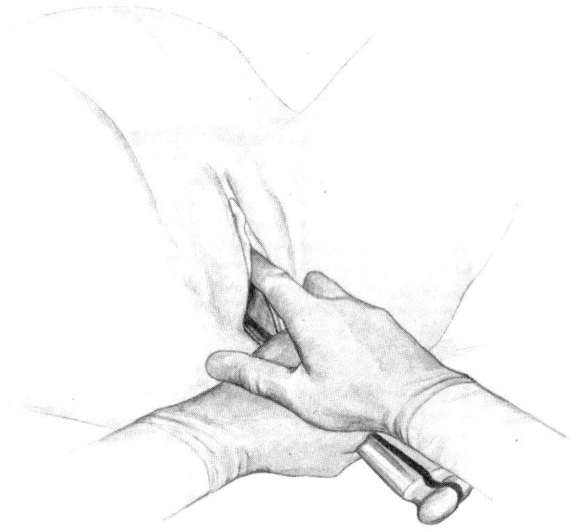

Abb. 84 **Ausführung des Probezuges.** Die linke Hand hat die Zange über dem Schloß gefaßt und führt kurze Traktionen aus. Der Zeigefinger der rechten Hand liegt am vorangehenden Kindsteil und prüft, ob dieser während der Traktionen folgt.

Hand über dem Schloß voll gefaßt, während die andere locker aufgelegte Hand über den ausgestreckten Zeigefinger Kontakt mit dem kindlichen Kopf aufnimmt. Kurze Traktionen lassen erkennen, daß der Kopf folgt, d. h. daß er richtig gefaßt wurde. Anderenfalls besteht die Gefahr, daß die Zange vom vorangehenden Teil *abgleitet*, was sowohl in horizontaler, d. h. in Richtung der Führungslinie (Abb. 85), als auch in vertikaler Richtung zum Kreuzbein hin (Abb. 86) erfolgen kann.

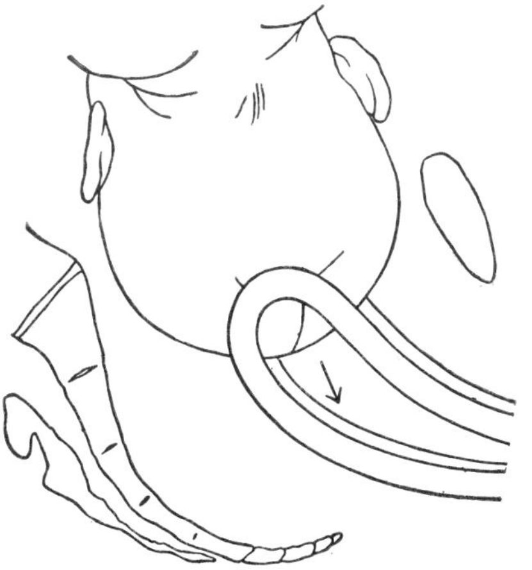

Abb. 85 **Abgleiten der Zange in horizontaler Richtung.**

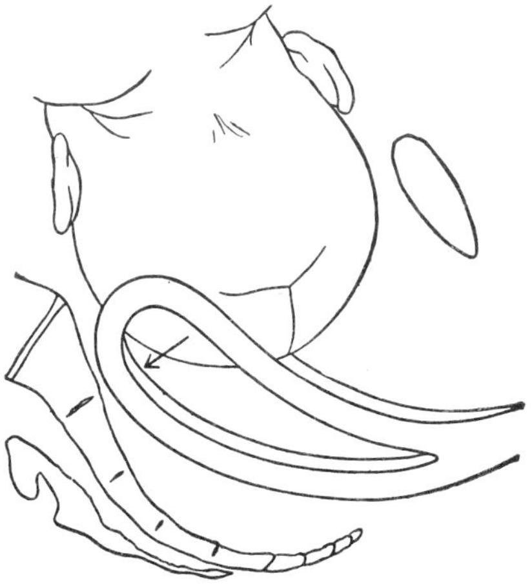

Abb. 86 **Abgleiten der Zange in vertikaler Richtung.**

Zangenextraktion beim tiefen Geradstand

Voraussetzung für eine richtige Zangentechnik sind genaue Kenntnisse des jeweiligen Geburtsmechanismus, da die Operation den zu erwartenden Ablauf nachzuahmen und dabei in jeder Phase den Gesetzen der Form- und Abbiegungsübereinstimmung zu entsprechen hat.

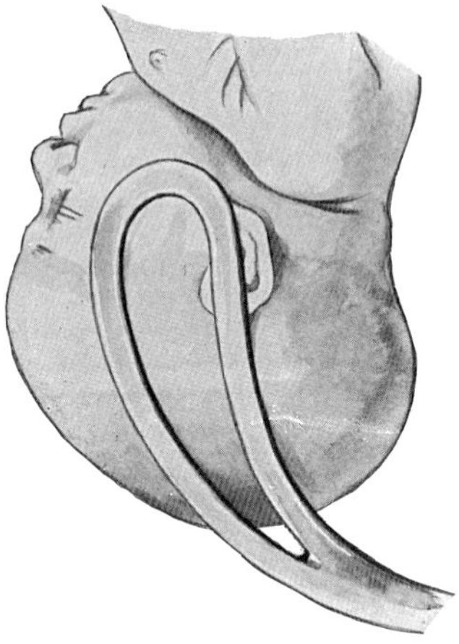

Abb. 87 **Fassen des Kopfes mit der Zange bei tiefem Geradstand.**

Bei der **vorderen Hinterhauptslage** im bereits vollendeten tiefen Geradstand (S. 38) wird die Zange biparietal am Kopf (Abb. 87) und im Geburtskanal quer angelegt. Nach dem Nachtouchieren und dem Probezug fassen beide Hände von der Seite kommend die Zangengriffe, wobei die eine Hand über dem Schloß liegt und die andere nach unten unmittelbar anschließt (Abb. 88).

Die *Traktionsrichtung* folgt der Führungslinie des Geburtskanales (Abb. 89). Die Position a in der Horizontalen wird solange beibehalten, bis der Kopf zur Abbiegung bereit ist, d. h. der Stemmpunkt in Form des Nackens den unteren Schoßfugenrand erreicht hat. Dann werden die Zangengriffe zunehmend angehoben, bis die Entwicklung in der Position c vollendet werden kann.

Die *Traktionen* werden ähnlich dem Wechsel von Wehe und Wehenpause periodisch ausgeführt. Dabei sind nur langsame und nicht zu ausgiebige Hin- und Herbewegungen erlaubt, die die Überwindung der Weichteilwiderstände erleichtern. Alle vertikalen und kreisförmigen Bewegungen mit den Zangengriffen sind indessen wegen der mit ihnen verbundenen Gefahren für Mutter und Kind unbedingt zu unterlassen.

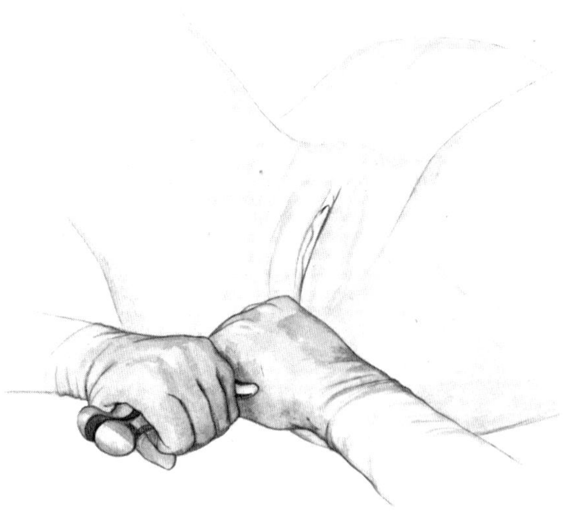

Abb. 88 **Fassen der Zange zur Extraktion.** Die rechte Hand liegt nahe am Kopf über dem Schloß, die linke Hand schließt nach unten unmittelbar an.

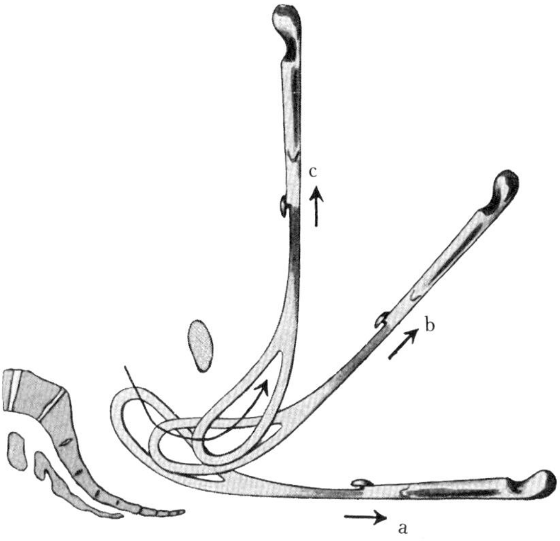

Abb. 89 **Traktionsrichtungen bei der Zangenextraktion** (nach A. DÖDERLEIN).

Der *Dammschutz* (Abb. 90) wird in entsprechender Weise, wie dies für die Vakuumextraktion beschrieben wurde, ausgeführt (S. 81). Der Operateur tritt zur linken Seite der Kreißenden herüber und überläßt die Führung des Instrumentes der rechten, über dem Schloß liegenden Hand, während die freiwerdende linke Hand die Stirnhöcker hinter dem Dammgewebe aufsucht und mit ihrer Hilfe den Kopf der Zange symphysenwärts entgegendrängt. Zum Schutz von Mutter und Kind wird großzügig von der Episiotomie Gebrauch gemacht.

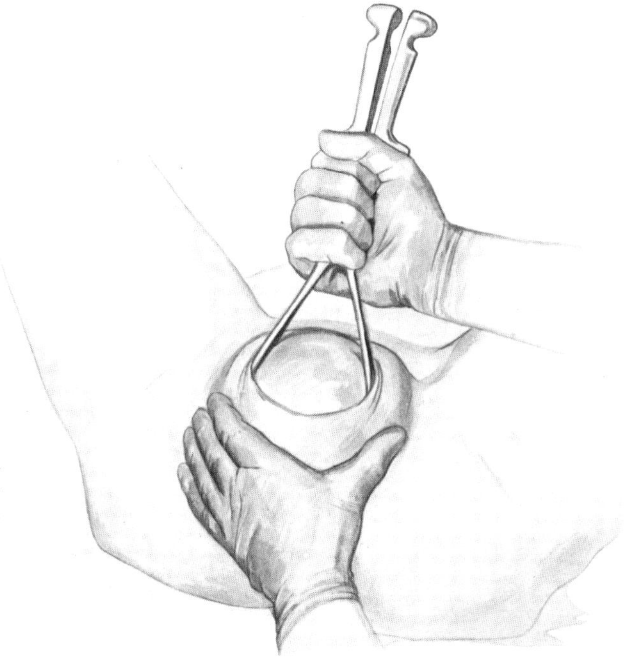

Abb. 90 **Dammschutz bei der Zangenextraktion.** Die rechte, über dem Schloß liegende Hand führt das Instrument, die linke Hand drückt an den Stirnhöckern den Kopf symphysenwärts der Zange entgegen.

Zangenextraktionen bei geburtsmechanischen Regelwidrigkeiten

Noch deutlicher wird die Notwendigkeit ausreichender geburtsmechanischer Vorstellungen für den Zangenoperateur bei Extraktionen, die bei noch nicht vollendetem regelrechten Geburtsablauf oder bei regelwidrigen Schädellagen ausgeführt werden müssen. Im ersten Fall ist das noch Fehlende durch eine entsprechende Führung des Instrumentes nachzuholen, im zweiten Fall der vom Geburtsobjekt vorgesehene regelwidrige Geburtsmechanismus nachzuahmen.

Hierbei ist es oftmals erforderlich, daß die Zange anstatt im queren Durchmesser des Beckens im schrägen Durchmesser angelegt wird. Zu diesem Zweck muß einer der wie immer zunächst in den hinteren Beckenabschnitten eingeführten Löffel symphysenwärts verschoben werden, ein Vorgang, der als das **„Wandernlassen des Löffels"** bezeichnet wird. Es geschieht dies dadurch, daß nach dem Einführen der Griff des betreffenden Löffels mit der vollen Hand gefaßt und dammwärts gesenkt wird. Dadurch, daß das Blatt im Bereich des Halsteiles durch den aufgestellten Daumen unterstützt ist, wird mit dem Abwärtsführen des Griffes der Löffel angehoben und gleitet um den Kopf des Kindes herum nach vorn (Abb. 91). Die angegebene Technik garan-

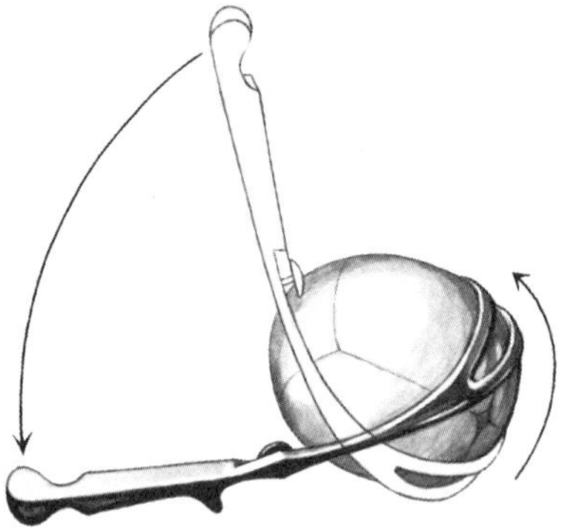

Abb. 91 **Das Wandernlassen des linken Zangenlöffels.** Beim zweiten tiefen Querstand hat der zunächst hinten eingeführte linke Löffel bogenförmig über das Vorderhaupt zu wandern, um nach links vorn zu gelangen.

tiert mit Hilfe der Form des Löffels, daß dieser dabei etwa so, wie wenn man sich mit der flachen Hand über den Kopf streicht, dicht am kindlichen Schädel bleibt, und damit Verletzungen der mütterlichen Weichteile vermieden werden.

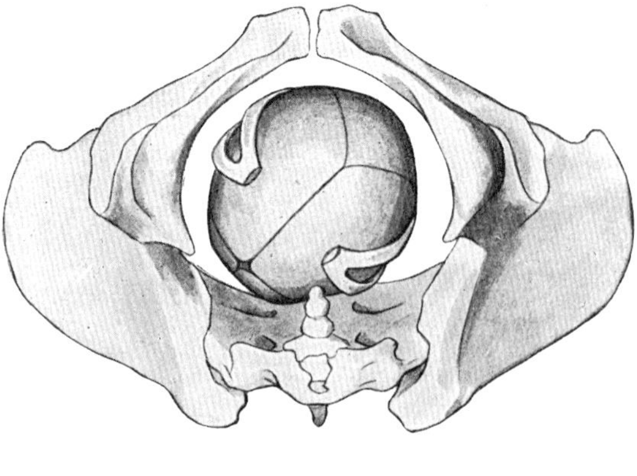

Abb. 92 **Zangenextraktion bei erstem tiefem Schrägstand.** Die Pfeilnaht steht im ersten schrägen Durchmesser, die Zange wurde im zweiten schrägen Durchmesser und biparietal am Kopf angelegt.

1. **Zangenextraktion beim tiefen Schrägstand** (Abb. 92): Ist die vollständige Drehung des Kopfes in den geraden Durchmesser mit einem Defizit von etwa 45 ° ausgeblieben (S. 37), so muß die Zange im entgegengesetzten schrägen Durchmesser des Beckens, d. h. beim ersten tiefen Schrägstand im zweiten schrägen Durchmesser und beim zweiten tiefen Schrägstand im ersten schrägen Durchmesser angelegt werden. Der kindliche Kopf wird biparietal gefaßt. Die Drehung um 45 ° nach vorn erfolgt während der ersten Traktionen, so daß eine Art Spiralbewegung entsteht.

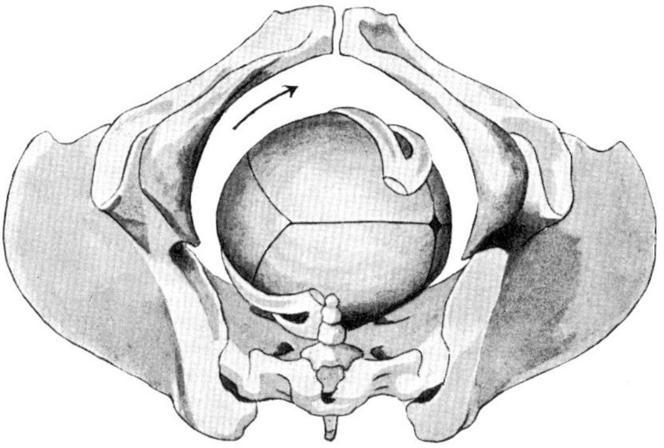

Abb. 93 **Zangenextraktion beim zweiten tiefen Querstand I.** Die Zange ist im ersten schrägen Durchmesser angelegt.

Bei unvollständig gedrehten Schädellagen ist immer wieder zu beobachten, daß sich der Kopf bereits während des Einführens des ersten Löffels wie auf einer Gleitschiene oder auch beim Schließen des Instrumentes spontan in die Kopfkrümmung hineindreht. Gesonderte Drehbewegungen während der Traktionen werden damit überflüssig.

2. **Zangenextraktion beim tiefen Querstand** (Abb. 93 und 94): Der tiefe Querstand ist durch eine ausgebliebene Haltungs- und Einstellungsänderung charakterisiert (S. 50). Das Anlegen der Zange erfolgt wie beim tiefen Schrägstand im schrägen Durchmesser des Beckens und zwar beim ersten tiefen Querstand im zweiten schrägen und umgekehrt, da die Konkavität der Löffel jeweils zur kleinen Fontanelle gerichtet sein muß. Beim Kind liegt das Instrument dann nicht biparietal, sondern schräg am Kopf

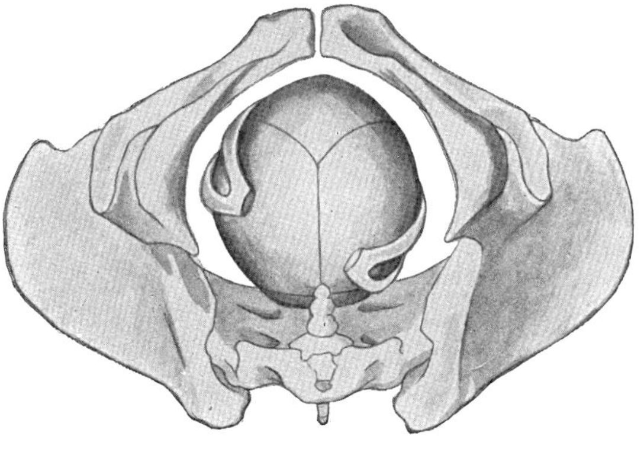

Abb. 94 **Zangenextraktion beim zweiten tiefen Querstand II.** Durch die Drehung um 90 ° wurde ein tiefer Geradstand hergestellt. Die Zange liegt jetzt im zweiten schrägen Durchmesser.

(Abb. 95). Es wird hier also gleichsam ein Mittelweg gewählt, indem die Zange halbgünstig an den Kopf des Kindes und halbgünstig in das mütterliche Becken gebracht wird. Die Extraktion erfolgt unter gleichzeitiger Drehung um 90 ° nach vorn, bis die Zange in den entgegengesetzten schrägen Durchmesser übergewechselt ist, um dann die Extraktion aus dem tiefen Geradstand zu vollenden.

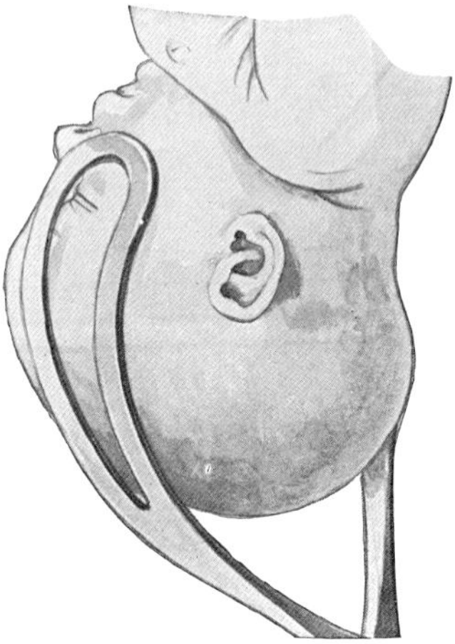

Abb. 95 **Fassen des Kopfes mit der Zange beim ersten tiefen Querstand.** Die Zange liegt schräg am Kopf des Kindes.

Der Empfehlung von Henkel, beim zweiten tiefen Querstand zuerst den rechten Löffel anzulegen, um zu vermeiden, daß sich der Kopf während des Einführens des ersten Löffels mit der kleinen Fontanelle nach hinten dreht, folgen wir nicht, da diese Komplikation bei der *haltungsabhängigen Drehtendenz* ausgesprochen selten ist. Eher erlebt es der Operateur, daß sich der aufgrund der Abbiegungsübereinstimmung zur Drehung nach vorn bereite Kopf bereits in den ersten (linken) Löffel hineindreht und so schon jetzt einen tiefen Schrägstand oder sogar einen Geradstand erreicht.

Die Kjelland-*Zange* (S. 87) bietet beim tiefen Querstand den Vorteil, daß sie im geraden Durchmesser des Beckens und damit biparietal am Kopf angelegt werden kann. Bei der Shute-*Zange* erlaubt die fehlende Kreuzung der Blätter ohne weiteres das Einführen des rechten Löffels vor dem linken.

3. **Zangenextraktion bei hinterer Hinterhauptslage** (Abb. 96 und 97): Bei der hinteren Hinterhauptslage sind dem Geburtshelfer zur operativen Beendigung der Geburt

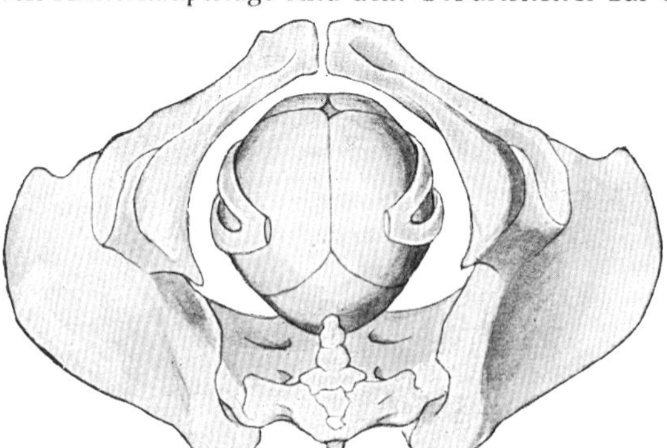

Abb. 96 **Zangenextraktion bei hinterer Hinterhauptslage.** Der Kopf steht im tiefen Geradstand, die kleine Fontanelle findet sich hinten. Die Zange wurde quer mit der Konkavität nach vorn angelegt.

zwei Möglichkeiten gegeben und zwar entweder in Form der Entwicklung in hinterer Hinterhauptslage oder in Form der SCANZONI-Drehzange [1]). Das Anlegen des Instrumentes erfolgt in beiden Fällen zunächst gleich und zwar bei gerade verlaufender Pfeilnaht quer im Becken und biparietal am Kopf mit der Konkavität der Löffel symphysenwärts (Abb. 96), bei schräg verlaufender Pfeilnaht bei rechter hinterer Hinterhauptslage im zweiten schrägen Durchmesser (Abb. 97) und umgekehrt. Es wird nun zunächst der *kürzeste Weg* versucht, auf dem der Nacken des Kindes ganz

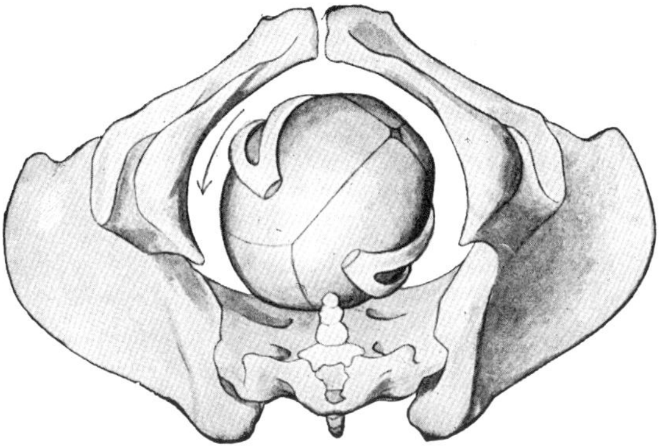

Abb. 97 **Zangenextraktion bei zweiter hinterer Hinterhauptslage.** Die Pfeilnaht steht im ersten schrägen Durchmesser, die kleine Fontanelle rechts hinten. Die Zange wurde im zweiten schrägen Durchmesser mit der Konkavität nach links vorn angelegt.

nach hinten gedreht und nach Erreichen des Stemmpunktes im Bereich der großen Fontanelle die Geburt in hinterer Hinterhauptslage imitiert wird. Zu diesem Zweck werden die Griffe stark angehoben, bis das Hinterhaupt über den Daumen geboren ist, um sie anschließend bis zur Geburt von Stirn, Gesicht und Kinn zu senken.

Die **Scanzoni-Drehzange** (Abb. 98—100) ist angezeigt, wenn sich dem ersten Modus stärkere Widerstände entgegenstellen. Jetzt folgt der Operateur dem Bestreben des Geburtsobjektes nach Abbiegungsübereinstimmung. Zu diesem Zweck wird in der Richtung, in der es leichter geht, also in Abhängigkeit von der Drehtendenz des Kopfes in den tiefen Querstand gedreht. Da die Beckenkrümmung der NAEGELE-Zange eine

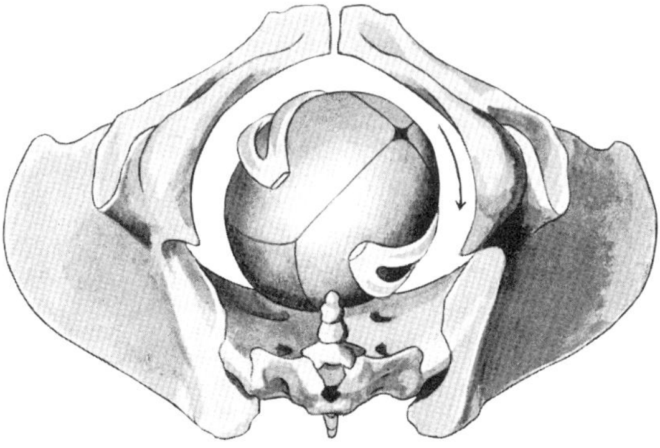

Abb. 98 **Scanzoni-Drehzange bei zweiter hinterer Hinterhauptslage (a).** Anlegen der Löffel im zweiten schrägen Durchmesser und Drehung nach links zum zweiten tiefen Querstand.

[1]) FRIEDRICH W. V. SCANZONI, Ordinarius für Geburtshilfe in Prag und Würzburg, 1821—1891

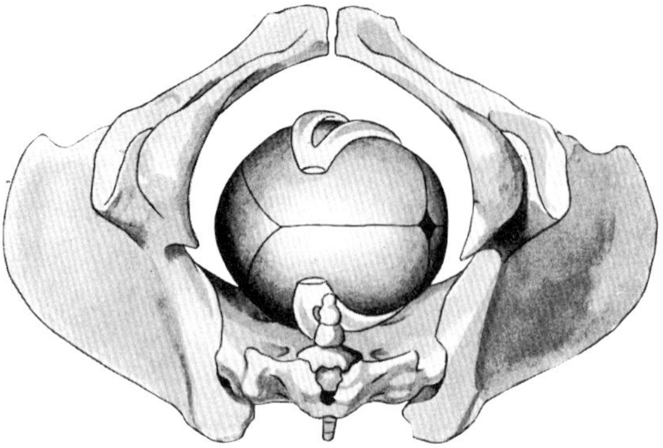

Abb. 99 **Scanzoni-Drehzange bei zweiter hinterer Hinterhauptslage (b).** Der zweite tiefe Querstand ist hergestellt. Die Zange wird abgenommen.

weitere Drehung jedoch nicht erlaubt, wird jetzt das Instrument abgenommen und für den entsprechenden tiefen Querstand erneut angelegt (S. 97). Aus diesem kann das Kind dann entwickelt werden. Technisch einfacher gelingt diese Drehzange unter Verwendung der Zange von KJELLAND oder SHUTE, da diese infolge der fehlenden Beckenkrümmung die Drehung ohne Umsetzen vollenden können.

Die angegebenen Wege zur operativen Entwicklung des Kindes aus hinterer Hinterhauptslage unterscheiden sich also dadurch, daß einmal der kürzere, aber spannungsreichere Weg gewählt wird, während die SCANZONI-Drehzange durch eine Drehung um 135 ° oder sogar um 180 ° die Abbiegungsübereinstimmung herstellt und so den leichteren natürlichen Geburtsmechanismus in vorderer Hinterhauptslage nachahmt.

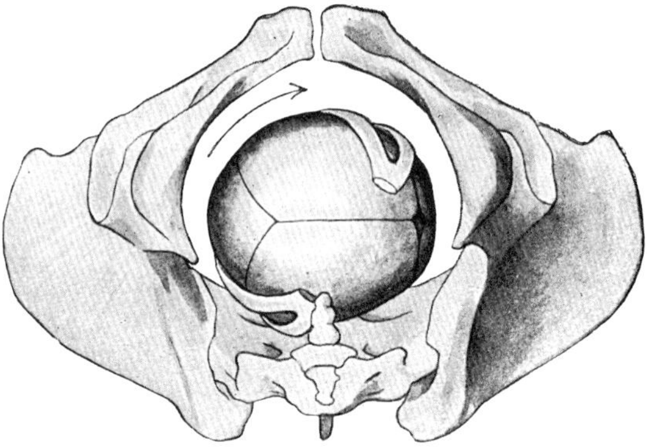

Abb. 100 **Scanzoni-Drehzange bei zweiter hinterer Hinterhauptslage (c).** Die Zange ist beim zweiten tiefen Querstand im ersten schrägen Durchmesser erneut angelegt.

4. **Zangenextraktionen bei den verschiedenen Streckhaltungen:** Bei den Streckhaltungen ist zu beachten, daß das Geburtsobjekt bestrebt ist, den Nacken kreuzbeinwärts zu drehen, da auf diese Weise die Abbiegungsübereinstimmung hergestellt wird. Das Anlegen des Instrumentes hat daher so zu erfolgen, daß die Konkavität des Instrumentes zum Gesicht des Kindes hinsieht. Während der Traktionen wird dem für die jeweilige Streckhaltung charakteristischen Austrittsmechanismus gefolgt bzw. dieser nachgeahmt.

Bei der *Vorderhauptslage* (S. 44) wird die Extraktion in der Position a so weit fortgeführt, bis sich die Stirnhaargrenze im Schambogen anstemmt. Das Anheben der Griffe erreicht nun zunächst die Geburt des Hinterhauptes über den Damm. Anschließend erscheint durch Senken der Griffe das Gesicht unter der Symphyse.

Die Extraktion bei der *Scheitellage* (S. 43) unterscheidet sich von der bei der Vorderhauptslage lediglich dadurch, daß die Abbiegung nach vorn kürzer, die nachfolgende Streckung aber etwas länger ausgeführt wird.

Bei der *Stirnlage* (S. 45) muß der Operateur daran denken, daß bei der Spontangeburt zur besseren Raumausnutzung der Austritt des Kopfes oftmals mit schräg verlaufender Stirnnaht erfolgt. Diesem Bestreben ist evtl. nachzugeben, um die wegen des großen Umfanges sowieso schwierige Operation nicht noch mehr zu erschweren. Ist der Stemmpunkt erreicht, so wird zunächst durch Anheben der Griffe das Hinterhaupt über den Damm entwickelt, um anschließend durch Senken der Griffe das Gesicht unter der Symphyse erscheinen zu lassen.

Bei der *Gesichtslage* (S. 46) ist zu beachten, daß die Zangengriffe nach dem Einführen der Löffel vor dem Schließen des Instrumentes angehoben werden müssen. Auf diese Weise fassen die Löffel das Hinterhaupt und können bei den anschließenden Traktionen nicht abrutschen. Auch werden Verletzungen am Hals des Kindes vermieden (Abb. 101). Die Traktionen erfolgen dennoch in horizontaler Richtung und zwar so-

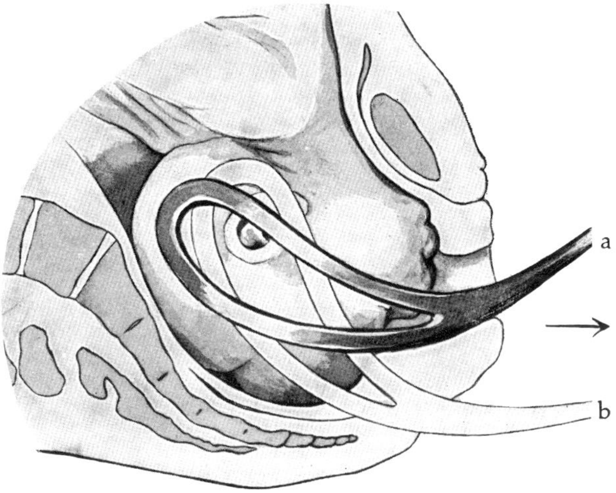

Abb. 101 **Zangenextraktion bei Gesichtslage.** Vor dem Schließen des Instrumentes müssen die Griffe angehoben werden (a), damit die Löffel das Hinterhaupt fassen. b zeigt das fehlerhafte Liegen der Löffel. Der Pfeil kennzeichnet die Zugrichtung bis zum Erreichen des Stemmpunktes.

weit, bis das Kinn unter der Symphyse erscheint und damit der Stemmpunkt im Bereich des Kehlkopfes erreicht ist. Durch Heben der Zangengriffe erscheinen dann nacheinander Stirn, Scheitel und Hinterhaupt über dem Damm. Versuche, den Gesichtslagenkopf mit der Zange zu entwickeln, bevor er den Beckenboden erreicht und sich ganz gedreht hat, sind zu vermeiden, da es sich wegen des noch hochstehenden Hinterhauptes, das zu diesem Zeitpunkt noch durch das Promontorium arretiert wird, um schwere, mit erheblichen Verletzungen von Mutter und Kind verbundene Operationen handelt.

Über die *Zangenextraktion am Steiß* wird bei der operativen Entwicklung der Beckenendlage berichtet werden (S. 111).

Anwendung der Zangenextraktion

Das wichtigste Anwendungsgebiet der Zangenextraktion ist wie bei der Vakuumextraktion die *operative Entwicklung des auf dem Beckenboden stehenden kindlichen Kopfes.* Die mit leichter Hand und unter Beachtung der geburtsmechanischen Gesetze ausgeführte Operation bedeutet für das Kind keine wesentliche zusätzliche Belastung und Gefährdung (G. MARTIUS). Dennoch wurde die Operation in den letzten Jahren aus den auf S. 83 im einzelnen dargelegten Gründen mehr und mehr verdrängt, um an einzelnen Kliniken fast ganz durch die Vakuumextraktion ersetzt zu werden.

Eine unbestrittene Indikation zur Verwendung der Zange ist die Entwicklung des Kindes aus *Gesichtslage.* Bei ihr ist es nicht möglich, den vorangehenden Teil mit der Saugglocke ohne die Gefahr schwerwiegender Verletzungen zu fassen.

Indessen gehen die Meinungen bei der *akuten intrauterinen Asphyxie* in der Austreibungsperiode auseinander. Während ein Teil der Geburtshelfer den Standpunkt vertritt, daß der Vakuumextraktor einen nicht zu verantwortenden Zeitverlust für das Kind mit sich bringt, haben andere, zu denen auch wir uns rechnen, nur aus diesem Grunde in den letzten Jahren keine Zangenextraktion ausführen müssen.

Nicht unerwähnt bleiben dürfen indessen *instrumentelle Schwierigkeiten,* die die erfolgreiche Entwicklung des Kindes mittels des Vakuumextraktors verhindern. Neben einem Versagen der Pumpe und einer Undichtigkeit im Schlauchsystem ist es die Entwicklung einer großen Geburtsgeschwulst, die die Haftfähigkeit der Glocke beeinträchtigt. Besteht hierbei gleichzeitig eine Asphyxie des Kindes, die einen weiteren Zeitverlust verbietet, so muß auf die Zangenextraktion übergegangen werden. Hierher sind auch die Geburten zu rechnen, bei denen die Vakuumglocke mehrmals abgerutscht ist, zumal dieses Ereignis die Haftfähigkeit der Glocke einschränkt (BREHM u. Mitarb.). Bei der Besprechung des Instrumentariums wurde darauf hingewiesen, daß EVELBAUER für diese wenigen Fälle heute die einfach und schonend zu handhabende SHUTE-Zange empfiehlt (S. 87).

Die **Kombination von Vakuum- und Zangenextraktion** haben wir in letzter Zeit häufiger angewandt. Sie kann empfohlen werden, wenn es mit der Vakuumextraktion nicht gelingt, die Beugung und Drehung des Kopfes und damit die schnelle Überwindung eines eingetretenen tiefen Quer- oder Schrägstandes zu erreichen. Dies ist vor allem bei Vakuumextraktionen der Fall, die z. B. im Rahmen einer Perfusion Toulousaine S. 137) aus der Interspinalebene, also relativ hoch begonnen wurden. Konnte dabei die Glocke nicht ausreichend zur kleinen Fontanelle hin verschoben fixiert werden (S. 82), so folgt der Kopf zwar bis zum Beckenboden, die ausbleibende Beugung verhindert aber die Drehung zum tiefen Geradstand und damit die leichte Beendigung der Geburt. Sie gelingt dann leichter und schneller, wenn man die Vakuumglocke abnimmt und das Kind mit der Zange entwickelt.

Bei der *Beckenendlage* ist die besonders von A. Döderlein und Nürnberger für bestimmte Fälle, bei denen sich bei der manuellen Extraktion Schwierigkeiten ergeben (S. 111), angeregte Zangenextraktion heute ebenfalls so gut wie ganz durch die Vakuumextraktion ersetzt worden.

Bei dieser Entwicklung der operativen Geburtshilfe in den letzten Jahren ist eine große Sorge entstanden. Bei den wenigen, der Zangenextraktion erhaltenen und vorbehaltenen Indikationen handelt es sich vielfach um geburtsmechanisch regelwidrige Situationen und daher technisch schwierige Operationen. Es bleibt zu überlegen, wie wir auch dem jüngeren Geburtshelfer in der Zukunft ausreichende Kenntnisse vermitteln und Erfahrungen ermöglichen, die ihn in die Lage versetzen, diese Situationen zu meistern. Das Phantom wird hier ein nicht zu entbehrendes Hilfsmittel bleiben. Indessen konnten wir uns bisher nicht dazu entschließen, allein unter diesem Aspekt einen Teil der sonst der Vakuumextraktion zustehenden Indikationen der Zange zu überlassen.

Literatur

Barben, H. P.: Erfahrungen mit dem Vakuumextraktor nach Malmström an der Frauenklinik Aarau, Schweiz. med. Wschr. *88* (1958) 1155

Bauereisen, J. A.: Erfahrungen mit der Speculumentbindung als Ersatz der Beckenausgangszange. Zbl. Gynäk. *73* (1951) 134

Bergmann, P., T. Malmström: Natal and postnatal foetal mortality in association with vacuum extraction and forceps delivery. Gynaecol. (Basel) *154* (1962) 65

Brehm, H., K. Meyhoeffer, W. Schneider: Experimente mit dem Vakuumextraktor. Med. Welt 1966, 597; 643

Brey, J., M. Fanghänel: Bemerkungen zur Technik der Vakuumextraktion. Geburtsh. u. Frauenheilk. *20* (1960) 1357

Chalmers, J. A., R. J. Fothergill: Use of vacuum extraktor (ventouse) in obstetrics. Brit. med. J. 1960/II, 1684

Döderlein, A.: Leitfaden für den geburtshilflichen Operationskurs. Leipzig 1893

Dörffler, P.: Zur Anwendung des Vakuumextraktors in der Geburtshilfe. Med. Klin. *54* (1959) 1234

Evelbauer, K.: Vakuum-Extraktion. Arch. Gynäk. *198* (1963) 523

Fulst, W.: Über Einwirkungen des Vakuumextraktor am kindlichen Schädel und Gehirn. Zbl. Gynäk. *82* (1960) 321

Hochuli, E., A. Stöckli: Erfahrungen mit dem Vakuumextraktor nach Malmström bei 264 Fällen. Geburtsh. u. Frauenheilk. *20* (1960) 346

Holtorff, J.: Die kindliche Mortalität und Morbidität bei Zangen- und Vakuumextraktionen. Zbl. Gynäk. *83* (1961) 261

Kepp, R., H. Langer: Die Bedeutung des Vakuumextraktor für Klinik, Praxis und Lehre. Zbl. Gynäk. *85* (1963) 1665

Kessler, A.: Unsere Erfahrungen mit dem Vakuum-Extraktor. Geburtsh. u. Frauenheilk. *21* (1961) 479

Kjelland, Chr.: Über die Anlegung der Zange am nicht rotierten Kopf mit Beschreibung eines neuen Zangenmodells und einer neuen Anlegungsmethode. Mschr. Geburtsh. *43* (1916) 48

Lesky, E.: Die Wiener geburtshilflich-gynäkologische Schule. Geist und Leistung. Dtsch. med. Wschr. *87* (1962) 2096

Malmström, T.: Der Vakuum-Extraktor. Arch. Gynäk. *198* (1963) 512

Malmström, T.: The vacuum-extractor. Indications and results. Acta obstet. gynec. scand. 43, Suppl. 1, 1

Martius, G.: Die perinatale Betreuung frühgeborener Kinder durch den Geburtshelfer. Dtsch. med. Wschr. *79* (1954) 1188

Martius, G.: Geburtshilfliche Pädiatrie. Mschr. Kinderheilk. 106 (1958) 263

Martius, G.: Klinische Folgerungen (Podiumgespräch über „Perinatale Hypoxie und Azidose"). Arch. Gynäk. *202* (1965) 391

Martius, G., H. Ludwig, G. Freischütz: Klinische und experimentelle Beobachtungen bei Vakuumextraktionen. Arch. Gynäk. *198* (1963) 573

Martius, H.: Vakuumextraktion in Lehre und Praxis. Dtsch. med. Wschr. *86* (1961) 1637

Martius, H.: Hintere Hinterhauptslage und Vakuumextraktion. Geburtsh. u. Frauenheilk. *22* (1962) 493

Segschneider, P. P.: Zur Anwendung des Vakuumextraktor in der Klinik und Hausgeburtshilfe. Münch. med. Wschr. *104* (1962) 944

Shute, W. B.: An obstetrical forceps using a new principle of parallelism. Amer. J. Obstet. Gynec. *77* (1959) 442

Shute, W. B.: Management of shoulder dystocia with the Shute-parallel forceps. Amer. J. Obstet. Gynec. *84* (1962) 936

Spielmann, W.: Indikation und Technik der hohen Saugglocke. Zbl. Gynäk. *87* (1965) 1137

Wille, P.: Spekulumentbindung und Vakuumextraktion im Rahmen der klassischen Geburtshilfe. Zbl. Gynäk. *86* (1964) 1065

Wolfram, E.: Die Spekulumentbindung nach A. Bauereisen. Landarzt *33* (1957) 630

Zimmer, F., J. J. Parks: Eine verbesserte Technik der Nervus-pudendus-Anästhesie. Geburtsh. u. Frauenheilk. *26* (1966) 307

Entwicklung bei Beckenendlage

Zur Entwicklung des Kindes aus Beckenendlage sind vor allem in Abhängigkeit von der Indikationsstellung die beiden folgenden Möglichkeiten zu unterscheiden:

1. Manualhilfe nach BRACHT [1])
2. Extraktion am Beckenende

Die *Manualhilfe nach* BRACHT stellt eine Hilfeleistung dar, die dazu dient, das Kind nach der spontanen Geburt des Steißes vollständig zu entwickeln. Ihre Anwendung erfolgt damit ohne besondere Indikationsstellung, so daß sie bei den Schädellagen mit dem Dammschutz und der anschließenden Schulterentwicklung auf eine Stufe zu stellen ist.

Die *Extraktion am Beckenende* wird indessen bei der Beckenendlagengeburt ausgeführt, wenn der Steiß noch nicht geboren ist, aber eine Indikation zur Beendigung der Geburt gegeben ist. Sie ist damit eine entbindende Operation, der bei der Schädellage die Vakuum- oder Zangenextraktion entspricht.

Manualhilfe nach Bracht

Ist bei einer Beckenendlagengeburt der Steiß geboren, so benötigt die Ausstoßung der Schultern und des Kopfes ohne Kunsthilfe zumeist so viel Zeit, daß das Kind infolge der Retraktion des halbentleerten Uterus und der Kompression der Nabelschnur durch den nachrückenden Kopf der Gefahr einer Hypoxie ausgesetzt ist. Diese Tatsache macht es dem Geburtshelfer zur Pflicht, die Beckenendlagengeburt jetzt durch sein Eingreifen zu beenden. Hierzu steht die Manualhilfe nach BRACHT zur Verfügung.

Die Manualhilfe beginnt in dem Moment, in dem der untere Winkel des vorderen Schulterblattes unter der Symphyse sichtbar wird. Die mit dem Rücken nach vorn links oder rechts gerichtete Fruchtwalze wird mit beiden Händen voll gefaßt und zwar so, daß die Daumen nebeneinander auf den Oberschenkeln, die Finger auf dem Rücken des Kindes liegen (Abb. 102). Unter gleichzeitiger KRISTELLER-Expression durch eine Hilfsperson wird der Rumpf mit den Daumen in Richtung auf die Bauchdecken der Mutter geleitet. Dabei erscheinen ohne weitere Maßnahmen zunächst die Arme und

[1]) ERICH BRACHT, ehem. Direktor der Städt. Frauenklinik Berlin-Neukölln, 1882—1969

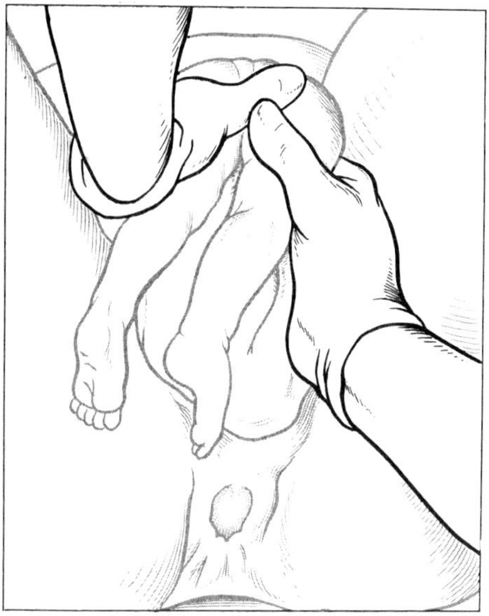

Abb. 102 **Manualhilfe nach Bracht (I).** Die Fruchtwalze ist mit beiden Händen voll umfaßt, die Daumen liegen auf den Oberschenkeln, die Finger auf dem Rücken des Kindes.

anschließend der Kopf über dem Damm (Abb. 103). Der Erfolg dieses technisch einfachen Handgriffes ist davon abhängig, daß der Geburtshelfer bemüht ist, die Fruchtwalze zusammenzuhalten. Es gelingt dies vor allem dadurch, daß in keiner Phase der Entwicklung am Steiß gezogen wird. Die Frucht muß vielmehr durch das Mitpressen der Kreißenden und den Kristeller-Handgriff in die sie abbiegenden Geburtshelferhände gedrückt werden.

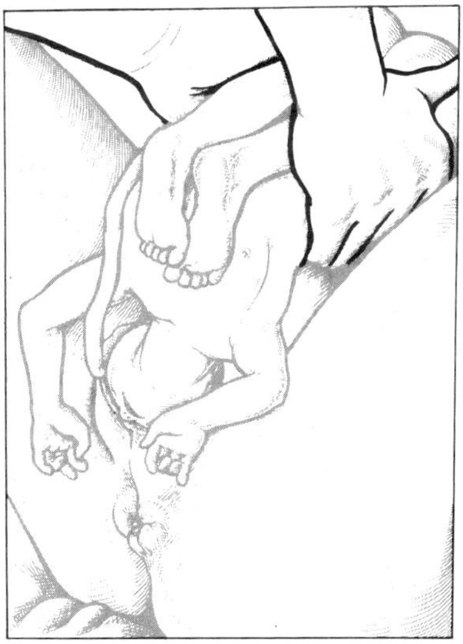

Abb. 103 **Manualhilfe nach Bracht (II).** Der Rumpf wird mit den Daumen aus der Führungslinie heraus auf den Bauch der Mutter gedrückt. Die Arme sind spontan herausgefallen, das Kinn wird am Damm sichtbar.

Halten des Steißes mit dem Vakuumextraktor

Mit Rücksicht auf das Kind, das bei der Beckenendlage besonders durch den oftmals verzögerten Verlauf der Austreibungsperiode in Gefahr gerät, ist es als Fehler anzusehen, die Entwicklung des Kindes mit dem BRACHT-Handgriff unter allen Umständen erzwingen zu wollen. Dies geschieht nicht selten unter dem Aspekt, daß der BRACHT-Handgriff als schonendste Methode für die Leitung der Beckenendlagengeburt gilt. Diese Beurteilung hat jedoch nur ihre Berechtigung für die in der Austreibungsperiode leicht verlaufenden Geburten. Bemerkt der Geburtshelfer indessen, daß die Geburt des Steißes, der Schultern und Arme oder des Kopfes erschwert ist, so darf er nicht zögern, den BRACHT-Handgriff zu verlassen und andere zusätzliche Maßnahmen zu ergreifen.

An erster Stelle ist hier das **Halten des Steißes mit dem Vakuumextraktor** zu nennen. Dieses Vorgehen hat die Aufgabe, die Abbiegungsschwierigkeiten bei der einfachen Steißlage, die etwa ²/₃ aller Beckenendlagengeburten ausmacht, schnell und gefahrlos zu überwinden. Die am Rumpf hochgeschlagenen Beine (sog. extended legs) lassen im Geburtsobjekt am Knie des Geburtskanales eine starke Gewebsspannung auftreten, die einerseits das Tiefertreten erschwert, andererseits nach jeder Preßwehe durch das Bestreben nach Spannungsauflösung den Steiß wieder in das kleine Becken zurückweichen läßt. Wird der Steiß indessen mit dem Vakuumextraktor in der bereits erreichten Position gehalten, so kann die folgende Kontraktion in ihrer Wirkung sofort anschließen. Die Austreibungsperiode ist damit meist in wenigen Wehen erledigt, und das Kind aus der gefahrvollen Situation befreit. Im einzelnen wird so vorgegangen, daß die kleine Vakuumglocke nach Anlegen der Episiotomie auf der Höhe der Preßwehe auf der sichtbaren vorderen Gesäßbacke mit 0,6 kg/cm² fixiert wird. Anus und Genitalorgane sind zu schonen. Beim Nachlassen der Wehe gelingt es jetzt leicht, das Zurückgleiten des Steißes zu verhindern. Die Geburt kann mit wenigen Wehen beendet werden, zumal die Arme die Position auf der Brust des Kindes nicht verlassen, da in keiner Phase der Operation an dem vorangehenden Teil gezogen wird.

Verläuft die **Entwicklung der Arme** beim BRACHT-Handgriff verzögert, so wird unverzüglich auf eine der auf S. 112 angegebenen Armlösungen übergegangen, um auch hierdurch eine unnötige Verzögerung der Austreibungsperiode zu umgehen.

Das gleiche gilt für die **Lösung des nachfolgenden Kopfes.** Die Möglichkeit, mit Hilfe des Handgriffes nach VEIT-SMELLIE (S. 116), den Kopf schonend über den Damm zu leiten, wirft sogar die Frage auf, ob es nicht besser ist, grundsätzlich nach der Geburt der Arme die Entwicklung des Kopfes auf diese Weise vorzunehmen. Wir möchten dies zumindest für alle Verzögerungen bzw. Erschwerungen des BRACHT-Handgriffes empfehlen! Damit erübrigt sich auch die von WOLFF empfohlene „Unterarmbremse", bei der sich der Geburtshelfer im Moment des Sichtbarwerdens der Nase des Kindes hinkniet und die ulnaren Kanten der Unterarme fest an das Gesicht des Kindes anlegt, um einen zu schnellen Durchtritt des leicht verletzlichen Kopfes des unreifen Kindes zu verhindern.

Zur **Anästhesie** beim BRACHT-Handgriff bzw. den erwähnten Hilfsmethoden ist der Pudendusblock mit zusätzlicher Damminfiltration gut geeignet. Zur vollständigen

Ausschaltung der Durchtrittsschmerzen hat sich uns auch bei der Beckenendlage die Injektion eines intravenösen Narkotikums (z. B. Trapanal-Promonta, 300 bis 500 mg) mit $1^1/_2$ bis 3 I.E. Oxytocin bewährt. Schwierigkeiten bei der Entwicklung des nachfolgenden Kopfes wurden entsprechend den Erfahrungen bei der Perfusion Toulousaine eher vermieden als provoziert.

Extraktion am Beckenende

Die Extraktion am Beckenende stellt im Gegensatz zum BRACHT-Handgriff eine entbindende Operation mit besonderer Indikationsstellung dar (S. 104). Sie wird in Allgemeinanästhesie ausgeführt, um den Gewebswiderstand so gering als möglich zu halten.

Die Extraktion besteht aus drei Teilen:

1. Extraktion des Steißes
2. Entwicklung der Schultern und Arme
3. Entwicklung des Kopfes

Zur **Entwicklung des Steißes** stehen die folgenden Verfahren zur Verfügung:

1. Vakuumextraktion am Steiß
2. Manuelle Extraktion am Steiß
3. Herunterholen eines Beines mit Extraktion
4. Zangenextraktion am Steiß

Vakuumextraktion am Steiß

Die Extraktion des Steißes gelingt bei der einfachen Steißlage am schonendsten mit Hilfe des Vakuumextraktors (EVELBAUER, FINKBEINER, H. MARTIUS u. a.). Die vordere Gesäßbacke kann mit der kleinen oder mittleren Glocke leichter gefaßt und der Steiß

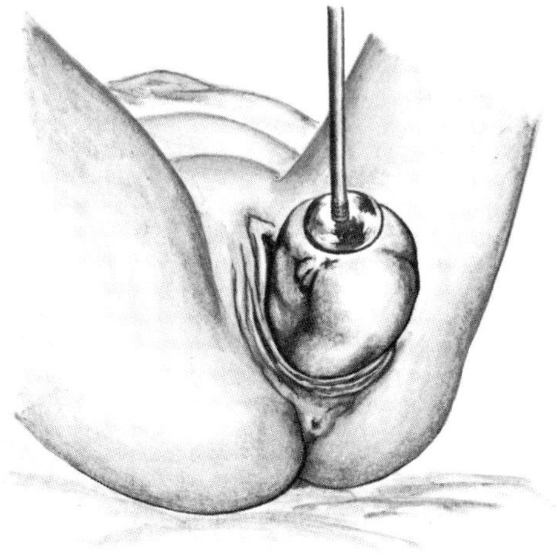

Abb. 104 **Vakuumextraktion des Steißes.** Die Glocke ist an der vorderen Gesäßhälfte fixiert. Die Traktionen erfolgen in Richtung der Führungslinie.

mit geringerer Kraftanwendung extrahiert werden, als dies die früher vorwiegend geübte „manuelle Extraktion“ zuließ (s. u.). Die Glocke wird wie beim „Halten des Steißes“ fixiert (S. 106). Die sichere Schonung des Anus und der Genitalorgane wird bei noch nicht sichtbarer vorderer Gesäßbacke evtl. durch die Darstellung mit flachen Spekula erreicht. Die Traktionen erfolgen wehensynchron in der Führungslinie (Abb. 104). Nach dem Erscheinen des unteren Winkels des vorderen Schulterblattes wird die Vakuumglocke abgenommen, um die Arm- und Kopflösung anzuschließen.

Manuelle Extraktion des Steißes

Die manuelle Extraktion verzichtet auf jegliches Instrumentarium. Die Geburtshelferhände suchen sich am Kind einen Angriffspunkt, der von der Art des vorangehenden Teiles bestimmt wird. So ist auch die weitgehende Ablösung dieser Methode durch die Vakuumextraktion bei der einfachen Steißlage erklärt, da das Gesäß mit der Saugglocke leicht gefangen werden kann.

Die *Anwendung* beschränkt sich heute im wesentlichen auf die Extraktion bei gut sichtbarem Steiß, wenn der Bracht-Handgriff abgebrochen werden mußte, und auf die Fußlagen.

Die **Technik** ist, wie gesagt, von der Art des vorangehenden Teiles abhängig:

Bei der *einfachen Steißlage* (Abb. 105) geht der Operateur mit dem Zeigefinger und zwar bei 1. Stellung mit dem Zeigefinger der linken Hand und umgekehrt in die symphysenwärts stehende Leistenbeuge hakenförmig ein. Unter gleichzeitiger Kristeller-Expression durch eine Hilfsperson wird in Richtung der Führungslinie gezogen. Die freie Hand vermag zunächst die Traktionen dadurch zu unterstützen, daß sie über das Handgelenk der inneren Hand greift. Später sucht sie die hintere Leistenbeuge auf, um ebenfalls direkt am Kind zu extrahieren (Abb. 106). Bei den weiteren Traktionen muß der Geburtshelfer den natürlichen Drehungstendenzen des Geburtsobjektes folgen, was die Entwicklung zusätzlich erleichtert.

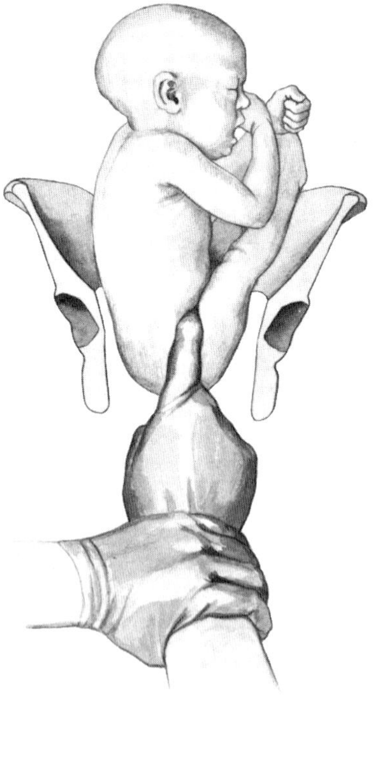

Abb. 105 **Manuelle Extraktion des Steißes (I).** Der Zeigefinger der rechten Hand ist bei zweiter einfacher Steißlage in die vordere Leistenbeuge eingegangen. Die linke Hand faßt über das Handgelenk und unterstützt die Traktionen.

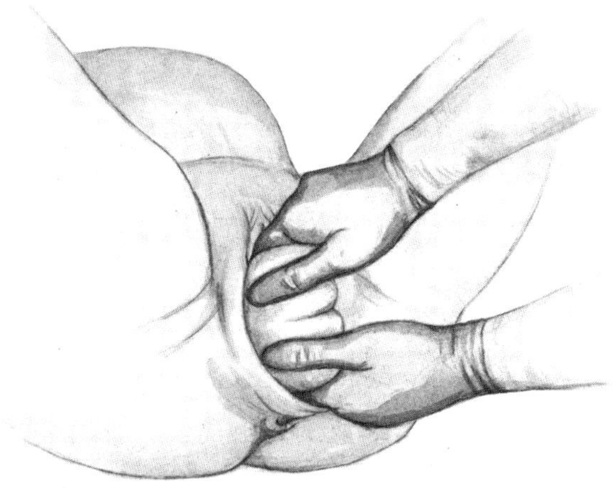

Abb. 106 **Manuelle Extraktion des Steißes (II).** Der Zeigefinger der linken Hand hat inzwischen in der hinteren Leistenbeuge nachgefaßt. Die Extraktion kann jetzt durch festes Fassen des knöchernen Beckenringes vollendet werden.

Bei den *Fußlagen* gelingt die manuelle Extraktion noch leichter, da hier lediglich das sich bietende Bein gefaßt werden muß (Abb. 107). An ihm wird ebenfalls unter KRISTELLER-Expression von oben in der Führungslinie gezogen, wobei die Zughand nach und nach aufwärts wandert, bis das Beckenende in der Vulva erscheint und mit beiden Händen gefaßt werden kann (Abb. 108). Auf diese Weise werden Gelenkverletzungen beim Kind vermieden. – Ist das führende Bein das hintere, was wegen des

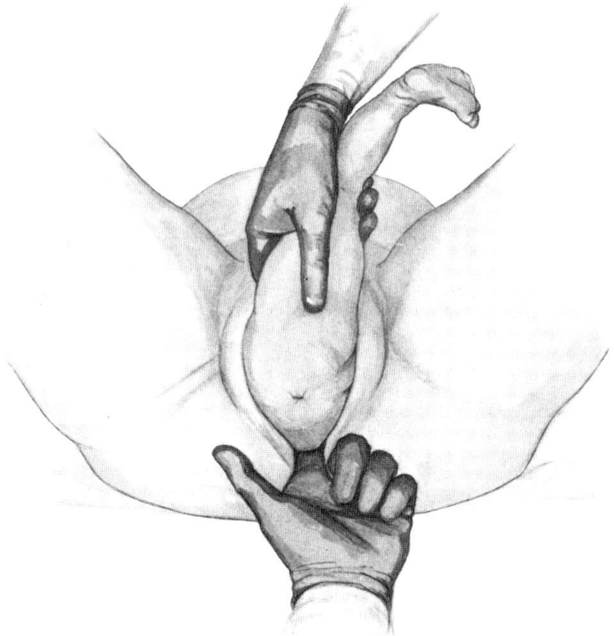

Abb. 107 **Manuelle Extraktion bei unvollkommener Fußlage (I).** Der Steiß ist in der Vulva sichtbar. Das geborene vordere Bein wird angehoben, um die hintere Leistenbeuge zugänglich zu machen.

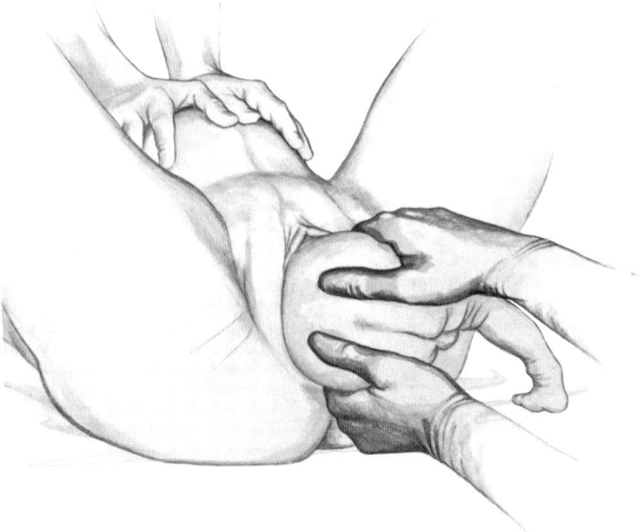

Abb. 108 **Manuelle Extraktion bei unvollkommener Fußlage (II).** Nach der Geburt des knöchernen Beckenringes wird dieser mit beiden Händen voll gefaßt und die Extraktion vollendet. Die gleichzeitig notwendige Expression nach Kristeller ist zu erkennen.

Bestrebens nach Abbiegungsübereinstimmung selten der Fall ist (S. 32), so muß länger und stärker nach hinten gezogen werden, bis die vordere Hüfte die Symphyse passiert hat.

Die Leichtigkeit, mit der das Kind bei der unvollkommenen und besonders bei der *vollkommenen Fußlage* zur Extraktion gefaßt werden kann, darf nicht Veranlassung sein, die Indikation zu dieser Operation großzügig zu stellen. Der relativ kleine Umfang des vorangehenden Teiles (S. 54) bringt in jedem Fall die Gefahr mit sich, daß der Kopf von der mangelhaft dilatierten Zervix festgehalten wird, und das Kind abstirbt. Stellt sich einmal der **unvollständig erweiterte Muttermund als Hindernis** der Entwicklung des Kopfes entgegen, so darf unter keinen Umständen mit gefährlichen und unnützen Extraktionsversuchen Zeit vergeudet werden. Vielmehr ist dem Vorschlag von Sauter zu folgen, den Kopf aus dem Becken hinauszuschieben, um so zunächst einmal die Nabelschnurkompression aufzuheben, womit sich der Operateur aus der Zeitnot befreit. Jetzt geht er mit 4 Fingern zwischen Kopf und Zervix ein und erreicht durch zirkuläre streichende Bewegungen zunehmend die Überwindung des Kontraktionsringes, bis der Muttermund reponiert werden kann.

Herunterholen eines Beines mit Extraktion

Das Herunterholen eines Beines bei der einfachen Steißlage stellt lediglich eine vorbereitende Maßnahme dar, die den Zweck hat, einen günstigeren Angriffspunkt am Kind zu finden. Sie ist indiziert, wenn der Steiß noch hochsteht, so daß er mit der Vakuumglocke nicht gefaßt werden kann.

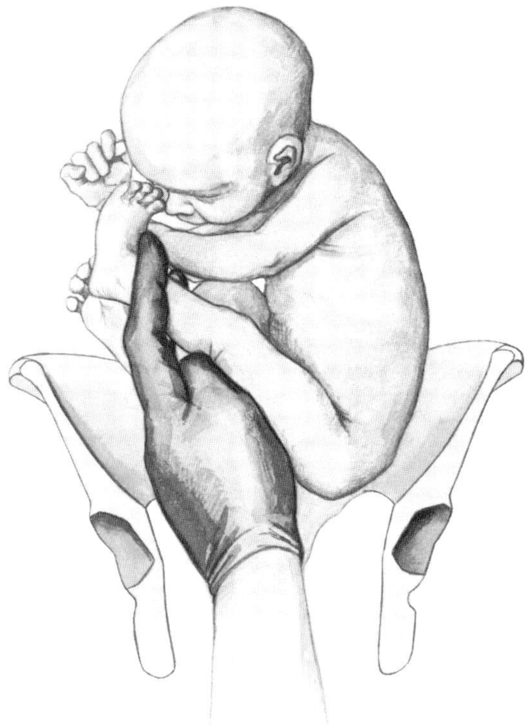

Abb. 109 **Das Herunterholen eines Beines.** Bei erster einfacher Steißlage ist mit der linken Hand eingegangen. Zeige- und Mittelfinger haben den vorderen Fuß gefaßt.

Technisch (Abb. 109) ist zu beachten, daß zu Beginn der Operation der Steiß aus dem Becken in das Cavum uteri geschoben werden muß, da anderenfalls Frakturen des Oberschenkels und evtl. Zervixrisse die Folge sind. Der Operateur geht in Allgemeinanästhesie mit der Hand, die der Bauchseite des Kindes entspricht, in den Geburtskanal ein, drängt den Steiß nach oben, leitet den vorderen Fuß mit Zeige- und Mittelfinger heraus und setzt dann die Extraktion wie bei der unvollkommenen Fußlage fort. Die Beschränkung auf das Herunterholen *eines* Beines ist erforderlich, um den Umfang des vorangehenden Teiles für den Durchtritt des nachfolgenden Kopfes nicht unnötig zu vermindern (S. 54).

Bei abgestorbenem Kind und verzögertem Verlauf der Geburt kann das Herunterholen des Beines schon während der Eröffnungsperiode geschehen, sobald die Geburtshelferfinger an den Fuß herankommen. Der herausgestreifte Fuß wird angeschlungen und mit einem Dauerzug von 500 g bis 1000 g Gewicht belastet. Die Extraktion kann vollendet werden, sobald sich der Muttermund vollständig erweitert hat.

Zangenextraktion des Steißes

Die besonders von A. Döderlein und Nürnberger empfohlene Zangenextraktion des tiefstehenden Steißes ist durch das manuelle Vorgehen und die Vakuumextraktion heute weitgehend ersetzt. Steht die zuletzt genannte nicht zur Verfügung, so ist es mit der Kopfzange relativ leicht möglich, den Steiß zu entwickeln. Beim Anlegen des Instrumentes ist darauf zu achten, daß es nicht über den Bauch, sondern quer oder schräg an den Steiß gebracht wird. Hierzu sind die Modelle von KJELLAND und SHUTE besonders geeignet (S. 87). Auch ist es wie bei der Vakuumextraktion ratsam, die instrumentellen Traktionen so bald als möglich durch manuelle Handgriffe zu unterstützen, indem bei liegender Zange mit dem einen Zeigefinger in die vordere Leistenbeuge eingegangen wird (H. MARTIUS), oder sogar zu ersetzen.

Entwicklung der Schultern und Arme

Die Notwendigkeit, die Arme bei der Beckenendlagengeburt gesondert zu entwickeln, ergibt sich aus zwei Gründen und zwar, wenn sie bei der Manualhilfe nicht spontan geboren werden (S. 106) und im Rahmen der Extraktion (S. 107). Die folgenden Handgriffe stehen zur Verfügung:

1. Kombinierte Armlösung nach BICKENBACH
2. Armlösung nach LÖVSET
3. Klassische Armlösung
4. Lösung des in den Nacken geschlagenen Armes
5. Lösung des Armes hinter der Symphyse

Die früher als Fortsetzung der Manualhilfe empfohlene **Armlösung nach Mueller** bietet gegenüber der kombinierten Armlösung keine Vorteile, ist andererseits in ihrem Erfolg unsicherer, so daß auf ihre Lehre und Anwendung verzichtet werden sollte (G. MARTIUS).

1. **Kombinierte Armlösung nach Bickenbach** (Abb. 110 und 111): BICKENBACH hat als Kombination der schonenden MUELLER-Armlösung und des eingreifenderen Vorgehens in Form der klassischen Armlösung die „kombinierte Armlösung" inauguriert. Bei ihr wird mit der Entwicklung des hinteren Armes begonnen und zwar so, daß die Beine mit der Hand, die der Bauchseite des Kindes entspricht, gefaßt und stark symphysenwärts angehoben werden. Die vom Rücken her kommende Hand sucht nun zunächst den hinteren Arm in der Kreuzbeinaushöhlung auf und streift ihn mit zwei Fingern über die Brustseite heraus. Der Daumen stützt dabei zur Vermeidung von

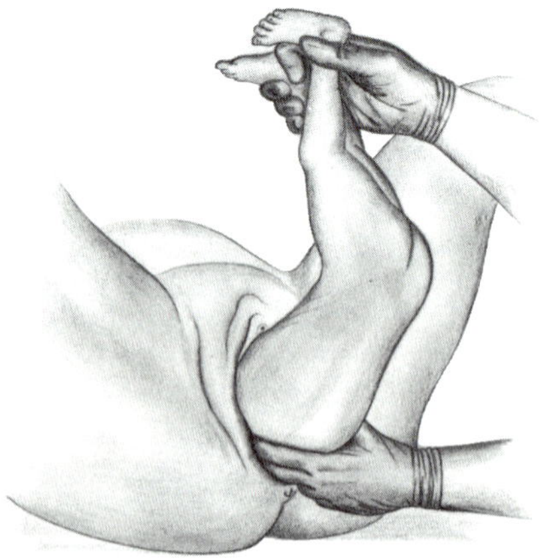

Abb. 110 **Kombinierte Armlösung nach Bickenbach (I).** Die Beine sind mit dem Knöchelgriff gefaßt, der Rumpf ist stark symphysenwärts angehoben. Die linke Hand streift vom Rücken herkommend den hinteren Arm aus der Kreuzbeinaushöhlung heraus.

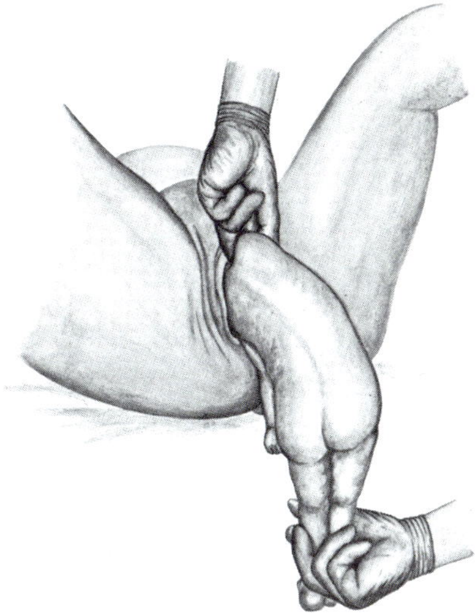

Abb. 111 **Kombinierte Armlösung nach Bickenbach (II).** Nach der Entwicklung des hinteren Armes ist der Rumpf stark gesenkt. Der vordere Arm wird ebenfalls vom Rükken herkommend über die Brustseite des Kindes herausgestreift.

Frakturen den Oberarm auf der Innenseite (Abb. 110). Zur Entwicklung des vorderen Armes müssen die Beine jetzt lediglich gesenkt werden, um diesen Arm unter der Symphyse herauszustreifen (Abb. 111).

2. **Armlösung nach Lövset** (Abb. 112 und 113): Kann bei der kombinierten Armlösung der erste, hintere Arm nicht leicht gewonnen werden, so wird auf die 1938 von LÖVSET empfohlene Armlösung übergegangen (MAUL, HOLLSTEIN, VON MIKULICZ-RADECKI, G. MARTIUS, u. a.). Andere Geburtshelfer, zu denen auch wir uns rechnen, neigen mehr und mehr dazu, die LÖVSET-Armlösung wegen der Einfachheit der Handhabung und der Sicherheit ihres Erfolges als Routinemethode an den Anfang der Bemühungen um die Schulter- und Armentwicklung zu stellen.

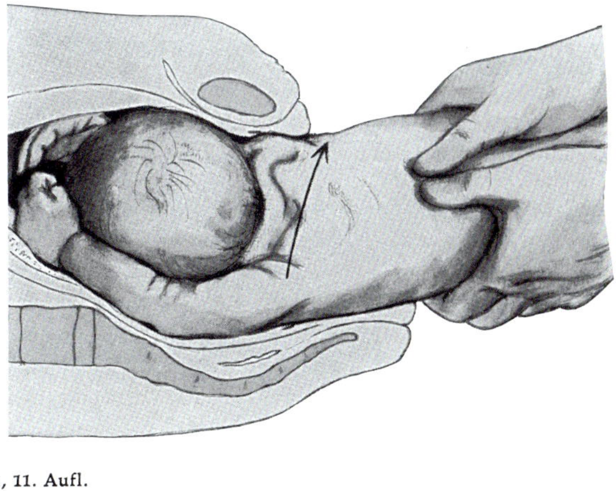

Abb. 112 **Armlösung nach Lövset (I).** Das Kind ist über dem Beckenring mit beiden Händen gefaßt. Der Pfeil zeigt die bevorstehende Bewegung: Anheben, Drehen und Senken des Rumpfes, bis die zunächst hintenstehende Schulter unter der Symphyse erscheint.

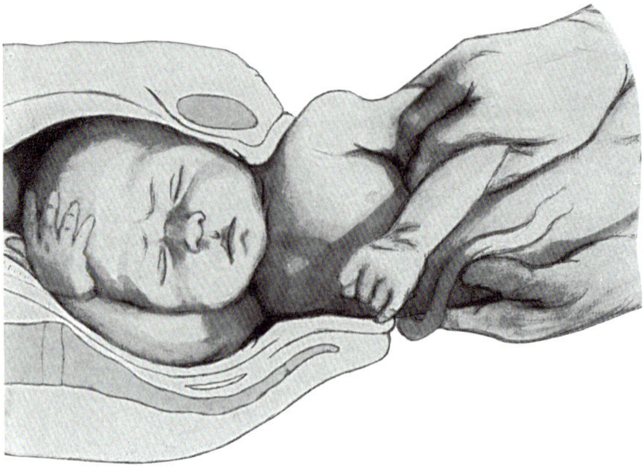

Abb. 113 **Armlösung nach Lövset (II).** Die hintere Schulter ist unter die Symphyse gedreht. Der dazugehörige Arm kann nun leicht vom Rücken her herausgestreift werden.

Die **Technik** der LÖVSET-Armlösung hat zum Prinzip, daß die Schultern nacheinander, d. h. zunächst die primär hinten stehende und dann die sekundär durch die erste Drehung nach hinten geratene Schulter von dorsal vor den aufsteigenden Schambeinast gebracht werden. Dies geschieht dadurch, daß das Kind mit beiden Händen über dem Beckenring gefaßt und der Rumpf stark symphysenwärts angehoben wird (Abb. 112). Anschließend wird der Rumpf mit dem Rücken nach vorn gedreht und dabei gesenkt. Dabei übernimmt der aufsteigende Schambeinast gleichsam die Funktion des Geburtshelferfingers, der den Arm herausstreift. So erscheint bei der Drehung, die nach vorn kommende Schulter unter der Symphyse. Fällt der dazugehörige Arm nicht von allein heraus, so wird er vom Rücken kommend herausgestreift (Abb. 113). Für den jetzt hintenstehenden zweiten Arm wiederholt sich das Vorgehen in gleicher Weise, aber in umgekehrter Drehrichtung.

Die drei übrigen Armlösungen, die „klassische Armlösung", die „Lösung des in den Nacken geschlagenen Armes" und die „Lösung des Armes hinter der Symphyse" wurden bei uns in den vergangenen 4 Jahren in keinem Fall einer Beckenendlagengeburt erforderlich (HESPE). Sie gehören zu den Eingriffen, die durch die sorgfältige Auswahl prognostisch ungünstiger Beckenendlagen und ihre Erledigung durch die Schnittentbindung wohl ganz aus der modernen Geburtshilfe verschwinden werden. Bis hierfür eine Bestätigung auch aus anderen Kliniken vorliegt, soll das Wesentliche der Technik wiedergegeben werden.

3. **Klassische Armlösung** (Abb. 110 und 114): Sie beginnt wie die kombinierte Armlösung mit der Lösung des hinteren Armes (Abb. 110). Gelingt jetzt die Lösung des vorn unter der Symphyse stehenden Armes nicht (Abb. 111), so muß die vordere Schulter in die mehr Raum bietende Kreuzbeinaushöhlung gebracht werden. Zu diesem Zweck wird der Brustkorb des Kindes in Höhe des Schultergürtels fest gefaßt; die Daumen liegen auf den Schulterblättern. Die Drehung der vorderen Schulter nach hinten erfolgt unter kurzen lüftenden Bewegungen in der Längsrichtung des Rumpfes, dem *„Stopfen"*, mit dem das Kind immer wieder aus dem beckenbodenwärts gerichteten Gewinde des Geburtskanales hinausgeschoben wird (Abb. 114). Die Drehung erfolgt in der Richtung, bei der der Rücken die Symphyse passiert. Steht die vordere Schulter in der Kreuzbeinaushöhlung, so wird der Rumpf mit Hilfe der Beine wieder angehoben und der Arm vom Rücken her herausgestreift (Abb. 110).

Der Unterschied zwischen der „klassischen Armlösung" und der „kombinierten Armlösung" besteht also darin, daß nach der Lösung des hinteren Armes aus der Kreuzbeinaushöhlung,

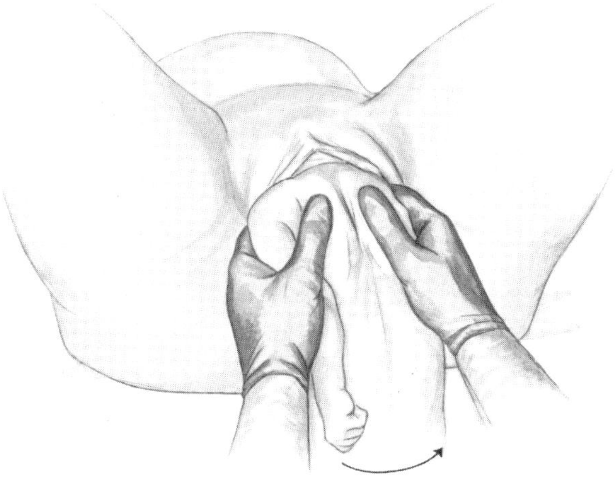

Abb. 114 **Das Stopfen bei der klassischen Armlösung.** Nach Lösung des hinteren Armes wird die Frucht mit beiden Händen über dem Schultergürtel gefaßt. Der bereits gelöste Arm wird von der linken Hand mit gehalten. Der Pfeil zeigt die Drehrichtung während des Stopfens.

die bei beiden gleich ist, bei der kombinierten Armlösung der vorn stehende Arm unter der Symphyse herausgestreift wird, bei der klassischen Armlösung aber zunächst durch Stopfen nach hinten gebracht und hier gelöst wird.

4. **Lösung des in den Nacken geschlagenen Armes** (Abb. 115): Ist der als erster zu lösende, nicht in den Nacken geschlagene Arm — sei es nun vorn oder hinten stehend — herausgestreift worden, so wird der Rumpf des Kindes unter stopfenden Bewegungen (S. 114) gedreht und zwar jetzt in der Richtung, in der der Arm zeigt. Auf diese Weise gelangt der Arm auf die Brustseite des Kindes, da er während des Stopfens von der Beckenwand zurückgehalten wird. Evtl. muß in Kauf genommen werden, daß sich der Rücken dabei nach hinten dreht (S. 117).

5. **Lösung des Armes hinter der Symphyse:** Die Entwicklung eines oder beider Arme hinter der Symphyse bei hintenstehendem Rücken gelingt zumeist mit der Armlösung nach Lövset (S. 113), bei der die Schulterbreite anstatt um 180 ° um 270 ° gedreht werden muß. Ist dies nicht möglich, so wird das Kind an den Beinen gefaßt und stark symphysenwärts angehoben. Die Hand des Geburtshelfers geht von hinten kommend seitlich an der Schulter vorbei und streift den jeweiligen Arm unter gleichzeitigem Senken des kindlichen Rumpfes unter der Symphyse heraus.

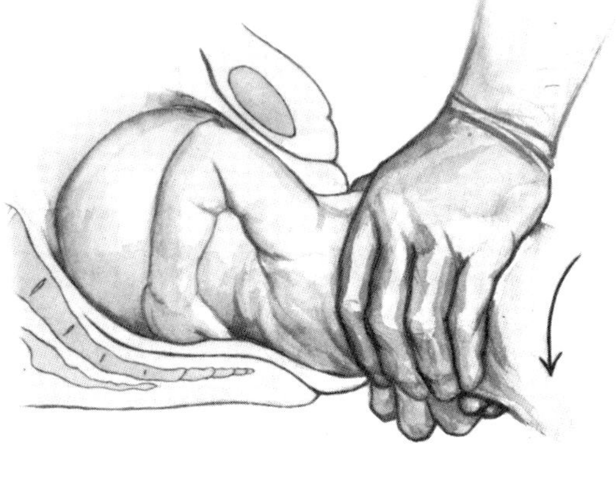

Abb. 115 **Lösung des vorderen, in den Nacken geschlagenen Armes.** Während des Stopfens muß der Rumpf mit dem Rücken kreuzbeinwärts gedreht werden.

Entwicklung des nachfolgenden Kopfes

Die Notwendigkeit einer gesonderten Entwicklung des nachfolgenden Kopfes nach der Geburt des Steißes und der Schultern ergibt sich in folgenden Situationen:

1. wenn der Kopf beim Bracht-Handgriff nicht leicht über den Damm tritt (S. 106),
2. wenn der nachfolgende Kopf besonders schonend entwickelt werden soll wie z. B. bei unreifen Kindern,
3. wenn eine Armlösung erforderlich war.

Die folgenden *Handgriffe* stehen zur Verfügung:

1. Handgriff nach Veit-Smellie
2. Umgekehrter Handgriff nach Veit-Smellie
3. Umgekehrter Prager Handgriff

1. **Handgriff nach Veit-Smellie** [1]) (Abb. 116 und 117): Der Handgriff nach Veit-Smellie dient der Entwicklung des nachfolgenden Kopfes, der bereits in das kleine Becken eingetreten ist und sich mit dem Nacken symphysenwärts gedreht hat. Zunächst legt man das Kind mit der Bauchseite bei linker Beckenendlage auf den linken, bei rechter Beckenendlage auf den rechten Unterarm, auf dem man es reiten läßt. Der Zeigefinger geht zur Korrektur der Haltung und Einstellung in den Mund des Kindes bis auf den Zungengrund, während Daumen und Mittelfinger zur Vermeidung von Kieferluxationen den Unterkiefer stützen. Die äußere Hand greift hakenförmig mit Zeige- und Mittelfinger über die Schultern. Die Entwicklung des Kopfes erfolgt dann

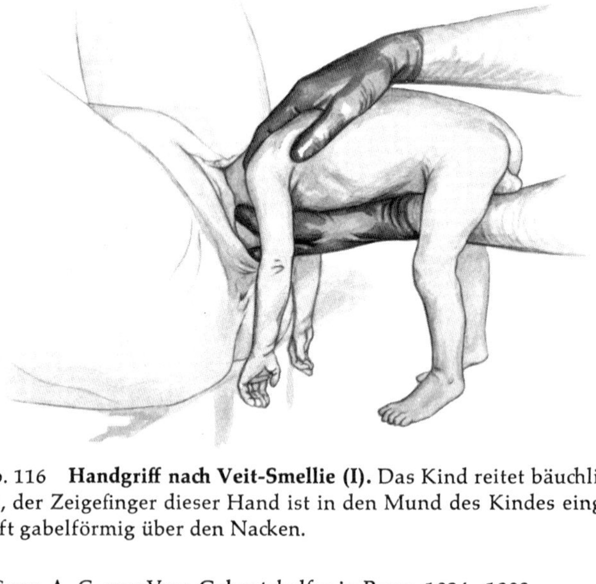

Abb. 116 **Handgriff nach Veit-Smellie (I).** Das Kind reitet bäuchlings auf dem linken Unterarm, der Zeigefinger dieser Hand ist in den Mund des Kindes eingegangen. Die rechte Hand greift gabelförmig über den Nacken.

[1]) Gust. A. C. von Veit, Geburtshelfer in Bonn, 1824—1903
William Smellie, Geburtshelfer in London, 1697—1763

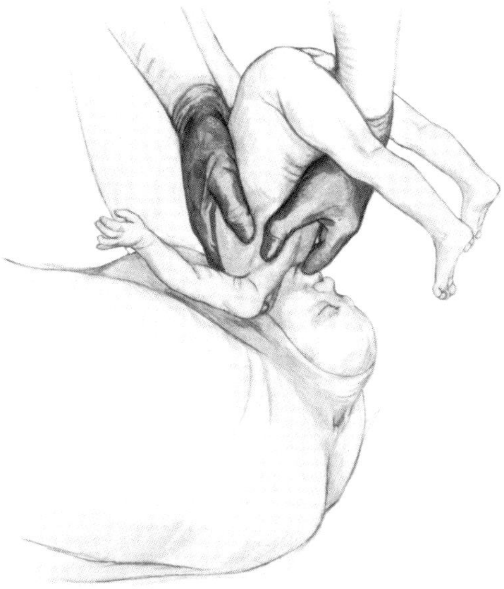

Abb. 117 **Handgriff nach Veit-Smellie (II).** Nach Erreichen des Stemmpunktes werden Gesicht und Hinterhaupt über den Damm entwickelt. Dazu wird der Rumpf unter Beibehaltung der Beugung des Kopfes symphysenwärts angehoben.

so, daß er abwärts gezogen wird, bis sich der Nacken als Stemmpunkt in den Schambogen einlegt, um dann mit der inneren Hand langsam nacheinander Kinn, Gesicht, Stirn und Hinterhaupt über den Damm zu leiten. Hierbei wird der Kindskörper zunehmend angehoben (Abb. 117).

Hat der nachfolgende Kopf nach der Lösung der Arme den Beckenboden noch nicht erreicht, so haben die ersten Traktionen die Aufgabe, dies nachzuholen, wobei zugleich die meist noch fehlende Beugung und Drehung des Kopfes beachtet werden muß. Der Zeigefinger, der den Mund aufsucht, findet diesen mehr oder weniger seitlich hochstehend. Dieser hoch begonnene Handgriff nach VEIT-SMELLIE wird auch als **„Handgriff nach Wigand-Martin-Winckel"** bezeichnet. Evtl. kann der Geburtshelfer auch bei schwer in das Becken folgendem Kopf zunächst der Empfehlung von NAUJOKS folgen (Abb. 118) und von vorn und hinten über die Schultern des Kindes fassen. Auf diese Weise läßt sich der Kopf noch wirksamer in das Becken ziehen. Seine endgültige Entwicklung erfolgt dann mit dem Handgriff nach VEIT-SMELLIE.

2. **Umgekehrter Handgriff nach Veit-Smellie:** Ist der Nacken bei der Entwicklung des nachfolgenden Kopfes kreuzbeinwärts gerichtet, so läßt man das Kind mit dem Rücken auf dem Unterarm reiten. Zeigefinger und Mittelfinger der gleichen Hand greifen nun von hinten hakenförmig über den Nacken, während der Zeigefinger der vorderen Hand in den Mund des Kindes eingeht, um bei der Abbiegung das Bestehenbleiben der Beugehaltung sicherzustellen. Stemmpunkt ist die große Fontanelle.

3. **Umgekehrter Prager Handgriff** [1]: Steht der Nacken kreuzbeinwärts und ist gleichzeitig der Kopf deflektiert, so daß der Mund hinter der Symphyse nicht erreichbar ist,

[1] Die Bezeichnung dieses Handgriffes geht auf die beiden Prager Geburtshelfer KIWISCH (1814—1851) und SCANZONI (1821—1891) zurück.

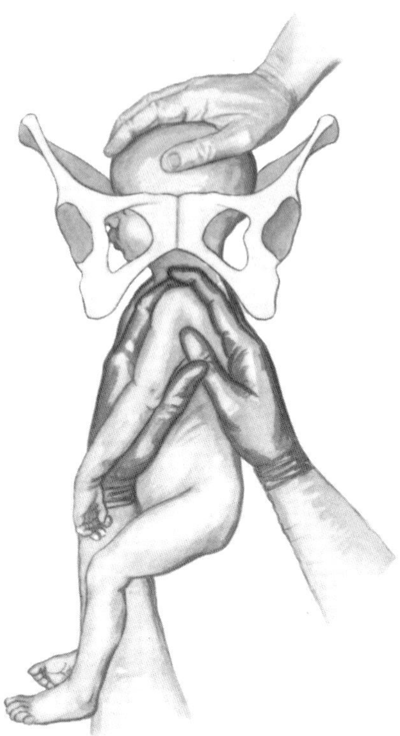

so muß der umgekehrte Handgriff nach VEIT-SMELLIE durch den umgekehrten Prager Handgriff ersetzt werden. Zu diesem Zweck muß die vordere Hand zurückgenommen werden, um die Beine des Kindes mit dem Knöchelgriff zu fassen. Auf diese Weise läßt sich jetzt der Kindskörper in einem großen Bogen auf den Bauch der Mutter hinführen. Dieser Bewegung folgend tritt das Hinterhaupt durch die Kreuzbeinaushöhlung hindurch und über den Damm. Stemmpunkt ist bei dieser Art der Kopfgeburt der Kehlkopf.

Abb. 118 **Handgriff nach Naujoks.** Zur Entwicklung des hochstehenden nachfolgenden Kopfes faßt der Geburtshelfer mit beiden Händen gabelförmig über die Schultern, um den Kopf in den Beckeneingang hineinzuziehen.

Der *„Prager Handgriff"* ist durch den Handgriff nach VEIT-SMELLIE heute ganz ersetzt, da es bei den dorsoanterioren Beckenendlagengeburten immer gelingt, den Mund des Kindes zu erreichen.

Die *Zangenextraktion des nachfolgenden Kopfes* ist anstelle schwieriger manueller Entwicklungsversuche vor allem durch A. DÖDERLEIN, GREENHILL, NÜRNBERGER u. a. empfohlen worden. In einigen ausländischen Geburtshelferschulen wie z. B. in den USA und in Südafrika wird sie im Anschluß an die Extraktion grundsätzlich empfohlen. Wird sie einmal notwendig, so sind hierzu die Zangenmodelle von KJELLAND und SHUTE zu bevorzugen (S. 87).

Schnittentbindung bei Beckenendlage

Die Schnittentbindung hat in der Behandlung der Beckenendlagengeburt in den letzten Jahren zunehmend an Bedeutung gewonnen. Bei der Indikationsstellung finden einmal anamnestische Angaben Berücksichtigung, die die Zuordnung zu einer *Risikogeburt* erforderlich machen (S. 63); die zusätzliche erhöhte Gefährdung des Kindes durch die Poleinstellungsanomalie wird hier nicht in Kauf genommen. Daneben sind es eine Reihe *spezifischer Faktoren*, die die geburtsmechanische Regelwidrigkeit selbst mit sich bringt: eine Übergröße des Kindes bzw. der Verdacht auf ein Mißverhältnis zwischen Geburtsobjekt und Geburtskanal, e'n zu Geburtsbeginn noch hochstehender Steiß, ein ungünstiger Portiobefund und eine bereits in der Eröffnungsperiode erkennbare Geburtsverzögerung. Der Versuch, die wichtigsten Kriterien zu objektivieren, stellt der *„Prognose-Index"* von ZATUCHNI u. ANDROS dar (Tab. 7). Bei einem Score von 3 und weniger ist die Schnittentbindung angezeigt; demgegenüber wurden von den Autoren bei Werten von 5 und mehr in keinem Fall Schwierigkeiten bei der Geburt auf vaginalem Wege beobachtet. Es ist nach allem zu erwarten, daß es mit einer großzügigeren Indikationsstellung mit einer Sectio-Frequenz von etwa 20 % bis 30 % gelingt, die mit 5 % bis 10 % noch immer überhöhte perinatale Sterblichkeit der reifen Kinder wesentlich zu senken (HOLLSTEIN, HALL u. Mitarb., MORGAN, LANKA u. NELSON, u. a.).

Mit dem hier aufgezeigten Vorgehen bei der Leitung der Beckenendlagengeburt und einer Sectio-Frequenz von 31 % ist es uns bei 216 Beckenendlagen der letzten 4 Jahre gelungen, jeden Todesfall eines reifen Kindes zu vermeiden. Die **gereinigte perinatale Sterblichkeit** (nach Abzug der lebensunfähigen Mißbildungen und der Kinder mit Geburtsgewichten unter 1000 g) betrug 3,9 %.

Tabelle 7 Prognose-Index für die Leitung der Beckenendlagengeburt (nach ZATUCHNI u. ANDROS)

SCORE	0	1	2
Parität:	Primipara	Multipara	
Schwangerschaftswoche:	39. Woche u. mehr	38. Woche	37. Woche
Geschätztes Geburtsgewicht:	3600 g u. mehr	3600—3200 g	3200 g u. weniger
Vorangegangene BEL (> 2500 g):	0	1	2 u. mehr
Muttermundsweite:	2 cm	3 cm	4 cm u. mehr
Höhenstand d. vorangeh. Teiles:	zwischen oberem und unterem Schoßfugenrand	unterer Schoßfugenrand	interspinal

Literatur

BRACHT, E.: Zur Beckenendlagen-Behandlung. Geburtsh. u. Frauenheilk. *25* (1965) 635

DIETEL, H., G. KEDING: Der Wandel in den geburtshilflichen Operationen der letzten 30 Jahre. Med. Welt 1964, 1679

EVELBAUER, K.: Vakuum-Extraktion. Arch. Gynäk. *198* (1963) 523

HALL, J. E., S. G. KOHL, F. O'BRIEN, M. GINSBERG: Breech presentation and perinatal mortality. Amer. J. Obst. Gynec. *91* (1965) 665

HOLLSTEIN, K.: Erfahrungen mit der Schulterentwicklung nach Lövset bei der Beckenendlage. Geburtsh. u. Frauenheilk. *14* (1954) 1018

HOLLSTEIN, K.: Die Stellung des Kaiserschnittes bei der Behandlung der Beckenendlagengeburt. Geburtsh. u. Frauenheilk. *19 (1959)* 843

KESSLER, A.: Unsere Erfahrungen mit dem Vacuumextraktor. Geburtsh. u. Frauenheilk. *21* (1961) 479

KUBES, Z.: Methods of breech delivery, J. Newark City Hospit. 2 (1965) 90

LANKA, L. D., H. B. NELSON: Breech presentation with low fetal mortality. Amer. J. Obstet. Gynec. *104* (1969) 879

LÖVSET, J.: Schulterentwicklung ohne Armlösung bei natürlicher und künstlicher Beckenendlage. Arch. Gynäk. *161* (1936) 397

MARTIUS, G.: Zur Geburtshilfe bei Beckenendlagen. Einige operationstechnische und didaktische Bemerkungen. Zbl. Gynäk. *86* (1964) 91

MARTIUS, H.: Geburtshilfliche Operationen, 9. Aufl. Thieme, Stuttgart 1962

MAUL, G.: Über eine einfache Methode zur Entwicklung der Arme bei Beckenendlage. Geburtsh. u. Frauenheilk. *12* (1952) 70

VON MIKULICZ-RADECKI, F.: Über eine einfache Methode zur Entwicklung der Arme bei Beckenendlage. Geburtsh. u. Frauenheilk. *12* (1952) 757

MORGAN, H. S.: The management of breech presentation. „La prophylaxie en gynécologie et d'obstétrique", Congrès international de gynécologie et obstétrique. Genève 1954

SAUTER, H.: Der unvollständig eröffnete Muttermund als Hindernis bei der Beckenendlagengeburt. Schweiz. med. Wschr. *93* (1963) 678

THIESSEN, P.: Die eigene Geburtsleitung bei Beckenendlage und ihr Gegensatz zur Schul- oder Lehrauffassung. Geburtsh. u. Frauenheilk. *24* (1964) 661

WOLFF, C.-H.: Über die Entwicklung von Frühgeburten aus Beckenendlage. Zbl. Gynäk. *86* (1964) 1488

ZATUCHNI, G. I., G. J. ANDROS: Prognostic index for vaginal delivery in breech presentation at term. Amer. J. Obstet. Gynec. *98* (1967) 854

Wendungsoperationen

Die Wendungsoperationen haben das Ziel, eine ungünstige Kindslage in eine günstigere zu verwandeln. Wir unterscheiden:

1. Äußere Wendung
2. Innere Wendung

Die **äußere Wendung** besteht in der Umwandlung einer Beckenendlage oder Querlage in eine Schädellage allein durch äußere Handgriffe. Diese vor Wehenbeginn, zumeist also im Rahmen der Schwangerenvorsorge auszuführende Operation wurde bereits auf S. 71 besprochen.

Die **innere Wendung** hat demgegenüber zur Aufgabe, mit der in die Uterushöhle eingeführten Hand unter Mithilfe durch äußere Manipulationen eine Fußlage herzustellen. Die daraus zu ersehende Notwendigkeit der engen, sich verstehenden Zusammenarbeit beider Geburtshelferhände hat dieser Operation auch die Bezeichnung „kombinierte Wendung" eingebracht (H. Martius). Sie wird heute fast ausschließlich in Form der sog. *direkten Wendung* bei vollständig erweitertem Muttermund vorgenommen, bei der die Extraktion des Kindes unmittelbar angeschlossen wird. Die im Verlauf der Eröffnungsperiode erfolgende *Zweifingerwendung* nach Braxton Hicks oder auch *indirekte Wendung* ist von der heutigen Geburtshilfe indessen weitgehend verlassen worden.

Vorbedingungen für die innere Wendung

Die Ausführung einer inneren Wendung ist an bestimmte, streng zu beachtende Vorbedingungen gebunden. An erster Stelle ist die *Geburtsmöglichkeit auf normalem Wege* zu nennen. Der Notwendigkeit, ein unüberwindliches Mißverhältnis zwischen Geburtsobjekt und Geburtskanal auszuschließen, kommt deshalb Bedeutung zu, da das enge Becken zu den typischen Ursachen der Querlage zu rechnen ist (S. 58, Tab. 4). Zum zweiten kann die innere Wendung nur gelingen, wenn eine *ausreichende Beweglichkeit* des Kindes gegeben ist. Als Gegenindikationen haben deshalb ein längere Zeit zurückliegender Fruchtwasserabgang, eine Oligohydramnie und der straffe Uterus der Erstgebärenden Anerkennung zu finden.

Die innere Wendung muß in tiefer *Allgemeinanästhesie* ausgeführt werden, da sie eine bessere Beweglichkeit der Frucht garantiert und damit verständlicherweise sowohl die Gefahr einer violenten Uterusruptur als auch die Verletzungsgefahr für das Kind verringert.

Die *Lagerung* der Kreißenden erfolgt im Querbett in Rückenlage bei gleichzeitiger Beckenhochlagerung.

Vor Beginn der Operation ist die *Erhebung des geburtshilflichen Befundes* unerläßlich. Die Diagnose der ersten oder zweiten Querlage, von der die Wahl der inneren Hand mitbestimmt wird (s. u.), läßt sich durch die äußere Untersuchung am Ballottement und durch die innere Palpation am Achselschluß stellen. Die Stellung des Rükkens, die die Wahl des herunterzuholenden Fußes beeinflußt (s. u.), wird mit Hilfe der LEOPOLD-Handgriffe und der Festlegung des Punctum maximum der Herztöne erkannt.

Innere Wendung bei Querlage auf den Fuß

Nach Desinfektion der Vulva und Entleerung der Blase mittels des Katheters sollte der Operateur entgegen den Empfehlungen von SELLHEIM bei erster Querlage zunächst von der Kreißenden aus gesehen etwas nach rechts, bei zweiter Querlage etwas nach links herübertreten, da die innere Hand von hier aus den Kopf des Kindes leichter zu erreichen vermag.

Für die *Wahl der inneren Hand* gilt die Regel, daß sie dem Beckenende des Kindes entsprechen, d. h. daß es bei erster Querlage die linke, bei zweiter Querlage die rechte Hand sein soll. Auf diese Weise wird das Herunterholen des Fußes erleichtert. Bei der Seltenheit, mit der auch der klinisch tätige Geburtshelfer heute eine innere Wendung auszuführen hat, erscheint es mir jedoch wichtiger, die schwierigen inneren Manipulationen der geschickteren, bei Rechtshändern also der rechten Hand zu überlassen. Diese Empfehlung ist um so mehr gerechtfertigt, da bei Rückenlage der Kreißenden ohne weiteres auch mit gekreuzten Händen operiert werden kann. Lediglich bei der von einigen wenigen Geburtshelfern bevorzugten Seitenlagerung ergeben sich hier Schwierigkeiten.

Das *Einführen der Hand* geschieht nach Spreizen der Labien mit konisch zusammengelegten Fingern. Zunächst wird in die Scheide und dann unter leicht drehenden Bewegungen und unter gleichzeitiger Stützung des Fundus uteri mit der Hand ganz in die Gebärmutterhöhle eingegangen. Es ist als Fehler anzusehen, wenn mit der inneren Wendung begonnen wird, bevor die Hand den inneren Muttermund überwunden hat, da hierdurch unnötig Zeit vergeudet wird. Wenn die *Fruchtblase* noch steht, wird sie erst gesprengt, nachdem sich die Hand ganz in der Scheide befindet und zwar entweder mit den Fingern oder mit einer an ihnen vorbeigeführten Kornzange, damit das Fruchtwasser nicht vor Beginn der Wendung abfließt.

Bei der nun beginnenden eigentlichen *inneren Wendung* ist es als erstes die Aufgabe der inneren Hand, den Kopf soweit als möglich nach oben abzudrängen und ihn hier der äußeren Hand zu übergeben, um den Beckeneingang freizubekommen. Erst jetzt wird vom Geburtshelfer die von SELLHEIM als „situationsgerechte Position" bezeichnete Stellung eingenommen, indem er bei erster Querlage etwas nach links, bei zweiter Querlage etwas nach rechts herübertritt. Die innere Hand kann so leichter am Rumpf, Oberschenkel und Unterschenkel des Kindes abwärtswandern und den Fuß aufsuchen, auf den gewendet werden soll (s. u.). Dieser „Umweg" der inneren Hand garantiert am ehesten, daß der richtige Fuß gefunden und eine Verwechslung mit einer Hand vermieden wird. Ist der Fuß gefaßt, dann unterstützt die äußere Hand die jetzt folgende Drehung des Kindes, indem sie abwechselnd den Steiß der an dem Fuß ziehenden Hand entgegendrückt und den Kopf weiter in den Fundus uteri leitet. Diese gemeinsamen Manipulationen der inneren und äußeren Hand (Abb. 119) werden solange fortgesetzt, bis der Fuß bis zum Knie aus der Vulva herausgeleitet werden kann (Abb. 120) und dort stehenbleibt, d. h. als Zeichen der vollständigen Drehung des Kindes nicht wieder zurückweicht. Dann ist die Wendung vollendet.

Die *Wahl des kindlichen Fußes,* auf den gewendet werden soll, hat auf die der Wendung folgende Extraktion Rücksicht zu nehmen und zwar in zweierlei Hinsicht. Einmal ist zu beachten, daß der Umfang des vorangehenden Teiles möglichst groß gehalten wird, um die Entwicklung des nachfolgenden Kopfes weitgehend zu erleichtern. Dies gelingt dadurch, daß bei der inneren Wendung nach Möglichkeit nur ein Fuß heruntergeholt wird (S. 54). Zum zweiten muß für die Extraktion die Abbiegungsübereinstimmung beachtet werden, die dann gegeben ist, wenn auf den vorderen Fuß gewendet wird (S. 32). Damit kann aber zugleich verhindert werden, daß das Kind mit der Hüfte des vorderen hochgeschlagenen Beines auf der Symphysenoberkante aufsetzt. Hieraus ergeben sich in Abhängigkeit von der Stellung des Rückens die folgenden Regeln:

1. Bei der **dorsosuperioren Querlage** wird auf den vorderen Fuß gewendet, der während der Wendung der vordere bleibt.
2. Bei der **dorsoanterioren Querlage** wird auf den unteren Fuß gewendet, der durch die Wendung zum vorderen wird.

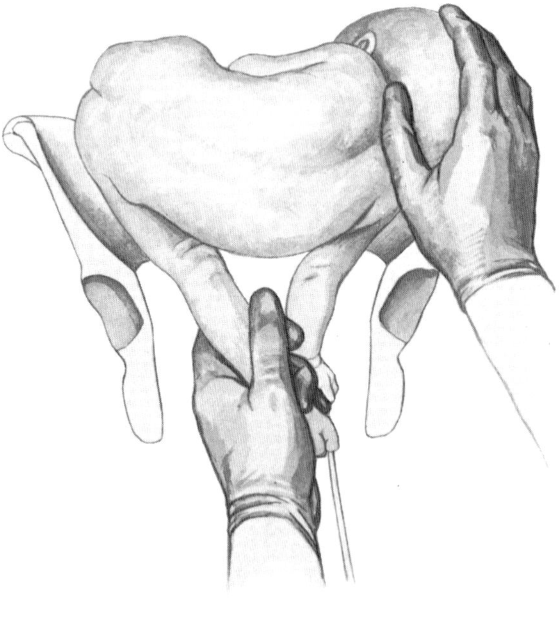

Abb. 119 **Innere Wendung bei erster dorsoanteriorer Querlage (I).** Das Zusammenspiel beider Hände ist deutlich zu erkennen. Nachdem die äußere Hand den nach oben gedrängten Kopf übernommen hat, hat die innere Hand den unteren Fuß gefaßt. Der vorgefallene Arm ist angeschlungen.

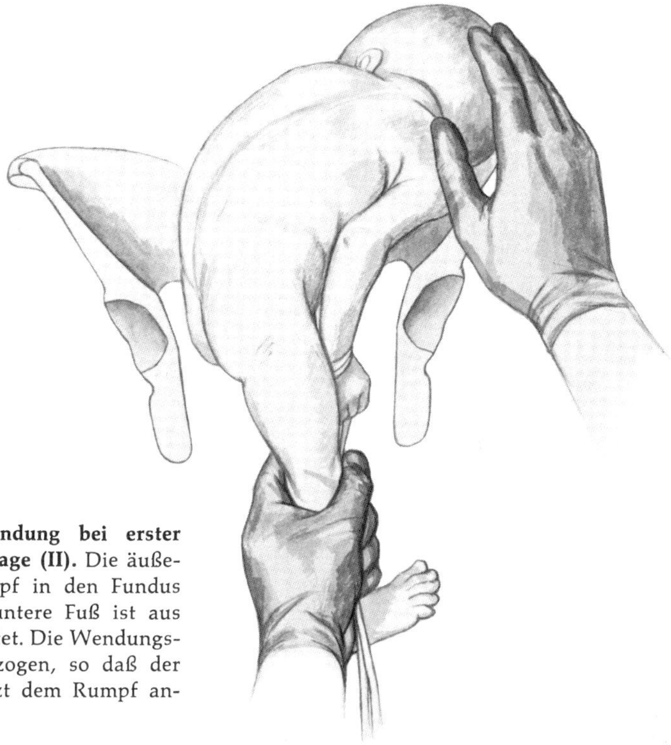

Abb. 120 **Innere Wendung bei erster dorsoanteriorer Querlage (II).** Die äußere Hand hat den Kopf in den Fundus uteri gedrängt. Der untere Fuß ist aus der Vulva herausgeleitet. Die Wendungsschlinge ist straff gezogen, so daß der vorgefallene Arm jetzt dem Rumpf anliegt.

3. Bei der **dorsoinferioren Querlage** würde die Wendung auf den hinteren Fuß eine erhebliche axiale Drehung des Fruchtkörpers mit sich bringen, während das Herunterholen des vorderen Fußes diesen zum hinteren werden ließe. Deshalb gilt der Rat, hier auf beide Füße zu wenden.

4. Bei der **dorsoposterioren Querlage** ergibt sich die gleiche Problematik. Zur Vermeidung einer stärkeren axialen Drehung des Fruchtkörpers bei Gewinnung des oberen Fußes und des Biegungsdiffizillimum durch Herunterholen des unteren Fußes wird auch hier auf beide Füße gewendet.

Im Zweifelsfall, d. h. bei Schwierigkeiten der intrauterinen Orientierung ist dem Anfänger zu raten, den sich darbietenden Fuß zu ergreifen, um unnötige Zeitverluste zu vermeiden. Dies hat um so mehr Berechtigung, als die Traktionen an einem zufällig gewonnenen hinteren Fuß häufig dazu führen, daß sich der Rumpf am Knie des Geburtskanales um 180 ° dreht, bis der vorangehende Fuß zum vorderen geworden ist, die Abbiegungsübereinstimmung also hergestellt ist.

Bei einem *Armvorfall* bei Querlage gilt ohne Ausnahme die Regel, daß der Arm vor Beginn der Operation anzuschlingen ist. Auf diese Weise erspart man sich dessen spätere Lösung, was wiederum einer wesentlichen Erleichterung der Extraktion gleichkommt. Ein steriles Leinenband wird oberhalb des Handgelenkes befestigt (Abb. 121),

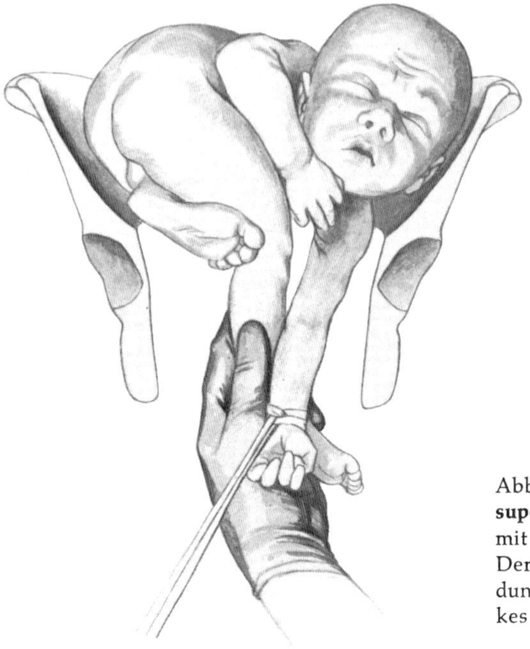

Abb. 121 **Innere Wendung bei dorsosuperiorer Querlage.** Der vordere Fuß ist mit der linken Geburtshelferhand gefaßt. Der vorgefallene Arm ist mit einer Wendungsschlinge oberhalb des Handgelenkes angeschlungen.

um es zunächst ohne Zug zu lassen, d. h. locker in eine Leistenbeuge der Kreißenden zu legen. So kann der Arm bei der inneren Wendung mit nach oben gleiten. Erst nach Vollendung der Wendungsoperation wird die Schlinge angezogen und straff gehalten (Abb. 120), so daß der Arm am Rumpf entlang gestreckt ist, und bei der Extraktion das Hochschlagen verhindert wird. Nach Sichtbarwerden des unteren Schulterblattwinkels läßt sich die dazugehörige Schulter leicht durch alleiniges Anheben oder Senken des Rumpfes gewinnen, je nachdem, ob es sich um den hinteren oder vorderen Arm gehandelt hat. Die Lösung des zweiten Armes kann ohne Mühe folgen.

Die *Extraktion des Kindes* wird an die innere Wendung nach einer Pause von wenigen Sekunden angeschlossen. In dieser Zeit, in der das Kind losgelassen wird, beobachtet man, nach welcher Seite sich der kindliche Rücken drehen will. Während der Traktionen ist diesem Wunsch des Kindes nachzukommen. Die Technik ist im einzelnen auf S. 108 beschrieben. Die auf FRITSCH [1]) und WINTER [2]) zurückgehende Empfehlung, die Extraktion der inneren Wendung folgen zu lassen, hat die Erkenntnis zur Grundlage, daß anderenfalls etwa die Hälfte aller Kinder an einer Nabelschnurkomplikation oder einer Ablösung der Plazenta zugrunde gehen. Für die Kreißende bringt das Vorgehen den Vorteil, daß die Narkose zur Beendigung der Geburt ausgenutzt wird.

[1]) HEINRICH FRITSCH, Geburtshelfer in Bonn, 1844—1915
[2]) G. G. WINTER, Geburtshelfer in Königsberg, 1856—1946

Innere Wendung bei Kopflage auf den Fuß

Technisch schwieriger ist die Wendung bei Kopflage auf den Fuß. Sie wird ebenfalls durch kombinierte Handgriffe ausgeführt, wobei als innere Hand diejenige fungiert, die der Bauchseite des Kindes entspricht. Nach dem Eingehen in den Uterus ist es besonders wichtig, daß der Kopf zunächst so weit als möglich nach oben abgedrängt wird. Unter Mitwirkung der äußeren Hand gelingt es auf diese Weise manchmal, einen wesentlichen Teil der Wendung zu erledigen. Ist der vordere Fuß erreichbar, wird er gefaßt und aus der Vagina herausgeleitet, während die äußere Hand den Kopf ganz in den Fundus uteri drängt.

Anwendung der inneren Wendung

Die innere Wendung ist eine mit einer hohen perinatalen Mortalität des Kindes belastete entbindende Operation. Die Sterblichkeitszahlen schwanken auch in neueren Publikationen zwischen 20 % und 60 % (Fink; M. Meier). Die hieraus abgeleitete starke Einschränkung der Operation muß von der modernen Geburtshilfe begrüßt werden. An ihre Stelle ist die für das Kind risikoärmere und der Mutter mit den heutigen Methoden der Anästhesie und postoperativen Behandlung zumutbare Sectio caesarea getreten (Bajardi; Noack; Yates). Dennoch werden wir auf dieses vaginale Entbindungsverfahren nicht ganz verzichten können.

Als wichtigste Indikation, die der inneren Wendung erhalten bleiben wird, ist die *Querlage des zweiten Zwillings* zu nennen. Wird die Diagnose nach der Entwicklung des ersten Kindes gestellt, so gelingt es leicht und schonend, das zweite Kind in dem weiten Cavum uteri zu wenden und an dem heruntergeholten Fuß zu extrahieren.

In einzelnen ausgewählten Fällen kann weiterhin die innere Wendung auch heute noch bei der *Querlage bei einer Mehr- oder Vielgebärenden mit schlaffen Weichteilen* zur Anwendung kommen. Ist die Eröffnungsperiode schnell verlaufen oder kommt die Kreißende mit vollständig erweitertem Muttermund zur Aufnahme, so ist es evtl. möglich, das Kind mit wenigen Handgriffen auf vaginalem Wege zu gewinnen. Voraussetzung für den Erfolg dieses Vorgehens ist die richtige Beurteilung einer guten Beweglichkeit des Kindes.

Weiterhin wird der Geburtshelfer bemüht sein, bei einer *Querlage mit intrauterinem Fruchttod* der Mutter die Belastung der Schnittentbindung zu ersparen. Auch hier wird die innere Wendung bei vollständig erweitertem Muttermund vorgenommen, für die sich der Arzt zur Schonung der Mutter viel Zeit nehmen kann.

Aber auch auf die noch gefahrvollere *„innere Wendung bei Kopflage auf den Fuß"* wird die Geburtshilfe in der Zukunft nicht ganz verzichten können. Mit ihr gelingt es, eine charakteristische, für das Kind kritische Situation mühelos zu überwinden: die hypoxische Gefährdung des zweiten Zwillings, der in Schädellage liegt, dessen Kopf jedoch nicht unverzüglich in das Becken eintritt. In dem weiten Cavum uteri ist die Umwandlung in eine unvollkommene Fußlage leicht möglich, so daß das Kind extrahiert werden kann. Schließlich wird der *Nabelschnurvorfall,* der bei einer Mehr- oder

Vielgebärenden bei vollständig erweitertem Muttermund und hochstehendem Kopf erfolgt, in Einzelfällen mit der inneren Wendung behandelt werden, wenn das Kind leicht beweglich ist: die leichte innere Wendung vermag evtl. die E-E-Zeit (Zeit zwischen Entschluß zur operativen Entbindung und Entwicklung des Kindes) kürzer zu halten, als dies mit der Schnittentbindung möglich ist.

Die aus dem Vorstehenden zu erkennende Zurückhaltung hinsichtlich der Indikationsstellung zur inneren Wendung hat dazu geführt, daß sie zu einer seltenen entbindenden Operation geworden ist (Kraatz). Für das Land Hamburg konnten Dietel u. Keding für die Jahre 1953 bis 1962 eine *Frequenz* von 1,9 ‰ errechnen. Aber auch in dem klinischen Kollektiv der 1. U. F. K. München erscheint sie zwischen 1956 und 1959 nur in 4,2 ‰ aller Geburten. Dem Argument, daß der Hausgeburtshilfe die innere Wendung zur Behandlung der Querlage erhalten bleibe, kann kaum noch zugestimmt werden. Die gut ausgebildete und aufmerksame Hebamme darf das Vorliegen einer Querlage nicht übersehen. Wenn sie allein aufgrund eines fehlenden bzw. hochstehenden vorangehenden Teiles die Kreißende zu Geburtsbeginn einweist, steht im allgemeinen ausreichend Zeit für die notwendigen diagnostischen und therapeutischen Maßnahmen zur Verfügung.

Literatur

Bajardi, F.: Zur Behandlung der Querlage. Wien. klin. Wschr. *73* (1961) 75

Dietel, H., G. Keding: Der Wandel in den geburtshilflichen Operationen der letzten 30 Jahre. Med. Welt 1964, 1679

Fink, A.: Die perinatale Sterblichkeit. (Eine Übersicht über 55 300 Geburten der letzten 20 Jahre). Zbl. Gynäk. *77* (1955) 1094

Meier, M.: Die perinatale Kindersterblichkeit bei vaginal entbindenden Operationen. Diss. München 1964

Noack, H.: Wie soll die Querlage heute behandelt werden? Zbl. Gynäk. *78* (1956) 1015

Yates, M. J.: Transversal foetal lie in labour. J. Obstet. Gynec. Brit. Clth. *71* (1964) 245

Zerstückelnde Operationen

(Embryotomien)

Aus der großen Zahl instrumenteller und operationstechnischer Vorschläge, die uns aus der Zeit der jahrhundertelangen Anwendung der Embryotomien vorliegen, sind der modernen Geburtshilfe nur wenige Methoden erhalten geblieben, die in der Lehre heute noch Berücksichtigung finden müssen (H. MARTIUS, KRAATZ). Zugleich hat jeder Versuch einer Darstellung der Technik und Indikationsstellung der zerstückelnden Operationen zu bedenken, daß im Einzelfall sich das Vorgehen so sehr dessen Besonderheiten anzupassen hat, daß in der Praxis oftmals von einem typischen Operieren kaum gesprochen werden kann.

Drei Gruppen von Operationen sind bei den Embryotomien zu unterscheiden:

1. Perforation (zur Verkleinerung des Kopfes)
2. Kleidotomie (zur Verkleinerung des Schultergürtels)
3. Dissectio fetus
   a) Dekapitation
   b) Exenteration (Eviszeration)

Perforation des Kopfes

Die Perforation hat die Aufgabe, den kindlichen Schädel zu öffnen, um ihn durch Verminderung seines Inhaltes zu verkleinern und damit extrahierbar zu machen. Die Operation wird in Allgemeinanästhesie vorgenommen. Der Kopf muß von einer Hilfsperson durch die Bauchdecken hindurch gestützt werden, damit er dem Instrument nicht ausweicht.

Die Perforation des Schädeldaches erfolgt mit dem *Perforatorium* nach SMELLIE (Abb. 122) oder nach SIEBOLD [1]) (Abb. 123), Instrumente, die vorn zugespitzt und an der Außenseite geschärft sind. Unter Führung der linken Hand wird das Perforatorium durch die Vagina eingeführt und senkrecht auf dem Schädeldach aufgesetzt (Abb. 124). Um dies zu erreichen und das gefährliche Abgleiten des Instrumentes zu vermeiden (Abb. 125), muß der Griff des Perforatoriums um so mehr gesenkt werden, je höher der Kopf steht. Die *Perforationsstelle* sollte möglichst in der Führungslinie im Bereich einer Fontanelle oder einer Naht gewählt werden. Evtl. kann zuvor der Kopf mit Hilfe der Kopfschwartenzange in eine günstige Position gebracht werden (PALMRICH).

[1]) EDUARD C. C. J. VON SIEBOLD, Direktor d. Univ. Frauenklinik Göttingen, 1803—1861

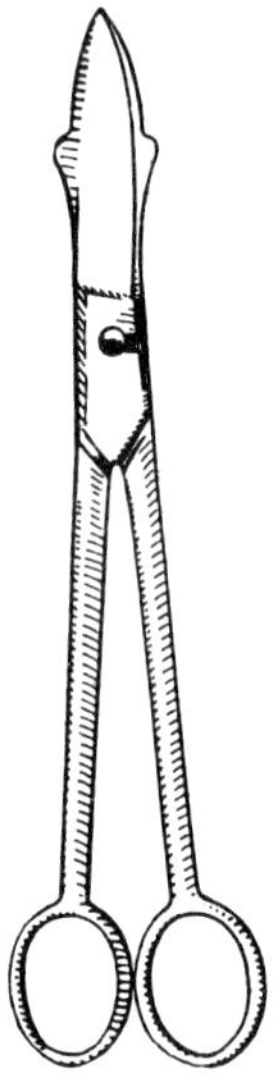

Abb. 122
Perforatorium
nach Smellie

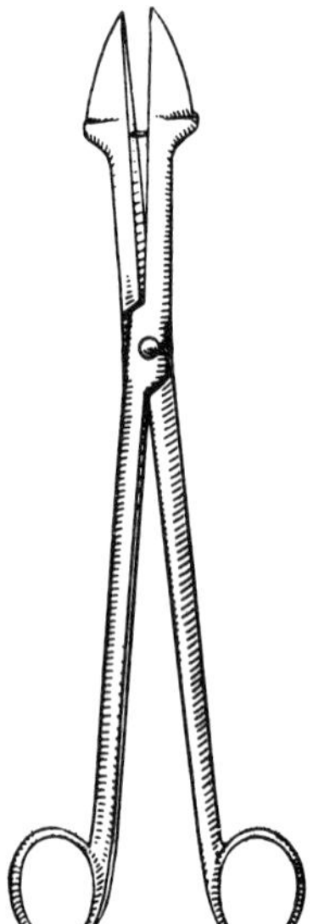

Abb. 123
Perforatorium
nach Siebold

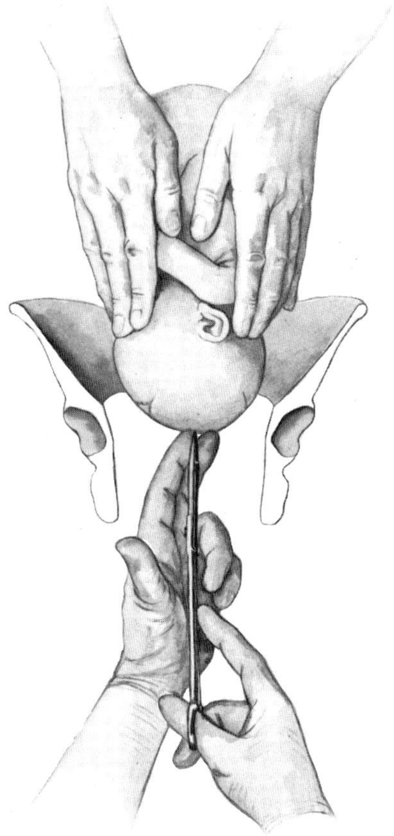

Abb. 124 **Perforation des Kopfes.** Der Kopf wird von außen dem Instrument entgegengehalten. Das Perforatorium ist unter Leitung der Finger der linken Hand senkrecht im Bereich der Pfeilnaht auf dem Schädel aufgesetzt.

Ist das Perforatorium unter bohrenden Bewegungen in die Schädelhöhle eingedrungen, wird die Öffnung durch Spreizen der Branchen in zwei aufeinander senkrecht stehenden Richtungen, also in Form eines Kreuzschnittes, erweitert. Hat man sich dann mit dem Finger überzeugt, daß die Perforationsöffnung weit genug ist, wird durch sie der *rückläufige Uteruskatheter* (Abb. 126) eingeführt. Mit einem Irrigator, der mit $^1/_2{}^0/_0$iger Sagrotan-Lösung gefüllt ist, läßt sich der Schädelinhalt unter rührenden Bewegungen ausspülen.

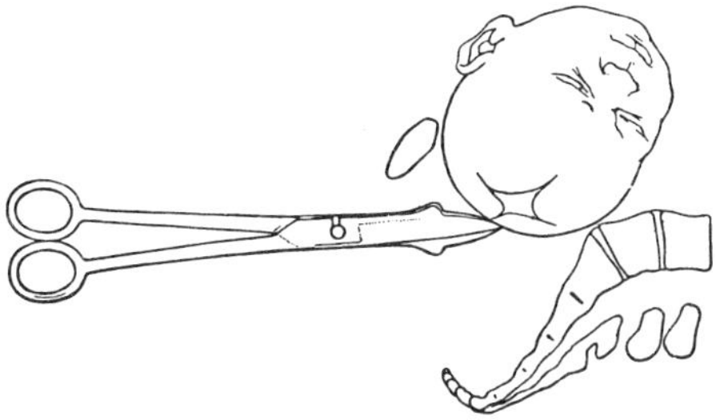

Abb. 125 **Fehlerhaftes Aufsetzen des Perforatoriums.** Der Griff ist nicht ausreichend gesenkt. Es besteht die Gefahr des Abgleitens nach hinten.

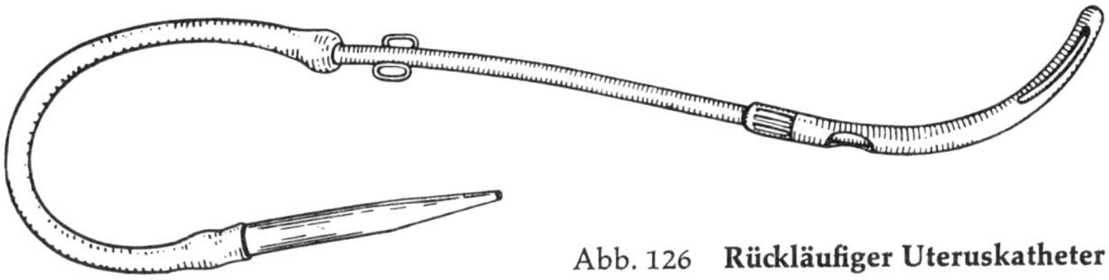

Abb. 126 **Rückläufiger Uteruskatheter**

Die anschließende *Extraktion* wurde früher mit dem zwei- oder sogar dreiteiligen Kranioklasten vorgenommen. Weniger aufwendig kann sie bei tiefstehendem Kopf mit der Kopfschwartenzange bzw. mehreren Klauenzangen erfolgen.

Beim *Hydrozephalus* und abgestorbenem Kind läßt sich die Verkleinerung des Schädels meist allein durch die Punktion des Kopfes mit einer dicken langen Nadel und das Ablassen der Flüssigkeit in ausreichendem Maße erreichen.

Die **Perforation des nachfolgenden Kopfes** bei einer Beckenendlagengeburt mit abgestorbenem Kind (Abb. 127) erfolgt durch das Foramen magnum. Zu diesem Zweck

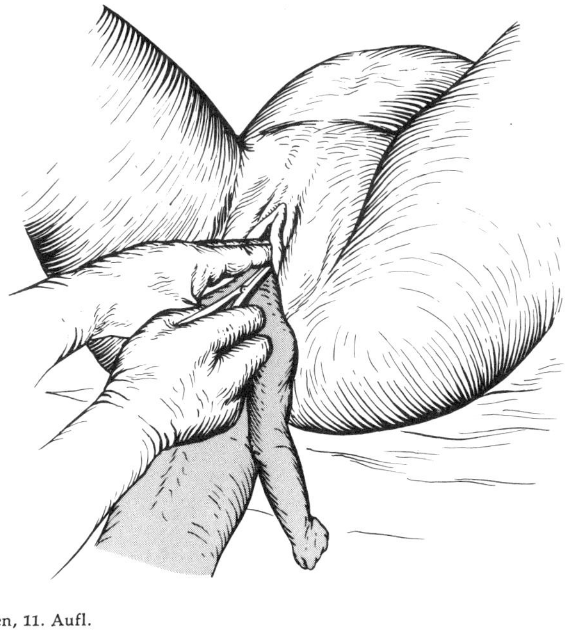

Abb. 127 **Perforation des nachfolgenden Kopfes**

läßt sich der Operateur den bereits geborenen Rumpf stark kreuzbeinwärts ziehen und sucht mit dem Finger den hinteren Anteil der Schädelbasis auf. Im Winkel zwischen Schädelbasis und Halswirbelsäule wird mit dem Perforatorium in den Schädelraum eingegangen. Steht das Kinn hinter der Symphyse, so muß zwischen den Kieferästen durch den Mundboden hindurch perforiert werden. Die endgültige Entwicklung des Kopfes kann dann mittels des VEIT-SMELLIEschen bzw. des umgekehrten Prager Handgriffes vorgenommen werden.

Kleidotomie

Die Kleidotomie, die Durchtrennung eines oder beider Schlüsselbeine, dient der Verkleinerung des Schultergürtels bei abgestorbenem Kind.

Gelingt es nach der Geburt des Kopfes nicht, die Schultern mit den üblichen Handgriffen zu entwickeln (S. 70), so kommt zunächst der **„Handtuchhandgriff nach A. Döderlein"** zur Anwendung. Dabei wird ein Handtuch um den Hals des Kindes gelegt, mit dessen Hilfe der Kopf noch stärker, als dies mit den Händen möglich ist, zur Entwicklung der vorderen Schulter gesenkt oder oftmals noch besser zur Entwicklung der hinteren Schulter angehoben werden kann. Führt auch dies nicht zum Ziel, so läßt sich der Operateur jetzt mit diesem Handtuch den Kopf durch eine Hilfsperson stark kreuzbeinwärts ziehen, um die vordere Klavikula zugänglich zu machen. Unter dem Schutz der linken Hand wird die **Siebold-Schere** (Abb. 128) vorn an den Hals herangeführt und ein Loch in die Haut geschnitten. In dieses wird die geschlossene Schere eingeführt, um dann erst das Schlüsselbein zu durchtrennen. Evtl. kann, falls dies notwendig ist, in gleicher Weise und unter starkem Anheben des kindlichen Kopfes auch das hintere Schlüsselbein durchtrennt werden.

Technisch einfacher führt bei Schwierigkeiten der Schulterentwicklung nach der Geburt des Kopfes das ebenfalls von A. DÖDERLEIN empfohlene **Abtrennen des geborenen Kopfes** mit anschließendem Herunterholen der Arme und Extraktion des Rumpfes zum Ziel. Diese Operation wird bei der Dissectio fetus besprochen (s. u.).

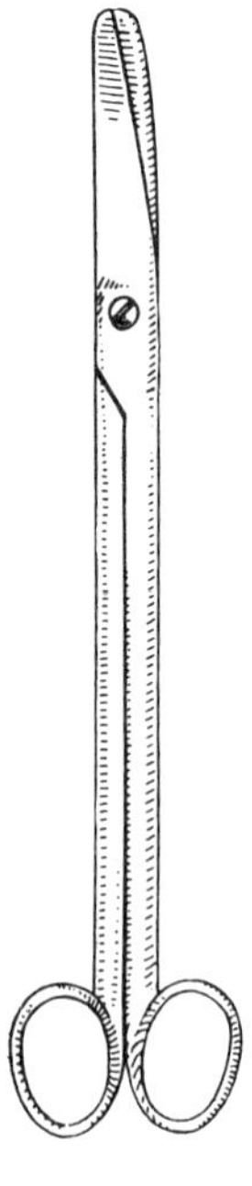

Abb. 128 **Dekapitationsschere nach Siebold**

Dissectio fetus

Die Dissectio fetus, das Zerschneiden der abgestorbenen Frucht, wird in Form der Dekapitation oder der Exenteration (Eviszeration) vorgenommen.

Die **Dekapitation** kann bei der Schädellage bei bereits geborenem Kopf und bei der Querlage notwendig werden.

Das **Abtrennen des geborenen Kopfes bei Schädellage** (A. DÖDERLEIN) dient der Überwindung von Schwierigkeiten bei der Schulterentwicklung (S. 130). Anstelle der Kleidotomie gelingt es auf diese Weise im allgemeinen leichter, sich den Schultergürtel zugänglich zu machen, um dann zunächst den hinteren und dann den vorderen Arm herunterzuholen. Nach der so erreichten Verringerung des Schulterumfanges läßt sich der Rumpf an den Armen leicht extrahieren. Falls notwendig, kann die Kleidotomie

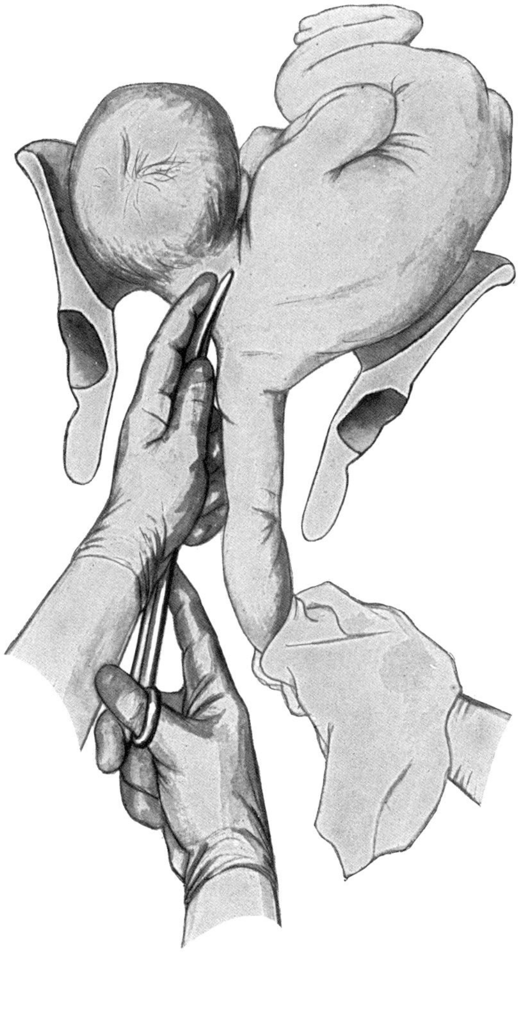

Abb. 129 **Dekapitation bei Querlage.** Der vorgefallene Arm wird bei zweiter Querlage nach links unten gezogen. Dadurch wird der Halsansatz erreichbar. Die Dekapitation erfolgt unter Führung durch die linke Hand mit der Siebold-Schere.

aber auch zusätzlich ausgeführt werden. – Das Abtrennen des geborenen Kopfes stellt übrigens eine Ausnahme der sonst für die Embryotomien geltenden strengen Regel dar, die besagt, daß ein geborener Kindsteil nicht abgeschnitten werden darf. Der Operateur beraubt sich damit der Möglichkeit, für das weitere Vorgehen die Frucht der operierenden Hand entgegenzuziehen.

Zur **Dekapitation bei Querlage** (Abb. 129) wird das Kind mit Hilfe einer Wendungsschlinge an dem vorgefallenen oder zu diesem Zweck herausgestreiften Arm stark nach unten und zu der Seite hinübergezogen, auf der der Steiß liegt. Auf diese Weise wird der Hals erreichbar. Mit der SIEBOLD-Schere kann er dann unter Schutz der linken Hand schrittweise durchtrennt werden. Je mehr Gewebe durchtrennt wird, um so tiefer rückt das Kind und um so besser wird die Zugänglichkeit zum Hals. Die Extraktion des Rumpfes erfolgt an dem angeschlungenen Arm. Die Entwicklung des zurückgebliebenen Kopfes wird mit Hilfe des in den Mund eingeführten Fingers oder auch mit Klauenzangen bzw. der Kopfschwartenzange (S. 138) unter Mithilfe von oben vorgenommen.

Die **Exenteration (Eviszeration)** dient bei abgestorbenem Kind der Verkleinerung des Rumpfes. Bei Längslage muß sie ausgeführt werden, wenn der Rumpf selbst ein Geburtshindernis darstellt, wie dies z. B. bei großen *angeborenen Tumoren* im Bereich des Abdomens der Fall ist. Am besten stellt man nach der Empfehlung von STOECKEL [1]) die sich präsentierende Stelle des Rumpfes mit zwei großen Spekula ein, eröffnet sie mit der Schere bzw. im Bereich des Thorax mit dem Perforatorium und faßt die Wundränder mit Klauenzangen. Die Eingeweide werden mit dem Finger, einer Abortzange oder der BOER-Knochenzange ausgeräumt.

Größere technische Schwierigkeiten können bei der Entwicklung von *Doppelmißbildungen* (Duplicates) entstehen. Können sie nicht unzertrennt gewonnen werden, was bei der Kleinheit der meist frühgeborenen Kinder häufig der Fall ist, so ist die Embryotomie angezeigt. Für sie gibt es keine festen Regeln. Die Technik hat sich der jeweiligen geburtshilflichen Situation anzupassen, die ständig durch sorgfältige innere Untersuchungen zu überprüfen ist.

Die Exenteration soll wie alle Embryotomien ohne Hast und mit größter Vorsicht vorgenommen werden und zwar vor allem deshalb, damit Verletzungen der mütterlichen Weichteile vermieden werden. Diese Forderung ist deshalb erfüllbar, da dem Operateur nach dem Absterben des Kindes reichlich Zeit zur Verfügung steht.

Anwendung der Embryotomien

Die zerstückelnden Operationen gehören zu den ältesten geburtshilflichen Eingriffen. Bis ins 16. Jahrhundert bildeten sie den eigentlichen Kern der ärztlichen Entbindungshilfe (NAUJOKS). Keine andere Tatsache kennzeichnet so deutlich die glückliche Entwicklung unseres Faches wie die, daß wir heute nur noch in Ausnahmefällen gezwungen sind, eine Embryotomie auszuführen, *und daß die moderne Geburtshilfe die Zer-*

[1]) WALTHER STOECKEL, Geh. Med.-Rat, Ordinarius in Berlin, 1871–1961

stückelung eines lebenden Kindes nicht mehr kennt. Mit den gegebenen Möglichkeiten der Nachrichtenübermittlung, des Krankentransportes, vor allem aber mit Hilfe einer sorgfältigen Schwangerenvorsorge sollte es nicht mehr vorkommen, daß bei einer regelwidrigen Geburt durch das Versäumen der rechtzeitigen Klinikeinweisung der Zeitpunkt für eine ungefährliche abdominale Entbindung versäumt wird.

Aber auch *bei einem intrauterin abgestorbenen Kind* wird heute nur noch selten eine zerstückelnde Operation vorgenommen. Dies ist lediglich gerechtfertigt, wenn dadurch im Einzelfall eine Geburtserleichterung für die Kreißende ohne zusätzliche Gefährdung durch die Operation zu erreichen ist. Mit Rücksicht auf diese wenigen Indikationen können wir allerdings auch nicht ganz auf die beschriebenen Methoden verzichten.

Die verschiedenen zerstückelnden Operationen haben ihr gesondertes Indikationsgebiet. Ihre Anwendung muß daher im folgenden getrennt besprochen werden.

Die **Perforation des Kopfes** hat eine doppelte Aufgabe und zwar einmal, bei einem abgestorbenen Kind ein geburtsmechanisches Hindernis überwindbar zu machen, um der Kreißenden die Schnittentbindung zu ersparen. Zum zweiten ist die Perforation in der Lage, die Entwicklung eines abgestorbenen Kindes schonender zu gestalten, wenn eine Indikation zur Geburtsbeendigung von seiten der Kreißenden gegeben ist. Diese Formulierung bedeutet, daß der intrauterine Fruchttod allein nicht die Perforation des Kopfes rechtfertigt! Zugleich ist davor zu warnen, bei noch hochstehendem Kopf und einem stärkeren Mißverhältnis die vaginale Entbindung durch die Perforation erzwingen zu wollen, da die technischen Schwierigkeiten evtl. eine stärkere Gefährdung der Kreißenden mit sich bringen als die rechtzeitig ausgeführte Schnittentbindung.

Die **Kleidotomie** (S. 130) ist indiziert, wenn es nach der Geburt des Kopfes mit den üblichen Handgriffen (S. 70) und auch mit dem Handtuchhandgriff nach A. DÖDERLEIN (S. 130) nicht gelingt, die Schultern zu entwickeln, und das Kind abgestorben ist. Dies kommt vor allem bei Riesenkindern, beim engen Becken und bei der Geburt eines Anenzephalus vor. Da diese Geburtsschwierigkeiten häufig auf einem „hohen Schulter-Geradstand" beruhen, die Schulterbreite sich also noch über dem Beckeneingang befindet, ist es verständlich, daß die Schlüsselbeine schwer zugänglich sein können. In diesen Fällen ist es einfacher, der Empfehlung von A. DÖDERLEIN zu folgen und den Kopf abzutrennen, um anschließend die Arme herunterzuholen (S. 131).

Für die **Dissectio fetus** stellen die pränatal nachgewiesenen Fehlbildungen der Frucht eine auch heute noch gültige Indikation dar, sofern sie z. B. in Form von Leber- oder Nierenzysten, eines übermäßigen Hydrops fetus universalis, eines großen Steißteratoms, größerer Meningozelen oder einer Doppelmißbildung ein Geburtshindernis bilden. Ein Hinweis auf diese Regelwidrigkeiten erhält der Geburtshelfer, wenn der Rumpf nach der Geburt des Kopfes und der Schultern nicht folgt. Es wird dann mit der ganzen Hand innerlich untersucht, um die Art des Hindernisses zu ermitteln. Evtl. muß vor der Dissectio der Kopf des abgestorbenen Kindes abgetrennt werden, um die Zugänglichkeit zum Rumpf zu erhöhen.

Maßnahmen zur Erweiterung der Geburtswege

Die Kenntnisse über die Abhängigkeit der perinatalen Gefährdung des Kindes von der Geburtsdauer verlangen vom Geburtshelfer, daß er sich darum bemüht, auf den Teil der Geburt Einfluß zu gewinnen, der ihre Dauer in erster Linie bestimmt, die *Eröffnungsperiode.* Wie statistische Untersuchungen erkennen lassen, sollte er als Ziel hierbei die 12-Stunden-Grenze vor Augen haben (HELLMAN u. PRYSTOWSKY, DÖRING, u. a.). In diesem Zusammenhang sind zunächst zwei Verfahren zu erwähnen, deren Besprechung im einzelnen im „Lehrbuch der Geburtshilfe" erfolgt:

Die psychoprophylaktische Geburtsvorbereitung

Die medikamentöse Geburtsleitung

Die *Vorbereitung auf die Geburt* im Sinne der Psychoprophylaxe (READ; NIKOLAJEW; LAMAZE; u. a.) ist in jedem Fall geeignet, die Geburt für Mutter und Kind zu erleichtern, so daß es heute bereits als Unterlassung anzusehen ist, wenn Schwangere nicht auf sie hingewiesen werden, und ihnen nicht die Teilnahme an einem Vorbereitungskurs ermöglicht wird.

Die *medikamentöse Geburtsleitung* bedarf lediglich hinsichtlich der Wahl der Medikamente einer besonderen Indikation. Je nach dem physischen und psychischen Verhalten sowie in Abhängigkeit von der Beschaffenheit des Muttermundes und der Wehentätigkeit werden Psychorelaxantien, Spasmolytika, Analgetika und Oxytocinpräparate verabreicht, um eine günstige Koordinierung der muskulären Funktionen des Uterus auf der einen Seite und eine Verringerung des Weichteilwiderstandes auf der anderen Seite zu erreichen.

Im Gegensatz zu dieser zu fordernden großzügigen Anwendung der psychoprophylaktischen und medikamentösen Geburtserleichterung sind die **operativen Erweiterungsverfahren** an bestimmte Indikationen gebunden. Einige von ihnen finden in der modernen Geburtshilfe zur Vermeidung fetaler Hypoxien in zunehmendem Maße Verwendung; andere sind wegen der mit ihnen verbundenen Gefahren für die Kreißende weitgehend verlassen worden.

Im einzelnen stehen die folgenden Methoden zur Erweiterung der Geburtswege zur Verfügung:

1. Stumpfe Dilatationsverfahren:

Digitale Dehnung des Muttermundes
Sprengung der Fruchtblase
Perfusion Toulousaine
Kopfschwartenzange
Beseitigung einer Steißbeinankylose

2. Operative Erweiterung der Cervix uteri:
Muttermundinzisionen
Vaginale Schnittentbindung

3. Operative Erweiterung der Scheide und des Dammes:
Scheidendammschnitt (Episiotomie)
Durchtrennung eines Scheidenseptums

Stumpfe Dilatationsverfahren

Digitale Dehnung des Muttermundes

Zur digitalen Dehnung des Muttermundes wird nach der Händedesinfektion und dem Überstreifen eines sterilen Handschuhes wie zur geburtshilflichen Untersuchung mit dem Zeige- und Mittelfinger zunächst in die Scheide und dann je nach der Weite des Muttermundes mit einem oder zwei Fingern in den Zervikalkanal eingegangen. Die Dilatation wird mit einem Finger durch rotierende Bewegungen, mit zwei Fingern durch Spreizen derselben innerhalb der Zervix vorgenommen. Bei bereits fortgeschrittener Muttermundserweiterung läßt sich dessen Saum besser mit zwei Fingern auf dem vorangehenden Teil zur Seite und nach oben schieben. Alles dies geschieht während der Wehe, da die Dilatation an der angespannten Zervix einen günstigen Angriffspunkt findet. Ist es aus irgendeinem Grunde nicht möglich, die digitale Muttermundsdehnung mit der Blasensprengung zu kombinieren (s. u.), so ist es ratsam, die *Ablösung des unteren Eipoles* von der Zervixwand anzuschließen, da auch auf diese Weise eine Geburtsbeschleunigung erreicht wird.

Zur *Schmerzlinderung* sind Lachgas oder Trichloran, noch besser die Parazervikalanästhesie geeignet.

Eine *Indikation* zur digitalen Muttermundsdehnung ist einmal bei der Geburtseinleitung gegeben (Bickenbach), bei der sie in Verbindung mit Oxytocinpräparaten und wenn möglich mit der Blasensprengung (s. u.) die Wehentätigkeit in Gang setzt. Daneben sollte von ihr bei reifen Kindern und eingetretenem Kopf in der Eröffnungsperiode zur Abkürzung der Geburt großzügig Gebrauch gemacht werden. Ein Erfolg ist hier vor allem bei dem dünnsaumigen spastischen Muttermund der Erstgebärenden zu erwarten. Gegen Ende der Eröffnungsperiode kann ein restlicher Muttermundssaum von 1 bis 2 cm Breite oft durch die digitale Dehnung, die über 2 oder 3 Wehen hinweg fortgesetzt wird, zurückgeschoben werden, wodurch der Kreißenden bei einem bis dahin verzögerten Geburtsverlauf eine weitere Geburtsdauer von einigen Stunden erspart wird. Die Zervixdilatation ist – unter sterilen Kautelen ausgeführt – ein für Mutter und Kind völlig ungefährliches Verfahren. Aus diesem Grunde sollte sie vor allem mit Rücksicht auf das Kind bei den genannten Indikationen großzügig gehandhabt werden.

Blasensprengung

Die Sprengung der Fruchtblase kann zu den stumpfen Dilatationsverfahren gerechnet werden, da sie dem nachrückenden Kopf eine bessere Angriffsmöglichkeit an der Zervix schafft und so die Muttermundsdehnung unterstützt. Zugleich wird auf dem Wege über den FERGUSON-Reflex die Oxytocin-Ausschüttung angeregt und damit die Wehentätigkeit gefördert. Die geburtsbeschleunigende Wirkung der Blasensprengung im Verlauf der Eröffnungsperiode ist inzwischen durch zahlreiche statistische und experimentelle Befunde belegt worden (SAAMELI u. KÄSER, HUSSLEIN u. BAUMGARTEN; PUDER, ANSELMINO).

Technisch wird so vorgegangen, daß unter vaginaler oder auch rektaler Kontrolle eine gebogene, leicht angespitzte Kornzange geschlossen in die Scheide bis zum unteren Eipol eingeführt wird. Nach Erreichen der Vorblase wird das Instrument geöffnet, wieder geschlossen und angezogen. Ist nur wenig Vorwasser vorhanden, so gelingt die Blasensprengung einfacher mit einer Branche einer Kugelzange, die vaginal mit der Spitze nach unten zwischen den beiden Fingern eingeführt und vor dem unteren Eipol um seine Längsachse gedreht wird. Dieses Vorgehen hat zugleich den Vorteil, daß das entstehende Loch zunächst klein ist und deshalb der Abfluß des Fruchtwassers mit dem vorgehaltenen Finger reguliert werden kann.

Um auch bei größeren Latenzzeiten zwischen der Blasensprengung und dem Einsetzen der Geburtswehen intrauterine Infektionen mit größerer Sicherheit zu vermeiden, zugleich aber auch, um bei einem tiefstehenden Kopf den Abfluß einer größeren Fruchtwassermenge zu garantieren, hat DREW-SMYTHE einen troicartähnlichen gebogenen Metallkatheter zur **hohen Blasensprengung** empfohlen. Das Instrument wird am Kopf entlang extraovulär heraufgeschoben. Nach Eröffnung der Fruchthöhle läßt man eine angemessene Fruchtwassermenge abfließen, um dann den Katheter wieder zu entfernen (BRAITENBERG). In späterer Zeit ist die hohe Blasensprengung vor allem von BURGER empfohlen worden. Wenn auch angenommen werden muß, daß eine Korrelation zwischen der abgehenden Fruchtwassermenge und dem Einsetzen der Wehen gegeben ist, so hat sich uns die Eröffnung des unteren Eipoles bisher immer als ausreichend erwiesen. Ein Vorteil ist mit der hohen Blasensprengung aber auch deshalb nicht gegeben, weil die Kontraindikationen im wesentlichen mit denen der tiefen Eröffnung der Fruchtblase übereinstimmen (URBATUS).

Die Blasensprengung ist an einige *Vorbedingungen* geknüpft, die Beachtung finden müssen, wenn nicht durch sie das Kind in Gefahr gebracht werden soll. Vor allem ist darauf zu achten, daß der vorangehende Teil mechanische Beziehungen zum Beckeneingang aufgenommen hat, damit der Vorfall der Nabelschnur oder auch kleiner Teile vermieden wird. Zum zweiten sollte die Blasensprengung nur bei ausgetragenen Schwangerschaften vorgenommen werden. Bei Frühgeburten bemühen wir uns zur mechanischen Schonung des Kindes sogar darum, die Fruchtblase so lang als möglich zu erhalten.

Unter den genannten Voraussetzungen finden heute die folgenden *Indikationen* zur Sprengung der Fruchtblase Anerkennung:

1. Geburtseinleitung (z. B. bei Gestose, Übertragung, Inkompatibilität, intrauterinem Fruchttod)
2. Wehenschwächen

3. Verzögerung der Zervixdilatation (unveränderte Muttermundsweite über eine Stunde und mehr)
4. Geburtserleichterung für Mutter und Kind:
   a) bei Erstgebärenden bei einer Muttermundsweite von 6 bis 8 cm
   b) bei Mehrgebärenden bei einer Muttermundsweite von 5 bis 6 cm
5. Tiefer Sitz bzw. Placenta praevia marginalis und vorzeitige Lösung der normalsitzenden Plazenta (zur Blutstillung).

Bei Beachtung der wenigen, oben dargelegten Vorbedingungen und bei Befolgung der Regeln der Asepsis stellt die zum richtigen Zeitpunkt ausgeführte Eröffnung der Fruchtblase keine zusätzliche Gefährdung von Mutter und Kind dar (ANSELMINO). Im Gegenteil hat sie in den letzten Jahren mehr und mehr als segensreicher Eingriff Anerkennung gefunden, der in der Lage ist, wesentlich zur Erleichterung der Geburt beizutragen.

Perfusion Toulousaine

(Medikamentöse Schnellentbindung unter gleichzeitiger Verwendung der Vakuumextraktion)

Die von GUILHEM u. Mitarb. im Jahre 1960 veröffentlichte Methode der „medikamentösen Schnellentbindung" hat das Ziel, in der zweiten Hälfte der Eröffnungsperiode die vollständige Retraktion der Zervix durch die kombinierte Anwendung eines Narkotikums und eines Oxytocinpräparates in kürzester Zeit zu erreichen, um die Geburt dann auf normalem Wege beenden zu können. Als Narkotikum hat sich wegen der günstigen Steuerbarkeit und seines zugleich relaxierenden Effektes auf das untere Uterinsegment das Pentothal bewährt.

Die *Technik* der Perfusion gestaltet sich im einzelnen folgendermaßen. Nach Vorbereitung der Kreißenden mit 0,5 mg Atropin, Lagerung im Querbett, Desinfektion und Katheterismus wird durch eine liegende Flügelkanüle Pentothal in einer Dosierung injiziert, die einerseits eine ausreichende Entspannung der Zervix erreicht, andererseits ein unbewußtes Mitpressen auf der Höhe der Wehe garantiert. Nach unseren Erfahrungen schwankt die erforderliche Pentothalmenge zwischen einer Anfangsdosis von 150 mg und der durch Nachinjektionen von jeweils 50 mg erreichten Gesamtdosis von 600 mg. Nach der ersten Pentothalgabe wird ein Syntocinon-Dauertropf mit 10 I. E. in 500 ml 5 %ige Glukoselösung angeschlossen, um mit ihr die Wehentätigkeit zu regulieren. Jetzt gelingt es meist innerhalb weniger Minuten, den Muttermund auf Vollständigkeit zu dehnen und ihn über den vorangehenden Teil zurückzuschieben, während der Kopf unter dem unbewußten und ungehemmten Mitpressen der Patientin tiefertritt. An ihm wird, sobald dies möglich ist, die Vakuumglocke angelegt, um bis zur kompletten Zervixdilatation in der Wehenpause, nach vollständiger Muttermundserweiterung unter gleichzeitiger Verwendung des KRISTELLER-Handgriffes (S. 71) während der Wehe zu extrahieren. Bei den ersten von uns ausgeführten 50 Perfusionen betrug die Entwicklungszeit des Kindes bei Erstgebärenden durchschnittlich 12,6 Min. (4 bis 26 Min.), bei Mehrgebärenden durchschnittlich 9,4 Min. (3 bis 20 Min.). Die grundsätzliche Kontrolle der Zervix durch die Spekulumeinstellung nach der Geburt des Kindes haben wir abgesehen von technisch schwierigen Extraktionen wieder verlassen, nachdem sich gezeigt hatte, daß größere Verletzungen der Zervix nicht häufiger auftreten als nach operativen Entbindungen bei vollständig erweitertem Muttermund. Die neurologische Kontrolle der Kinder ergab keinen Hinweis auf eine zerebrale Schädigung.

Von den *Indikationen* ist zuerst die zervikale Dystokie in Form der Retraktionsstörung bzw. des spastischen Muttermundes zu nennen. Das bei diesen Kreißenden immer wieder zu findende, dünn ausgezogene und straffe Zervixgewebe weicht unter der Einwirkung des Narkotikums schnell zurück. Aber auch bei einem verzögerten Geburtsverlauf mit gleichzeitigem Verdacht auf eine Plazentainsuffizienz kann das Kind gegen Ende der Eröffnungsperiode mit Hilfe der Perfusion Toulousaine schnell und gefahrlos gewonnen und ihm damit die gefahrvolle Austreibungsperiode völlig erspart werden. Schließlich hat sich die Methode bei starken Schmerzen der Kreißenden in diesem Stadium der Geburt, die bekanntlich bis zu einem psychotischen Zustand führen können, sehr bewährt. Die Perfusion Toulousaine ist damit eine echte Bereicherung der operativen Geburtshilfe.

Wichtig ist, daß sich der Geburtshelfer vor Mißerfolgen durch die Beachtung folgender *Vorbedingungen* schützt: Die Muttermundsweite soll zu Beginn der Operation mindestens 6 bis 7 cm betragen, wobei ein dünnsaumiger Muttermund mit größerer Sicherheit den Erfolg garantiert als eine noch wulstige Zervix. Zum zweiten sollte der knöcherne Schädel die untere Schoßfugenrandebene, besser noch die Interspinalebene erreicht haben (Hickl, Jopp, G. Martius, Lochmüller, Menneking).

Die *perinatale Mortalität* bei 310 bisher von mir ausgeführten Perfusionen, betrug 1,6 %. 3 Kinder wiesen eine mit dem Leben nicht vereinbare Mißbildung auf. 1 Perfusion wurde zur Schonung der Kreißenden bei bereits abgestorbenem Kind vorgenommen. Die gereinigte Mortalität beträgt damit 0,3 %.

Kopfschwartenzange

Die Kopfschwartenzange wurde 1925 von J. A. Willet als „scalp traction forceps" angegeben und später vor allem von De Lee und in etwas modifizierter Form von C. J. Gauss für die Behandlung der Placenta-praevia-Blutung empfohlen. Sie dient dazu, den Kopf in einer für den Geburtskanal schonenden Weise anzufassen und unter Zug zu setzen. Das von Gauss angegebene *Instrument* ist einer gebogenen Kornzange ähnlich, die am Ende zwei geriffelte Platten trägt, die wiederum mit zwei Paaren von gegenüberliegenden scharfen Zähnen bewehrt sind. Mit ihnen kann die Galea ausreichend fest gefaßt werden, so daß ein Dauerzug angelegt werden kann. Die *Anwendung* sollte ausschließlich am abgestorbenen Kind erfolgen, wobei als typische Indikationen die Verzögerung der Eröffnungsperiode, Wehenschwächen und eine Blutung bei tiefem Sitz der Plazenta bzw. einer Placenta praevia marginalis gelten. Beim lebenden Kind ist die Galeazange ganz durch die Vakuumextraktion ersetzt worden.

Beseitigung einer Steißbeinankylose

In seltenen Fällen stellt ein stark in das kleine Becken vorspringendes, ankylotisches Os coccygis ein Geburtshindernis in der Austreibungsperiode dar. Seine Beseitigung gelingt in einfacher und ungefährlicher Weise dadurch, daß das Steißbein von innen mit dem Daumen, von außen mit dem Zeigefinger gefaßt wird, um es dammwärts abzubrechen. Zu der von WELSCH empfohlenen chirurgischen und damit endgültigen Resektion fehlt oftmals die nötige Zeit, da das Hindernis meist erst im Verlauf einer verzögerten Austreibungsperiode erkannt wird.

Operative Erweiterung der Cervix uteri

Die operativen Eingriffe zur Erweiterung der Cervix uteri sind weitgehend aus der heutigen Geburtshilfe verdrängt und durch andere Methoden ersetzt worden. Ist bei noch nicht vollständig erweitertem Muttermund eine Indikation zur Geburtsbeendigung gegeben, so erfolgt sie bis zu einer Muttermundsweite von 6 bis 8 cm so gut wie immer durch die Schnittentbindung, danach durch die Perfusion Toulousaine. Auch narbige Veränderungen an der Portio nach einer plastischen Operation oder nach Konisation lockern sich so weit auf, daß sie nur selten eine Indikation zur **Muttermundinzision** abgeben (Abb. 130). Die Operation wird mit einer geraden Schere unter Leitung von zwei in die Scheide eingeführten Fingern, besser noch nach Spekulumeinstellung unter Leitung des Auges ausgeführt. Die Inzisionen erfolgen rechts und links vorn sowie hinten in der Mittellinie in einer Ausdehnung von 1 bis 2 cm. Tiefere Inzisionen verbieten vorn die Blase, seitlich die Ureteren und hinten der DOUGLAS-Raum.

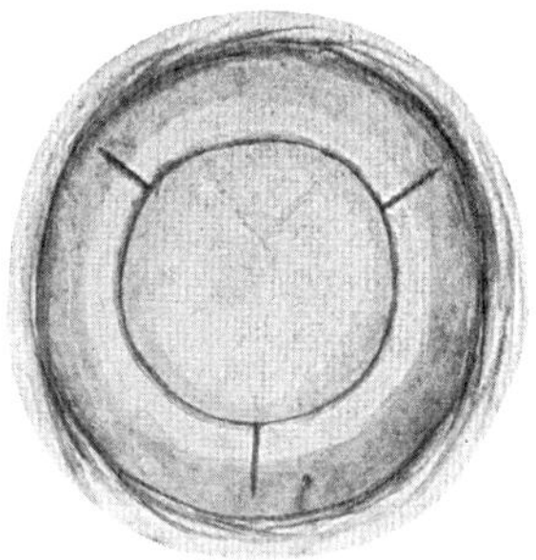

Abb. 130 **Muttermundinzisionen**

Vaginale Schnittentbindung

Die vaginale Schnittentbindung, Hysterotomia vaginalis anterior (DÜHRSSEN [1]), besteht in der operativen Erweiterung des Zervikalkanales von der Scheide aus. Zu diesem Zweck wird nach Einstellung der Portio mittels breiter Spekula die vordere Muttermundslippe rechts und links von der Mittellinie mit Museux-Klemmen angefaßt

[1]) A. DÜHRSSEN, Geburtshelfer in Berlin, 1862—1933

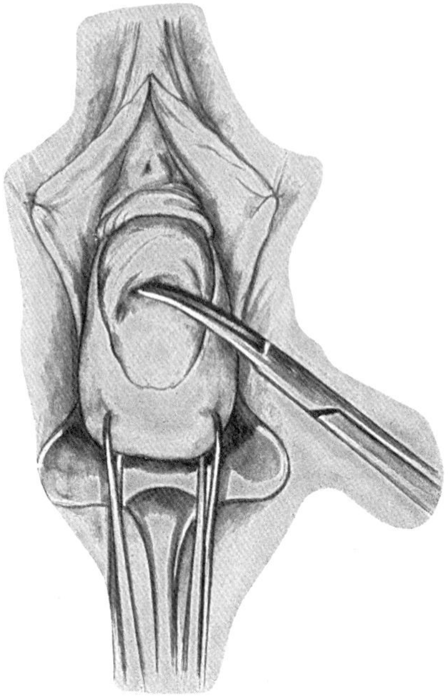

Abb. 131 **Abschieben der Blase von der vorderen Zervikalwand**

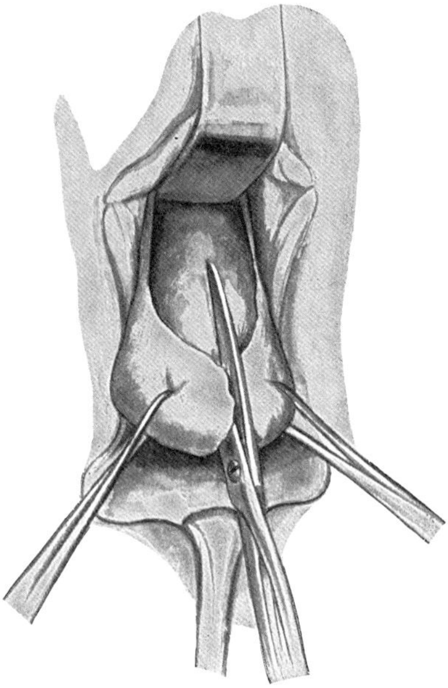

Abb. 132 **Hochhalten der Blase mittels eines Spekulums und Spaltung der vorderen Zervikalwand**

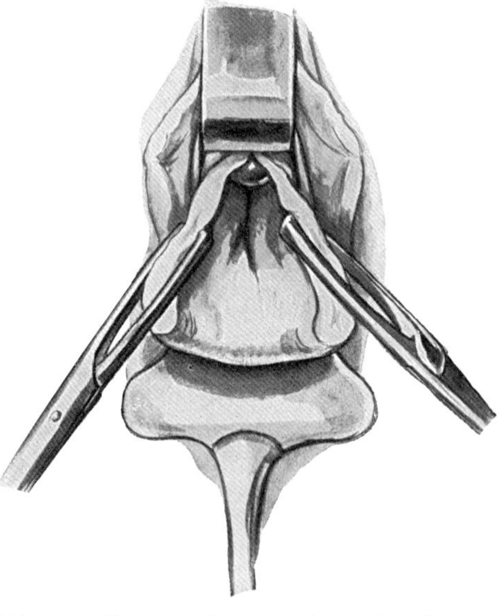

Abb. 133 **Fassen der Zervixwundränder mit Museux-Klemmen. Die Fruchtblase ist zu erkennen.**

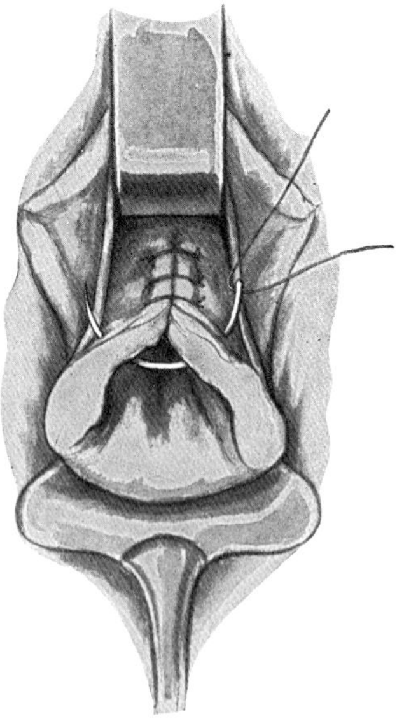

Abb. 134 **Naht der vorderen Zervixwand mit Knopfnähten**

und vorgezogen. Die Spaltung der sichtbar gewordenen vorderen Scheidenwand erfolgt mittels eines Bogenschnittes, von dem aus die Blase durch einige Scherenschläge leicht bis in Höhe der Plica vesicouterina von der vorderen Zervixwand abgeschoben werden kann (Abb. 131). Im Bedarfsfall wird die uneröffnete Plica gemeinsam mit der Blase ein Stück über den inneren Muttermund hinaus nach oben abpräpariert, um sie dann beide mit einem vorderen Spekulum symphysenwärts zurückzuhalten (Abb. 132). Es folgt der Längsschnitt in der nunmehr freiliegenden vorderen Zervixwand, der mittels einer geraden Schere schrittweise ausgeführt wird, indem das bereits durchtrennte Gewebe mit den Museux-Klemmen nachgefaßt und heruntergezogen wird (Abb. 133). Der Schnitt wird auf diese Weise so weit in das untere Uterinsegment hinaufgeführt, wie es für die Entleerung des Uterus notwendig ist.

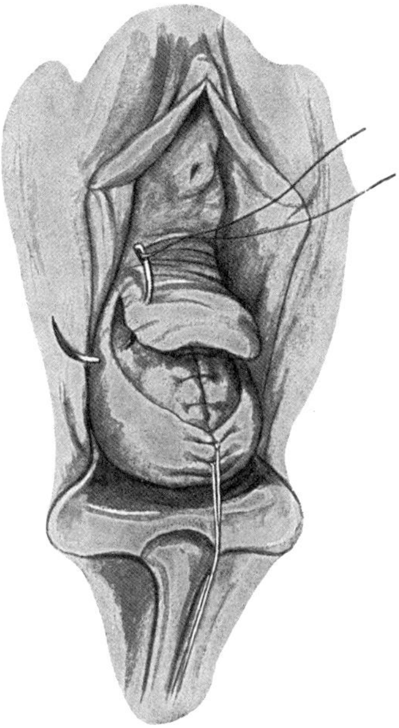

Abb. 135 **Naht des Bogenschnittes in der vorderen Scheidenwand**

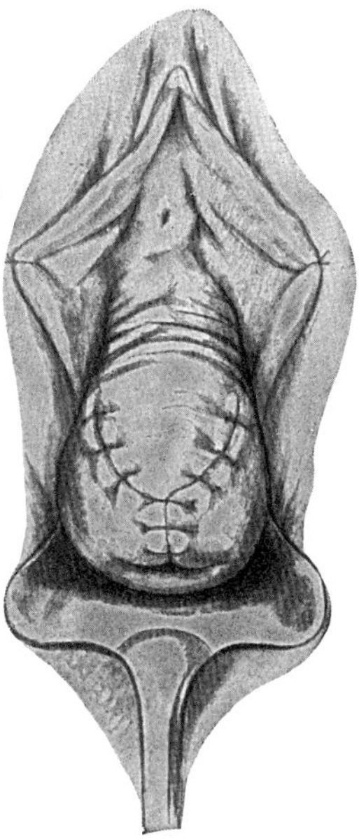

Abb. 136 **Fertige Naht der Scheide nach vaginaler Schnittentbindung**

Ist der Uterus vollständig entleert, beginnt die *Naht der durchtrennten Gewebsteile.* Zu diesem Zweck werden die Wundränder der vorderen Muttermundslippe erneut gefaßt und – am oberen Wundwinkel beginnend – mit einschichtigen Catgutknopfnähten vereinigt (Abb. 134). Es folgt die Versorgung der Scheidenwunde (Abb. 135 und 136).

Die *Anwendung* der vaginalen Schnittentbindung wird von vielen Geburtshelfern heute auf die vorzeitige Schwangerschaftsbeendigung beschränkt (Döderlein und Breitner). So sind die dieser Operation verbliebenen Indikationen vor allem die Schwangerschaftsunterbrechung nach dem 3. Monat, die vorzeitige Plazentalösung bei noch nicht lebensfähigem Kind und schwere mütterliche Erkrankungen vor der 24. Woche, die eine Schwangerschaftsbeendigung verlangen. Hier ist sie eine große Hilfe, und auch wir möchten sie für die wenigen Fälle von stark blutenden, fortgeschrittenen Aborten mit dünnwandigem weichen Corpus uteri und starrer, nicht oder nur wenig eröffneter Zervix nicht missen. Bei weiter fortgeschrittenen Graviditäten und vor allem bei lebensfähigem Kind wird heute ausschließlich bei gegebener Indikation zur Geburtsbeendigung wegen der für Mutter und Kind vielfältigen Gefahren der abdominale Weg gewählt.

Operative Erweiterung der Scheide und des Dammes

Episiotomie

Der Scheidendammschnitt, Episiotomie *), ist die häufigste geburtshilfliche Operation. Sie wird mittels einer geraden Schere oder der rückwärtsgebogenen Episiotomieschere von WALDMANN vorgenommen, deren eine Branche hinter dem Damm in die Scheide eingeführt wird (Abb. 137). Dabei sind drei *Schnittrichtungen* möglich (Abb. 138).

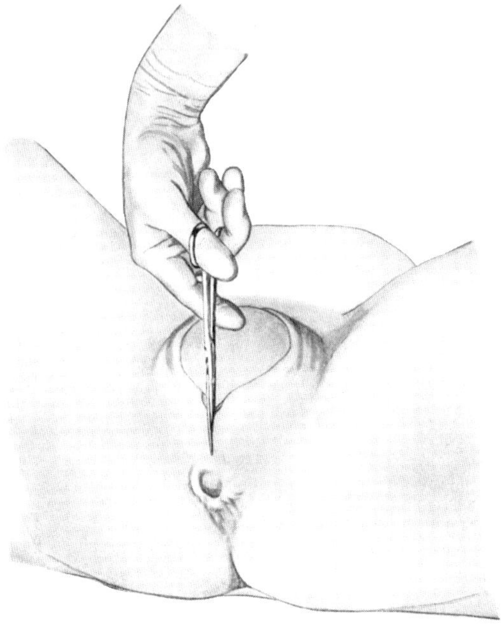

Abb. 137 **Mediane Episiotomie**

Die *„mediane Episiotomie"* spaltet das Dammgewebe von der hinteren Kommissur ausgehend in der Mittellinie bis an den Musculus sphincter ani heran. Zeigt sich während des Durchschneidens, daß der Raumgewinn nicht ausreichend ist, so kann der Schnitt bogenförmig um den Schließmuskel herum verlängert werden.

Die *„mediolaterale Episiotomie"* (Abb. 138) geht ebenfalls von der hinteren Kommissur aus und wird zur Seite hin am Schließmuskel vorbeigeführt. Sie gibt von vornherein die Möglichkeit einer ausgiebigeren Verminderung des Weichteilwiderstandes, da sie beliebig weit in Richtung auf das Tuber ischiadicum verlängert werden kann. Der Nachteil, daß dabei Anteile des blutreichen M. bulbospongiosus mit durchtrennt werden, und in den ersten Wochenbettstagen vermehrt Schmerzen auftreten, wird für die größere Sicherheit, mit der Schließmuskelverletzungen zu vermeiden sind, in Kauf genommen (KRÄUBIG). Allerdings ist zu beachten, daß dies nicht mit der Wahl der Schnittrichtung allein, sondern vielmehr mit der hier möglichen größeren Ausdehnung

*) ἐπίϱειον = Scham; τομή = Schnitt

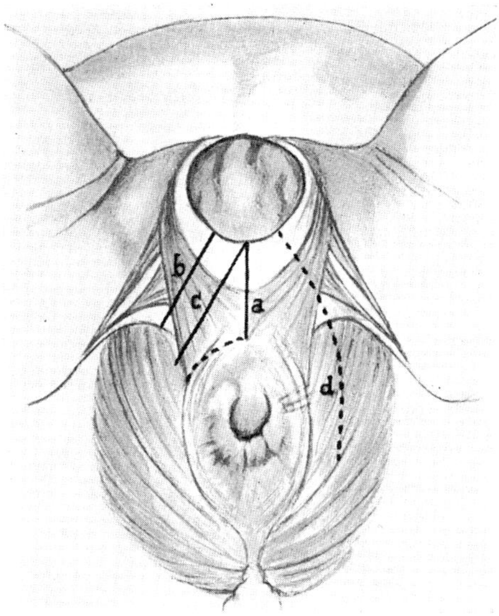

Abb. 138 **Die verschiedenen Schnittrichtungen bei der Episiotomie.**
Die Abb. zeigt, welche Muskelschichten des Beckenbodens jeweils betroffen werden.
a = Mediane Episiotomie
b = Laterale Episiotomie
c = Mediolaterale Episiotomie
d = SCHUCHARDT-Schnitt

der Episiotomie erreicht wird. Ist sie in mediolateraler Richtung unzulänglich, so erfolgt das Weiterreißen entsprechend den gegebenen Spannungsverhältnissen wie bei der medianen Episiotomie zur Mitte auf den Anus zu.

Die *„laterale Episiotomie"* (Abb. 138) gibt den größten Raumgewinn, wie er für schwierige vaginale Entbindungen benötigt wird. Nach Bedarf kann sie zum „Scheiden-Damm-Beckenboden-Schnitt", dem „SCHUCHARDT-Schnitt" [1]) erweitert werden (Abb. 138). Wir haben ihn seit vielen Jahren im Rahmen des entbindenden Operierens nicht mehr angewandt.

Die *Nahttechnik* und Pflege der Episiotomie nach der Geburt ist im Kapitel über die „Versorgung von Weichteilverletzungen" besprochen (S. 168).

Der Scheidendammschnitt hat eine zweifache Aufgabe zu erfüllen und zwar einmal die des Schutzes der Kreißenden vor Weichteilverletzungen in Form unkontrollierter Einrisse, eines subkutanen Abrisses des für die Statik des Beckenbodens bedeutungsvollen M. levator ani oder auch vor Überdehnung mit Zerstörung des elastischen Gewebes. Diese *Indikation von seiten der Mutter* stellt in erster Linie eine Prophylaxe später auftretender Deszensus und Prolapse mit dem quälenden Zustand der Harninkontinenz dar (VON JASCHKE [2]), RUBELI, HEINZE). Zum zweiten dient die Episiotomie der *Schonung des Kindes.* Durch die rechtzeitige Beseitigung des Weichteilwiderstandes gelingt es, dieses eher vor hypoxischen und geburtstraumatischen Hirnschädigungen zu bewahren. Diese Art der prophylaktischen Wirkung der Dammspaltung, die bei unreifen Kindern an der Verminderung der perinatalen Sterblichkeit statistisch

[1]) KARL A. SCHUCHARDT, Chirurg in Stettin, 1855—1901
[2]) RUDOLF T. EDLER VON JASCHKE, Ordinarius der Geburtshilfe in Gießen, 1881—1963

nachweisbar ist (G. Schubert [1]), G. Martius, Briscoe), wird verständlich, da der Eingriff die Austreibungsperiode als diejenige Geburtsphase wesentlich abkürzt, in der das Kind hinsichtlich eines Sauerstoffmangelschadens am meisten gefährdet ist (Hickl u. G. Martius). Im einzelnen sind die Indikationen zur Episiotomie in der Tab. 8 zusammengestellt. Auch aus ihr ist die Notwendigkeit einer großzügigen Anwendung zum Schutz von Mutter und Kind zu entnehmen. Der *Hebamme* ist die selbständige Ausführung der Dammspaltung aufgrund der HebDO. § 34 erlaubt.

Tabelle 8 **Indikationen zur Episiotomie**

1. Indikationen von seiten der Mutter:

Weichteilschwierigkeiten
Zustand nach Beckenbodenplastik
Enger Schambogen
Regelwidriger Geburtsmechanismus
Erschöpfung der Kreißenden
Erkrankungen der Kreißenden

2. Indikationen von seiten des Kindes:

Verzögertes Durchschneiden des Kopfes
Intrauterine Asphyxie
Vermeidung von Geburtsverletzungen
Frühgeburt

Durchtrennung eines Scheidenseptums

Das Scheidenseptum als partielle Doppelmißbildung des Genitales durch Persistenz der Müller-Gänge kann in der Austreibungsperiode ein Geburtshindernis darstellen, wenn der vorangehende Teil auf ihm reitet. In diesen Fällen ergibt sich die Notwendigkeit der Durchtrennung. Bei dünnen Gewebsschichten kann dies mit einem Scherenschlag geschehen, wenn sich das Septum über dem andrängenden Kopf anspannt. Größere Septen müssen durch die Spekulumeinstellung sichtbar gemacht werden, um sie dann Schritt für Schritt unter sorgfältiger Vermeidung von Harnröhren- oder Blasenverletzungen zu durchtrennen. Bei stärkerer Blutung ist nach der Entbindung die Versorgung durch Naht erforderlich.

[1]) Gerhard Schubert, Ordinarius für Geburtshife in Hamburg, 1907—1964

Literatur

Anselmino, K. J., M. Durst: Die Blasensprengung unter der Geburt. Geburtsh. u. Frauenheilk. *26* (1966) 370

Braitenberg, H.: Die hohe Blasensprengung zur Einleitung der Geburt, Wien. klin. Wschr. *73* (1961) 579

Briscoe, C. C.: Delivery of the premature infant, Clin. obstet. gynec. *7* (1964) 695

Burger, K.: Künstliche Blasensprengung bei Übertragung. Geburtsh. u. Frauenheilk. *9* (1949) 94

Döderlein, G., J. Breitner: Die geburtshilflichen Operationen. In: Klinik der Frauenheilkunde und Geburtshilfe, hsg. von H. Schwalm und G. Döderlein, Bd. 1, S. 519. Urban & Schwarzenberg, München 1964

Döring, G. K.: Dissert. V. Krauss: Der Einfluß der Geburtsdauer auf den postpartalen Zustand von Mutter und Kind, insbesondere auf die Kindersterblichkeit und die Asphyxierate. Diss. München 1966

Guilhem, P. A., A. Pontonnier, R. Baux, M. Monrozies, P. Armengau, G. Espagno, P. Bennet: L'association de la perfusion d'oxytocique à l'anesthésie au pentothal dans l'accouchement normal et pathologique. Gynéc. et Obstét. *59* (1960) 173

Heinze, H. G.: Untersuchungen zur Pathogenese von Descensus und Prolaps der weiblichen Beckenorgane. Diss. München 1960

Hellman, L. M., M. Prystowsky: The duration of the second stage of labour. Amer. J. Obstet. Gynec. *63* (1952) 1223

Husslein, H., K. Baumgarten: Die tiefe Blasensprengung zur Geburtseinleitung. Geburtsh. u. Frauenheilk. *22* (1962) 1202

Käser, O., F. A. Ikle: Atlas der gynäkologischen Operationen. 2. Aufl. Thieme, Stuttgart 1965

Kräubig, H.: Betrachtungen zum methodischen Vorgehen bei der Episiotomie. Dtsch. med. Wschr. *87* (1962) 1651

Lochmüller, H., G. Martius: Die medikamentöse Schnellentbindung, Vortrag Bayer. Ges. f. Gynäkologie, Regensburg 11. 6. 1966

Martius, G.: Geburtshilfliche Pädiatrie, Mschr. Kinderheilk. *106* (1958) 263

Martius, G., E. J. Hickl: Die azidotische Gefährdung des Kindes im Verlauf der Geburt. Fetale Blutanalysen in der Eröffnungs- und Austreibungsperiode. Geburtsh. u. Frauenheilk. *26* (1966) 1152

Martius, G., E. J. Hickl, H. Jopp: Erfahrungen mit der Geburtsbeschleunigung durch Kombination von Allgemeinnarkose, Oxytocin-Infusion und Vakuum-Extraktion. Geburtsh. u. Frauenheilk. *26* (1966) 32

Puder, H.: Vorteile und Gefahren der vor- bzw. frühzeitigen Blasensprengung. Geburtsh. u. Frauenheilk. *21* (1961) 38

Rubeli, P.: Die Episiotomie als Prophylaxe der postpartalen Urininkontinenz. Gynaecol. (Basel) *141* (1956) 173

Urbatus, W.: Die Indikationsstellung zur hohen Blasensprengung nach Drew-Smythe. Geburtsh. u. Frauenheilk. *25* (1965) 1056

Waldmann, H.: Eine neue Episiotomieschere. Zbl. Gynäk. *80* (1958) 1184

Abdominale Schnittentbindung

Geschichtliches

Wir müssen heute annehmen, daß die abdominale Schnittentbindung bereits den alten Ägyptern, Griechen und Römern bekannt gewesen ist (VON SIEBOLD, ROSENBAUM). So heißt es in der hellenischen Legende, daß ASKLEPIOS von seinem Vater APOLLO aus dem Leib der Mutter KORONIS herausgenommen wurde, nachdem die ungetreue Geliebte durch einen Pfeil der ARTEMIS mit dem Tode bestraft worden war. Die Ausführung der *Operation an der Sterbenden oder Toten* war im Römischen Reich Gegenstand eines Gesetzes und zwar der Lex Regia von NUMA POMPILIUS, König von Rom in den Jahren 715—673 v. Chr. Geburt. Dieses Gesetz enthielt eine in dem Corpus iuris civilis des Kaisers JUSTITIAN aus dem 6. Jahrhundert n. Chr. Geburt überlieferte Vorschrift, nach der keine Schwangere beerdigt werden durfte, ohne vorher durch Schnitt entbunden worden zu sein. In den deutschen Sagen der Gebrüder GRIMM wird erzählt, daß BURGHARD GRAF VON LINSGOW den Beinamen „Ingenitus" erhielt, weil er aus dem Leichnam der Mutter herausgeschnitten wurde. In den nordischen Ländern hat sich bis heute der Name „Obornin", der Ungeborene, erhalten, und im hessischen Uradel heißt das Haupt einer Familie VON DALWIGK aus demselben Grunde „REINHARD der Ungeborene". SHAKESPEARE hat 1605 in seinem „Macbeth" die Schnittentbindung in den Ablauf des dramatischen Konfliktes einbezogen. Macbeth verläßt sich auf die Prophezeihung: „Dir schadet keiner, den ein Weib geboren, kein solcher kränkt Macbeth" (IV, 1), und „mein Leben ist gefeit, kann nicht erliegen einem vom Weib Geborenen" (V, 7). Macbeth fällt durch das Schwert von Macduff, der von sich sagt, „daß vor der Zeit Macduff geschnitten ward aus Mutterleib" (V, 7).

Das erste sichere Zeugnis einer *Schnittentbindung an der lebenden Frau* finden wir in einer kleinen Schrift von MANSFELD aus dem Jahre 1824 über „Das Alter der Bauch- und Gebärmutterschnitte". Aus ihm entnehmen wir, daß im Mischnajoth, einem um das Jahr 140 n. Chr. Geburt von jüdischen Gelehrten zusammengetragenen Werk, vom „Wändeschnitt" an der Lebenden berichtet wird. Die erste Publikation über die Schnittentbindung an der Lebenden wurde 1581 von F. ROUSSET in Paris herausgegeben (STÜBLER). In Deutschland wird dem Chirurgus JEREMIAS TRAUTMANN 1610 in Wittenberg die erste Operation zugeschrieben. Sicher führten jedoch die Hebammen schon früher die Schnittentbindung aus. Die Technik wurde von Hebamme zu Hebamme weitergegeben. Ebenso bestehen keine Zweifel, daß im alten Rom die Schnittentbindung an der Lebenden bekannt war, wie dies die Geburten von PUBLIUS CORNELIUS SCIPIO AFRICANUS und von GAIUS JULIUS CAESAR beweisen, deren Mütter die Operation viele Jahre überlebten (BAZALA).

Die *Bezeichnung* „Sectio caesarea" oder „Kaiserschnitt" stammt aus dem 17. Jahrhundert von dem Jesuitenpater THEOPHILUS RAYNAUDUS (1637), der sie an die Stelle der aus psychologischen Gründen besseren, bis dahin gebräuchlichen Bezeichnung „Partus caesareus" = „Schnittentbindung" setzte. Nach PLINIUS kommt das Wort „Caesar" und damit auch das deutsche Wort „Kaiser" von caedere = schneiden, da der erste der Caesaren aus dem Mutterleib herausgeschnitten wurde: „Auspicatius enecta parente gignuntur, sicut Scipio Africanus prior natus primusque Caesarum a caeso matris utero dictus, qua de causa Caesares appelati. Simili modo natus est Manilius, qui Carthaginem cum exercitu intravit."

Es bestehen zwar gewisse Zweifel an der Richtigkeit dieser von PLINIUS möglicherweise aus der Volksetymologie übernommenen Deutung, zumal in der punischen Sprache „Caesar" Elefant bedeutet und so diskutiert wird, ob nicht einer der punischen Ahnen einen Elefanten tötete und deshalb diesen Beinamen erhielt (BAZALA). Immerhin müssen wir annehmen, daß nicht die Operation, weil sie besonders imponierend ist, als „Kaiserschnitt" bezeichnet wurde, sondern daß „Caesar" und „Kaiser" von der Operation her übernommen wurden.

Zum Abschluß dieser geschichtlichen Betrachtungen seien vier Errungenschaften genannt, die der Schnittentbindung im Laufe ihrer Entwicklung ihre Gefahren genommen und der heutigen Geburtshilfe die Möglichkeit der großzügigeren Anwendung zum Wohl von Mutter und Kind gegeben haben: 1. die Einführung der Asepsis (LISTER, 1867) (SEMMELWEIS, 1847); 2. die verbesserte Nahttechnik des Uterus (KEHRER, 1881) (SÄNGER, 1882) (LEOPOLD, 1882); 3. die Verlegung des Schnittes in das untere Uterinsegment (KRÖNIG, FRANK, KEHRER, KERR, DOERFLER); 4. die Fortschritte der prä- und postoperativen Behandlung in Form der Schock-, Infektions- und Ileusbekämpfung.

Operative Technik

Die *Vorbereitung* der Patientin durch Rasur der Schamhaare, Katheterismus der Blase und Desinfektion der Bauchdecken z. B. mit alkoholischer Merfen-Tinktur entspricht derjenigen bei gynäkologischen Laparotomien.

Die *Eröffnung der Bauchdecken* erfolgt für gewöhnlich durch den suprasymphysären Querschnitt. Lediglich in Fällen, die die Entwicklung des Kindes ohne jeden Zeitverlust verlangen, bei der Notwendigkeit einer genaueren Kontrolle des Oberbauches, bei sehr adipösen Schwangeren und beim Vorhandensein einer alten Längsschnittnarbe werden die Bauchdecken durch Längsschnitt eröffnet. Je nach dem weiteren Vorgehen sind die folgenden *operativen Verfahren* zu unterscheiden:

a. Sectio caesarea intraperitonealis supracervicalis
b. Korporale oder klassische Schnittentbindung
c. Extraperitoneale Schnittentbindung
d. Schnittentbindung nach PORRO
e. Schnittentbindung mit Totalexstirpation des Uterus.

a) Sectio caesarea intraperitonealis supracervicalis:

Die *Eröffnung der Gebärmutter* bei der suprazervikalen Schnittentbindung wird im unteren Uterinsegment vorgenommen, das nach oben durch die Retraktionsfurche, nach unten durch das Orificium internum cervicis uteri begrenzt ist (S. 14). Die richtige Stelle für die Inzision ist leicht daran zu erkennen, daß in ihrem Bereich das Peritoneum auf der Uteruswand gut verschieblich ist, während es nach kranial fest der Muskulatur anhaftet. Nach kaudal schließt sich der obere Pol der Harnblase an. Das Peritoneum wird in diesem verschieblichen Teil mit der Pinzette angehoben und gespalten, wobei die Eröffnung in Längsrichtung die spätere Deckung der Uterusnaht begünstigt (H. MARTIUS). Das Abschieben des Peritoneums zur Seite hin und mit der Blase nach unten gelingt meistens ohne weiteres stumpf mit einem Stieltupfer oder durch Unterminierung mit der geschlossenen Schere (Abb. 139). Die entstandene Bauchfelltasche wird mit in die Bauchspekula hineingenommen, um die Peritonealhöhle abzudecken. Es folgt nun die Spaltung des unteren Uterinsegmentes mit dem

Skalpell durch einen kleinen bogenförmigen Querschnitt (Abb. 140). Die stumpfe Erweiterung mit den Zeigefingern nach beiden Seiten hin (Abb. 141) hat den Vorteil, daß weniger Gefäße eröffnet werden. Die sich stellende Fruchtblase wird eröffnet.

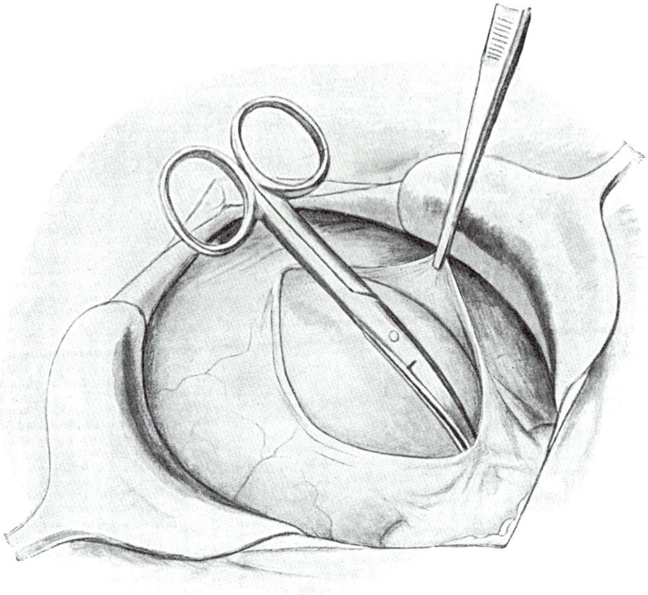

Abb. 139 **Suprazervikale Schnittentbindung I.** Das viszerale Peritoneum wird nach rechts und links und mit der Blase nach unten stumpf abgeschoben.

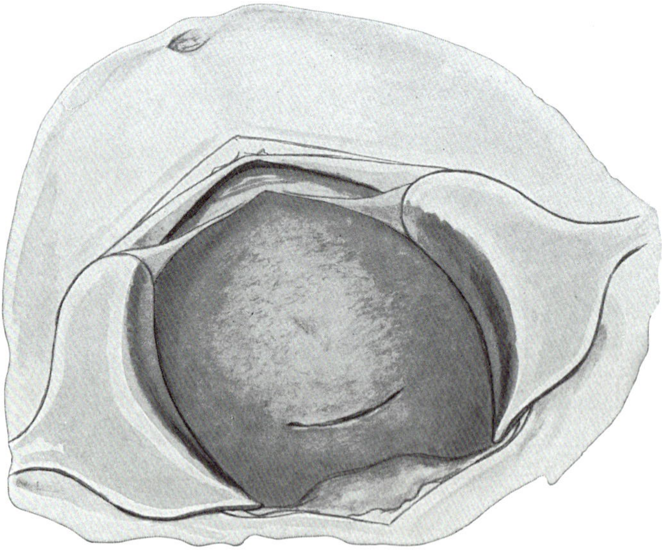

Abb. 140 **Suprazervikale Schnittentbindung II.** Das untere Uterinsegment wird mit einem kleinen bogenförmigen Querschnitt eröffnet. Die Spekula sind in die Taschen des viszeralen Peritoneums eingesetzt.

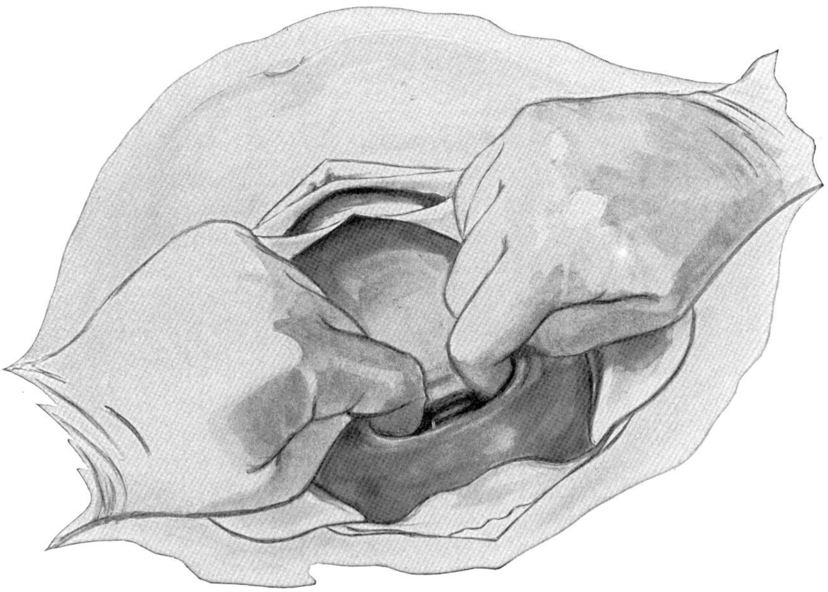

Abb. 141 **Suprazervikale Schnittentbindung III.** Stumpfe Erweiterung des kleinen Querschnittes mit den hakenförmig in die Wunde eingeführten Zeigefingern.

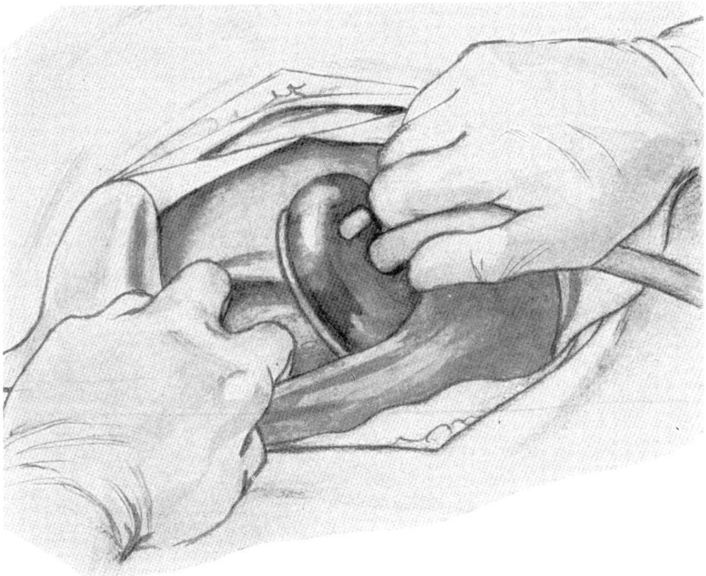

Abb. 142 **Suprazervikale Schnittentbindung IV.** Entwicklung des kindlichen Kopfes mit dem Vakuumextraktor (nach EVELBAUER).

Wird Plazentargewebe sichtbar, so muß dieses stumpf auseinandergedrängt werden. Ausfließendes Fruchtwasser und Blut werden vom Assistenten mittels eines Elektrosaugers mit Bienenkorbansatz abgesaugt.

Die *Entwicklung des Kindes* geschieht am einfachsten dadurch, daß das Hinterhaupt in die Wunde hineingedreht und mit der mittleren Vakuumglocke gefaßt wird (EVELBAUER) (Abb. 142). Im Vergleich zur manuellen Elevation des Kopfes bedeutet dies eine Raumersparnis, wodurch ein seitliches Weiterreißen in die Uteringefäße mit evtl. lebensbedrohlichen Blutungen eher vermieden wird. Als weitere Möglichkeiten sind die Entwicklung mit der kleinen Kaiserschnittzange (Abb. 143) oder dem von SELLHEIM

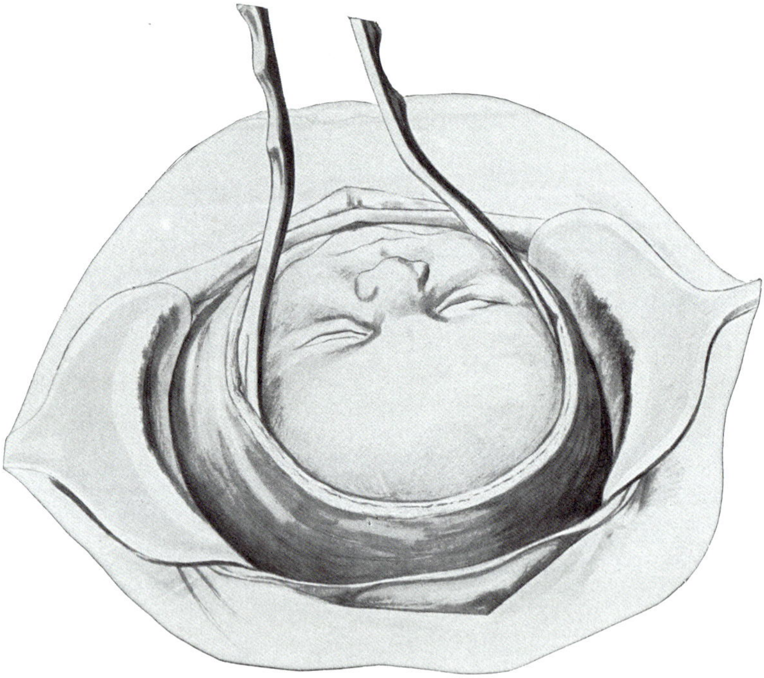

Abb. 143 **Suprazervikale Schnittentbindung V.** Entwicklung des Kindes mit der kleinen Kaiserschnittzange. Das Gesicht des Kindes wurde in die Uteruswunde gedreht.

empfohlenen gefensterten Löffel gegeben. Bei einer Beckenend- oder Querlage kann am Steiß bzw. an dem heruntergeholten vorderen Fuß extrahiert werden. Nach der Entwicklung des Kindes erhält die Patientin vom Anästhesisten Methergin 1 ml intravenös injiziert.

Zur *Nahtversorgung des Uterus* werden die beiden Wundwinkel zunächst mit Kugelzangen angehoben und mit einem Catgutfaden Nr. 1 oder 2 umstochen (Abb. 144). Es folgt die Entwicklung der Plazenta mit ihren Eihäuten und die manuelle Revision der Uterushöhle. Zur endgültigen Versorgung des Uterusquerschnittes kann dieser mit Hilfe der Ecknähte vom Assistenten gut sichtbar gemacht werden. Die im Abstand von etwa $1^1/_2$ cm gelegten Catgutknopfnähte greifen durch die Muskulatur hindurch, ohne die Schleimhaut mitzufassen. Mit einer zweiten Z-förmigen Nahtreihe wird die erste nochmals gedeckt und zugleich auf etwa die Hälfte verkürzt (Abb. 145 und 147).

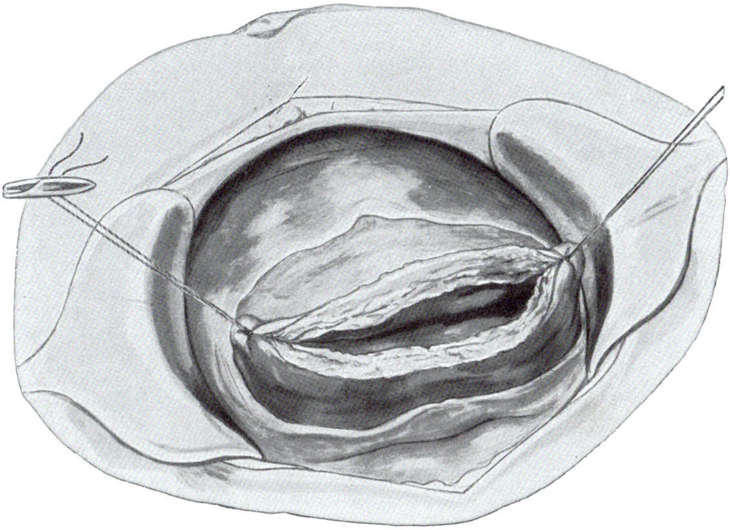

Abb. 144 **Suprazervikale Schnittentbindung VI.** Die beiden Wundwinkel sind mit Catgutfäden umstochen und werden zur Darstellung der Uteruswunde hochgehalten.

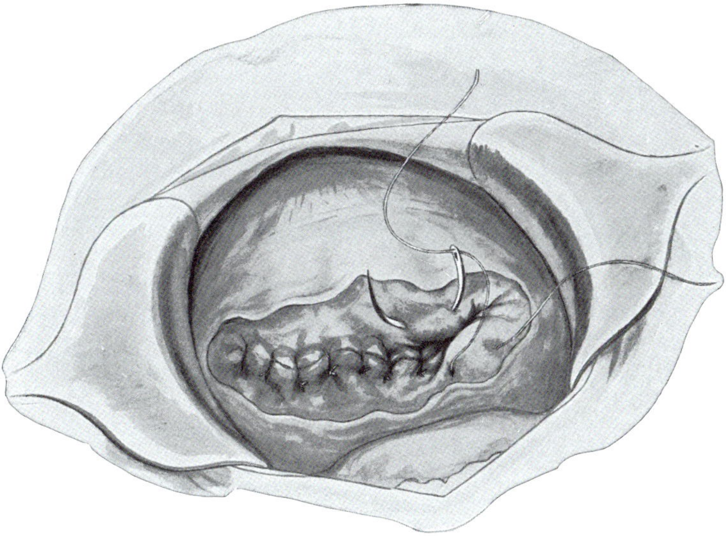

Abb. 145 **Suprazervikale Schnittentbindung VII.** Die erste Uterusnaht mit Knopfnähten ist abgeschlossen. Darüber wird eine zweite Z-förmige Nahtreihe gelegt.

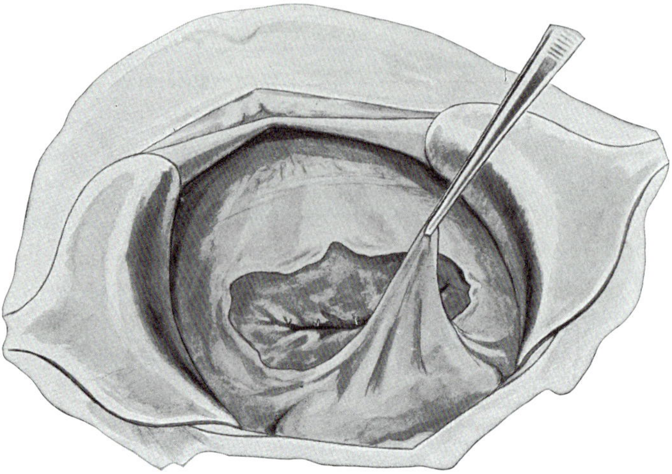

Abb. 146 **Suprazervikale Schnittentbindung VIII.** Extraperitonealisierung der Uteruswunde unter Verwendung des Blasenperitoneums.

Das Knüpfen der Nähte soll nicht mit zu viel Kraft erfolgen, um Gewebshypoxien und dadurch Störungen der Wundheilung zu vermeiden, die eine spätere Ruptur begünstigen. Die gleichen Überlegungen haben andere Operateure zu der Empfehlung veranlaßt, es bei einer Nahtreihe bewenden zu lassen (POTTER und JOHNSTON, OBER), bzw. für die zweite Nahtreihe ausschließlich sagittal gestellte Knopfnähte zu verwenden.

Die *Extraperitonealisierung der Uteruswunde*, deren Möglichkeit einer der wesentlichen Vorteile des suprazervikalen Uterusschnittes gegenüber dem korporalen Längsschnitt darstellt (S. 153), kann mit dem reichlich zur Verfügung stehenden Peritoneum mit fortlaufender Chromcatgutnaht Nr. 0 oder 1 erfolgen (Abb. 146). DÖRR empfiehlt

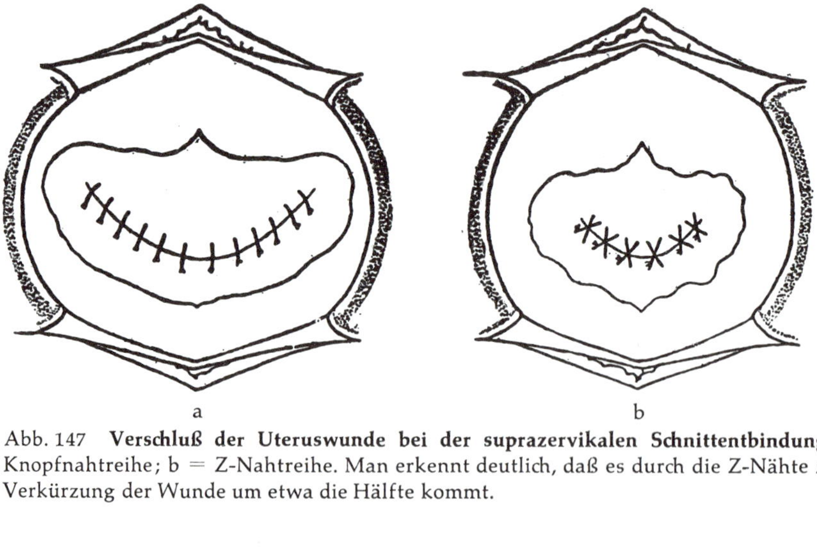

a b

Abb. 147 **Verschluß der Uteruswunde bei der suprazervikalen Schnittentbindung.** a = Knopfnahtreihe; b = Z-Nahtreihe. Man erkennt deutlich, daß es durch die Z-Nähte zu einer Verkürzung der Wunde um etwa die Hälfte kommt.

die zusätzliche Deckung mit den gerafften Ligamenta teres uteri (Ligg. rotunda), Käser eine zweite fortlaufende Chromcatgutnaht Nr. 00.

Vor dem *Verschluß der Bauchdecken,* der entsprechend dem Vorgehen bei anderen Laparotomien erfolgt, werden die Adnexe durch Inspektion und, falls notwendig, der Oberbauch durch Palpation kontrolliert.

b) Korporale oder klassische Schnittentbindung:

Die Eröffnung des Uterus durch den korporalen Längsschnitt hat heute mit Rücksicht auf die mehrfach größere Rupturgefahr ihre Berechtigung verloren (Waidl; Hollstein; Frangenheim; Fleming; Soergel; Golob u. a.). Lediglich in den Fällen, in denen der Uterus anschließend exstirpiert werden soll (Abb. 148) oder auch bei einer Schnitt-

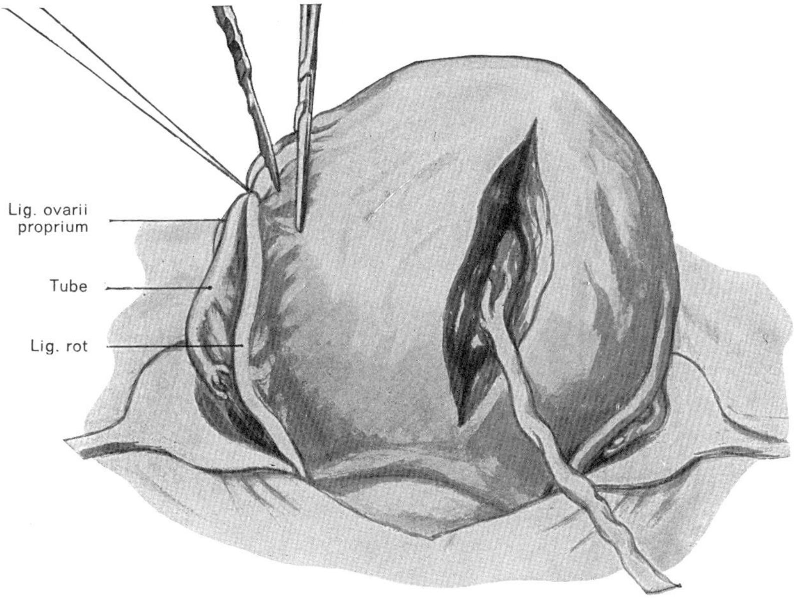

Abb. 148 **Schnittentbindung nach Porro I.** Das Kind ist durch einen korporalen Längsschnitt entwickelt. Der Uterus ist vor die Bauchdecken gebracht. Die rechten Adnexabgänge sind umstochen und werden durchtrennt.

entbindung wegen Placenta praevia, an die eine Tubensterilisation angeschlossen werden soll, ist sie zulässig (Käser). Ein wesentlicher Nachteil der korporalen Uterusöffnung ist die Unmöglichkeit einer exakten Peritonealisierung.

c) Extraperitoneale Schnittentbindung:

Diese von A. Döderlein, Frank, Küstner, Latzko und Sellheim ausgearbeitete Methode hatte den Sinn, den Peritonealraum vor Infektionen zu schützen. Von einem Längsschnitt aus wird die Rektusmuskulatur stumpf auseinandergedrängt und der Blasenscheitel und die Plica vesicouterina des Peritoneums sichtbar gemacht. Das Abschieben der Blase erfolgt nach unten, das der Peritonealumschlagfalte nach oben, bis das untere Uterinsegment sichtbar wird und eröffnet werden kann. – Das Vorgehen hat durch die heutigen Möglichkeiten der Infektionsbekämpfung an Bedeutung verloren.

d) Schnittentbindung nach Porro:

Unter einer Schnittentbindung nach PORRO wird heute die Sectio caesarea mit anschließender supravaginaler Uterusamputation verstanden. Die Eröffnung des Uterus erfolgt aus Gründen der Zeitersparnis durch einen korporalen Längsschnitt, durch den das Kind extrahiert wird (Abb. 148). Unter Zurücklassung der Plazenta wird der Uterusschnitt mit großen Klauenzangen verschlossen und das Corpus uteri vor die Bauchdecken gebracht. Die supravaginale Amputation erfolgt in typischer Weise durch Umstechung und Absetzen der Adnexabgänge, Querspaltung und Abschieben des Blasenperitoneums, Darstellung und Umstechung des Uterina-Gefäßbündels (Abb. 149) und Absetzen des Corpus uteri in Höhe des inneren Muttermundes (Abb. 150). Nach der Versorgung des Zervixstumpfes wird dieser gemeinsam mit den Adnexstümpfen extraperitonealisiert (Abb. 151). Operationstechnische Einzelheiten sind den „Gynäkologischen Operationen" zu entnehmen.

e) Schnittentbindung mit Totalexstirpation des Uterus:

Ergibt sich bei einer Schnittentbindung die Notwendigkeit, den Uterus zu entfernen (S. 66), so ist es besser, anstelle des Vorgehens nach PORRO die Totalexstirpation

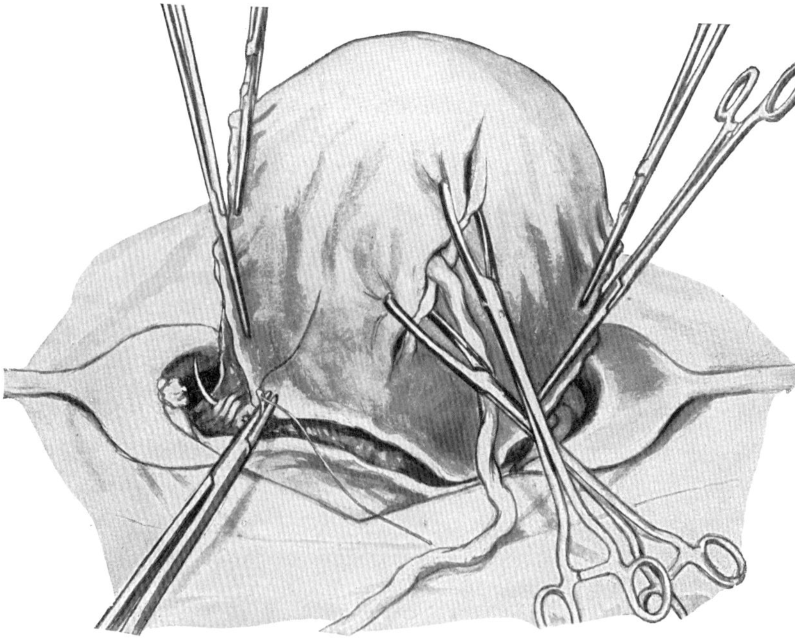

Abb. 149 **Schnittentbindung nach Porro II.** Der korporale Längsschnitt ist mit Klauenzangen verschlossen. Das Blasenperitoneum ist quergespalten und die Blase abgeschoben. Das rechte Uterina-Gefäßbündel ist dargestellt und wird umstochen.

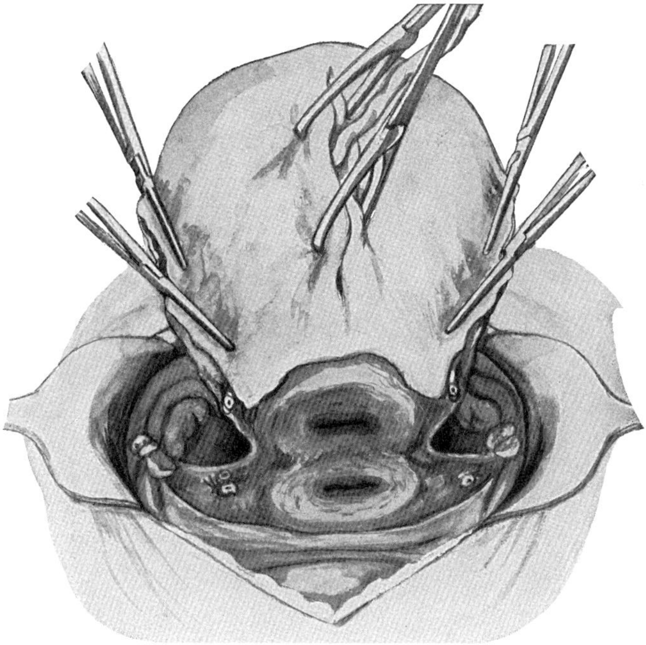

Abb. 150 **Schnittentbindung nach Porro III.** Das Corpus uteri wird in Höhe des inneren Muttermundes abgesetzt. Man sieht beiderseits die unterbundenen Uteringefäße und Adnexstümpfe.

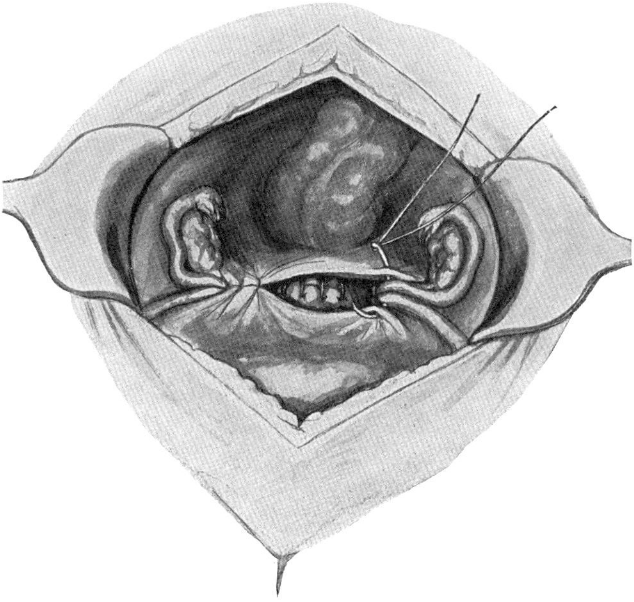

Abb. 151 **Schnittentbindung nach Porro IV.** Der Zervixstumpf ist mit sagittalen Knopfnähten verschlossen. Die Extraperitonealisierung erfolgt gemeinsam mit den Adnexstümpfen.

vorzunehmen. Auch diese operative Technik entspricht derjenigen bei gynäkologischen Indikationen. Die stärkere Gewebsdurchblutung bereitet im allgemeinen keine wesentlichen zusätzlichen Schwierigkeiten. Der Scheidenstumpf wird lediglich an den Ecken umstochen und an der Vorder- und Hinterwand gesäumt. Die Peritonealisierung des Wundgebietes erfolgt auch hier gemeinsam mit derjenigen der Adnexstümpfe.

Anästhesie

Die Problematik der Anästhesie bei der Schnittentbindung wird von dem Verlangen nach einer für Mutter und Kind sicheren und schonenden Methode bestimmt. Dabei ist zu berücksichtigen, daß es sich einmal vielfach um Notfallchirurgie bei unvorbereiteten Patienten handelt, und daß zum zweiten das Kind und ganz besonders Frühgeborene (Lund) durch eine zu tiefe Narkose gefährdet sind. Die *Chloräthyl-Äther-Narkose* kann heute nur noch als Notbehelf angesehen werden (Ober). Die *lokalen Anästhesieverfahren* wie die einfache Infiltrationsanästhesie (Frigyesi), die Periduralanästhesie und die Spinalanästhesie bieten gegenüber einer schonenden Allgemeinanästhesie keine Vorteile mehr. Die bei Schwangeren immer wieder einmal zu beobachtenden plötzlichen Todesfälle bei der Spinalanästhesie werden von Stiebler mit dem bei Rückenlage auftretenden hypotensiven Syndrom in Verbindung gebracht.

Als sicherste Methode bietet sich deshalb die *Intubationsnarkose* an, da sie die Sauerstoffzufuhr für Mutter und Kind garantiert, Aspirationen verhütet und bei guter Relaxation günstige Operationsbedingungen bei oberflächlicher, für das Kind schonender Narkosetiefe schafft. Bei liegendem Dauertropf wird die eben notwendige Einschlafdosis eines kurzwirkenden Barbiturates gegeben. Die Intubation erfolgt nach Gabe von Succinylcholin. Bis zur Entwicklung des Kindes wird die Narkose mit einem Lachgas-Sauerstoffgemisch weitergeführt. Anschließend können Äther, Cyclopropan, Halothan oder Penthane nach Bedarf zugesetzt werden.

Anwendung der Schnittentbindung

Die Schnittentbindung hat die Aufgabe der Beendigung einer Schwangerschaft bzw. Geburt unter Bedingungen, die dies auf normalem Wege nicht oder noch nicht zulassen. Hieraus ergibt sich, daß diese Operation keiner speziellen Indikationslehre bedarf. Die auf S. 62 angegebene Übersicht hat auch hier ihre volle Gültigkeit.

Versuchen wir andererseits, aufgrund retrospektiver Betrachtung die wichtigsten Regelwidrigkeiten zu eruieren, die heute zur Schnittentbindung führen, so müssen wir erkennen, daß diese in einem wesentlichen Teil der Fälle nicht durch eine einzelne Indikation bestimmt war (Zoltan). Diese Tatsache charakterisiert bereits die Schwierigkeiten, die uns bei dem Versuch einer strengen Trennung zwischen Indikationen von seiten der Mutter und des Kindes entgegentreten. So wird z. B. durch eine Querlage oder eine Placenta-praevia-Blutung das Leben des Kindes und der Mutter gefährdet. Dennoch ist in der folgenden Übersicht versucht, die wichtigsten Regelwidrigkeiten zusammenzustellen, die in der heutigen Geburtshilfe eine Schnittentbindung erforderlich machen.

a) Schnittentbindung im Interesse des Kindes

Die Entwicklung der Geburtshilfe in den letzten Jahren mit der bereits mehrfach erwähnten stärkeren Berücksichtigung der Interessen des Kindes hat dazu geführt, daß die Indikationen von seiten des Kindes auch bei der Schnittentbindung an die erste Stelle gerückt sind und zwar ausschließlich oder zumindest mitbestimmend bei den sog. „gemischten Indikationen" (G. Döderlein; H. Martius; Noack; Kalkschmidt; Vara; Mintz, u. a.).

Als wichtigste Regelwidrigkeit ist die intrauterine *Hypoxie und Azidose* als Folge einer Plazentainsuffizienz, eines verzögerten Geburtsverlaufes oder bei Nabelschnurkomplikationen zu nennen. Ferner muß sich der Geburtshelfer bei der Notwendigkeit einer *vorzeitigen Schwangerschaftsbeendigung*, wie sie bei einer Gestose, einem habituellen Absterben oder einer Inkompatibilität gegeben ist, zur Schnittentbindung entschließen, wenn die Geburtseinleitung erfolglos geblieben oder die vaginale Entbindung unmöglich ist. Für die mütterliche Gestose hat sich dabei in den letzten Jahren ein interessanter Indikationswechsel ergeben. Nachdem die Erfolge der hypotensiven Therapie bereits dazu geführt hatten, daß auf eine Schnittentbindung aus Indikation von seiten der Mutter ganz verzichtet wurde (Fauvet), mußte diese als Folge der Einsicht in die perinatale Gefährdung des Kindes durch die fortschreitende Plazentainsuffizienz wieder in den Therapieplan aufgenommen werden (Kraatz u. Winter; Kyank u. Schubert; G. Martius). So ist es auch zu erklären, daß die Gestose heute bei den Indikationen von seiten des Kindes genannt wird.

Beim *Diabetes mellitus* wird die Schnittentbindung etwa in der 37. Woche ebenfalls vorwiegend aus der Sorge um das Kind vorgenommen. Bei einer *Placenta-praevia-Blutung*, deren Stärke die abdominale Beendigung der Schwangerschaft mit Rücksicht auf die Mutter noch nicht erforderlich machen würde, kann eine Indikation von seiten des Kindes gegeben sein, wenn der HbF-Nachweis im vaginalen Blut eine starke Beteiligung des Kindes an dem Blutverlust anzeigt (Wiener; Wickster; Hickl) (S. 64).

Schließlich ist der Arzt bei *Agonie oder Tod der Mutter* verpflichtet, das Kind durch die abdominale Eröffnung des Uterus zu retten. Allerdings zeigt sich bei der Sterbenden immer wieder, wie außerordentlich schwierig es ist, den richtigen Zeitpunkt für diesen Eingriff zu finden. Eine Zusammenstellung von 116 Fällen von postmortaler Schnittentbindung haben Leonard u. Stone publiziert.

b) Schnittentbindung im Interesse der Mutter

Als typisches Beispiel für die ausschließliche Indikation von seiten der Mutter sind die *Regelwidrigkeiten der Weichteile* in Form einer vorausgegangenen Fisteloperation mit der Gefahr eines Fistelrezidivs und das Portiokarzinom zu nennen, bei dem die Entbindung auf vaginalem Wege die Heilungschancen verschlechtert (S. 66). Bei einer vorausgegangenen Uterusruptur handelt es sich indessen bereits nicht mehr um eine ausschließliche Indikation von seiten der Mutter, da ein Wiederaufreißen der Narbe auch das Kind in Lebensgefahr bringt. Von den schweren *Organerkrankungen* der Mutter wird vor allem der Herzfehler mit Dekompensationserscheinungen als Indikation angesehen (Zoltan; Uter; Langer u. Villinger u. a.).

Das *genitalbedingte Fieber* während der Eröffnungsperiode läßt sich heute so gut wie immer mit Antibiotika beherrschen. In seltenen Fällen eines foudroyanten Verlaufes einer genitalen Infektion kann jedoch die Schnittentbindung mit Entfernung des Infektionsherdes durch die Uterusexstirpation notwendig werden.

c) Schnittentbindung aus fetalem und maternem Interesse

Von den sog. „gemischten Indikationen" wurde bereits die Placenta-praevia-Blutung genannt. Weitere Regelwidrigkeiten sind die vorzeitige Lösung der normalsitzenden Plazenta und das Mißverhältnis zwischen Geburtsobjekt und Geburtskanal. Uterine oder ovarielle Tumoren, die gegen Ende der Gravidität einer operativen Intervention bedürfen, können anläßlich einer Schnittentbindung entfernt werden.

Auch die *Regelwidrigkeiten des Geburtsmechanismus* verlangen die Berücksichtigung der Interessen von Mutter und Kind. Die Sectio caesarea hat sich hier in den letzten Jahren ein immer größeres Terrain erobert. Bei den Lage- und Poleinstellungsanomalien ist es auf diese Weise gelungen, die perinatale Sterblichkeit der Kinder wesentlich zu senken (S. 119 u. 125). So berichtet Zoltan über eine Verminderung der Mortalität bei der Querlage von 20 % auf 2,2 % infolge einer Steigerung der Sectiofrequenz von 50 % auf 75,3 %. Die gleichen Zahlen für die Beckenendlage lauten 4,3 % und 2,5 % bei einer Zunahme der abdominalen Operationsfrequenz von 3,4 % auf 9,4 %. Aber auch bei einer Stirn- und Gesichtseinstellung im Beckeneingang, bei der hinteren Scheitelbeineinstellung beim platten Becken und dem persistierenden hohen Geradstand sollte frühzeitig die Schnittentbindung in Erwägung gezogen werden.

Gefährdung von Mutter und Kind

Die durch eine entbindende Operation gegebene Gefährdung ist zunächst an Hand der fetalen und maternen Mortalitätszahlen zu prüfen. Die *mütterliche Sterblichkeit* bei der Schnittentbindung beträgt heute in ungereinigten Statistiken etwa 1 % mit Schwankungen von 0,14 % bis 2,9 % (Pauwen; Vara; Dörr; Wendl; Schrader, u. a.). Jeweils ist zu berücksichtigen, daß der überwiegende Teil der Todesfälle eine Folge der die Schnittentbindung indizierenden Regelwidrigkeit ist. Demgegenüber beobachten wir bei den gegebenen Möglichkeiten der prä- und postoperativen Behandlung mütterliche Todesfälle allein als Operationsfolge in Form des postoperativen Ileus, einer Peritonitis durch Nahtdehiszenz, eines posthämorrhagischen Schocks oder einer Thromboembolie nur noch selten. Zoltan sah in 22 Jahren bei über 1000 Sectiones nur 2 entsprechende Todesfälle. Lull konnte bereits über 1000 Schnittentbindungen ohne mütterliche Mortalität berichten.

Die *perinatalen Kinderverluste* werden in den Publikationen der letzten Jahre mit etwa 6 % angegeben (Vara; Schrader). In der Zusammenstellung von Pauwen schwanken sie zwischen 2,79 % und 11,6 %. Zwei Drittel von ihnen betreffen unreife Kinder, deren besondere Gefährdung bei der Schnittentbindung – nicht zuletzt als Anästhesiefolge (Lund) – eine bekannte Tatsache ist (Schultze; G. Martius). Im übrigen ist die Abhängigkeit der Sterblichkeit von der Indikation bei den Kindern in noch stärkerem Maße gegeben als bei den Müttern, wie dies z. B. die Placenta praevia erkennen läßt.

Die perinatale Mortalität bei 328 Schnittentbindungen der letzten 4 Jahre (Martin-Luther-Krankenhaus Berlin) betrug 3,4 %. Da in 2 Fällen die Sectio bei bereits abgestorbenem Kind notwendig wurde, 2 Kinder eine schwere Mißbildung aufwiesen und 1 Kind ein Geburtsgewicht unter 1000 g hatte, konnte die gereinigte Mortalität mit 1,8 % errechnet werden. Ein materner Todesfall wurde nicht beobachtet.

Neben der maternen und fetalen Sterblichkeit wird immer wieder auf die ungewollten oder gewollten *Fertilitätsstörungen* bzw. *Sterilitäten* als Spätfolge der Schnittentbindung hingewiesen (Tüscher; Hollstein). Neuere Überprüfungen lassen erkennen, daß bei Berücksichtigung der Kinderzahl und des Lebensalters diese nicht signifikant häufiger sind als z. B. nach Zangenextraktionen (Zoltan; Raics).

Die *Gefahr der Narbenruptur* bei nachfolgenden Schwangerschaften war früher die bedeutendste Folgeerscheinung einer Schnittentbindung. Der Verlegung des Schnittes in das untere Uterinsegment verdanken wir es, daß ihre Häufigkeit nur noch etwa 1–2 % beträgt (Hollstein; Raics; Schilling; Golob; Waidl). Aber auch bei ihnen handelt es sich vornehmlich um Rupturen bei korporalem Längsschnitt, bei dem im Vergleich zur suprazervikalen Schnittentbindung mit einer 6- bis 8fachen Häufigkeit zu rechnen ist (Quigley; Frangenheim; Golob; Lawrence, u. a.). Für Schwangerschaften nach vorausgegangener klassischer Schnittentbindung empfehlen daher Fleming u. Hollstein die Aufnahme einige Wochen vor dem Termin in eine Klinik, um sich vor oder mit Wehenbeginn zur *Resectio* zu entschließen. Diese Forderung erhält dadurch Unterstützung, daß die Narbenruptur abgesehen von einer manchmal zu beobachtenden Druckschmerzhaftigkeit der Narbe als „stille Ruptur", d. h. ohne jede klinische Erscheinung verläuft (Bickenbach). Ergibt indessen die Einsicht in den Operationsbericht, die in jedem Fall erfolgen sollte, daß ein suprazervikaler Querschnitt ausgeführt wurde, und läßt die geburtshilfliche Untersuchung erkennen, daß die frühere Indikation nicht oder nicht mehr zu stellen ist, so sollte die Geburt auf normalem Wege zunächst abgewartet werden, wenn auch unter ständiger Operationsbereitschaft. Sie ist nach intensiver Psychoprophylaxe und bei sorgsamer medikamentöser Geburtsleitung in über der Hälfte der Fälle zu erreichen. Golob konnte sogar über 89,8 % vaginale Entbindungen berichten. Eine großzügige Anwendung der Vakuumextraktion am tiefstehenden Kopf und die Austastung des Uterus nach Beendigung der Geburt sind zu empfehlen.

Die *Operationstechnik bei der Resectio* unterscheidet sich nicht von der der primären Schnittentbindung. Beim Abpräparieren der Blase ist zu beachten, daß durch die Narbenbildung das Auffinden der richtigen Schicht erschwert ist. Die Notwendigkeit des scharfen Vorgehens (S. 147) erhöht deshalb die Gefahr einer Blasenläsion. Die Gefährdung von Mutter und Kind durch die Resectio wird übereinstimmend nach der vorliegenden Literatur geringer als bei der primären Schnittentbindung angegeben. Unter 217 Resectiones der Jahre 1944–1963 trat an der 1. UFK München kein mütterlicher Todesfall auf. Die perinatale Kindersterblichkeit betrug 6,7 % im Vergleich zu 8,9 % bei der primären Sectio caesarea. Ohne Zweifel ist die Begründung hierfür, daß die Indikation zur Operation seltener eine schwerwiegende fetale oder materne Regelwidrigkeit ist und großzügiger gestellt wird. Auch diese Tatsache läßt uns erkennen, daß Leben und Gesundheit von Mutter und Kind mehr durch die Komplikation in der Schwangerschaft oder unter der Geburt als durch die Operation selbst bedroht sind.

Zusammenfassend dürfen wir heute sagen, daß die Beendigung der Schwangerschaft durch eine Schnittentbindung am Ende der Zeit unter den Bedingungen einer optimalen prä- und postoperativen Behandlung und unter der Voraussetzung, daß die Operation nicht als letzte Zuflucht angesehen wird, kein wesentlich erhöhtes Risiko im Vergleich zu den vaginal entbindenden Operationen bedeutet. Es ist daher eine wichtige Aufgabe der modernen Geburtshilfe, die sicher vorauszusehenden Gefahren für Mutter und Kind zur Veranlassung zu nehmen, die *prophylaktische Schnittentbindung* auszuführen (H. MARTIUS; VARA; ZOLTAN).

Literatur

BAZALA, V.: Zur Geschichte des Kaiserschnitts. „Grünenthal-Waage" *4* (1965) 61

BICKENBACH, W.: Über „stille" Uterusrupturen. Dtsch. med. Wschr. *69* (1944) 184

DÖDERLEIN, G.: Nicht „erweiterte" sondern „veränderte" Indikationsstellung zur Schnittentbindung. Zbl. Gynäk. *77* (1955) 1611

DÖRFFLER, P.: Ergebnisse aktiver Behandlung der Präeklampsie und Eklampsie. Geburtsh. u. Frauenheilk. *20* (1960) 1111

DÖRR, H.: Beitrag aus der gefährlichsten geburtshilflichen Operation eine ungefährliche Schnittentbindung zu machen. Gynaecol. (Basel) *150* (1960) 174

EVELBAUER, K.: Vakuum-Extraktion. Arch. Gynäk. *198* (1963) 523

FAUVET, E.: Die Therapie der Spätformen der Schwangerschaftstoxikosen. Arch. Gynäk. *186* (1955) 149

FLEMING, A. M.: Delivery after cesarean section. Amer. J. Obstet. Gynec. *71* (1956) 1202

FRANGENHEIM, H.: Wie beeinflußt eine Kaiserschnittsentbindung den Verlauf späterer Geburten? Dtsch. med. Wschr. *79* (1954) 1451

GOLOB, E.: Geburt nach Kaiserschnitt. Zbl. Gynäk. *85* (1963) 542

HOLLSTEIN, K.: Schwangerschaft und Geburt nach vorangegangenem Kaiserschnitt. Med. Klin. *55* (1960) 2358

KALKSCHMID, W.: Wandlungen in der Indikationsstellung zum Kaiserschnitt. Wien. klin. Wschr. *73* (1961) 590

KRAATZ, H., G. F. WINTER: Konservative oder aktive Behandlung der Eklampsie. Zbl. Gynäk. *80* (1958) 1393

KRAATZ, H.: Der Wittenberger Kaiserschnitt des Jeremias Trautmann im Jahre 1610 – eine historische Reminiszenz. Dtsch. Gesundh.-Wes. *13* (1958) 169

KYANK, H., E. SCHUBERT, A. GYÖNGYÖSSY: Auswertung der Eklampsie-Sammelstatistik der Jahre 1957 bis 1960 aus 72 deutschen Frauenkliniken. Geburtsh. u. Frauenheilk. *23* (1963) 961

LAWRENCE, R. F.: Rupture of the transverse uterine scar after lower segment cesarean section. J. Obstet. Gynaec. Brit. Emp. *56* (1949) 1024

LEONHARD, M. W. E., L. STONE: Postmorten cesarean section. Obstet. Gynec. *12* (1958) 344

LUND, P. C.: Influence of anesthesia on infant mortality rate in cesarean sections. J. Amer. med. Ass. *159* (1955) 1586

MARTIUS, G.: Die Metabasissterblichkeit als Frühgeborenenproblem. Geburtsh. u. Frauenheilk. *23* (1963) 1099

MARTIUS, G.: Geburtsleitung und perinatale Sterblichkeit. Zbl. Gynäk. *85* (1963) 120

MARTIUS, H.: Geburtshilfe heute. Ärztl. Mitteilg. *60* (1963) 845

MARTIUS, H.: Die Entwicklung der Schnittentbindung in den letzten 100 Jahren. Ärztl. Mitteilg. *44* (1959) 102

MINTZ, N.: Cesarean section for fetal distress. Amer. J. Obstet. Gynec. *79* (1960) 224

NOACK, H.: Die kindliche Indikation zur Sectio caesarea. Geburtsh. u. Frauenheilk. *13* (1953) 778

OBER, K. G., F. FAUVET, E. SCHMIEDT: Gynäkologische Operationen, 2. Aufl. Springer, Berlin 1964

PAUWEN, J.: Über Kaiserschnitte am kleinen Krankenhaus. Zbl. Gynäk. *87* (1965) 1281

RAICS, J.: Die Auswirkungen der Schnittentbindung auf die späteren Gestationsvorgänge. Dtsch. Gesundh.-Wes. *16* (1961) 2006 und 2265

SCHILLING, H.: Vaginale Entbindung nach vorausgegangenem Kaiserschnitt. Zbl. Gynäk. *88* (1966) 245

SCHRADER, K. M.: Schnittentbindung und perinatale Sterblichkeit in den Jahren 1950 bis 1957. Dtsch. Gesundh.-Wes. *15* (1960) 277

SCHULTZE, K. W.: Über perinatale Mortalität beim Kaiserschnitt. Münch. med. Wschr. *104* (1962) 1472

STIEBLER, H. J.: Anästhesie und „Supine hypotensive syndrom". Vortrag Bayer. Ges. f. Geburtsh. u. Frauenheilk. Regensburg 11./12. Juni 1966

VARA, P.: Die fetale Indikation für die Schnittentbindung. Arch. Gynäk. *198* (1963) 261

WAIDL, E.: Die mehrfache Sectio caesarea. Referat Bayer. Österr. Gynäkologentagung 1965

ZOLTAN, I.: Der Kaiserschnitt im Rahmen der heutigen Geburtshilfe. Akadémiai Kiadó, Budapest 1961

Operative Eingriffe beim Vorliegen und Vorfall kleiner Teile und der Nabelschnur

Die Definition sowie Klinik und Behandlung des Vorliegens und Vorfalles kleiner Teile und der Nabelschnur sind im „Lehrbuch der Geburtshilfe" dargestellt. An dieser Stelle sei nur auf die speziellen operativen Maßnahmen eingegangen.

Vorliegen und Vorfall kleiner Teile

Das *Vorliegen eines Armes bei Kopflage* (Abb. 152), d. h. das Ereignis eines neben dem vorangehenden Teil liegenden Armes bei stehender Fruchtblase bedeutet keine akute Gefährdung von Mutter oder Kind. Der Geburtshelfer hat deshalb Zeit, die Beseitigung der Regelwidrigkeit durch Lagerung der Kreißenden zu versuchen; diese muß auf die dem Arm entgegengesetzte Seite erfolgen. Auf diese Weise läßt sich in einigen Fällen erreichen, daß durch den mit dem Uterus zur Seite fallenden Kindskörper der vorliegende Arm zurückgezogen wird. Das gleiche Vorgehen empfiehlt sich beim unvollkommenen Armvorfall (Abb. 153) sowie beim vollkommenen Armvorfall (Abb. 154) während der Eröffnungsperiode.

Gelingt es indessen mit der Lagerung nicht, Vorliegen oder Vorfall des Armes innerhalb von 1 bis 2 Stunden zu beseitigen, so ist die *abdominale Schnittentbindung* ange-

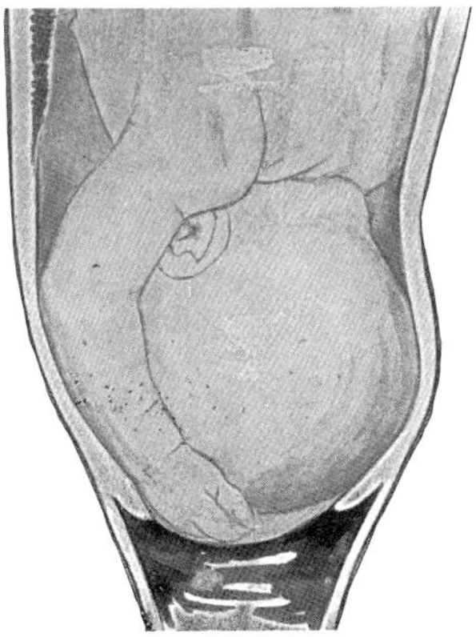

Abb. 152 **Vorliegen des Armes**

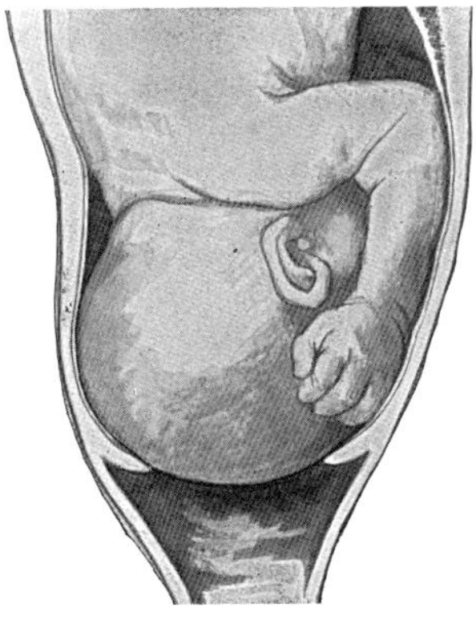

Abb. 153 **Unvollkommener Armvorfall**

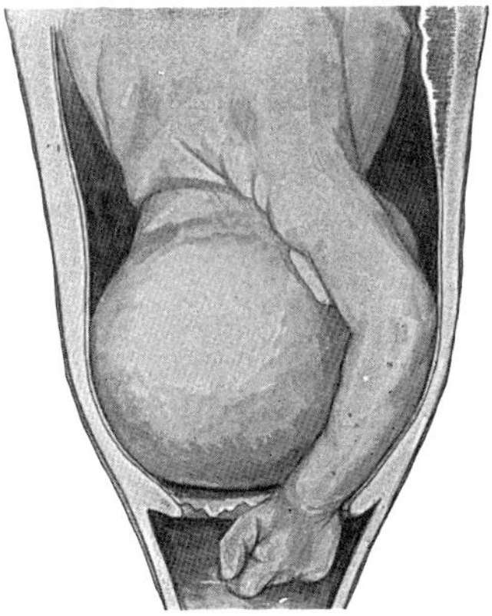

Abb. 154 **Vollkommener Armvorfall**

zeigt. Auf Repositionsversuche mit nachfolgendem Einleiten des Kopfes in den Beckeneingang wie auch auf die innere Wendung verzichtet die moderne Geburtshilfe wegen der mit diesen Eingriffen verbundenen Gefahren für Mutter und Kind bzw. der Wirkungslosigkeit des Vorgehens.

Vorliegen und Vorfall der Nabelschnur

Das Vorliegen und der Vorfall der Nabelschnur, deren Nomenklatur ebenfalls von dem Zustand der Fruchtblase bestimmt wird, bedeutet eine akute Lebensbedrohung des Kindes aufgrund der in jedem Augenblick möglichen Unterbrechung des Nabelschnurkreislaufes. Aus diesem Grunde darf der Geburtshelfer auch nicht mit der unverzüglichen Beendigung der Geburt zögern. Hierbei kommt der großzügigen Anwendung der Schnittentbindung eine wesentliche Bedeutung zu (Heinisch). Auch die beim *Vorliegen der Nabelschnur* (Abb. 155) mit unveränderten Herztönen früher

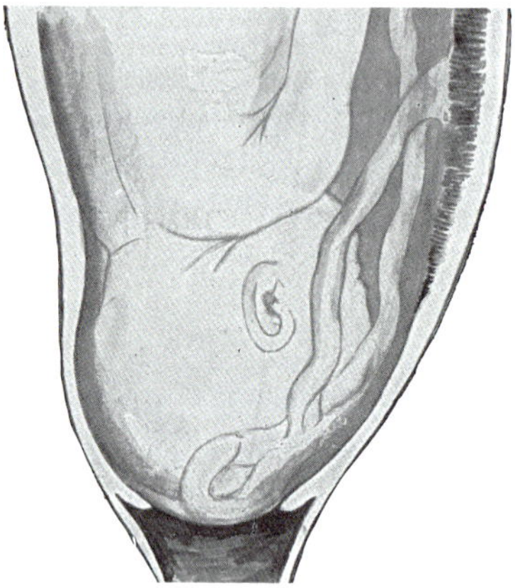

Abb. 155 **Vorliegen der Nabelschnur**

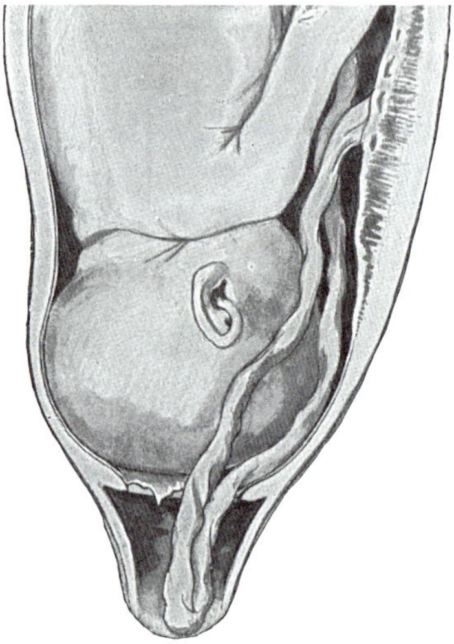

Abb. 156 **Vorfall der Nabelschnur**

kurzfristig vorgenommene Hoch- und Seitenlagerung der Kreißenden lehnen wir heute ab, da eine zu späte Erkennung einer Nabelschnurkompression bleibende Schädigungen beim Kind oder sogar das Absterben des Kindes zur Folge hat.

Der *Vorfall der Nabelschnur* (Abb. 156) verlangt bei lebendem Kind die Geburtsbeendigung ohne Zeitverlust. Das Vorgehen richtet sich nach dem momentanen Stand der Geburt. Ist der Kopf in das Becken eingetreten, wie dies bei der Hälfte der Fälle – verständlicherweise vor allem bei Mehr- und Vielgebärenden – der Fall ist (Kepp u. Poppe), so wird das Kind durch den Kristeller-Handgriff oder die Vakuum- oder Zangenextraktion aus der akuten Lebensbedrohung befreit. Bei nicht vollständig erweitertem Muttermund ist die Schnittentbindung unter weitgehender zeitlicher Abkürzung der Vorbereitungen auszuführen. Bis zur Entwicklung des Kindes muß der vorangehende Teil von einem Arzt oder einer Hebamme durch die in die Scheide eingeführte Hand hochgehalten werden und zwar auch während eines notwendigen Transportes in die Klinik. Die innere Wendung und Extraktion kommt zur Behandlung des Nabelschnurvorfalles nur bei Mehr- und Vielgebärenden, guter Beweglichkeit des Kindes, vollständiger Muttermundserweiterung und bei Ausschluß eines Mißverhältnisses infrage. Wegen der auch heute unverändert hohen Gefährdung des Kindes durch dieses Vorgehen sollte es die Ausnahme bleiben.

Bei abgestorbenem Kind bedarf der Nabelschnurvorfall keiner Behandlung, da er kein Geburtshindernis darstellt. Allerdings ist es nicht zulässig, den Fruchttod allein aufgrund der fehlenden Nabelschnurpulsation zu diagnostizieren, da die Nabelschnur durch den vorangehenden Teil abgeklemmt und das Kind dennoch am Leben sein kann.

Literatur

Heinisch, H. M.: Über die therapeutischen Maßnahmen beim Nabelschnurvorfall, Gynaecol. (Basel) *141* (1956) 348

Kepp, R., H. Poppe: Die Rolle der Zangenentbindung bei der Therapie des Nabelschnurvorfalles. Geburtsh. u. Frauenheilk. *6* (1947) 172

Operative Eingriffe in der Nachgeburtsperiode

Die Leitung der Nachgeburtsperiode hat in erster Linie die Gefährdung der Frischentbundenen durch größere Blutverluste zu berücksichtigen. Diese können einmal akut über einen posthämorrhagischen Schock zum Tod führen. Als Spätfolgen sind die Urämie bei Schockniere und die vermehrte puerperale Infektionsgefahr gleichfalls ernstzunehmende Komplikationen. Genaue Kenntnisse der prophylaktischen und therapeutischen Möglichkeiten in der Nachgeburtsperiode sind daher eine wichtige Forderung an jeden Geburtshelfer. Die zur Leitung dieser Geburtsphase zur Verfügung stehenden operativen Eingriffe werden im folgenden besprochen.

Handgriff nach Credé [1])

Der Credé-Handgriff (Abb. 157) dient der Expression der noch nicht gelösten Plazenta aus dem Uterus. Der Fundus uteri wird zu diesem Zweck mit einer oder beiden Händen so gefaßt, daß die Daumen vorn, die übrigen Finger auf dem Gebärmuttergrund und der Hinterfläche liegen. Ist durch vorsichtiges Massieren eine Wehe angeregt worden, so wird mit gleichmäßiger Kraft der Uterus in Richtung auf den Scheidenausgang

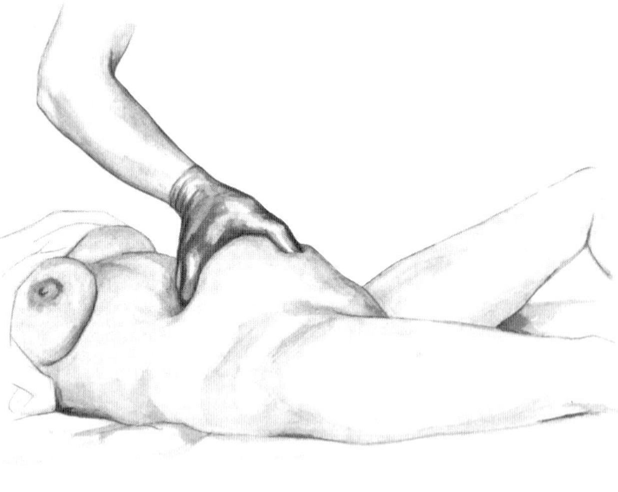

Abb. 157 **Handgriff nach Credé**

[1]) Karl Sigmund F. Credé, Geburtshelfer in Leipzig, 1819—1892

exprimiert. Der Credé-Handgriff am nicht kontrahierten Uterus ist wegen der Gefahr von Gewebsläsionen und einer Inversio uteri kontraindiziert.

In neuerer Zeit mehren sich die Stimmen von Geburtshelfern, die mit Rücksicht auf die mechanisch bedingten Gewebsveränderungen am Uterus mit nachfolgenden Koagulopathien durch Freisetzung von Thromboplastin oder auch von Fibrinolysokinasen die Anwendung des Credé-Handgriffes einschränken oder auf ihn ganz verzichten möchten (Schneider; Runge u. Hartert). Hämostaseologische Nachprüfungen von Herschlein konnten dies indessen nicht bestätigen. Im Gegenteil zeigte sich in Form einer Zunahme der Faktor-V-Aktivität und einer Verkürzung der Heparintoleranz eine kurzfristige, klinisch aber wohl bedeutungslose Hyperkoagulabilität. Danach besteht keine Veranlassung, den sachgemäß ausgeführten, d. h. nicht forcierten Credé-Handgriff aus der Leitung der pathologischen Nachgeburtsperiode zu streichen.

Führt der Credé-Handgriff nicht zum Ziel, so kann die Beendigung der Nachgeburtsperiode durch den „Credé-Handgriff in Narkose" versucht werden. Gelingt es auch auf diese Weise nicht, die Plazenta zu gewinnen, so soll mit der manuellen Plazentalösung (s. u.) nicht gezögert werden.

Manuelle Plazentalösung

Die manuelle Plazentalösung wird unter Fortführung der für den „Credé-Handgriff in Narkose" eingeleiteten Allgemeinanästhesie ausgeführt. Eine ausreichende Entspannung muß die Möglichkeit zum schonenden Operieren schaffen. Nach Desinfektion der Hände und der Vulva werden die Labien gespreizt und mit der rechten Hand mit keilförmig zusammengelegten Fingern zunächst ganz in die Vagina eingegangen.

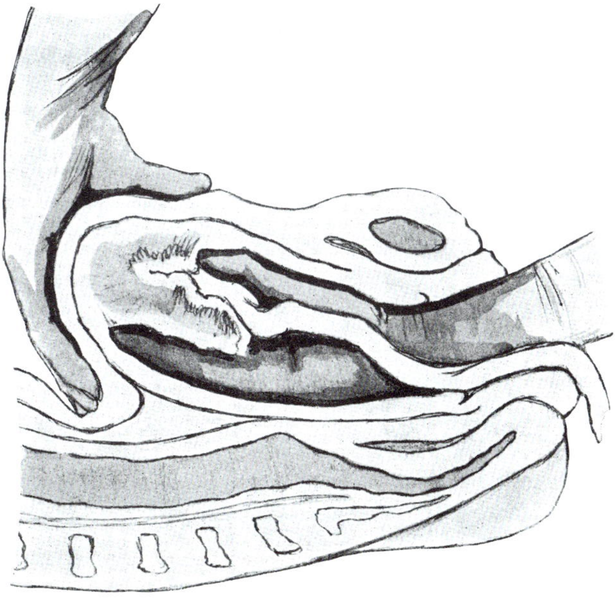

Abb. 158 **Manuelle Plazentalösung.** Unter gleichzeitigem Stützen des Uterus von außen wird die Plazenta mit der Kleinfingerseite der inneren Hand von der Wand abgeschält.

Unter leicht drehenden Bewegungen und gleichzeitiger Stützung des Fundus uteri von außen gelangt sie über den inneren Muttermund in das Kavum, wobei die Nabelschnur als Wegweiser dient. Das Abschälen der Plazenta von der Uteruswand geschieht mit der Kleinfingerseite (Abb. 158), wobei man am besten an einem schon gelösten Lappen beginnt. Mit der flach aufgelegten linken Hand hält sich der Operateur die jeweilige Stelle der Uteruswand entgegen. Ist die Plazenta vollständig abgelöst, wird sie langsam nach außen geführt und die Uterushöhle nochmals revidiert, um dann von außen eine Wehe anzureiben und den Uterus zu halten. Die abschließende Injektion eines Kontraktionsmittels, z. B. 1 ml Methergin i. v., hat sich bewährt (Soiva u. Mitarb.).

Die *Gefahren* der manuellen Plazentalösung sind in früheren Jahren ohne Zweifel überschätzt worden. Die Infektionsmorbidität weist in erster Linie eine Abhängigkeit von der Größe des Blutverlustes und dieser wiederum von der Dauer der Nachgeburtsperiode auf (Soiva u. Mitarb.; Thomas). Dementsprechend konnte Thomas bei 921 manuellen Plazentalösungen, die 15 bis 20 Min. nach der Geburt des Kindes ausgeführt wurden, unter weitgehender Einsparung von Bluttransfusionen und Antibiotika über eine Morbidität von 1,2 % bei fehlender Mortalität berichten. Wir empfehlen, die Plazentalösung bei alleiniger Retentio placentae, d. h. ohne zusätzliche Blutung, nach 20 bis 30 Min. und bei einem Blutverlust von 300 bis 400 ml unabhängig von der Dauer der Nachgeburtsperiode vorzunehmen (Grumbrecht). Die Verabreichung von Antibiotika ist lediglich bei infizierten Patienten bzw. nach stärkeren Blutverlusten angezeigt.

Nachtastung

Unter einer Nachtastung wird die Revision der Uterushöhle nach Ausstoßung der Plazenta verstanden. Die Technik entspricht der bei der manuellen Lösung beschriebenen. Gelingt auf diese Weise einmal nicht die Entleerung des Uterus mit ausreichender Sicherheit, so sollte zusätzlich mit der stumpfen großen Bumm-Kürette nachabradiert werden.

Die *Indikation* zur Nachtastung ergibt sich am häufigsten durch eine unvollständige Plazenta oder zweifelhafte Befunde bei deren Kontrolle. In anderen Fällen sind es wandständige Blutkoagel. Nach schwierigen entbindenden Operationen und bei Geburten nach vorausgegangener Schnittentbindung (S. 146) ist die Nachtastung zur rechtzeitigen Erkennung von traumatischen oder Narbenrupturen angezeigt.

Handgriff nach Fritsch[1])

Blutet es nach der Entleerung des Uterus weiter, so kann die Zeit bis zur Erledigung weiterer diagnostischer und therapeutischer Maßnahmen mit dem Fritsch-Handgriff überbrückt werden. Bei ihm wird der Uterus bimanuell komprimiert (Abb. 159), indem die obere Hand den Fundus uteri kräftig ins Becken hineindrückt, während die andere

[1]) Heinrich Fritsch, Geburtshelfer in Bonn, 1844—1915

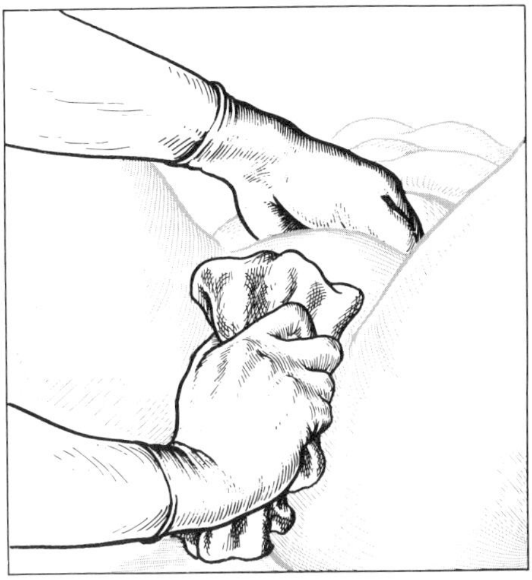

Abb. 159 **Handgriff nach Fritsch.** Der Uterus wird von der Vulva und vom Fundus her bimanuell komprimiert.

Hand mit einem sterilen Tuch die Vulva faßt und sie kranialwärts komprimiert. Bei dem in ähnlicher Weise wirkenden *Handgriff nach* Zweifel [1]) geht die untere Hand in die Vagina ein, faßt die Portio mit der vollen Hand und drückt sie der den Fundus haltenden oberen Hand entgegen.

Literatur

Barnett, T., J. J. Foley: The Obstetrician, Anaesthesist and the Paediatrician in the management of obstetric problems. Pergamon Press 1963

Embrey, M. P.: Neue Gesichtspunkte zur Leitung der Placentarperiode: Kombination von Oxytocin und Ergometrin. Triangel 1964, 199

Gumbrecht, C.: Indikation und Zeitpunkt zur manuellen Plazentalösung. Geburtsh. u. Frauenheilk. *30* (1970) 986

Halsey, H.: Manual removal of the placenta. Amer. J. Obstet. Gynec. *64* (1952) 38

Herschlein, H. J.: Die Gerinnungsverhältnisse beim Credéschen Handgriff. Geburtsh. u. Frauenheilk. *22* (1962) 193

Runge, H., J. Hartert: Defibrinierung des Blutes als Ursache schwerer geburtshilflicher Blutung. Geburtsh. u. Frauenheilk. *13* (1953) 861

Sammelreferat „Die manuelle Plazentalösung". Die Medizin. 1953, 201

Schneider, Ch. L.: Rupture of the basal (decidual) plate in abruptio placentae: a pathway of autoextraction from decidua into the maternal circulation. Amer. J. Obstet. Gynec. *63* (1952) 1078

Soiva, K., A. Jahkola, T. Pyörälä: Über die manuelle Lösung der Plazenta während der konservativen und aktiven Behandlung der Nachgeburtsperiode. Arch. Gynäk. *199* (1963) 70

Thomas, W. O.: Manual removal of the placenta. Amer. J. Obstet. Gynec. *86* (1963) 600

[1]) Erwin H. Zweifel, Geburtshelfer in München, * 1885

Versorgung von Weichteilverletzungen

Die Versorgung von Weichteilverletzungen gehört zu den Aufgaben des Geburtshelfers im Verlauf oder nach Abschluß der Nachgeburtsperiode. Anderenfalls ist für die Frischentbundene die Gefahr einer stärkeren Rißblutung, einer Wundinfektion und im späteren Leben die Möglichkeit einer statischen Insuffizienz des Beckenbodens gegeben.

Scheidendammriß

Geburtshilfliche Weichteilverletzungen finden sich am häufigsten im Bereich des Dammes und der Scheide und zwar als Folge einer Episiotomie (S. 142) oder eines Dammrisses. Jeder Dammriß ist in Wirklichkeit ein *Scheidendammriß*, da gleichzeitig auch immer eine Verletzung der Scheidenhaut besteht. Wir unterscheiden drei Verletzungsgrade:

1. Der **Dammriß 1. Grades** beschränkt sich auf die Damm- und Scheidenhaut, ohne daß es zu einer Beschädigung der Dammuskulatur gekommen ist.

2. Der **Dammriß 2. Grades** betrifft neben der Scheiden- und Dammhaut auch den M. bulbospongiosus als Teil der Dammuskulatur. Der Riß geht mehr oder weniger weit bis an den M. sphincter ani externus heran.

3. Der **Dammriß 3. Grades** schließt den M. sphincter ani externus und evtl. die Vorderwand des Rektums mit ein.

Jeder Dammriß bedarf der Versorgung mittels Naht und zwar baldmöglichst, spätestens jedoch innerhalb der ersten 2 bis 3 Stunden nach Beendigung der Geburt, da mit der Distanz auch die Zahl der Sekundärheilungen größer wird.

Naht eines Scheidendammrisses

Die *Naht eines Dammrisses 1. oder 2. Grades* beginnt mit der Darstellung der Scheidenwunde durch Spreizen der Labien mit der linken Hand oder bei weiter hinaufreichenden Verletzungen mit zwei an der Stelle der hinteren Kommissur eingesetzten Kugelzangen, die von einer Hilfsperson gehalten werden (Abb. 160). Auf diese Weise wird der obere Wundwinkel sichtbar und kann mit einem Catgutfaden Nr. I gefaßt werden (Abb. 161). Der weitere Verschluß der Scheidenwunde bis zur hinteren Kommissur läßt sich dadurch erleichtern, daß man sich den ersten Faden halten läßt. Der Abstand der Nähte soll nicht weniger als etwa $1^1/_2$ cm betragen. Ein ausreichendes Polster zwischen Scheide und Rektum wird dadurch erreicht, daß mit jedem Faden mit der Schleimhaut auch die seitlich darunterliegende Muskulatur gefaßt wird (Abb. 162).

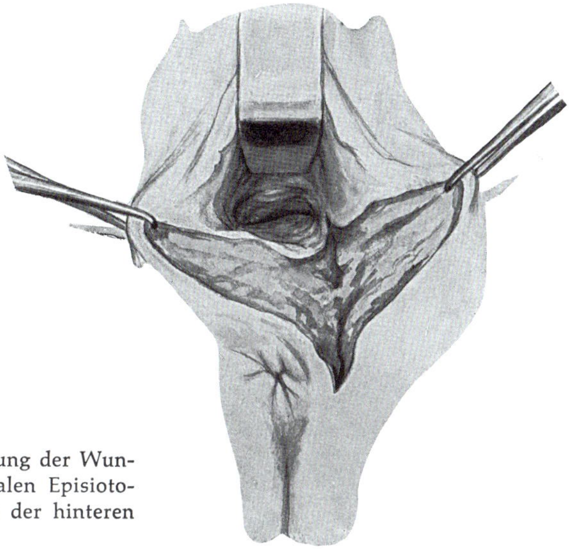

Abb. 160 **Dammnaht I.** Darstellung der Wunde bei einer ausgedehnten lateralen Episiotomie mittels Kugelzangen, die an der hinteren Kommissur eingesetzt wurden.

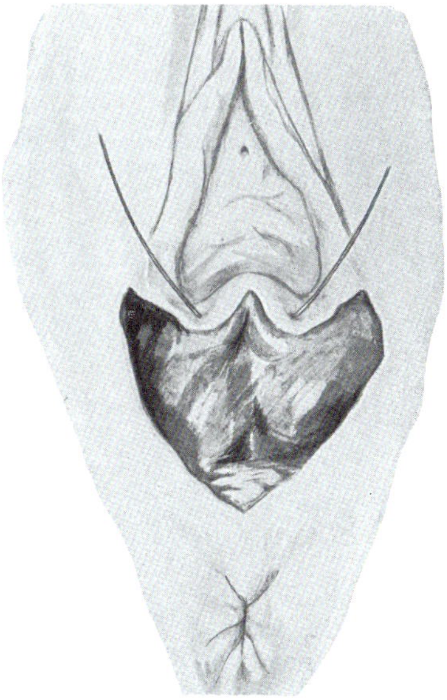

Abb. 161 **Dammnaht II.** Mediane Episiotomie. Der erste Faden faßt den oberen Wundwinkel.

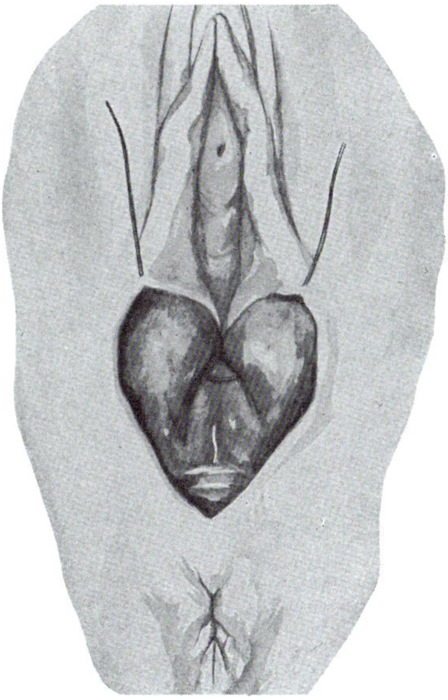

Abb. 162 **Dammnaht III.** Die Scheidenhaut wird mit der darunterliegenden Muskulatur vernäht.

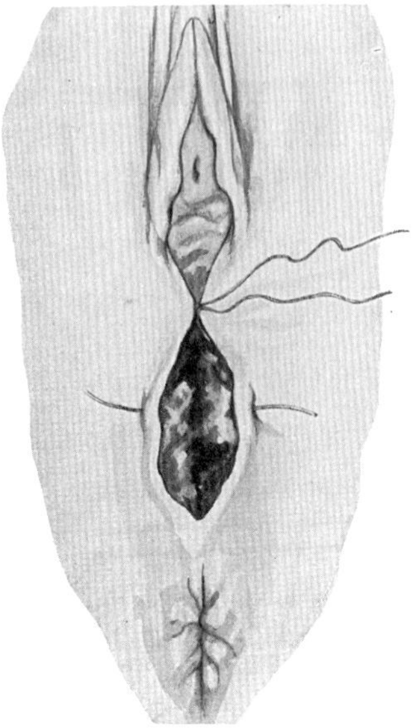

Abb. 163 **Dammnaht IV.** Die hintere Kommissur ist wieder hergestellt. Die Versorgung des Dammes erfolgt mit durchgreifenden Nähten.

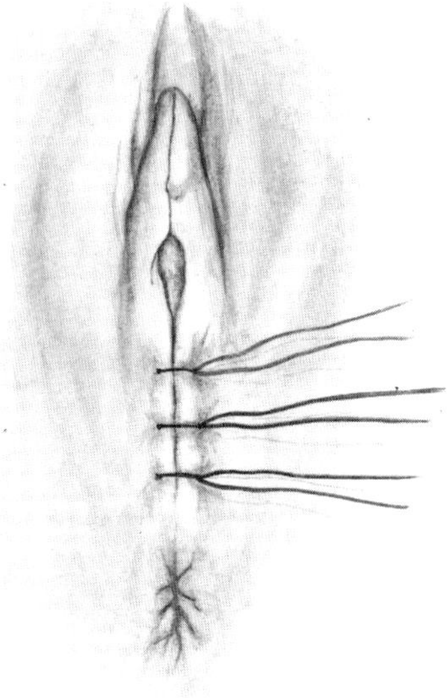

Abb. 164 **Dammnaht V.** Die Dammwunde ist durch Knopfnähte versorgt. Die Nähte werden am 5. Wochenbettstag entfernt.

Bei mediolateralen und lateralen Episiotomien und bei asymmetrischen Verletzungen kann sich vor allem der Ungeübte am Hymenalsaum und der hinteren Kommissur orientieren, damit die Vereinigung korrespondierender Gewebsteile sichergestellt ist. Nach Erreichen der hinteren Kommissur folgt bei jetzt senkrechter Haltung des Nadelhalters (Abb. 165) die Versorgung des Dammes mit durchgreifenden Nähten (Abb. 163 und 164). Lediglich bei sehr großen Wundflächen sollte vor dem Verschluß der

Abb. 165 **Halten des Nadelhalters bei der Scheiden-Damm-Naht.** Zur Versorgung der Scheidenhaut muß der Nadelhalter waagerecht, während der Dammnaht senkrecht gehalten werden, da Scheiden- und Dammnaht annähernd senkrecht zueinander stehen.

Dammhaut die Muskulatur mit wenigen versenkten und nicht zu fest geknüpften Nähten in der Mitte vereinigt werden (Abb. 168).

Die *fortlaufende Versorgung der Dammwunde,* bei der von der hinteren Kommissur beginnend mit einem Catgutfaden zunächst subkutan die Dammuskulatur und dann rückläufig durch intrakutanes Fassen der Wundränder die Haut vereinigt werden, hat uns hinsichtlich der nachfolgenden Beschwerden im Wochenbett als auch hinsichtlich der Heilung und des statischen Ergebnisses keine Vorteile gegenüber der beschriebenen Technik gebracht. Eine Beschreibung der fortlaufenden Dammnaht findet sich durch EASTMAN in WILLIAMS, Obstetrics.

Sehr bewährt hat sich uns indessen in letzter Zeit die von SHUTE angegebene Technik zur Versorgung der Dammwunde, die sog. **Shute-Naht.** Ist die Scheidenwunde bis zur hinteren Kommissur verschlossen, so wird am linken Wundrand begonnen, indem hier etwa 2–3 mm von diesem entfernt die Haut durchstochen wird. Anschließend wird die Nadel im Nadelhalter umgesetzt, um rechts subkutan beginnend rückläufig ausschließlich das subkutane Gewebe zu fassen. Der Ausstich erfolgt links also wiederum subkutan (Abb. 166a). Das weitere Vorgehen entspricht jetzt in etwa der DONATI-Naht. Das heißt, es wird nach erneutem Umsetzen der Nadel rechts von der

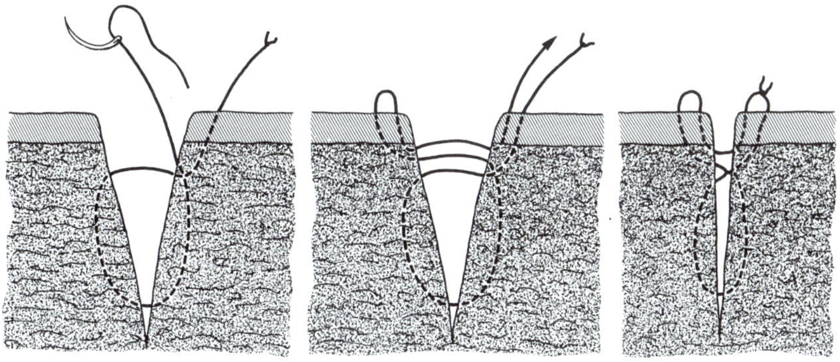

Abb. 166 **Naht der Episiotomie nach Shute.**

Wunde aus die Haut durchstochen, um nach einem dritten Umsetzen der Nadel rückläufig erneut den rechtsseitigen Hautrand zu fassen und links dicht neben der ersten Einstichstelle den Faden herauszuführen (Abb. 166b). Die Nadel soll nicht zu groß gewählt werden. Als Nahtmaterial ist ein Catgutfaden Nr. 0 ausreichend. Der Vorteil dieser Nahttechnik ist darin zu sehen, daß bereits bei lockerem Knüpfen eine gute Adaptation der Wundränder erreicht wird (Abb. 166c). Aus diesem Grunde wie auch wegen der vermiedenen Gewebshypoxien ist die Heilungstendenz besonders gut. Die Schmerzen in den ersten Wochenbettstagen sind gering.

Die **Naht eines Dammrisses 3. Grades** beginnt ebenfalls mit dem Aufsuchen und Fassen des oberen Scheidenwundwinkels. Der Faden wird lang gelassen und gehalten. Falls notwendig wird nun zuerst die Versorgung der vorderen Rektumwand vorge-

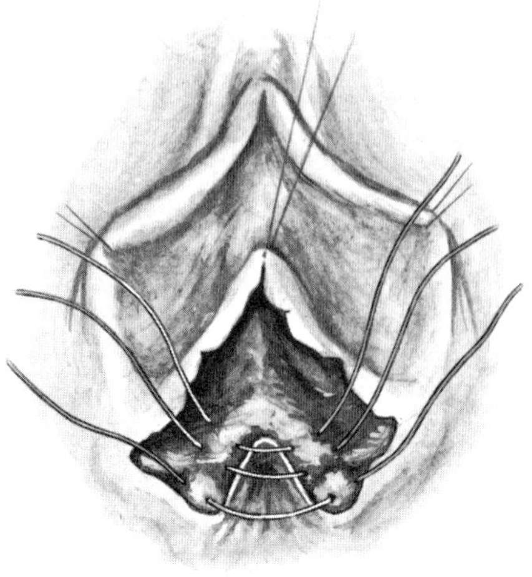

Abb. 167 **Naht eines Dammrisses 3. Grades I.** Der obere Scheidenwundwinkel ist mit einem Haltefaden gefaßt. Die Rektumvorderwand wird mit submukösen Nähten versorgt. Ein kräftiger Faden hat die Sphinkterstümpfe hervorgeholt und vereinigt sie vor der Darmnahtreihe.

nommen (Abb. 167). Die Chromcatgutfäden Nr. 00 fassen – am besten unter Verwendung atraumatischer Nadeln – lediglich das submuköse Gewebe, so daß sich die Schleimhaut zum Darmlumen hin einstülpt. Zur Naht des M. sphincter ani externus müssen dessen zurückgewichene Stümpfe hervorgeholt werden, was mit nicht zu großer Nadel geschehen kann, um sie unter Verwendung von Chromcatgut Nr. I über der Darmnahtreihe zu vereinigen. Der Faden wird mit einer Klemme gefaßt und angezogen, um kranialwärts eine zweite, tiefergreifende Naht legen zu können. Wichtig ist jetzt die Schaffung eines ausreichenden Muskelpolsters zwischen Darm und Vagina, was durch die subkutane Vereinigung der Beckenbodenmuskulatur gelingt (Abb. 168).

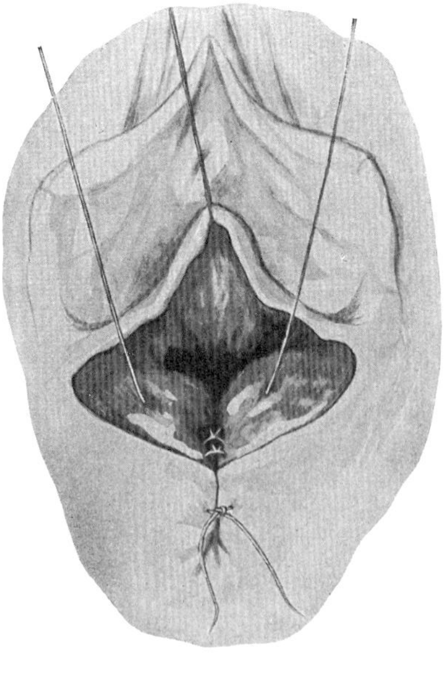

Abb. 168 **Naht eines Dammrisses 3. Grades II.** Die Darm- und Sphinkternähte sind geknüpft. Die Beckenbodenmuskulatur wird zur Polsterung isoliert vernäht.

Die endgültige Versorgung der Scheiden- und Dammwunde erfolgt in der beim Dammriß 2. Grades beschriebenen Weise (S. 168).

Zur *Schmerzlinderung* ist es ratsam, die Dammnaht noch während der Wirksamkeit der Durchtrittsnarkose vorzunehmen, die evtl. durch Lachgas-Sauerstoff verlängert werden kann. Anderenfalls werden in Form einer Lokalanästhesie die Wundränder dicht unter der Haut und Schleimhaut mit einem 1%igen Anästhetikum unterspritzt. In der *Nachbehandlung* der Dammnaht kommt dem Sauberhalten der Wundregion durch täglich 4- bis 5maliges Abspülen mit ½%iger Sagrotan-Lösung und vorsichtigem Abwaschen von vorn nach hinten Bedeutung zu. Eine antiphlogistische, anästhetische oder auch antibiotische Salbentherapie je nach Befund ist geeignet, die Heilung zu unterstützen und die Beschwerden zu mildern. Die Dammnähte werden am 5. Wochenbettstag aus subjektiven Gründen entfernt. Beim Dammriß 3. Grades erhält die Wöchnerin in den ersten Tagen eine schlackenarme Kost. Die Darmentleerung wird nach Verabreichung eines milden Laxans am 3. Tag durch ein Ölklistier herbeigeführt. Das früher vielfach geübte Stopfen durch Opiumgaben bis zum 5. oder 6. Wochenbettstag hat sich nicht bewährt.

Die *Heilungstendenz* der Dammwunden ist außerordentlich gut, eine Tatsache, die die großzügige Anwendung der Episiotomie zum Schutz von Mutter und Kind zusätzlich rechtfertigt (S. 144). Geringe oberflächliche Hautdehiszenzen heilen ohne Beeinträchtigung des funktionellen Ergebnisses unter Sitzbäderbehandlung mit Kamille bzw. Penaten-Baby-Bad in wenigen Tagen ab. Ist auch die Dammuskulatur von der Heilungsstörung betroffen, was in weniger als 1 % der Fälle vorkommt, so wird nach Reinigung der Wunde unter Sitzbädern die *Sekundärnaht* mit durchgreifenden Seidennähten vorgenommen. — Bei Nachuntersuchungen von Patienten mit einem Dammriß 3. Grades fand Kräubig in fast der Hälfte der Fälle bleibende Stuhlbeschwerden. Die weitgehende Vermeidung dieser schwerwiegenden Verletzung gehört deshalb zu den wichtigen Aufgaben der Geburtsleitung (Schreiber).

Verletzungen von Vulva und Vagina

Verletzungen der Vulva finden sich vor allem als Folge einer übermäßigen Dehnung in Form halbmondförmiger Schleimhautrisse an der Innenseite der *kleinen Labien*. Ihre Versorgung mit feinen Catgutknopfnähten ist notwendig, da sie im Wochenbett erhebliche Beschwerden bei der Miktion bereiten.

Einrisse in die gefäßreiche *Klitoris* können zu erheblichen Blutungen führen. Bei der Wundversorgung sind spritzende Gefäße gesondert aufzusuchen und zu umstechen. Das gleiche gilt für *blutende Varixknoten* im Bereich der Vulva und der Scheide. In jedem Fall ist darauf zu achten, daß die Harnröhre geschont wird. Reicht eine Verletzung bis in ihre nähere Umgebung, so ist es ratsam, vor Beginn der Naht ihren Verlauf mit einem Katheter zu markieren und die Naht über dem liegenden Katheter auszuführen.

In der Behandlung großer *Vulvahämatome* wird seit den Empfehlungen von Dyroff [1]) und Thomas am besten frühzeitig chirurgisch vorgegangen. Nach Spaltung der Haut

[1]) Rudolf Dyroff, Direktor der Univ.-Frauenklinik Erlangen, 1893—1966

wird das Hämatom ausgeräumt, das spritzende Gefäß aufgesucht und umstochen und die Wundhöhle tamponiert. Die Verabfolgung von Antibiotika ist ratsam.
Die Versorgung von *Scheidenrissen* macht oftmals die Verwendung großer flacher Spekula erforderlich. Das notwendige Erreichen des oberen Wundwinkels kann sich der Operateur weiterhin dadurch erleichtern, daß er mit der Naht in der gut erreichbaren Höhe beginnt, um dann durch Anspannen des Fadens die höher liegenden Wundränder darzustellen und so gleichsam an der Wunde nach oben zu klettern. Bei einer perforierenden Scheidenverletzung mit Eröffnung der Bauchhöhle ist wie bei einer Kolpaporrhexis die Laparotomie erforderlich.

Verletzungen der Zervix

Kleinere Einrisse in der Zervix entstehen bei jeder Erstgebärenden und dokumentieren später in Form des quergespaltenen Muttermundes die „durchgemachte Geburt". Sie bedürfen keiner Versorgung. Bei größeren Verletzungen und vor allem bei Blutungen aus einem absteigenden Ast der A. uterina ist als erstes für die Entleerung des Uterus zu sorgen. Dies geschieht durch intravenöse Injektion von 1 ml Methergin, Anwendung des CREDÉ-Handgriffes (S. 164) und falls notwendig durch die manuelle Plazentalösung (S. 165). Die Blutung wird auf diese Weise vermindert und so die Naht erleichtert. Für gute Assistenz ist von vornherein Sorge zu tragen. In Narkose wird nun die Portio mit breiten Spekula eingestellt, um die vordere und hintere Muttermundslippe mit Kugelzangen oder besser mit Museux-Klemmen anhaken und herunterziehen zu können (Abb. 169). Evtl. muß zur Darstellung des oberen Wundwinkels nochmals

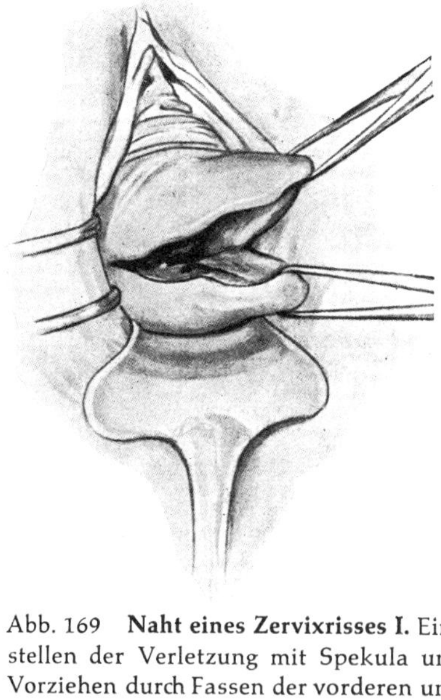

Abb. 169 **Naht eines Zervixrisses I.** Einstellen der Verletzung mit Spekula und Vorziehen durch Fassen der vorderen und hinteren Muttermundslippe mit Kugelzangen.

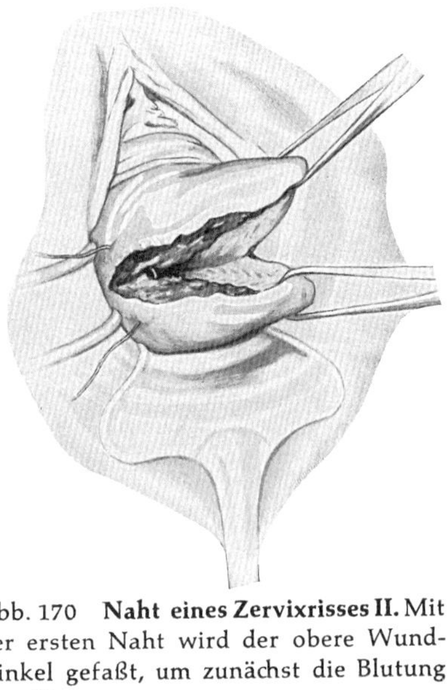

Abb. 170 **Naht eines Zervixrisses II.** Mit der ersten Naht wird der obere Wundwinkel gefaßt, um zunächst die Blutung zu stillen.

nachgefaßt werden. Die erste hier richtig angelegte Umstechung führt meist bereits zu einer ausreichenden Blutstillung (Abb. 170), so daß die weitere Versorgung bis zum Orificium externum canalis cervicis mit durchgreifenden Catgutknopfnähten Nr. 0—I leicht möglich wird.

Reicht der Zervixriß bis über den inneren Muttermund hinauf, so hat die Behandlung wie bei einer *Uterusruptur* durch die unverzügliche Laparotomie mit Exstirpation des Uterus zu erfolgen. Nur so kann eine sichere Blutstillung und Wundversorgung erreicht werden.

Beckenbodenplastik nach der Geburt

Ergibt die während der Schwangerenvorsorge erhobene Anamnese, daß schon vor dem Eintritt der Gravidität Beschwerden im Sinne eines Deszensus bestanden haben, so kann unmittelbar post partum die plastisch-operative Versorgung vorgenommen werden. Uns hat sich dieses Vorgehen in den letzten Jahren wegen der guten Heilungstendenz und auch mit Rücksicht auf die Patientin, der es einen nochmaligen Klinikaufenthalt erspart, sehr bewährt.

Besteht lediglich ein niedriger schlaffer Damm mit Rektozelenbildung, so beschränken wir uns auf die **hintere Plastik.** Die hintere Scheidenwand wird zu diesem Zweck in typischer Weise längs-, die hintere Kommissur quergespalten. Nach Darstellung der Levatorenschenkel werden diese mit zwei oder drei Nähten in der Mitte vereinigt. Die Versorgung der Scheide und des Dammes erfolgt nach Resektion der überschüssigen Scheidenhaut ebenfalls mit Knopfnähten. Die z. Z. der Operation bestehenden, im Verlauf des Wochenbettes zurückgehenden Schwangerschaftsveränderungen müssen den Operateur bei der sofort an die Geburt angeschlossenen Plastik veranlassen, zur Vermeidung späterer Kohabitationsbeschwerden den Introitus nicht zu eng zu formieren. Bei gleichzeitiger Zystozelenbildung mit Harninkontinenz wird die **vordere Plastik** mit Blasenraffung und Ischiokavernosusnaht vorausgeschickt. Einzelheiten der Operationstechnik sind den „Gynäkologischen Operationen" zu entnehmen. Sie unterscheidet sich nach der Geburt nicht von dem sonst üblichen Vorgehen. Lediglich wird auf die Portioamputation und die Raffung der Ligg. cardinalia (Manchesteroperation) verzichtet. Infolge der Schwangerschaftsveränderungen des Gewebes ist die Präparation in dem aufgelockerten Gewebe sogar erleichtert. Die verstärkte Durchblutung bereitet keine operationstechnischen Schwierigkeiten. Das Wochenbett verlängert sich lediglich um einige Tage.

Literatur

EASTMAN, N. J.: WILLIAMS, Obstetrics. Appleton-Century-Crofts, New York

KRÄUBIG, H.: Betrachtungen zum methodischen Vorgehen bei der Episiotomie. Dtsch. med. Wschr. *87* (1962) 1651

SCHREIBER, H.: Über den Dammriß III. Grades. Zbl. Gynäk. *86* (1964) 1559

THOMAS, J.: Das Vulvahämatom post partum. Geburtsh. u. Frauenheilk. *21* (1961) 606

Entleerung des Uterus in der ersten Hälfte der Schwangerschaft

Die Notwendigkeit einer Entleerung des schwangeren Uterus in der ersten Hälfte der Gravidität ergibt sich aus zwei Gründen und zwar:

1. bei einer Fehlgeburt
2. zur Schwangerschaftsunterbrechung

Die Art des operativen Vorgehens wird zunächst vor allem durch die Schwangerschaftsdauer bzw. die Größe des Uterus bestimmt. Hieraus leitet sich die Notwendigkeit ab, zwischen einer Uterusentleerung bis einschließlich der 12. Woche, von der 13. Woche und von der 16. Woche post menstruationem an zu unterscheiden. Innerhalb dieser Zeitspannen bedürfen wiederum die Weite des Halskanales und die Stärke einer bestehenden Blutung der Beachtung.

Entleerung des Uterus bis einschließlich der 12. Woche

Die Entleerung des Uterus bis einschließlich der 12. Woche bzw. bei einer Uterusgröße, die dieser Schwangerschaftsdauer entspricht, kann in den meisten Fällen einzeitig und rein instrumentell vorgenommen werden.

Nach dem Kürzen der Schamhaare, Desinfektion der Vulva und Vagina mit alkoholischer Merfen-Tinktur und Katheterismus wird nochmals sorgfältig untersucht, um Größe und Lage des Uterus zu bestimmen. Ist die Portio im Spekulum eingestellt und die vordere Muttermundslippe mit einer oder zwei Kugelzangen gefaßt, so kontrolliert man zunächst mit einer Knopfsonde die Richtung des Zervikalkanales und die Größe des Uteruskavums. Für den weiteren Gang der Operation ist es wichtig, darauf zu achten, daß das hintere Spekulum nicht zu lang ist, da sonst das Herunterziehen des Uterus behindert wird. Die Handverteilung muß so gewählt werden, daß der Operateur durch das Fassen der Kugelzange den Kontakt mit dem Uterus behält, während der Assistent das hintere Spekulum stark dammwärts zieht (Abb. 171 und 172). – Falls erforderlich, wird der Halskanal unter Verwendung von Hegar-Stiften oder Gaussschen perforierten Dilatatoren mit halben Nummern bis Nr. 12 bis 14 aufgedehnt. Die Entfernung des Eies bzw. größerer gelöster Abortreste geschieht bei ausreichender Weite des Muttermundes mit der Winter-Abortzange (Abb. 174) bzw. einer runden gefensterten Klemme, um dann das Kavum mit einer stumpfen Kürette vollends zu entleeren (Abb. 174). Das Tastgefühl kann dabei durch die intravenöse Injektion von 1 ml Oxytocin oder Methergin deutlich verbessert und so die Perforationsgefahr verringert werden, da sie die Uteruswand den Manipulationen „stellt".

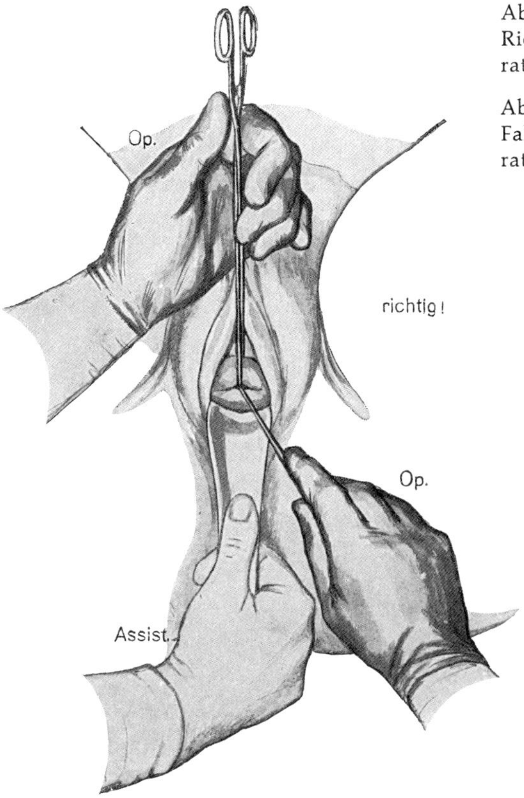

Abb. 171 **Ausräumen eines Abortes.** Richtige Verteilung der Hände von Operateur und Assistent.

Abb. 172 **Ausräumen eines Abortes.** Falsche Verteilung der Hände von Operateur und Assistent.

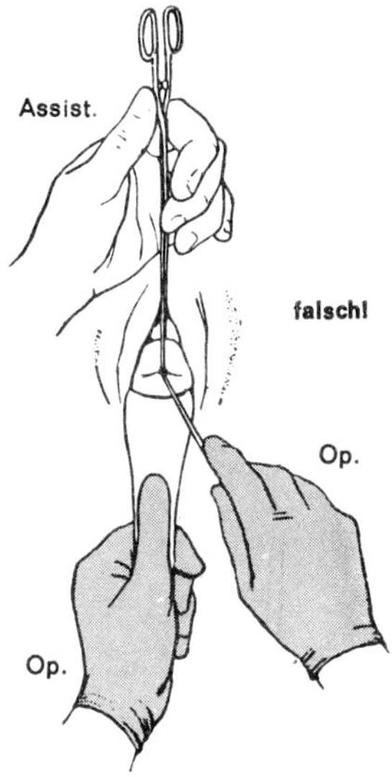

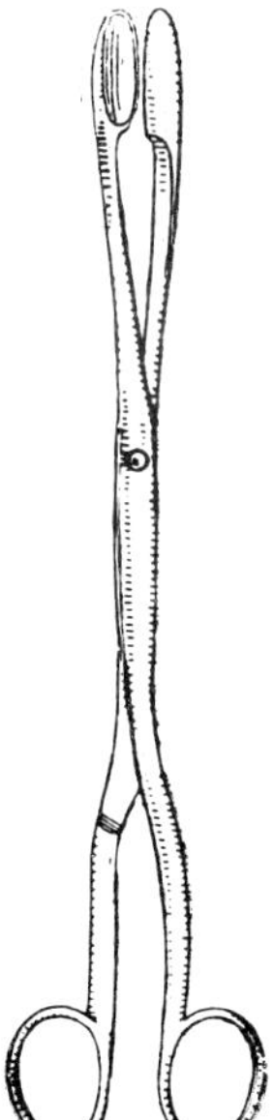

Abb. 173 **Abortzange nach Winter.**

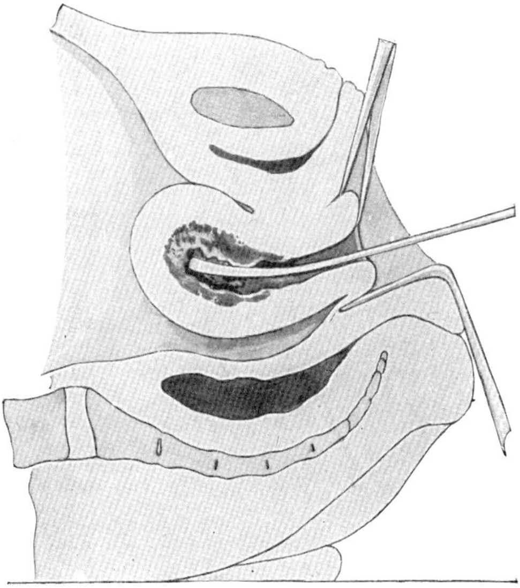

Abb. 174 **Entleerung eines Uterus bis zur 12. Schwangerschaftswoche.** Nach ausreichender Dilatation der Zervix wird das Kavum mit der stumpfen Kürette entleert. Man sieht die relativ dicke Uteruswand.

Die Größenwahl der Kürette hat so zu erfolgen, daß diese den Zervikalkanal leicht zu überwinden vermag. Zum Abschluß wird zur Anregung der Kontraktionen ein Tamponadestreifen in die Zervix eingeführt und die Scheide locker ausgestopft.

Gefahren bei der Entleerung des Uterus in der Frühschwangerschaft sind vor allem in der Möglichkeit einer Zervixverletzung durch ein zu gewaltsames Dilatieren gegeben, während Perforationen bei der zu dieser Zeit noch relativ dicken Uteruswand seltener vorkommen. Aus diesem Grunde empfiehlt es sich, bei Schwierigkeiten der einzeitigen Muttermundsdehnung diese besser abzubrechen und die Entleerung mit Hilfe von Laminariastiften vorzubereiten (S. 180).

Entleerung des Uterus durch Aspiration

In zunehmendem Maße wird in letzter Zeit besonders aus den östlichen Nachbarländern über die erfolgreiche Entleerung des Uterus bis etwa zum 4. Schwangerschaftsmonat mittels der „Vakuumaspirationsmethode" berichtet (Vladov u. Mitarb.). Die Apparatur besteht aus einer Vakuumpumpe, einem Auffangbehälter von 1 bis 2 l Inhalt, Gummischläuchen von 10 bis 15 mm Durchmesser und Aspirationskanülen, die in verschiedenen Größen aus Metall hergestellt sind und ähnlich den Hegar-Stiften eine leichte Biegung aufweisen (Abb. 175). An der Spitze sind sie schräg angeschnitten. Günstiger soll es sein, wenn die Öffnung seitlich dicht hinter dem vorderen Ende angebracht ist.

In der überwiegenden Zahl der Fälle gelingt es, ohne Narkose und ohne Dilatation die Kanüle in das Kavum einzuführen. Bei einem Vakuum zwischen 0,5 und 0,8 kg/cm^2 wird die Uteruswand mit dachziegelartig übereinandergelegten Strichen abgetastet und auf diese Weise das Schwangerschaftsprodukt abgesaugt. Ist die Kanüle durch einen größeren Fruchtteil verstopft, wird sie herausgezogen, um sie mittels einer Pinzette oder durch Erhöhung des Vakuums wieder durchgängig zu machen. Die Kontrollen durch Nachkürettagen haben gezeigt, daß es bei Verwendung eines ausreichenden Unterdrucks nicht mehr möglich ist, fetale Elemente nachzuweisen. Der Eingriff wird in vielen Kliniken ambulant durchgeführt.

Abb. 175 **Vakuumgerät zur Entleerung des Uterus durch Aspiration** (nach P. Kostić).

Die *Anwendung der Methode* erfolgt wie gesagt bis zur 12. bis 14. Woche und zwar sowohl beim Abortus incompletus, beim verhaltenen Abort als auch zur Schwangerschaftsunterbrechung. Besondere Vorteile scheint sie mir in der Behandlung der Blasenmole zu haben, bei der durch sie die Gefahr stärkerer Blutungen und auch von Perforationen verringert wird. Über die erfolgreiche Anwendung des Vakuumexhaustors bei 201 Schwangerschaftsunterbrechungen haben Flämig u. Schneck berichtet.

Entleerung des Uterus nach der 12. Woche

Nach der 12. Woche ist die Entleerung des Uterus mit größeren Gefahren verbunden und zwar sowohl hinsichtlich der Blutung als auch einer Verletzung der jetzt dünner ausgezogenen Uteruswand. Die rein instrumentelle einzeitige Ausräumung ist bei geschlossenem Halskanal von diesem Schwangerschaftstermin an abzulehnen. Vielmehr muß zuvor die Zervix auf Fingerdurchgängigkeit dilatiert werden.

Bei klaffender Zervix wird bis Hegar 18 bis 22 dilatiert. Jetzt wird der Uterus zunächst mit dem Zeigefinger ausgetastet, um die noch haftenden Eiteile abzulösen (Abb. 176). Die Entleerung erfolgt anschließend unter Verwendung der Abortzange und der

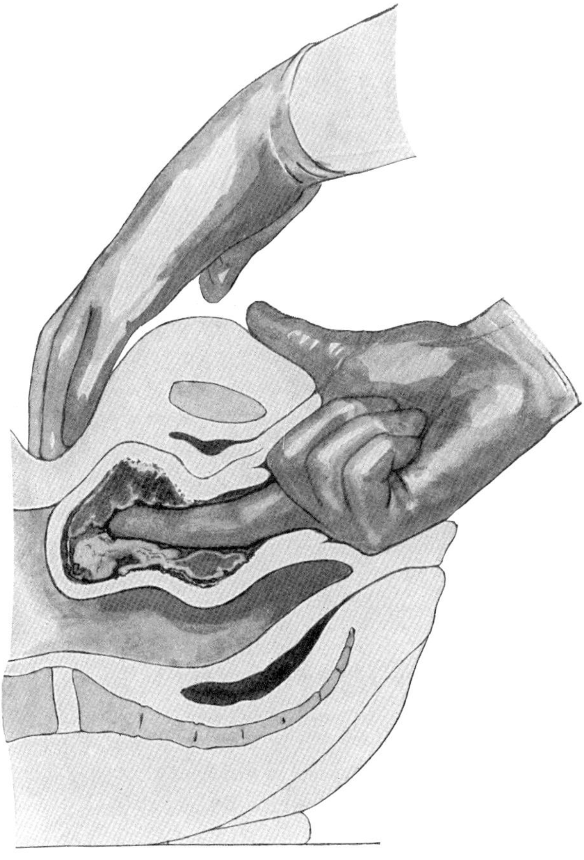

Abb. 176 **Entleerung des Uterus nach der 12. Schwangerschaftswoche.** Nach ausreichender Dilatation der Zervix werden die Eiteile mit dem Finger abgelöst, um sie dann instrumentell zu entfernen. Man sieht die dünne und deshalb leicht verletzliche Uteruswand.

stumpfen Kürette. Evtl. müssen sich Finger und Instrumente mehrfach abwechseln, um vor allem zu vermeiden, daß festsitzende Abortreste mit der Abortzange von der Uteruswand abgerissen werden.

Bei geschlossener Zervix ist zweizeitig vorzugehen. Wegen der dabei gegebenen erhöhten Infektionsgefahr sind die Regeln der Asepsis besonders streng zu befolgen. Die Dilatation wird zunächst so weit vorgenommen, wie es ohne Gewaltanwendung geht. Dann werden *Laminariastifte,* getrocknete und steril abgepackte Stengel des Seetangs, die durch Flüssigkeitsaufnahme eine starke Quellfähigkeit besitzen, bis über den inneren Muttermund hinauf eingelegt. Zahl und Dicke der Stifte richten sich nach der bereits erreichten Weite der Zervix. Unter leichter Scheidentamponade verbleiben die Stifte für etwa 12 Stunden. Die Ausräumung gelingt dann mit der Technik, wie sie für die Fälle mit klaffender Zervix beschrieben wurde.

Entleerung des Uterus nach der 16. Woche

Eine notwendige Entleerung des schwangeren Uterus nach der 16. Woche wird besser der Wehentätigkeit überlassen. Nach manueller oder instrumenteller Dehnung der Zervix wird die Fruchtblase eröffnet und eine intravenöse Tropfinfusion von 500 ml 5 %iger Glukose mit 6 bis 10 E. Oxytocin angelegt. Ist die Ausstoßung der Frucht erfolgt, so sollte auch bei vollständiger Plazenta zur Entfernung der in der ersten Schwangerschaftshälfte noch dicken Dezidua bis zur 20. Woche auf alle Fälle nachkürettiert werden.

Kann das Ergebnis des geschilderten Vorgehens aus irgendeinem Grunde nicht abgewartet werden, so ist bei Mehrgebärenden die *Hysterotomia vaginalis anterior* (S. 139), bei Erstgebärenden und auch bei gleichzeitig vorgesehener Tubensterilisierung die *Hysterotomia abdominalis* angezeigt (Woraschk u. Berndt).

Bei der *abdominalen Beseitigung der Schwangerschaft* wird der Uterus durch einen tief angesetzten korporalen Längsschnitt eröffnet, um die Wunde später mit dem Blasenperitoneum decken zu können. Wenn gleichzeitig sterilisiert werden soll, ist dem fundalen Querschnitt der Vorzug zu geben, der gleich dazu benutzt wird, die uterinen Tubenenden zu resezieren. Die Deckung des Wundgebietes kann hier mittels der Ligamenta teres uteri (Ligg. rotunda) erfolgen. Nach Eröffnung des Cavum uteri wird das Ei vorsichtig mit dem Finger von der Uteruswand abgelöst und die endgültige Säuberung der Uterushöhle mit der stumpfen Kürette vorgenommen. Für eine sorgfältige Abdeckung des Abdomens mit Bauchtüchern zur Vermeidung von Endometriosen ist Sorge zu tragen. Die Uteruswunde wird zweischichtig versorgt und extraperitonealisiert (s. o.).

Bei elenden, multigraviden Frauen kann die *Entleerung des Uterus vaginal* vorgenommen werden. Nach Kolpotomie und Abschieben der Blase (S. 140) wird die Excavatio vesicouterina des Peritoneums eröffnet, die vordere Uteruswand mit Klauenzangen gefaßt und im Peritonealschnitt eingestellt. Ist der Uterus eröffnet und entleert, kann er leicht vaginal exstirpiert werden. Dieses Verfahren sollte jedoch nur bis einschließlich des 4. Schwangerschaftsmonats zur Anwendung kommen.

Behandlung von Uterusperforationen

Das therapeutische Vorgehen bei einer im Verlauf der Abortbehandlung eingetretenen Uterusperforation richtet sich vor allem nach der Art des im Moment der Perforation verwendeten Instrumentes und danach, ob der Uterus entleert ist.

Bei einer *Perforation mit der Sonde* oder einer kleinen Kürette bei bereits entleertem Uterus kann sich der Operateur abwartend verhalten. Die Patientin wird unter strenger Bettruhe sorgfältig auf Zeichen einer abdominalen Blutung oder einer Peritonitis kontrolliert.

Perforationen mit größeren Instrumenten machen die sofortige Laparotomie erforderlich, um je nach Ausdehnung und Sitz der Verletzung die Naht derselben oder die Hysterektomie vorzunehmen. War der Uterus nicht sicher entleert, so wird bei beabsichtigter Erhaltung des Uterus unter sorgfältiger Abdeckung der Abdominalhöhle durch die Perforationswunde oder auch bei offenem Abdomen von unten kürettiert. Darm und Blase sind auf das Vorhandensein von Nebenverletzungen genau zu kontrollieren.

Literatur

Cislo, M., P. Nowosad, A. Reszczynski: Schwangerschaftsunterbrechung mit Hilfe einer Saugapparatur. Zbl. Gynäk. *88* (1966) 156

Flämig, C., P. Schneck: Klinische Erfahrungen bei der Schwangerschaftsunterbrechung mit dem Vakuumexhaustor. Zbl. Gynäk. *91* (1969) 1567

Vladov, E., I. Ivanov, A. Angelov, I. Rakilovska: Schwangerschaftsunterbrechung mit Vakuumaspiration, Gynaecol. (Basel) *159* (1965) 54

Operative Behandlung der Zervixinsuffizienz

Die Erkennung der isthmozervikalen Insuffizienz als Abortursache durch Palmer, Lash u. Lacomme hat uns die Möglichkeit geschaffen, durch relativ einfache operative Maßnahmen Schwangerschaften bei Frauen zu erhalten, denen noch vor kurzer Zeit infolge habitueller Aborte Kinder versagt blieben. Folgende Operationsverfahren stehen zur Verfügung:

1. Isthmorrhaphie
2. Zervixumschlingung (Cerclage)

Isthmorrhaphie nach Lash

Die Isthmorrhaphie wird außerhalb der Schwangerschaft vorgenommen. Sie besteht in der Beseitigung des Defektes im Bereich des Isthmus bzw. der Cervix uteri – am häufigsten im Bereich der Vorderwand –, die zu dem mangelhaften Verschluß der Uterushöhle führt. Ihre Darstellung gelingt mittels eines in den Zervikalkanal eingeführten Hegar-Stiftes, über dem die narbige Stelle zu tasten ist.

Das operative Vorgehen gestaltet sich so, daß zunächst die vordere Zervikalwand wie bei der Hysterotomia vaginalis freigelegt wird (S. 140) (Abb. 131). Die Narbe wird dann exzidiert und die Vereinigung der Wundränder, die aus unveränderter Zervixmuskulatur bestehen sollen, mit Catgutknopfnähten Nr. I zweischichtig vorgenommen. Den Abschluß der Operation bildet die Versorgung der Kolpotomiewunde.

Als *Indikation* gelten habituelle Fehlgeburten zumeist in Form von Spätaborten nach der 12. Woche. Anamnestisch ist typisch, daß sie ohne Wehentätigkeit mit einem Blasensprung beginnen. Außerhalb der Gravidität wird indessen das Vorliegen einer isthmozervikalen Insuffizienz nach Palmer dadurch bewiesen, daß ein Hegar-Stift Nr. 8 ohne Widerstand bis in das Cavum uteri eingeführt werden kann.

Heute wird von den meisten Geburtshelfern anstelle der Isthmorrhaphie zur Behandlung der Zervixinsuffizienz die Zervixumschlingung bevorzugt. Die Operation ist technisch noch einfacher, muß jedoch in jeder Gravidität wiederholt werden.

Zervixumschlingung
(Cerclage; Operation nach Shirodkar)

In der Schwangerschaft erfolgt die Behandlung der isthmozervikalen Insuffizienz durch die Zervixumschlingung. Zu diesem Zweck hat Shirodkar zuerst empfohlen, einen Streifen aus der Fascia lata um die Zervix herumzulegen. Einfacher und mit größerer

Sicherheit gelingt die Herstellung eines ausreichenden Verschlusses mit einem Faden aus nichtresorbierbarem Material (McDONALD, SZENDI, u. a.). Zu diesem Zweck wird die Portio im Spekulum eingestellt und mit Kugelzangen oder gefensterten Klemmen an der vorderen und hinteren Muttermundslippe angefaßt. Die vordere Scheidenwand wird durch einen 2 bis 3 cm langen Querschnitt gespalten und die Blase bis in Höhe des inneren Muttermundes abgeschoben, damit sie durch die Umschlingung, die in dieser Höhe gelegt werden soll, nicht mitgefaßt wird. Wir verwenden für die Cerclage einen Supramidfaden Nr. 4 „extrastark". Er wird außerhalb der Kolpotomiewunde an der linken Zervixseite beginnend im umgekehrten Uhrzeigersinn 5- bis 6mal ein- und ausgestochen und fest geknotet (Abb. 177). Die Fadenenden werden im Abstand von etwa 6 cm von der Zervixwand nochmals miteinander verknotet und bleiben lang, so daß das Auffinden zur Entfernung bei Wehenbeginn bzw. einige Tage vor dem errechneten Termin erleichtert ist. Dies kann im Rahmen der Schwangerenvorsorge ambulant geschehen.

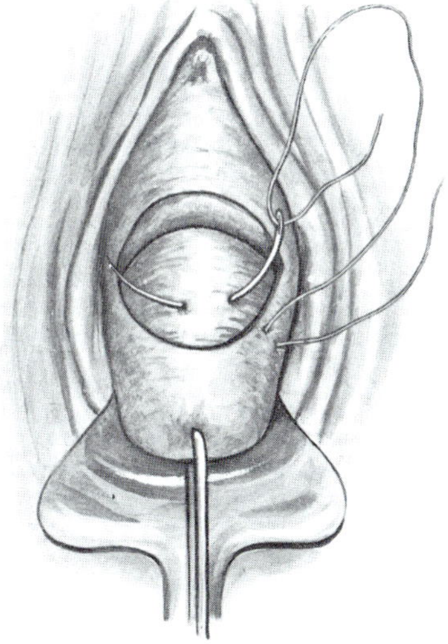

Abb. 177 **Zervixumschlingung nach Shirodkar und McDonald.** Die Blase ist nach vorderer Kolpotomie bis in Höhe des inneren Muttermundes abgeschoben. Durch mehrmaliges Ein- und Ausstechen wird ein nicht resorbierbarer Faden im umgekehrten Uhrzeigersinn herumgelegt.

Von einigen Operateuren wird die *„unblutige Methode"* unter Verzicht auf die vordere Kolpotomie bevorzugt (McDONALD; SZENDI; PALMER; KÄSER). Nach unserer Erfahrung verbürgt das vorherige Abschieben der Blase eher, daß die Cerclage wirklich den inneren Muttermund erreicht, wodurch die Sicherheit erhöht wird (DÖRING). So wurden von 130 Frauen mit 151 Schwangerschaften nach der Zervixumschlingung 110 lebende Kinder geboren, nachdem 319 Schwangerschaften mit nur 47 lebenden Kindern vorausgegangen waren.

Bei fortgeschrittener Schwangerschaft mit verstrichener Zervix ist es oft nicht mehr möglich, die Umschlingung vorzunehmen. Gelingt sie, so sind die Ergebnisse unbefriedigend. SZENDI empfiehlt deshalb für diese Fälle den **„vollkommenen Muttermundsverschluß auf blutigem Wege"**. Dabei werden die Muttermundslippen an ihrem

Rand angefrischt und mit Catgutknopfnähten aneinandergefügt. Die entstehende dünne Narbe läßt sich am Termin bzw. bei Wehenbeginn leicht öffnen. HEFNER beschränkt sich in diesen Fällen indessen auf das Vernähen der vorderen und hinteren Lippe mit einigen U-Nähten ohne vorherige Anfrischung.

Die *Indikation* zur Zervixumschlingung ergibt sich wie für die Isthmorrhaphie zunächst aus der Anamnese (S. 182). In der Schwangerschaft wird die Diagnose der isthmozervikalen Insuffizienz aufgrund der besonders im Bereich der vorderen Muttermundslippe verkürzten Portio und der sich dicht oberhalb des äußeren Muttermundes trichterförmig erweiternden Zervix gestellt. In fortgeschrittenen Fällen klafft der Zervikalkanal, so daß die Vorblase tastbar oder bei der Spekulumeinstellung sogar sichtbar wird. Um auch bei den Schwangeren, bei denen noch keine Fehlgeburten vorangegangen sind, mehr im Sinne einer *Prophylaxe* die Zervixumschlingung rechtzeitig ausführen zu können, empfehlen wir, bei jeder Untersuchung den Portiobefund zu kontrollieren. Da dies auf dem Untersuchungssofa erfolgen kann, bedeutet es für die Schwangere und auch für den Arzt keine wesentliche Mehrbelastung.

Literatur

DÖRING, G. K.: Unsere Erfahrungen in der Behandlung der Zervixinsuffizienz mit der Shirodkar-Operation. Geburtsh. u. Frauenheilk. *25* (1965) 412

KÄSER, O.: Zur Ätiologie der wiederholten und habituellen Aborte. Gynaecol. (Basel) *144* (1957) 97

KÄSER, O., F. A. IKLE: Atlas der gynäkologischen Operationen, 2. Aufl. Thieme, Stuttgart 1965

LACOMME, M., R. PALMER, G. LELORIER, M. M. KLEIN, A. DUPAY: A propos des avortements et accouchements prématurées habituels. 39 observations d'insufficiance cervicoisthmique. Bull. Féd. Soc. gynéc. obstét. franç. *11* (1959) 374

LASH, A. F.: Fertility and reproduction following repair of the incompetent internal os of the cervix. Fertil. and Steril. *11* (1960) 531

McDONALD, J. A.: Incompetent cervix as a cause of recurrent abortion. J. Obstet. Gynaec. (brit.) *70* (1963) 105

PALMER, R.: Le rôle de la béance de l'isthme utérin dans l'avortement habituel. Rev. franç. gynéc. *45* (1950) 218

SHIRODKAR, V. N.: Surgical treatment of habitual abortion, Internat. Congr. Gynécol. Genf 1954

SZENDI, B.: Vollständiges Zusammennähen des äußeren Muttermundes auf blutigem Wege zur Verhinderung von vorgeschrittenem Abortus und Frühgeburten. Zbl. Gynäk. *83* (1961) 1083

SZENDI, B.: Mit dem totalen äußeren Muttermundsverschluß (nach SZENDI) gewonnene Erfahrung und Ergebnisse in der Verhütung der habituellen Abortus und Frühgeburten, Zbl. Gynäk. *86* (1964) 1363

Sachverzeichnis

E

F

G

H

I

W

Z